LE PARADIS DES VAURIENS

Wendall Utroi est un auteur français de romans à suspense. Policier aux différentes facettes, officier de police judiciaire (OPJ), instructeur, Wendall Utroi est curieux de tout et attiré par les missions à l'étranger. Il a commencé à écrire son premier roman *Un genou à terre* alors qu'il était en mission en Afghanistan en 2009.

Paru au Livre de Poche :

La Loi des hommes

Les Yeux d'Ava

WENDALL UTROI

Le Paradis des vauriens

SLATKINE & CIE

ISBN : 978-2-253-93987-0 – 1re publication LGF

À mes lecteurs,
Les premiers à avoir cru en moi,
Les suivants,
Et tous ceux à venir.

Aimer le destin,
c'est le forcer à vous écouter,
Pour qu'un jour à son tour
Il vous aime un peu.

1

« Calme-toi, petit. »

Trois mots anodins, murmurés, inoffensifs. Une prière bienveillante, mais elle grondait dans ma tête, comme un tambour qu'on déglingue. « Petit ! » Les mots m'empoisonnaient et pas simplement à cause de ma taille. Mes oreilles sifflaient. Était-ce la colère ou la musique grinçante qui s'échappait du juke-box de ce café minable ? J'avais pourtant bien dit à ce vieux poivrot de me lâcher, de dégager, de me laisser boire tranquillement mon demi au comptoir, mais il insistait. « Calme-toi, petit », répétait-il avec son haleine d'ivrogne. Dans ma tête, ça résonna plus fort encore, un trop-plein de haine et de colère prêtes à exploser.

Bien sûr que je m'étais enquillé quelques bières, trop vite, sans compter, sans respirer. Bien sûr que je gueulais tout seul et que je proférais des insanités, mais je ne lui parlais pas, au vieux. Lorsqu'il a glissé sa main grasse sur mon bras, caresse de serpent, et qu'il a répété une dernière fois sa phrase, je n'ai pas retenu mon poing. Le vieux est tombé à la renverse, le nez en sang, sa tête a rebondi sur le parquet et on ne l'a plus entendu.

Les rares protestations des joueurs de cartes, à la table du fond, se sont étouffées quand je les ai regardés. Seul le patron avait bougé. Un vrai bûcheron, des épaules sculptées à la hache, et un regard qui m'annonçait qu'il allait me tailler en pièces si je ne dégageais pas tout de suite. Je ne l'ai pas lâché des yeux, histoire de lui faire comprendre que je ne le craignais pas, et c'était vrai. L'alcool, ça rend courageux et con. J'ai récupéré mon sac à dos, j'ai vidé d'un trait le fond de mon verre et je suis sorti sans en faire des caisses.

•

Nous étions fin avril 1962. L'unique sujet de conversation tournait autour du rapatriement des Français d'Algérie. C'était un jour vraiment chaud qui faisait onduler le ciel au-dessus des toits brûlants, une imposture d'été au milieu du printemps. La tête lourde d'alcool, je me sentais vide. Les hommes se montraient si peu intéressants, si prévisibles, si naïfs et pourtant pleins de certitudes. Le monde se réduisait à un ramassis de ploucs qui ne me comprenaient pas, des gens qui s'effrayaient de tout et de rien, surtout de tout.

Je marchais, j'étais en nage, navire sans capitaine ni cap, je dérivais. Je me suis arrêté à la fontaine pour me rincer la tête, retrouver visage humain, dissiper la brume qui engourdissait mon corps. J'ai attendu un long moment que ma barbe clairsemée finisse de goutter, le cul gelé sur la pierre humide, les yeux plantés dans mes godasses.

Quand j'ai relevé le menton, un gamin en culotte courte sautillait devant moi, les pouces calés sous les bretelles, l'air surpris et amusé de voir un inconnu ainsi avachi : l'ombre d'un homme. Il n'en fallut pas plus pour attiser le feu qui dormait en moi, je lui expédiai ma plus horrible grimace et braillai tel un damné. Il se sauva avec un rire qui sonnait la peur et je remis les voiles, ça tanguait toujours un peu. La cloche de l'église sonnait les trois coups, le soleil fanfaronnait au zénith.

À la sortie du village, je me suis arrêté à l'unique boutique, une épicerie, une planche avec « Alimentation générale » se balançait sous l'auvent jauni. Cela sentait la guimauve, la charcuterie et le savon à la lavande bon marché. La dame, engoncée dans son tablier à carreaux vichy, plantée derrière sa balance, m'offrit un sourire démesuré. Je n'avais pas vraiment faim, mais qui savait quand je retrouverai une telle occasion ? Quelques pièces tintaient encore au fond de ma poche, j'achetai un pain, un saucisson et une bouteille de gros rouge pas cher, un Gévéor. Pendant que l'épicière aux grosses fesses emballait le bâtard dans du papier journal, je dérobai une petite bouteille de génépi qui me faisait les yeux doux sur le présentoir et la glissai dans la poche arrière de mon pantalon.

La dame se retourna, plissa les lèvres, grimace de politesse. J'ai posé l'argent à côté de la caisse avec un sourire. J'ai roucoulé un « Bonne journée, madame », histoire de la mettre en confiance. J'avais à peine marché dix mètres que je l'ai entendue hurler à la mort. « Au voleur ! », qu'elle gueulait en levant le poing, la voix comme une sirène d'incendie. Elle tenta de me courir après, mais, à vingt-cinq ans, même ivre comme un cochon, j'étais plus véloce qu'elle. Je l'aurais bien frappée elle aussi, mais le temps me manquait. Changer d'endroit devenait une priorité, ça commençait à sentir le roussi dans le coin. Je passai le panneau de l'agglomération en béton, le souffle court, les tempes qui cognaient. Sur l'émail écaillé était barré d'un trait le nom du bourg, « Saint-Vincent-la-Commanderie, commune de la Drôme ».

Pour sûr, les grosses fesses me cafteraient sous peu à la gendarmerie et, même si je ne la craignais pas, je ne tenais pas trop à la rencontrer. Hors de question de suivre la route. À ma gauche, ça grimpait sec vers le Vercors, des falaises de calcaires blancs, hautes comme dix murs. À droite, ça descendait dans une forêt de feuillus et de vieux châtaigniers. Mon chemin sentirait la fougère et l'humus.

Vers six heures, quand l'humidité me glaça les épaules, je posai mon sac à dos dans une clairière et m'installai. Je me suis roulé une clope, puis deux, allongé dans mon duvet installé près du feu. Entre deux taffes, je mordillais dans le saucisson et le pain, tout en tétant avec avidité la gnôle aux saveurs alpines. Malgré la chouette qui hululait et fendait la nuit de ses cris, je me suis vite endormi, plein de la liqueur verte, vide, ivre.

Le lendemain, j'avais traîné mes guêtres tout le jour, avec le pas lent de l'homme qui ne sait pas où il va, d'un bois à un autre, d'un fossé à un ruisseau, sans rencontrer âme qui vive. Vers trois heures, le Bon Dieu devait fumer la pipe ou jouer aux Indiens, parce qu'en un instant le ciel a dessiné des volutes gris et noir. Il fallait dénicher un refuge si je ne voulais pas me prendre la grêle ou des trombes d'eau. J'ai coupé à travers un champ en jachère, un petit bois puis une prairie où paissait une dizaine de vaches brunes. Au loin, on devinait le toit d'une ferme. Je hâtai le pas. L'orage venait de l'ouest, de la plaine. Il finirait par rugir près de la colline, peu avant les contreforts du Vercors, là où j'étais. Vers la vallée, ça tombait déjà, un voile gris cachait l'horizon.

J'ai enfin atteint le bâtiment. Pendant une minute, j'ai cogné fort contre la porte de la maison en pierres, sans réponse. La lumière filtrait à travers les lattes des volets clos. Je frappai encore, cette fois avec mes godillots, la porte trembla. Puis, après le bruit d'un loquet qu'on manipule, j'aperçus une vieille dame, tout de noir vêtue. Elle se tenait voûtée, recroquevillée sur elle-même, l'épaule droite plus haute que l'autre, une canne à la main. À travers sa fine chevelure éparse, par endroits, on entrevoyait son crâne. Elle leva et inclina la tête vers moi, l'œil humide, d'un bleu fatigué telle la mer en hiver. Son visage ressemblait à une pomme desséchée, quelques poils blancs ornaient son menton, une momie sur pattes. Elle me détailla, grimaça puis me houspilla d'une voix sèche.

— C'est pour mon fils Joseph ? Il doit traîner à la grange, derrière.

Elle me prenait pour quelqu'un d'autre, je n'ai pas répondu et j'ai fait le tour de la ferme. Il y avait un homme, la soixantaine, habillé d'un bleu de travail usé jusqu'à la corde, le béret vissé sur la tête. Il ne se retourna pas, saisit un gros sac en toile de jute et le jeta sur son épaule. Je me raclai la gorge pour qu'il m'entende venir.

— Fous le camp ! aboya-t-il en s'éloignant vers la brouette de bois.

Il déposa son fardeau et ne m'accorda pas un regard.

— Excusez-moi m'sieur, votre maman m'a dit que je vous trouverais ici… l'orage arrive et je pensais que peut-être…

— Peut-être que rien du tout ! renauda l'homme, la voix éraillée. Je n'aime pas les étrangers ! Que des bons à rien, des voyous. Fous le camp ou je t'embroche avec ma fourche !

Il se retourna, se saisit de l'instrument et le brandit d'un air déterminé en me regardant pour la première fois. Il sembla surpris, hésita, puis grogna avec une fougue mesurée, presque fatiguée.

— Fous le camp, je ne le répéterai pas ! C'est pas l'hôtel des indigents ici !

J'ai reculé d'un pas, puis de deux, je me suis retourné pour partir, les poings serrés à m'en péter les phalanges. Il me prenait de haut, et je n'aimais pas ça. Je m'étais décidé à trouver une autre chapelle quand il m'interpella, la voix moins hostile.

— Tu le tiens d'où ton accent, tout bizarre ?

— Du Nord, m'sieur, dis-je en pivotant.

— Du Nord ? Du nord d'où ?

— Du nord de la France.

— Ah ! Je me disais bien que je connaissais cet accent. J'ai eu un très bon copain, un Chti, Raoul il s'appelait. Il collait des « *che* » à tous les mots, « *ch'tiot biloute* », il répétait tout le temps. Il est mort dans mes bras, dans les tranchées près de Verdun. Le pauvre, un éclat d'obus gros comme mon poing au niveau du torse, il n'a pas eu de chance ; un mois avant l'armistice. On formait une belle équipe tous les deux, un type bien qui détestait cette saloperie de guerre. T'es d'où dans le Nord ?

Je jouai les garçons bien élevés.

— Près de Valenciennes, m'sieur.

— Je ne connais pas !

Il ajusta son béret, se passa la main dans le cou.

— Bon, écoute, je suis désolé pour l'accueil, mais on n'a pas souvent de visiteurs, je me méfie. Tu m'as l'air d'un gars correct, tu peux dormir dans la grange pour cette nuit, mais demain tu reprends la route.

— Merci, m'sieur. Promis, je ne vous causerai pas de souci, je veux simplement m'abriter, je n'aurais pas demandé s'il n'y avait pas eu l'orage qui…

— Ouais ! D'accord, d'accord !

Le sexagénaire portait le cheveu court, épais, d'un blanc presque parfait, la moustache indomptée et les sourcils en friche, encore noirs. Il posa la fourche et s'avança vers moi. Il me tendit la main.

— Je m'appelle Joseph, et toi ?

Il plissa le front quand il se rendit compte que j'hésitais à répondre.

— Je n'ai pas de nom, m'sieur. Cherchez pas à comprendre !

Il ouvrit grands les yeux.

— Tout le monde a un nom, même les chiens, pardi !

— Pas moi !

Le fermier haussa les épaules.

— Mouais ! Je préfère ne pas savoir, après tout je m'en fiche ! Allez viens, on va bouger un peu les bottes de paille pour t'installer dans un coin tranquille, sinon ça ne serait pas humain de ma part. Pose ton barda et aide-moi ! Ne sois pas surpris si un chat se colle contre toi cette nuit, ici, c'est son domaine. Il s'appelle Général, il est moche qu'il n'en peut plus, mais il chasse comme aucun autre.

Pendant quelques minutes nous avons déplacé les ballots. L'homme déployait une force insoupçonnable, de celle que les travaux de la ferme exigent, qui se cachait sous une fine musculature. À la fin, il y avait une plateforme à deux mètres du sol, aménagée dans la pyramide de paille, et l'escalier pour y accéder.

— Tu seras mieux un peu en hauteur, parfois des cochons descendent de la montagne, et si l'orage est aussi fort que je le pense, tu risques d'être mouillé si tu restes en bas.

Pour me montrer poli, je l'ai remercié quand les premières gouttes de pluie ont martelé la toiture. Joseph m'a enfin quitté après m'avoir fait jurer dix fois que je ne fumerais pas dans la grange. Encore un inquiet. J'avais promis, pour qu'il me lâche la grappe, il commençait à me saouler.

Un quart d'heure plus tard, à ma grande surprise, il reparut, un panier à la main avec de quoi souper, une lampe de poche et, grâce au ciel, un litre de vin rouge.

L'orage éclata. Ça cognait si fort que la grange tressaillait à chaque coup de canon, la pluie battait le sol dans un bruit assourdissant, du gros grain, ça ruisselait de toute part. La nature entamait sa grande lessive. La température chuta presque d'un coup et je m'enfonçai dans mon sac à viande, les yeux rivés sur les flaques d'eau qui crépitaient, la bouteille de vin pour consolation. Là, au chaud, avec l'odeur de la terre mouillée, je me disais que la vie de vagabond ce n'était pas si mal. Et puis, j'ai pensé à elle. Il pleuvait aussi ce jour-là, une pluie froide qui cinglait la peau, pigmentait les joues, brûlait les doigts, mais elle, elle souriait, elle me regardait et elle souriait. Elle faisait ça souvent. Un sourire qui m'envoûtait, qui me disait que j'étais beau, que j'existais. Kalya détenait ce pouvoir, cette magie qui opérait sur moi. Alors, tel un vulgaire miroir, ma bouche devenait le reflet de la sienne, je souriais à mon tour et mon cœur s'enflammait. Ce soir, comme tous les soirs, j'espérais l'oublier, alors, j'avais bu encore.

Le lendemain, aux premiers rayons du soleil, une boule de poils roux qui s'étirait à mes côtés me sortit de mon sommeil. Joseph n'exagérait pas, Général était moche. Il lui manquait un morceau d'oreille à droite, l'œil pas très vif, la fourrure rêche comme le crin et des moustaches qui n'en finissaient pas. Je lui avais filé un coup de pied et il avait gueulé comme si on l'égorgeait. Les chats, ça joue les seigneurs, les indifférents, mais ça ronronne dès que l'occasion se présente. Des durs à cuire de pacotille, l'ombre d'un tigre, je me jurai de ne jamais leur ressembler.

La tête me pesait, un marteau-pilon battait la mesure et intensifia ses coups une fois debout, je connaissais ce prix à payer quand le cœur noie ses tourments. Sans doute le tord-boyaux de la veille, une piquette qui cachait bien son jeu. L'envie de griller une gitane maïs me décida à sortir de mon trou, l'air était frais, ça sentait l'herbe mouillée, je fis quelques pas dans la cour.

Elle s'étendait du côté ouest de la maison principale, longeait la grange jusqu'au puits, puis mourait en un sentier de terre vers un petit verger et le potager. Les sommets du Vercors baignaient dans une brume épaisse, signe que le sol encore chaud s'était gorgé d'eau. Une buse glissa au-dessus d'un grand tilleul, elle piaula dans un miaulement aigu et se laissa planer plus loin. Je tirai sur ma cigarette, la première taffe m'anesthésia la bouche, la deuxième m'arracha la gorge ; les gitanes maïs, c'était vraiment de la merde !

Je pliai mon sac de couchage, prêt à reprendre la route quand le fermier m'invita à le suivre jusque chez lui. Dans l'unique pièce ensommeillée aux murs de pierres apparentes, plongée dans la pénombre, ça sentait bon le café, le feu de bois et la vie endormie d'un autre temps. La vieille dame somnolait à droite près de la cuisinière, dans un fauteuil au cuir tout aussi usé qu'elle, une couverture sur les genoux. Une table en chêne tordue par les années trônait dans ce qui servait de coin cuisine, des casseroles en cuivre pendouillaient au-dessus de pots à lait. Joseph remplit deux grandes tasses du liquide fumant et deux petits verres d'un alcool blanc. Il tira sur une chaise paillée, signe que je devais m'installer.

— Cette gnôle, tu vas t'en souvenir, je te le dis, bonhomme ! Cette eau-de-vie, elle te remue les sangs et te met la tête à l'envers.

Il sourit.

— Rien de tel pour démarrer la journée !

Je portai le verre à la bouche. Ça sentait l'alcool, mais celui des infirmières avant la piqûre.

— Cul sec ! Sinon elle va te secouer ! encouragea l'homme.

Je vidai le godet d'un trait, laissai la liqueur dans ma bouche pour en saisir les parfums, à l'opposé du conseil. Une bouffée de chaleur m'envahit aussitôt, des vagues de feu léchèrent ma langue, mon palais. J'inspirai et frôlai le malaise ; les vapeurs inondaient mes poumons. Mes yeux tentèrent d'éteindre l'incendie, dans un réflexe ils lâchèrent quelques larmes, j'avalai pour ne pas recracher, hors de question de passer pour une lavette. J'avais déjà descendu des tord-boyaux, du whisky, et tout un tas de breuvages, mais jamais comme celui-ci. Le liquide me consuma l'estomac.

Le vieux éclata de rire et l'envie de lui casser les dents me traversa l'esprit.

— Je t'avais prévenu ! Quatre-vingt-quatre degrés ! C'est pas pour les mauviettes ! Tu t'en sors pas mal. Je toussais aussi à ton âge !

La vieille dame se réveilla.

Le paysan sortit un couteau de sa poche, de la pointe il griffa le pain d'un signe de croix et le trancha. Il m'avança la motte de beurre, le fromage, la gousse d'ail et un bol de soupe, sans un mot. Une étrange sensation m'envahissait, l'homme me jaugeait ou hésitait à me dire quelque chose, je n'aimais pas son regard lourd posé sur moi. Nous avons mastiqué en silence. Quand il eut fini, il planta son Opinel sur la planche à pain, peut-être pour m'impressionner. Il se redressa d'un coup, les mains calées sur la table.

— Ça te plairait de travailler ici ? J'ai du chêne à débiter puis à fendre pour cet hiver. Une bonne dizaine de stères, même un peu plus. Tu devrais abattre le boulot en quatre ou cinq jours. J'approche les soixante-sept ans et ça commence à me tirer sur la couenne et du travail, je n'en manque pas. Si tu acceptes, je t'offre le vivre, le couvert, un litre de rouge le soir et la gnôle et le café le matin, tu dormirais dans la grange. Et si tout se passe bien, je te donnerais peut-être un billet ou deux.

Un billet ou deux, le vieux radin se foutait de ma gueule. J'hésitai, surtout pour la forme, puis, avec un sourire forcé, j'acceptai. J'avais besoin de souffler un peu, de voir ce que le fermier pouvait m'offrir. Il serait toujours temps d'aller se promener ailleurs si la tambouille et l'arrangement tournaient vinaigre.

2

On la surnommait « Lucia la douce », le visage rond d'une sucette, les cheveux noirs d'une agnelle et les yeux caramel. Belle comme un modèle de Rubens. Elle ondulait sous la lumière chaude des lampadaires, sirène d'un soir à la voix suave, vingt-deux ans à peine et le sourire racoleur. Lucia vivait dans les faubourgs d'Anvers, près du port, elle soulageait les hommes de leur peine et surtout de leur argent.

Nous étions en 1936, les temps difficiles de la crise et des grèves n'arrangeaient pas ses affaires. Les communistes d'un côté, les fascistes aux chemises brunes de l'autre, l'alcool et le fanatisme au milieu.

Elle se connaissait quelques faiblesses dont l'amour et celui de l'argent, tous deux l'avaient conduite là. Elle avait fui la misère de sa région natale et avait suivi, le cœur gonflé d'espoir, les doux yeux d'un jeune chanteur sans le moindre grain de voix. Il lui fredonnait des sérénades et cela avait suffi à l'enivrer. Quand le gouailleur trouva une admiratrice plus fortunée, il la laissa là, sans un adieu. Après tout, on la disait mignonne, le métier la dégoûtait moins que le travail à l'usine et elle y gagnait son indépendance, elle y trouva son compte. Cependant, à cause de la crise, les clients commencèrent à manquer. Elle se trouva dans sa mauvaise semaine, celle où les hommes devenaient un danger, où leur sève arrondissait les ventres. Pourtant, elle travailla. Elle céda à de nombreuses reprises, à ceux qui payèrent le prix fort, elle croisa les doigts pour que tout se passât bien.

L'hiver était venu, plus rude avec la précarité. La silhouette ronde de vie, sans clients, le porte-monnaie à l'agonie, elle rentra dans le nord de la France, à Raismes, chez ses parents, la honte dessinée sur son profil. La tourterelle revint au pigeonnier, on l'accueillit le regard noir, sans chaleur. Dehors il faisait froid, les cœurs se montraient de glace. Alors, elle inventa l'histoire d'un salaud de contremaître fasciste, de ceux de la pire espèce qui traitent les hommes comme des esclaves, dans une entreprise de tissage où elle travaillait à la chaîne. Elle raconta son premier jour de grève, le poing levé pour se joindre au mouvement, la nuit passée près des braséros devant les grilles de l'usine. Puis, la voix tremblante, elle ânonna son viol et sa fuite vers les docks où elle trouva refuge. En un instant, d'enfant reniée, de fille sans vertu, indigne, elle se mua en une camarade victime du système, l'étendard d'une révolte ; on ne badinait pas avec la lutte dans les familles communistes. Elle vécut donc là, avec ses parents, son frère, son épouse, leurs deux enfants dans une petite rue d'un coron du quartier d'Arenberg. Les deux hommes de la maison œuvraient pour la Compagnie des mines d'Anzin, à la fosse toute proche : le puits n° 1. Tous deux camarades encartés, ils défendirent l'honneur de la famille. Même si dans le quartier les regards accusaient, on accepta Lucia.

Un mois avant terme, de grimaces en râles, la jeune femme comprit que le bébé devenait impatient. L'argent manquait, la sage-femme n'acceptait pas le crédit, il restait l'hôpital. Soutenue par sa mère, assises au fond du tramway, les mâchoires cadenassées sur un linge, elle tint bon. Elles descendirent au carrefour de la Croix d'Anzin.

Nous étions en mars 1937. Comme un mauvais présage, la pluie chargée de neige fondue s'invita et rendit les trottoirs glissants. La côte qui grimpait jusqu'à l'hôtel-Dieu annonçait un calvaire. À mi-parcours, une dame qui habitait là ordonna à son mari de leur prêter main-forte. Le gaillard en valait deux, il porta Lucia sur les derniers hectomètres. Elle patienta dans la grande salle, tordue de douleurs, assise près d'un silicosé qui crachait ses poumons en de longues quintes effrayantes et d'une femme qui hurlait à la mort, un clou planté dans l'œil droit. Les religieuses, dans leurs robes blanches, telles des danseuses russes flottaient dans les couloirs, imperturbables lueurs pâles. Les contractions se rapprochèrent, plus intenses. Lucia se laissa glisser de sa chaise, perçut à peine la froideur du sol sur son dos. L'enfant naquit là, sur un carrelage à petits carreaux noirs et blancs, triste pion sur l'échiquier de la vie. C'était un garçon de deux kilos cinq, encore fragile, mais en bonne santé.

Le lendemain, la jeune maman rentra chez ses parents avec une bouche de plus à nourrir. Le bébé se prénommerait Hugo, prénom du grand-père paternel décédé dix ans auparavant, un homme qui n'avait laissé que peu de souvenirs si ce n'était cette impression de tristesse et de solitude. Une coutume pour honorer les anciens, un clin d'œil au passé auquel elle ne voulait pas déroger. Le petit ne fut jamais baptisé, c'était un sujet tabou dans les familles du Parti, les églises symbolisaient la puissance passée d'un oppresseur, loin des préoccupations du peuple.

Lucia n'osa jamais l'avouer, elle aurait aimé que son fils Hugo reçoive la bénédiction. Elle finit par se convaincre qu'elle ne pouvait pas en rester là, cet enfant était le sien, celui du péché, elle devait l'en laver ou au moins essayer. Les premiers beaux jours d'avril fleurissaient, les carreaux de mine baignaient enfin dans le ciel bleu, Lucia prétexta de sortir promener son fils et se rendit à la chapelle Sainte-Barbe.

L'édifice se voulait discret sans y parvenir, d'autres lieux saints le jalousaient tant il impressionnait par la beauté de ses lignes et sa coupole centrale. Lucia n'y entendait rien en salamalecs et bondieuseries, mais elle plia un genou en entrant, se couvrit la tête et se signa de façon décousue. La chapelle jouait de sa hauteur pour oppresser le visiteur, imposante, blanche, lumineuse devant la grisaille des âmes. En ce milieu d'après-midi, seule la fumée des cierges indiquait que quelques fidèles s'étaient perdus ici. Lucia força le pas qui résonna jusqu'à l'autel, présenta son enfant à bout de bras et, avec ses mots à elle, demanda pardon à l'homme sur la croix. Juste avant de sortir, elle s'arrêta devant le bénitier, elle y trempa l'index et arrosa de quelques gouttes le front du nourrisson, il ne pleura pas ni même ne grimaça, ce qui lui parut un joli présage. Sur les marches de l'église, elle se sentit bien plus sereine, elle se jura que son fils ne serait pas comme toutes ces carcasses, souillées de suie noire. Lucia, contrainte et forcée par ses parents, trouva un emploi dans une petite usine de Valenciennes. Une société d'emboutissage où elle vérifiait la fabrication d'équerres et de rondelles dans un vacarme assourdissant. Une demi-heure de vélo aller, puis retour, des horaires décalés, un salaire de misère, un travail ennuyeux, fatigant, qui l'épuisait. En secret, elle espérait toujours rencontrer l'amour, un homme qui enfin prendrait soin d'elle comme d'un trésor que l'on ne veut pas partager, mais quand on sentait l'huile et le cambouis, que la fatigue creusait les cernes, on rêvait vite et on oubliait encore plus vite.

Hugo développa une faculté pour le langage bien plus tôt que les autres enfants, sans doute grâce à sa mamie qui le gardait et parlait à longueur de journée. D'origine madrilène, elle avait ça dans le sang et elle ne figurait pas dans les exceptions.

Jour après jour, Lucia perdait pied, sa jovialité, son sourire, son amour de la vie s'estompaient, ses espoirs d'amour et de vie sereine s'envolaient. Le soir, elle rentrait épuisée, aidait à la maison, s'occupait de son fils quand il ne dormait pas encore, et éreintée, se couchait avec le cœur au bord des yeux. Dans un sursaut qui frôla le désespoir, elle prétexta des problèmes de santé, une surdité naissante, pour changer d'emploi, ce qui lui valut de nouveau un désaveu de son père. Elle ne lâcha pas prise et le dimanche suivant elle trouva avec une facilité déconcertante. Un bar-tabac sur la place d'Anzin, de taille raisonnable, qui portait de manière pompeuse le nom de « Grand Café », cherchait une serveuse, elle sauta sur l'occasion et fut recrutée.

Elle travaillait le soir, jusqu'à la nuit tombante, mais sans cette fois se plaindre du bruit, Lucia renouait avec le plaisir de vivre. Il y avait du monde, des rires et des buveurs de bière en pagaille pour lui dire qu'elle était belle et lui sourire. Elle n'avait pas froid aux yeux, les hommes avaient les mains chaudes, le patron frottait les siennes. Après quelques semaines, le moyen d'arrondir ses fins de mois vit le jour presque avec naturel, le goût qu'avait Lucia pour l'argent restait intact. Une pièce se nichait sous le toit de l'estaminet, elle fut vite aménagée avec la bénédiction du propriétaire. Lucia choisissait ses clients, l'autre empochait sa part et tout le monde y trouvait son compte. Cela fonctionna ainsi pendant un temps, la jeune femme retrouvait des couleurs, se jouait des hommes, économisait, elle se surprenait à rêver de nouveau, se disait que peut-être un jour l'un d'eux l'enlèverait, l'aimerait plus longtemps que le temps d'une passe. Elle aimait les hommes et parfois s'étonnait de son penchant pour les canailles et leur argent facile.

Tout se passa à merveille jusqu'à l'attaque de la Belgique par les Allemands en mai 1940. Les bombardements sur Dunkerque et Calais, la capitulation de la Hollande le matin du 15, le repli des forces françaises aux rives de la Meuse puis de celles de l'Escaut, firent paniquer la population. Lucia s'affola, animée par le désir profond de protéger son garçon.

Elle quitta la maison parentale avec son fils, par le premier train pour la capitale, tandis que sa famille restait sur place. Les réfugiés belges et hollandais se comptaient par milliers. Les Parisiens comprirent que la guerre prenait une mauvaise tournure et commencèrent à fuir à leur tour. Lucia trouva un petit appartement sous les toits, dans le quartier des Épinettes. La gaudriole lui avait permis d'amasser une belle somme d'argent, elle espérait ne pas se trouver dans le besoin avant un long moment. Elle croyait en l'armée française et ses alliés, Paris ne tomberait pas, elle méprisait la foule qui disait le contraire.

3

Cela faisait deux jours que je m'échinais sur des billots de bois. Des ampoules aux mains et des courbatures rendaient la hache bien moins docile. La vieille dame commençait à me courir, je l'avais rebaptisée « la momie ». Chaque fois que j'avais le malheur de passer devant elle, assise sur sa chaise paillée, elle s'en donnait à cœur joie. À mes regards appuyés, elle avait dû comprendre que cela m'agaçait. « C'est le métier qui rentre, mon mignon », claironnait-elle en riant avec sa voix de crécelle. J'avais peut-être rallumé un vieux souvenir dans sa cervelle décrépite. Parfois, elle gueulait un « Bouge tes fesses, t'es pas en vacances, gamin ! ». Joseph se marrait, il n'avait pas vu sa mère comme ça depuis des années. « Tu lui plais », m'avait-il lancé avec un clin d'œil taquin. Je n'avais pas souri pour ne pas encourager la momie. Il ne se rendait pas compte que leurs conneries, ça me gavait. Je n'étais pas trop du genre à apprécier les remarques, même quand elles venaient d'une vieille folle à moitié morte.

Le travail se révéla bien plus rude que je l'imaginais. J'y mettais toute ma hargne, raison pour laquelle j'en bavais autant. La douleur, je m'en cognais, j'avais l'habitude, je ne la craignais plus, mais, à ce rythme, le corps donnerait vite des signes de ses limites.

Le troisième jour, malgré les bandages, voyant que les ampoules s'étaient percées, sans doute par pitié, Joseph m'obligea à prendre du repos. Je refusai, mais il ne me laissa pas le choix, prétextant une tâche plus urgente : je devais me rendre à la ville voisine avec sa mobylette, il n'eut plus besoin de me convaincre. Je devais récupérer des papiers chez le notaire et une commande chez le quincaillier, ils attendaient ma visite.

— Tu as déjà roulé sur une mobylette ? me demanda-t-il en se grattant la tête.

Un instant, je crus qu'il me prenait pour un imbécile, mais son air sérieux me détrompa.

— Bien entendu !

— Mouais... Chabeuil se trouve à quelques kilomètres, tu ne peux pas te tromper, tu descends vers la plaine, une fois au bout de cette route tu verras l'église un peu en hauteur et les remparts. Il y a des sandows dans la sacoche droite. Et vas-y doucement, parfois, la machine réagit de façon capricieuse.

Je secouai la tête, pressé de partir, et j'enfourchai l'engin. Joseph m'arrêta dans mon élan.

— Ho ! Ho ! Tu vas où comme ça ?

— Bah, en ville !

— Et le casque ?

— Le casque ?

— Tu ne vois pas un truc noir en cuir sur le porte-bagages ?

Je me retournai et saisis l'objet. Un vieux casque tout pourri en cuir élimé en forme de bol et à l'intérieur des lunettes rondes avec un large élastique noir. J'hésitai, mais l'homme m'observait avec impatience.

— Allez, mets-le !

Je m'esclaffai sans retenue.

— Vous m'avez bien regardé ? Vous croyez que je vais piloter un avion de la Première Guerre ? Sérieusement, vous me voyez avec ce truc sur la tête ? J'ai pas envie qu'on se foute de ma poire !

Le paysan n'esquissa pas même un début de grimace et posa les poings sur ses hanches. Faire un tour sur le deux-roues me démangeait, j'enfilai son casque. J'avais les cheveux déjà longs, la tête large, il refusait de descendre sur mon crâne. Le fermier frappa un grand coup sur ma tête.

— Oh, grand-père !

— Arrête de pleurnicher et ne m'appelle pas grand-père ! Tu vois qu'il est rentré, allez, met les lunettes, et ne traîne pas en route.

Je poussai sur le guidon pour libérer l'engin posé sur la béquille centrale et pédalai sur deux trois mètres, la mobylette toussota, le moteur s'emballa, j'accélérai. Je m'éloignais déjà sur le chemin de terre, le bruit de pétarade masqua les dernières recommandations du paysan. Il pouvait aller au diable !

Je me suis arrêté dès que j'ai été hors de vue de la ferme, j'ai enfoui le casque et les lunettes dans une des sacoches, je n'avais pas envie qu'on se foute de ma gueule. La mobylette se traînait, heureusement le vent du sud ne jouait pas contre nous. La route, bordée de verdure, de champs et de prairies, serpentait. J'ai profité de cet instant de liberté.

Arrivé à Chabeuil, j'ai découvert avec étonnement la beauté de la ville. Pas très grande, mais coquette, avec l'ancienne entrée et son porche en pierres blanches, les vestiges des remparts, le pont qui enjambait la Véore. J'ai trouvé facilement le notaire et le quincaillier, proches l'un de l'autre. Une fois les deux colis récupérés, je me suis arrêté pour m'en jeter un derrière le gosier, dans un café de la rue pavée qui montait vers l'église. Puis, sans détour, je repris le chemin de la ferme.

Joseph m'attendait, assis près de sa mère, il fumait la pipe. Quand il m'aperçut, il la tapota contre le pied de sa chaise, la fourra dans la poche de sa veste d'un geste énergique, redressa sa large carcasse, se leva et m'accueillit, le regard sombre.

— Tout s'est bien passé ?

J'avais répondu que oui. Je lui avais tendu l'enveloppe et le carton du quincaillier. Le fermier affichait une mine bizarre. Il me suivit jusqu'à l'atelier où je remisai le cyclomoteur.

— Bon, je vois que tu en as pris soin, c'est bien !

— Vu la vitesse à laquelle elle avance, ça ne craignait rien !

Il haussa les épaules.

— Tiens ! Je viens de recevoir deux copains, dommage, tu les as loupés.

Je ne relevai pas.

— Le premier est si grand que cela aurait été comique de le voir à tes côtés. Une armoire, ce type !

Un mètre quatre-vingt-dix, deux quintaux au bas mot et une gouaille pas possible. Quand il parle, on dirait qu'il a avalé un porte-voix et quand il rit ça fait fuir les corneilles à un kilomètre à la ronde. Franck Courtiaux ! Un bon gars. Son acolyte est gentil aussi, il vient du Sud-Ouest, il roule les « r », mais une crème.

— Pourquoi vous me racontez ça ?

— Comme ça ! Enfin, disons que le premier est adjudant de gendarmerie et le second son adjoint. Et devine ce qu'ils me voulaient ?

J'ai mieux compris le regard sévère qu'il me lançait depuis mon retour. Je savais que le purgatoire me fermerait ses portes et que l'enfer m'accueillerait à bras ouverts ; depuis des mois que je traînais ma carcasse sur les routes, les conneries je les avais accumulées, mais dans les parages, je ne me souvenais que de l'histoire du vieux et du génépi, des broutilles. Je suis resté sur mes gardes. Je répondis de façon évasive :

— Je ne sais pas, m'sieur Joseph.

— Ils cherchaient un jeune, pas bien grand, avec une barbe clairsemée et des cheveux ébouriffés. Ah oui ! Avec un accent pas du coin, aussi, et un sac à dos. Tu ne connaîtrais pas quelqu'un qui ressemble à ça, par hasard ?

Sa manière de me parler m'agaça, on aurait dit qu'il se prenait pour mon père. Je passai devant lui presque en le bousculant et sortis de l'atelier. J'avais compris où il voulait en venir. Il ne me restait plus qu'à récupérer mes affaires dans la grange et à me barrer, mais avant, il faudrait que je lui pète ses lunettes, au vieux. Il s'est mis à me suivre, en élevant la voix.

— Et tu sais ce qu'il reprochait à ce garçon ?

— Non, mais j'en ai rien à foutre ! Lâchez-moi avec vos salades ! J'ai compris, je me casse !

Mais cela ne lui suffit pas, il y avait comme de la moquerie dans son intonation et j'avais horreur de ça. J'ai soupiré bruyamment, histoire qu'il saisisse qu'il était temps de s'arrêter.

— Il paraît qu'il a boxé un vieux poivrot et qu'il a piqué de l'alcool à quelques kilomètres d'ici, à Saint-Vincent.

Je durcis la voix, menaçant.

— Ça se pourrait bien, et alors ?

Tandis que je pliais mon sac de couchage, il posa la main sur mon épaule. J'en tressaillis. Son timbre de voix s'apaisa, de moqueur il devint amical.

— Tu fais quoi ? Laisse ton barda !

— Faudrait savoir !

— Arrête de jouer les persécutés. Rassure-toi, le vieux n'est pas mort, et c'est bien dommage ! Cette vieille peau de Gabion l'aurait bien mérité, c'est un braconnier et une crapule de la pire espèce ! Une année, je l'ai surpris en train de me chaparder des noix, il en avait rempli un plein sac, le bougre. Il a perdu connaissance à la suite de ton coup de poing, j'aurais aimé être là pour voir ça.

Joseph plissa les yeux, malicieux.

— Dans la famille, on n'est pas du genre à dénoncer, on serait plutôt du genre à prendre le maquis. J'aime bien les gendarmes, et ils font leur boulot, mais le Gabion, il a eu que ce qu'il méritait. J'ai dit que je ne t'avais jamais vu, ils m'ont cru.

Je m'en foutais un peu de ses explications et que l'autre soit mort ou pas. La Faucheuse, je l'emmerdais. Elle n'était rien qu'une lumière éteinte, le vide, le néant, un détail de la vie, un interrupteur qu'on manipulait de façon définitive. Il suffisait de plonger dans un livre d'histoire, on y parlait de la vie des grands et des petits, mais leur mort ne tenait qu'en une ligne. La mort, je l'emmerdais, celle des autres et la mienne aussi. Joseph ne s'arrêtait plus.

— Surtout, ne me remercie pas ! À l'occasion, je croiserai la Madelon, l'épicière, je la connais, je lui paierai sa liqueur et je lui demanderai de retirer sa plainte, mais je retiendrai ça sur ton salaire.

Il me tapota encore une fois dans le dos, et il ajouta :

— Il va être midi, viens, on va boire un gorgeon pour fêter ça. Je vais rendre visite à la fille Bresson aussi, elle me coupe les cheveux de temps en temps, je lui demanderai qu'elle vienne te faire une tête convenable, une qu'on ne reconnaît pas trop facilement et qu'elle te rase les quatre poils qui te gratouillent le menton.

Je le suivis, boire un coup était ce qu'il pouvait me proposer de mieux.

La vieille recommença en me voyant :

— Il est mignon, l'apprenti.

— Laisse-le tranquille !

Elle éclata de rire, je crus que sa mâchoire allait tomber, ça n'aurait pas été pour me déplaire, j'aurais même pu l'aider.

Nous nous étions installés autour de la table de la

cuisine. Joseph servit trois verres de vin, ce qui calma les ardeurs de sa mère. J'osai une question.

— Pourquoi vous faites tout ça pour moi, m'sieur ? Des gars pour couper du bois, dans le coin, ça ne doit pas manquer…

— Et pourquoi non ? Allez, trinquons au printemps et aux beaux jours !

L'affaire était close, j'avais voulu me montrer poli, je me foutais de sa réponse.

4

Le 14 juin 1940, trois semaines après que Lucia avait pris ses quartiers dans Paris, les Allemands accrochèrent le drapeau nazi en haut de la tour Eiffel, la ville s'était rendue en se déclarant ville ouverte, sans le moindre combat. Le peu de Parisiens restés sur place se virent interdits de sortir de leurs domiciles. La jeune femme s'en félicita presque, le cœur meurtri, les larmes en embuscade. Elle se cloîtra dans son appartement pendant un mois, ne sortit que pour de rares achats alimentaires. Hugo, lui, ne s'en plaignit pas, il profitait de sa mère, des moments privilégiés, il ne se rendait pas vraiment compte.

L'occupant se montra plus envahissant, plus présent, avec de nouveaux panneaux écrits en allemand. Il réquisitionna des bâtiments prestigieux un peu partout dans Paris, l'Assemblée, le Sénat, de grands hôtels. Un simulacre de vie s'installait, étrange et hésitant.

Lucia apprit d'un résident qui vivait là de longue date que le gardien de l'immeuble continuait d'encaisser le loyer d'une famille juive partie à l'étranger. Il profitait des mandats et s'enrichissait sans vergogne. Quand elle descendit pour lui en parler, il se trouva d'abord gêné puis se fâcha, jura haut et fort qu'il gardait les recettes pour les propriétaires et qu'il leur rendrait dès qu'ils reviendraient. Elle quitta son logement le surlendemain pour un rez-de-chaussée meublé, près du parc Monceau. L'endroit était spacieux, avec une salle de bains et surtout deux chambres, le tout en très bon état. Le propriétaire, un colonel en retraite des sapeurs-pompiers de Paris, résidait à l'étage du dessus, il préférait louer à bas prix plutôt que de laisser l'appartement vide.

Au fil des semaines et des mois, enfermée chez elle, Lucia commença à s'ennuyer. Certes, elle passait beaucoup de temps avec Hugo, mais ne plus voir personne, hormis le colonel qui venait parfois la saluer, lui manquait terriblement. Il lui donnait des nouvelles de la vie dehors, des groupes de résistants s'étaient formés, l'un d'eux, le Réseau du musée de l'Homme, qui diffusait le journal *Résistance*, venait d'être démantelé, dix membres avaient été condamnés à mort. L'enfant fêtait à peine ses quatre ans, nous étions en avril 1941.

Les économies de Lucia fondaient, tant et si bien qu'elle se résolut à rechercher un emploi. Un matin, elle découvrit une annonce dans le quotidien *Paris-Soir*, on recrutait deux femmes de chambre au Majestic, à moins de dix minutes de marche. Elle laissa son fils en garde à une veuve qui vivait dans l'immeuble contigu au sien et se présenta. Vingt femmes au moins patientaient derrière le palace, rangées en file indienne, à attendre qu'on les appelle. Il y avait des pauvrettes, des filles qui voulaient jouer les grandes dames et elle, au milieu. Lucia n'obtint pas la place, elle n'avait aucune lettre de recommandation, pas d'expérience excepté son emploi de serveuse, et elle ne semblait pas plaire au responsable, un homme guindé qui la prenait de haut.

Pourtant, une semaine plus tard, un employé de l'hôtel vint sonner chez elle, un des serveurs manquait à l'appel depuis deux jours, on lui proposait de le remplacer au pied levé dès le lendemain. Elle se précipita chez le colonel, l'implora de veiller une heure seulement sur Hugo, l'embrassa sur la joue quand il accepta. Lucia ne prit pas le temps de se maquiller, elle enfila ses chaussures noires et se précipita au Majestic. Elle eut un entretien avec un maître d'hôtel, tout se passa pour le mieux. Elle travaillerait de trois heures de l'après-midi jusqu'à onze heures du soir pour un salaire bien supérieur à ce qu'elle aurait espéré. Une nouvelle vie s'offrait à elle.

Les premiers temps, la jeune recrue ressentit quelques difficultés à s'intégrer à l'équipe du bar, elle manquait de style, de grâce, s'exprimait parfois avec maladresse, mais elle apprit vite et, en un mois, tout cela fut oublié.

L'hôtel avait été réquisitionné au tout début de l'Occupation, le haut-commandement militaire allemand en France avait investi les derniers étages. Beaucoup d'officiers fréquentaient l'endroit, mais aussi des responsables français de différentes administrations, des chefs d'entreprise, des commerçants.

Lucia aimait son emploi, les serveurs travaillaient en équipes de trois, les soirées se passaient dans le calme, au son du piano, loin de celles du café de la place d'Anzin. Les salons, réservés surtout par des habitués, se vidaient peu avant onze heures. Elle apprit quelques mots de la langue de Goethe pour contenter les clients et récoltait parfois, grâce à cela, de jolis pourboires.

Cela faisait trois mois qu'elle arpentait les allées au milieu des tables et des sofas, quand un officier de la Wehrmacht l'invita au restaurant. Les consignes étaient formelles, pas d'intimité avec les clients, ni pendant ni après le service sous peine de renvoi. Elle refusa poliment. L'homme, un certain Wilfrid, ne s'en laissa pas compter. Quelques jours plus tard, un livreur sonna à la porte de l'appartement de Lucia, les bras chargés de roses rouges. Une carte l'invitait à déjeuner le jour même dans un grand restaurant de la place Vendôme. Elle n'y alla pas, mais conserva les fleurs. Elle se sentait flattée, ce capitaine n'était pas vilain, son aîné de dix ans à peine, svelte et un regard qui déstabilisait. Il revint à la charge et fit déposer un flacon de parfum, Chanel N° 5, sans doute le plus cher et le plus couru des Parisiennes, mais cette fois sans invitation. Elle en fut presque déçue. Après plusieurs tentatives, elle céda à sa demande. Ils dînèrent ensemble, un soir où elle ne travaillait pas, dans un petit restaurant près de la tour Eiffel.

Elle lui résista une semaine encore avant de succomber. La relation fut éphémère, le chasseur s'intéressait à d'autres proies. Mais, dès lors, d'autres militaires tentèrent leur chance, plus nombreux, plus souvent, plus généreux. Lucia en prit son parti, ils pliaient le genou devant elle, elle se sentait libre de ses choix, de l'instant, de dire non. La vie parisienne l'envoûtait, son désir d'argent et de bien-être gagnait le match une nouvelle fois.

Son propriétaire le lui avait déconseillé, mais elle reçut parfois des hommes chez elle, le soir, quand Hugo dormait. Quand elle pensait qu'il dormait. Mais, le garçon, souvent levé tôt le matin, voyait bien les uniformes, les hommes partir, entendait les rires décousus. Elle inventa des histoires à dormir debout, à cet âge on était crédule, pas Hugo.

5

Le fermier cachait mal ses cicatrices derrière ses airs de maroufle, ça transpirait dans sa façon de passer du taiseux au gentil en quelques secondes. Il vivait seul avec sa mère, sans femme ni enfants ou petits-enfants, il souffrait sans doute de cette solitude. J'avais rangé le bonhomme dans la catégorie des inquiets, il suffisait de regarder ses ongles pour comprendre à quel point, mais aussi dans celle des hommes faciles à manipuler, des braves garçons pleins de bons sentiments, et cela se vérifia à la fin du repas. Il ouvrit le carton du quincaillier et en sortit des clous de charpentier, des pierres à briquet, de la mèche pour lampe à huile et une paire de gants de peau qu'il m'offrit dans un sourire timide.

L'ordre du jour ressemblait à celui d'un congé forcé. La fille Bresson, Solange de son prénom, passerait vers quatre heures pour me raser et me couper les cheveux. Le paysan semblait heureux de cette décision, cependant, à le voir se gratter la tête, je réalisai qu'une chose le contrariait.

— Jeune homme, je ne vais pas tourner autour du

pot, mais il faut que je te dise un truc, pas très… commode.

Je lui renvoyai une moue qui en disait long sur mon indifférence. Devant mon manque d'intérêt, il poursuivit tout net :

— Solange, elle est à cheval sur la propreté. Tu comprends ?

— Oui. Et alors ?

— Alors ?

Il dodelina de la tête, leva les sourcils, pivota vers sa mère.

— M'man ?

Comme sa mère ne bougeait pas, il insista.

— M'man !

Il tendit le bras, la secoua avec ménagement. Pour la première fois, il l'appela par son prénom.

— Blanche ! Réveille-toi !

— Hein ? Quoi ?

Elle l'observa par-dessus ses petites lunettes rondes.

— Dis-y à notre invité, l'histoire de la propreté à Solange.

La vieille se redressa dans son fauteuil avec une grimace d'inconfort, me dévisagea et cracha son venin.

— Tu pues mon garçon, faut t'laver !

Je ne l'avais pas vue venir celle-là, mais je ne répondis pas. La vieille dame se leva, ouvrit une armoire aux charnières grinçantes et me tendit, en m'exposant ses deux dents, un morceau de savon noir et une serviette.

— Je peux t'aider, si tu veux ! Tiens ça aussi ! La brosse de crin, elle ne sera pas de trop. Et n'hésite pas à frotter !

J'empestais, le constat s'imposait. J'arpentais les routes depuis des mois et des mois et je ne m'étais pas récuré souvent avec du savon. Je me souvenais de quelques endroits où je m'étais baigné, des sources ou des fontaines où j'avais paré au plus urgent. J'avais parfois trouvé, comme ici, un petit boulot et j'en avais profité pour louer une chambre, mais quand j'y réfléchissais, je comptais plus de jours sans qu'avec. Fallait dire que ça ne me dérangeait pas tant que ça, je m'étais habitué.

J'étais allé au puits y remplir un seau, puis je m'étais déshabillé dans la grange. J'avais dû changer l'eau à trois reprises avant qu'elle restât claire. Je m'essuyais quand Joseph m'apporta du linge.

— Tiens ! Ça appartenait à mon fils, ça sera peut-être un peu grand, mais au moins c'est propre. Tu chausses du combien ?

— 40, m'sieur !

— C'est du 42, tu n'auras qu'à mettre de la paille au bout, elles sentent encore le neuf… c'est du vrai cuir et elles montent jusqu'à la cheville. Tu peux tout garder, et lave ton linge !

« Merci », que j'avais lâché du bout des lèvres, pour le contenter. Je n'avais jamais été très fort pour dire merci, je crois qu'il l'avait compris. Il s'en était retourné, le dos voûté, peut-être soulagé d'avoir trouvé quelqu'un à qui offrir ces souvenirs pesants. Il avait donc eu un gamin. Je ne lui avais pas demandé ce qu'il était devenu, mais à voir sa tête, je me doutais du passé, soit il était mort pendant la guerre soit il s'était sauvé de ce trou à rats.

J'avais lavé mon linge au lavoir, sur la planche de bois. Je finissais de l'étendre quand Joseph me héla. Solange venait d'arriver à vélo avec sa valise sur le porte-bagages. Lorsqu'il m'avait parlé de la fille Bresson, je m'étais imaginé une jeune femme de vingt ans, mais je me trompais. La dame qui se tenait devant moi et me détaillait comme une pièce de bœuf chez le boucher, approchait les trente-cinq ans. Les cheveux clairs montés en chignon, une robe noire à pois blancs serrée à la taille, comme dans les magazines, elle semblait d'un autre monde, pas à sa place. Elle n'était pas vilaine ni vraiment belle, mais avec son visage poudré, ses yeux sombres aux cils étirés et sa bouche qui hésitait à sourire, elle dégageait quelque chose qui titilla ma curiosité. Joseph nous présenta : moi le tâcheron, elle la coiffeuse. Il lui proposa de s'installer dans la remise, mais elle refusa, il faisait beau et doux, elle préférait rester dehors.

Nous atterrîmes derrière la maison, dans la cour, près de la grange, moi assis sur un tabouret, elle debout à me dévisager tel un peintre devant son modèle. Joseph avait apporté une petite table, une bassine et la bouilloire d'eau chaude. Elle ouvrit sa valise dans des gestes précieux et en sortit ses ustensiles. Elle se tourna à nouveau vers moi.

— Comment s'appelle ce beau jeune homme ?

— Il ne s'appelle pas… madame.

Elle ne sembla pas surprise, sans doute Joseph lui avait-il dit que je n'avais pas de nom. Cependant, elle feignit d'être outragée.

— Madame ? Comme tu y vas ! Tu m'as prise pour ta mère ! Appelle-moi Solange.

Elle s'approcha, ajusta une serviette blanche autour de mon cou. Son visage frôla le mien. Une fraîche odeur épicée me piqua le nez, un parfum envoûtant qui tranchait avec celui de la ferme. Elle posa son index sur mon menton et, d'un geste amusé, poussa ma tête en arrière.

— Ne bouge pas, si tu tiens à garder intact ton joli minois.

Une main habile maniait la lame qui grattait mes joues, tandis que la seconde se baladait sur ma mâchoire pour incliner ma tête au gré de sa volonté. Quand elle eut terminé, elle essuya la mousse, puis elle caressa mon visage, lentement, depuis les pommettes jusqu'à mon cou. Mon cœur s'emballa, j'avais oublié la douceur d'une caresse, la chaleur d'une autre, le contact de la peau. J'ouvris les yeux, elle me souriait. Elle s'écarta, et nettoya ses ustensiles.

— Quel âge as-tu, bel inconnu ? lança-t-elle avec une pointe d'insouciance.

Loin de moi l'envie de tailler une bavette, je répondis sèchement.

— Vingt-cinq ans.

— J'aime bien les beaux ténébreux, ça tombe à pic. Je te croyais plus jeune, tu ne me mentirais pas ? Non, je ne pense pas…

Elle chaussa une paire de ciseaux dans une main, et un peigne dans l'autre.

— Alors ! Joseph me dit que l'on ne doit pas te reconnaître, cela ne me laisse pas beaucoup de choix, il va falloir que je sculpte dans ce buisson. Tes cheveux sont fournis et d'un noir intense comme on en voit peu, tu me rappelles un ami espagnol. Allez, au boulot ! soupira-t-elle. J'y vais ?

Elle s'écoutait parler, elle en faisait des caisses. Je lui répondis dans un soupir.

— Allez-y, madame…

Elle fronça les sourcils qu'elle avait délicats. Elle insista en décortiquant les syllabes de son prénom.

— Solange, Solange.

Cela en devenait désespérant.

— Très bien, faites-vous plaisir, Solange.

— Si tu me vouvoies encore une fois, je te fais des trous dans la tête ! claironna-t-elle d'une voix d'adolescente, joueuse.

Elle se plaça derrière moi, collée contre mon dos. Elle passa la main entre les mèches hirsutes de ma tignasse, tira un peu dessus pour les démêler. « Il y a du travail », avait-elle ajouté comme un défi qu'elle se lançait. Puis elle se pencha à mon oreille et murmura :

— Tu veux bien enlever ta chemise, sinon elle risque de gratter par la suite.

Comme je ne bougeai pas ni ne répondis, elle se redressa et reprit aussitôt, sans doute vexée :

— Je peux mettre une serviette sur tes épaules, mais cela ne suffira pas. Comme tu veux !

Elle se déhancha, me sourit comme à un gamin, puis s'inclina vers moi en m'offrant son décolleté pour attacher son morceau d'étoffe à mon cou. Enfin, elle se positionna de nouveau derrière moi.

Les ciseaux cliquetèrent un long moment, les mèches tombaient, la brosse étirait. Solange me frôlait, se serrait contre une épaule ou mon bras. Les femmes de son âge ne figuraient pas à mon tableau de chasse, elle pensait sans doute que j'y cocherais une exception. Elle me prenait pour une souris inoffensive, pourtant le chat, c'était moi. Elle recula, me détailla.

— Les cheveux courts te rajeunissent un peu, ça te va très bien. Je t'imagine acteur de cinéma ! Y as-tu songé ?

J'avais secoué la tête. Elle revint vers moi, son parfum m'inonda, la vue de sa peau de nacre éveilla mes sens. Elle coupa encore, semblait heureuse. Elle pépiait tel un oiseau, s'épanchait sur sa vie, seule avec sa fille dans la ferme de ses beaux-parents, son mari mort depuis huit ans, son envie de voir Paris, de voyager, de fréquenter les grands salons. Elle me racontait son histoire, et je m'en foutais royalement.

Elle me demanda de déboutonner le col de ma chemise et les deux premiers boutons, puis elle se saisit du rasoir.

— Penche la tête en avant que je finisse avec ses vilains poils dans ton cou !

Elle tira sur ma chemise, découvrit ma nuque, la caressa, descendit à droite vers mon épaule et stoppa sa main.

— C'est quoi cette vilaine cicatrice qui remonte de ton dos ?

— Rien !

Elle se tut, me rasa et m'aspergea d'un peu d'eau de Cologne.

— Te voilà tout beau. Il faut que tu te regardes dans une glace, ne bouge pas.

Le moment de payer était venu et le paysan pour éviter de me mettre mal à l'aise me glissa un billet dans la main. Joseph me demanda d'accompagner la coiffeuse jusqu'au croisement tandis qu'elle poussait son vélo.

Je lui tendis la main pour la saluer, elle la serra et me tira vers elle, m'embrassa sur la joue.

— Le plaisir de toucher ta peau si bien rasée, plaisanta-t-elle.

Son visage se figea, son regard pétillait.

— Quand tu auras fini ici, passe me dire bonjour, j'habite la troisième ferme sur la droite en suivant cette route.

Je hochai juste la tête. Elle enfourcha son vélo.

— Tu ne viendras pas, je le sais, mais tu as tort !

Je ne relevai pas, elle ne devint plus qu'un point à l'horizon qui rougissait du soleil couchant.

Après le souper, j'étais retourné à la grange avec une bonne moitié de bouteille de rouge à terminer. Général veillait au grain, assis sur une poutre de la charpente. L'animal n'était pas si vilain, nous nous étions apprivoisés. Je me sentais entre deux eaux, reposé, propre au-dehors et pas assez ivre pour m'endormir.

La lune se prenait pour un astre, elle brillait dans un cercle de lait qui se diluait dans l'étendue noire. J'aimais m'y perdre, imaginer tous les mondes, là-haut. Un ciel si grand que, lorsque mon regard se perdait dans les étoiles, il m'écrasait et me rendait si petit, si insignifiant, que mes peines s'allégeaient, elles aussi. Je me sentais tel un grain de sable, ballotté dans le grand sablier. Je me débattais, me cognais aux parois, marchais sur les autres pour ne pas glisser dans l'entonnoir, un combat perdu d'avance. Ma vie se résumait à ça, me débattre, encore et toujours, pour ne pas sombrer dans l'ennui. Vivre et s'ennuyer, c'était pire que tout, c'était mourir déjà, et moi je ne voulais pas crever de mon vivant. Je m'étais battu plus d'une fois, contre les autres, contre leurs règles et leur façon de vouloir me les imposer, leur façon de m'obliger à marcher dans les clous. Certains n'avaient pas aimé mon mode d'emploi : vivre, quitte à en crever ou à crever les autres. Crever les autres.

Je bus encore.

Assis sur une botte de paille près du puits, fumant une cigarette, la tête en l'air, mon attention fut attirée par le halo d'une lumière fébrile qui venait vers moi. Les yeux gavés de noir, il me fallut un temps pour comprendre qu'il s'agissait de Solange et de son vélo. Elle le posa contre un pilier et s'approcha de moi.

— J'avais peur que tu ne dormes déjà !

Elle s'était changée et portait une large jupe plissée, un fin pull blanc et un grand châle sur les épaules. Elle avait dénoué son chignon et laissé libres ses cheveux, cachés sous un foulard de soie.

— Tu n'es pas content de me voir ? protesta-t-elle.

— Si, bien sûr, un peu étonné.

— Eh bien, quel accueil ! Que fais-tu là ? Tu comptes les étoiles ?

— Je pourrais passer ma vie à les regarder.

— Je vais être jalouse.

Elle passa la main sur ma nuque.

— J'ai apporté de quoi nous amuser un peu. Viens !

Elle se dirigea vers sa bicyclette, puis sortit de la sacoche deux verres et une bouteille.

— De la mirabelle que distille mon beau-père, Georges. Tu m'en diras des nouvelles.

Nous nous assîmes côte à côte, à l'abri sous la grange. Elle avait rempli les deux verres à goutte et nous avions trinqué. Elle ne fit qu'une goulée du premier et se servit aussitôt un second, qu'elle avala cul sec dans un rire de satisfaction.

— T'as vraiment peur de rien, toi !

Elle grommela :

— Et pourquoi pas ?

Elle sentait bon le printemps, ses yeux brillaient plus que l'astre argenté. Elle se pencha vers moi, glissa la main dans mon cou et m'embrassa du bout des lèvres. Puis, elle se leva, posa mon verre au sol, me prit par le bras et me conduisit vers mon refuge. Elle ôta son foulard, son châle, qu'elle étendit sur ma couche et elle s'allongea. Je restais debout, ivre, à la regarder. Alors, doucement, elle souleva sa jupe, découvrant ses bas noirs. Je me laissai tomber à genoux et glissai ma tête sous le fin tissu. Mon visage frôla l'intérieur de ses cuisses, caressa sa peau douce et fébrile. Elle sentait l'été, les champs de blé et le pain de seigle. Je me perdis là, un long moment, entre ses frissons et ses soupirs, grisé de vie, ivre d'elle, prisonnier du tourbillon. Dans un mouvement de hanches, elle se cambra et ondula, sa main repoussa ma tête. Elle se mit à rire, de ce rire fin et timide des vertiges du plaisir.

Elle retira son pull et me tendit les bras. Elle rayonnait d'un espoir plus grand et je brûlais de la satisfaire, et ce, bien malgré moi. Je me déshabillai vite, m'allongeai sur son corps qui m'appelait. Ses mains glissèrent dans mon dos, ses doigts effleurèrent les cicatrices qui couraient sur ma peau, depuis les reins jusqu'aux épaules. Elle m'embrassa avec fougue. Je succombai, il y avait si longtemps.

Puis, d'un seul coup, le visage de Solange s'effaça, elle ne devint plus qu'un souvenir fugace. L'*autre* m'apparut, comme ça, sans crier gare. Elle était là, plus vivante que jamais, ses yeux noirs affolés, son sourire de racaille, ses cheveux frisés, elle m'implorait. Elle qui savait si bien m'offrir le frisson, me pousser à vivre, jouer avec moi, me stimuler. Aucune femme n'avait su l'égaler, ni avant ni après. L'autre m'aimait, m'élevait.

La coiffeuse se douta de quelque chose et voulut m'embrasser, mais ma bouche asséchée s'y refusa. Elle pressa ses mains sur mes fesses, m'encouragea à me perdre en elle, mais la flamme se mourait. *Kalya* était là, juste devant moi, le regard qu'elle me lançait se voulait un défi, en serais-je toujours digne, comme autrefois ? Puis elle disparut.

Solange me supplia :

— Je t'en prie, n'aie pas peur. C'est la première fois ?

Elle ne pouvait pas comprendre, le feu consumait mes pensées.

— Va-t'en ! Rentre chez toi ! On n'a plus rien à faire ensemble.

Elle se leva à son tour. Sa main caressa ma joue.

— Je reviendrai. Demain. Tu veux bien ?

Je ne répondis pas.

— Dis-moi que tu veux me revoir !

Un mot s'échappa de ma mâchoire crispée :

— Dégage !

— Mais, ce qui vient de se passer ? De bien meilleurs moments nous tendent les bras. Je ne te plais plus ?

Elle se colla à moi, chercha encore à m'embrasser. Ma main frôla son sein, caressa son épaule, remonta jusqu'à son cou. Alors je saisis sa gorge d'une poigne ferme et je serrai. Ses yeux s'écarquillèrent, scintillants comme les étoiles, humides d'effroi. J'augmentai la pression un peu plus, pour qu'elle comprenne. Elle toussota, s'agrippa à mon bras dans un geste de désespoir. Je la repoussai et elle s'effondra sur la paille, tremblante, affolée.

— Dégage !

Elle attrapa son châle, le cala contre elle, cachant sa poitrine, ramassa à la hâte ses vêtements et partit en poussant son vélo.

Il me restait l'image de Kalya, souvenir et mirage. La bouteille de mirabelle. Elle effacerait, un court instant, le désert sur mon cœur.

6

Les hommes courtisaient Lucia, brebis égarée au milieu de la meute de loups, pourtant, on pouvait se poser la question : qui chassait l'autre ? À plusieurs reprises, des militaires épris de ses charmes, de sa joie de vivre, de son sourire accrocheur, de ses talents cachés, lui avaient proposé de quitter son emploi, pour profiter au mieux de la vie, chaque fois elle avait refusé. On l'invitait à des spectacles, au musée, au cinéma, dans de grands restaurants, on lui offrait de superbes cadeaux, elle appréciait la vie.

Hugo se voulait un garçon serviable, facile, pour sa première rentrée scolaire il ne pleura pas. Sa mère se montrait attentive au moindre de ses désirs, le couvrait de baisers, complices, ils s'entendaient à merveille.

En août 1943, elle succomba aux charmes d'un lieutenant de la Luftwaffe, un jeune éphèbe de vingt-sept ans. Il semblait différent des autres, perdu au milieu de cette guerre, presque timide avec ses yeux bleus fuyants. Pilote sans avion, il servait comme aide de camp à un haut gradé de la Luftwaffe. Toujours un livre à la main, il passait ses journées à attendre le bon vouloir de son hiérarque. La rencontre se mua en coup de foudre, un tourbillon d'émotions d'un côté et de l'autre, Lucia quitta le Majestic trois semaines plus tard. Elle avait tant rêvé de ce moment suspendu, elle le connaissait enfin, certes avec un Allemand, mais un amour si intense se moquait bien des conventions.

Günter était brillant, intelligent, parlait quatre langues, dont le français presque sans accent, raison pour laquelle il avait été placé auprès d'un général. Originaire de Bavière, nostalgique, il évoquait avec affection sa région, sa campagne, sa famille. Il couvrait Lucia de cadeaux, se promenait à son bras dans Paris, fier. Il passa souvent chez sa maîtresse, y dormit parfois la nuit. La rencontre avec Hugo s'avéra délicate, le jeune garçon vit d'un mauvais œil la présence envahissante de cet homme dans le cocon familial. Les autres, avant, ne restaient pas, n'empiétaient pas sur son territoire, n'éloignaient pas sa mère de ses bras. Le lieutenant se montra magnanime et ne répondit pas aux attaques verbales de l'enfant. Lucia le trouva plus charmant encore. Elle tenta d'expliquer à son fils que son cœur était assez grand pour deux, mais cela ne sembla pas suffire.

Après quelques mois, Günter dévoila un tout autre visage, d'attentionné il devint possessif, jaloux. Sa maîtresse excusa son attitude, il l'aimait, trop, trop fort, mais elle s'en flattait, et puis, la situation de l'armée allemande périclitait sur plusieurs fronts et cela devait perturber son amant, l'inquiéter. Il répétait sans cesse qu'il ne voulait pas qu'on le séparât d'elle, que la guerre ne briserait pas leurs liens, elle en était fière.

Le soldat, lors de leurs ébats amoureux, se montra plus ferme, usant de mots crus, imposant sa domination. Une gifle, une main sur le cou de sa compagne, Lucia avait crié, saisie de surprise plus que de douleur. Dans la chambre voisine, le garçon, le visage enfoui dans son oreiller, étouffait ses cris et ses larmes. Il osa en parler à sa mère, elle le rassura, ce n'était qu'un jeu, comme quand il se chamaillait avec ses camarades à l'école. Le colonel des sapeurs-pompiers, qui avait entendu plusieurs fois les éclats de voix, s'était lui aussi inquiété, mais elle avait souri, avait caressé sa joue, tout cela n'était rien.

Günter s'absenta souvent, le général se déplaçait en campagne, y séjournait, il avait besoin de lui. Il passait en coup de vent, le soir, parfois alcoolisé, fermait la porte de la chambre à clé et abusait durement, avec violence, de Lucia. Elle n'y voyait que l'intensité du manque et de l'amour.

Un matin, Hugo découvrit la joue tuméfiée de sa mère, elle s'était beaucoup chamaillée la veille. Elle prétexta une mauvaise chute, il ne posa pas de questions. Le lendemain, elle reçut un bouquet de roses rouges.

L'enfant se renfermait, l'école convoqua Lucia, il s'était battu avec un camarade et l'avait mordu au sang et frappé au visage.

Le soir du 8 janvier 1944, Günter rentra ivre chez sa maîtresse, il parlait fort, en allemand, réclama à boire, insulta Hugo. Lucia s'affola et ordonna à son fils d'aller se coucher. Il avait hésité, puis, devant l'insistance de sa mère, s'était enfui dans le couloir qui menait aux chambres. Le lieutenant changea de cible, se tourna vers sa dulcinée, elle ne l'aimait pas assez, sortait trop, se fichait de la tournure que prenait la guerre. Il la saisit par le bras, l'emmena de force dans la chambre, s'enferma à clé, il la secoua violemment, arracha sa jupe et son chemisier et la jeta sur le lit. Elle ne put retenir ses larmes, à l'amour se substituait la peur. Lui se dévêtit, posa son uniforme sur la chaise et s'empara d'elle sans la moindre émotion. Elle ne cria pas quand il la gifla, mais quand sa main vint serrer son cou, avec une violence bien supérieure aux autres fois, elle paniqua, suffoqua.

Hugo, caché dans la garde-robe, affolé, entrouvrit la porte et supplia l'Allemand de lâcher sa mère.

La furie s'invita, enflamma le regard du lieutenant.

L'homme, déjà presque animal, se leva d'un coup, nu, le sexe tendu.

Il vociféra dans sa langue natale, la colère puise au tréfonds des êtres.

Il agrippa le petit, le secoua, témoin indésirable, enfant de catin.

Serra son bras, lui cracha au visage.

Hugo se débattit, hurla au secours.

Günter le gifla.

L'enfant tomba au sol et n'entendit plus que les cris désespérés de sa mère.

L'Allemand posa un pied sur le ventre du gamin, prêt à l'écraser, et s'effondra dans un bruit assourdissant.

Lucia, le pistolet P38 à la main, tremblait d'effroi, son amant gisait sur le parquet, la boîte crânienne explosée par l'impact d'un tir à bout portant.

Ce fut la première fois que Hugo côtoya la mort. Il

resta là un long moment, allongé, les yeux hagards, rivés sur les morceaux de cervelle collés au mur et au plafond. Un à un, ils se détachaient et tombaient sur lui.

Il aurait bientôt sept ans.

7

Je venais de fermer l'œil quand le soleil, à peine dissimulé par les hauteurs du Vercors, éclaira le ciel duveteux de ce matin d'avril. Le bleu azur aux reflets électriques, telles des touches de pinceau, perçait les nuages poussés par le vent du sud. À n'en pas douter, la journée s'annonçait belle. La brise matinale me ravigota. La cuite de la nuit se jouait encore de mon équilibre, je me traînai jusqu'au puits pour me rafraîchir. Au loin, une cloche résonna de ses sept coups de marteau, Joseph ne manquerait pas de venir me chercher.

Une demi-heure plus tard, il m'invita pour le petit déjeuner. Il semblait contrarié, préoccupé. Nous n'échangeâmes que des banalités. La vieille, assise près de la cuisinière, coupait des navets et des poireaux qu'elle plongeait dans une grande cocotte émaillée. Vers huit heures, le paysan et moi quittâmes la maison et nous rendîmes au hangar où le tas de bois m'attendait. Le sexagénaire me questionna, à mi-voix.

— Tu n'aurais pas eu de la visite cette nuit, par hasard ?

L'homme dissimulait mal sa gêne.

— Vous m'espionnez ?

Il s'arrêta, interloqué.

— Jamais de la vie ! J'ai entendu des éclats de voix, dont une qui me semblait celle d'une femme. Je m'interrogeais juste. Solange est venue te voir ?

— Oui, elle voulait me donner à goûter la mirabelle de son beau-père, on a discuté un peu et puis elle est repartie. Ça vous ennuie ?

— Non, non… pas du tout.

Il changea de sujet.

— N'oublie pas de porter tes gants ! Je te laisse, j'ai des choses à régler.

J'avais fendu, écartelé et malmené les troncs de chêne à coups de hache, de coin et de masse. Le soleil s'était invité et séchait mon front aussi vite qu'il ruisselait, la poussière et la sciure me collaient à la peau. Les muscles gonflés de sang, noués tel le bois que je meurtrissais, m'arrachaient parfois un râle de fatigue. Je cognais, luttais contre cet ennemi qui me résistait, le visage rougi par l'effort, le cœur aux abois.

J'abdiquai quelques minutes plus tard, vaincu pour un temps. Un seau d'eau vidé sur la tête, le gosier et la bouche comme un désert, j'étanchais ma soif, quand Joseph m'appela, midi approchait.

J'avais changé de chemise et, le ventre creux, j'étais rentré chez le paysan. Un filet de vapeur s'élevait au-dessus de la cocotte, la pièce embaumait le bouillon de poule. Blanche, assise dans son fauteuil, me gratifia d'une grimace. À l'évidence, le sexagénaire m'attendait, il se tenait un peu à l'écart, près de la comtoise, les bras croisés sur le torse.

— Solange vient de faire déposer un mot dans ma boîte aux lettres, tu dois partir !

Je le dévisageai, le regard qu'il me lançait avait changé, j'y lus l'inquiétude. Il sortit une enveloppe de sa poche et poursuivit, la voix mal assurée.

— Je connais Solange depuis des années, je la crois, ce que tu as fait me répugne, tu dois t'en aller. Tout de suite !

Je tirai sur une chaise et m'y assis à califourchon, sans le lâcher des yeux. Il me fit presque rire, pitié aussi.

— Grand-père, je ne comprends pas bien. Tu n'oublierais pas ta parole par hasard ? Depuis que je suis là, je travaille comme un vrai forçat. Tu connais beaucoup de couillons qui accepteraient un boulot pareil juste pour un toit pourri sous une grange et la soupe ?

— Il fallait y penser avant, tu prends tes affaires et tu quittes la ferme ! Sois heureux que je n'aie pas prévenu les gendarmes. C'est à Solange de le faire, si elle le désire.

Je souris en coin à sa menace, elle sonnait creux, je me doutais que la coiffeuse n'avait rien fait non plus, sinon la bleusaille m'aurait déjà cueilli. Je me levai et avançai vers le fourneau, me saisis d'un torchon et soulevai le couvercle de la marmite.

— Putain, ça sent bon ! La vieille peau, elle a cuisiné pour dix et j'ai faim, tu pourrais au moins m'inviter à ta table, avant que je parte.

Il hésita une seconde, une de trop, j'insistai.

— Et puis, t'avais pas dit que tu me donnerais un billet ou deux ?

— Tu ne me fais pas peur avec tes airs de petit caïd. Comme tu voudras, je m'en vais à la gendarmerie !

Le fermier sortit de son coin et s'avança d'un pas décidé vers le portemanteau, il me tourna le dos, prit sa veste et commença à l'enfiler. Blanche le stoppa net dans un râle d'effroi.

— Joseph, Joseph ! Arrête ! Fais quelque chose !

Il pivota, laissa tomber sa veste et l'enveloppe au sol, le visage blême. Sa main droite se tendit vers moi, tremblante. Il me supplia.

— Je t'en prie, ne fais rien ! D'accord, je reste là ! Ne touche pas à ma mère !

J'avais arraché Blanche de son fauteuil pour la mettre debout. Elle ne pesait rien et ce fut un jeu d'enfant. Je l'avais saisie par le cou. Je tenais sa tête à vingt centimètres au-dessus du fourneau. Elle avait été surprise et n'avait pas eu la force de protester. Le bouillon lâchait de petites bulles qui soulevaient le couvercle, la vieille râlait, le regard épouvanté. Elle répéta sa supplique :

— Joseph ! Je t'en prie ! Le gamin est fou !

Lui ne bougeait plus, tétanisé. Blanche, pliée en deux, dans une position très inconfortable, gémissait. Sa joue droite devait déjà chauffer, proche de la plaque de fonte. Je m'adressai à son fils.

— Voyons, Joseph, on s'entendait si bien, tu ne voudrais pas que l'on se fâche pour une broutille ? Tu rêvais d'un ouvrier pour pas cher, tu l'as eu. Et puis cette Solange, on s'en fout, c'est du passé, elle ne compte pas. Je l'ai juste envoyée chier en lui serrant un peu le cou, elle n'est pas morte ! Ne fais pas ton radin, donne-moi quelques billets et je libère *ta petite maman*.

Mon bras qui maintenait sa mère descendit de deux centimètres à peine. Je perçus la chaleur sur ma main. La vieille se plaignit de plus belle. Joseph sortit enfin de sa torpeur.

— Très bien, très bien, ne lui fais pas de mal, je t'en supplie. J'ai de l'argent caché dans le buffet, je te le donne ! Relâche-la, s'il te plaît !

Voyant que je m'impatientais, il pivota, se rendit au fond de la pièce, ouvrit la porte basse d'un meuble, en sortit une boîte en fer qu'il posa sur la table de la cuisine. Il souleva le couvercle avec difficulté. Puis, soudain, porté par le désespoir, il brandit une arme et la pointa dans ma direction. Il gueula « Lâche-la ! ». Son bras tremblait, de l'autre main il manipula le levier de sécurité. J'avais ramené Blanche devant moi, bouclier bien maigre, mais qui dissuaderait Joseph de jouer aux héros. Le coude droit glissé sur son cou, la tête coincée contre mon torse, Blanche ne bougeait pas. Il se mit à hurler encore :

— Lâche-la, tout de suite ! Lâche-la ou je tire !

Le pauvre manquait de crédibilité, cela transpirait dans l'intonation de sa voix, dans sa peur. Je ne pus retenir un sourire à le voir ainsi avec son pistolet allemand de la Seconde Guerre. Le canon ondulait dans tous les sens, il paniquait. Mon regard plongea dans le sien. D'un ton calme, mais avec une pointe de sarcasme, je murmurai :

— Joseph ! Tu tiens vraiment à me mettre en colère ? Regarde-toi ! On dirait que tu vas te pisser dessus. Je parierais que ton arme n'est même pas chargée. En plus, un truc pareil ! Ça risque de te sauter à la gueule. Tu devrais te montrer raisonnable. Tu ne voudrais pas causer du mal à ta mère, quand même ?

Tandis que je lui parlais, ma main gauche récupéra un couteau de cuisine qui traînait sur l'évier. Dans un geste lent, elle remonta jusqu'au visage de la vieille. Le paysan blêmit. La pointe de la lame se figea sous la mâchoire de Blanche.

— Joseph, tu sais que tu ne me fais pas peur, pose cette pétoire devant toi, donne-moi ton argent et je m'en irai comme je suis venu.

La vieille gesticula, je piquai un peu sa chair, elle stoppa net.

L'homme bascula d'un pied sur l'autre, lança un regard perdu à sa mère et balança l'arme sur la table d'un geste prompt.

— Joseph ! Tu ne me prendrais pas pour un idiot ? Le Luger est à portée de ta main, sois gentil, pousse-le vers moi.

Il se pencha en avant et s'exécuta.

— Maintenant, recule… encore… encore… voilà ! pose tes mains sur la tête !

Il obéit. Je libérai mon emprise sur Blanche, et la laissai s'asseoir dans son fauteuil, toujours à la merci de mon couteau.

— Tu vois, quand tu y mets du tien, les choses se passent bien !

Le vieil homme avait l'œil humide, il se mordit la lèvre. Blanche grommela.

— Je t'avais dit que les étrangers ça fait que des problèmes, mais tu ne m'écoutes jamais.

— Ta gueule, mamie, si tu ne veux pas que je t'explose tes dernières dents.

Joseph s'inquiéta aussitôt.

— Tais-toi, m'man !

Je récupérai l'arme, elle était de belle facture, huilée. Je libérai le chargeur, il était plein, et l'enclenchai à nouveau. Je tirai la culasse en arrière, elle recula et emporta une balle dans la chambre. L'arme fonctionnait.

— Tu ne l'avais même pas chargée ! Allons ! Bon, maintenant, tu vas te montrer bien sage et me donner l'argent que tu gardes précieusement dans ton bas de laine. Allez, ne me force pas à faire des choses que tu regretterais.

Il grimaça, descendit les bras.

— Je n'ai rien ! Je t'assure, peut-être mille anciens francs dans mon portefeuille ? C'est tout !

Je m'approchai de la vieille, la relevai et l'empoignai à nouveau par le cou de la main gauche, de l'autre, je tenais son fils en joue.

— Tu ne voudrais pas abîmer la vieille frimousse de ta maman ? Joseph ! Tu me déçois. Je sais que tu tiens à ton argent, mais y tiens-tu plus qu'à ta mère ?

Le paysan tendit la main pour me demander d'arrêter.

— J'ai nos économies cachées dans la comtoise.

— Eh bien, voilà !

Il ouvrit la porte vitrée, s'accroupit et démonta une planchette.

— J'ai fabriqué un double fond, précisa-t-il.

Il se releva et jeta l'enveloppe sur la table.

— Combien ?

— Quatre-vingt mille anciens francs.

Le vieux ne faisait pas la conversion avec les nouveaux francs, mais huit cents nouveaux francs, il s'agissait d'une belle somme ; deux mois de salaire, de quoi voir venir pendant un moment.

— Eh bien, voilà ! Tout se passe bien ! Recule et mets les mains sur la tête.

Il obtempéra.

Je glissai l'enveloppe dans la poche arrière de mon pantalon. Le fermier tremblait, pitoyable, loin de l'homme qu'il avait dû être autrefois. Blanche commença à gesticuler en s'indignant. La mégère m'agaçait depuis le début. Je l'assis sans ménagement sur son siège.

— Ferme-la vieille folle et ne bouge pas !

— Ferme-la toi-même !

— M'man, arrête !

Il soufflait un vent chaud sur les esprits, je pointai mon arme sur Blanche.

— Encore un mot et c'est le couvercle d'un cercueil qu'on fermera sur toi !

Elle baissa la tête. J'ouvris une première armoire, puis l'autre et trouvai ce que je voulais, une boule de ficelle épaisse en raphia.

— Viens par ici Joseph… Pose ton Opinel sur la table, prends la chaise, décale-la vers toi et assois-toi les bras dans le dos.

Je l'avais solidement attaché, pieds et poings. J'avais récupéré un torchon et lui avais enfoncé dans la bouche. Il ne protesta même pas.

— Je te remercie pour ton hospitalité, les vêtements et les chaussures, l'argent bien sûr. Honnêtement, j'en ai plus besoin que toi, et je suis certain que tu dois encore avoir une cagnotte planquée ailleurs ! Je vous laisse, je garde le Luger, il me plaît bien, je vais prendre ta mobylette, un peu de quoi grignoter et boire pour la route, tu n'y vois pas d'inconvénient… à la bonne heure !

Je calai le pistolet dans mon dos, sous ma ceinture, et le couvris de la chemise. Je sortis un litre de vin rouge et quelques victuailles que j'enfournai dans un sac à provisions. Puis, j'approchai du paysan. Ma main le gifla avec force, sa tête bascula.

— Ça, c'est pour m'avoir braqué avec ton arme !

Un filet de sang s'échappa de sa lèvre inférieure. Je le giflai à nouveau, histoire qu'il comprenne qu'il ne fallait pas que l'on me prenne pour un con. Il émit un râle de douleur.

— Alors, je te préviens tout de suite, je me casse, mais t'as plutôt pas intérêt à aller pleurnicher chez les condés. Tu comprends ? Si tu venais à faire un truc pareil, je reviendrais et je te foutrais deux balles dans ta tête, à toi et à ta mère.

Je m'approchai de Blanche pour la ficeler à son tour. Joseph se débattait, pauvre diable, il faisait presque pitié, on aurait dit qu'un rat lui bouffait le cul. Il ouvrait grand les yeux, secouait la tête, poisson sorti de l'eau qui se tortillait à l'heure de sa mort. Je posai l'arme sur la table et j'attrapai la pelote de ficelle. La vieille peau, sans que j'aie le temps de la voir venir, me planta un couteau dans l'avant-bras, la surprise m'arracha un cri et un geste réflexe, mon poing atterrit sur sa tête qui cogna le meuble, elle perdit aussitôt connaissance. Je compris mieux pourquoi Joseph disait non de la tête, c'était en direction de sa mère. Je pris le pouls de la momie, il battait, faible, mais il pulsait. Elle respirait, elle allait bien. Je soulevai la manche de la chemise, la plaie saignait un peu, elle semblait peu profonde, par chance Blanche ne possédait plus toutes ses forces et le coup manquait de puissance. Je passai la plaie sous l'eau.

Joseph, le front perlant de sueur, hurlait sous son bâillon. Sa chaise sautillait, comme si elle était, elle aussi, mue par l'effroi, le désespoir et sans doute la peur. Je la sentais, la peur, elle coulait dans ses veines.

— Je compte sur toi pour ne pas dire un mot sur ce qui vient de se passer, sinon, tu risques de me revoir. Rassure-toi, ta saleté de mère se porte bien, elle est juste dans les vapes, elle en est quitte pour quelques heures de sommeil et un mal de tête jusqu'à demain. Une sacrée peau de vache ! Je te préviens une dernière fois, parle de tout ça aux gendarmes et je te jure que tu vas le regretter. Je file, l'Italie me tend les bras. *Arrivederci* Joseph !

8

Le propriétaire, alerté par le bruit qu'il identifia aussitôt comme un coup de feu, descendit et martela la porte de l'appartement de Lucia. Il lui fallut un long moment avant qu'elle ouvrît, elle tenait Hugo par une main, l'arme dans l'autre, le bras pendant le long du corps. L'homme comprit tout de suite qu'un drame venait de se jouer, il s'engouffra dans l'entrée, repoussa aussitôt la porte. Il récupéra le pistolet automatique, le manipula pour le désarmer. La femme, les yeux hagards, d'un geste de la main lui désigna le couloir. Quand le colonel reparut, blême, il murmura plusieurs fois : « Putain, on est dans la merde. » Il passa une main rageuse dans ses cheveux, se dirigea vers la fenêtre, en écarta un pan du rideau. Elle donnait sur la rue, tout semblait tranquille ; des passants, des voitures et pas de curieux.

— On est dans la merde ! répéta-t-il de nouveau, se parlant à lui-même.

Lucia devait partir, vite, loin, maintenant. M. Foulon avait des amis, des contacts, il allait se débrouiller pour se débarrasser du corps, nettoyer l'appartement, supprimer toute trace ou indice qui pourrait indiquer que l'Allemand était mort chez elle. Il lui demanda si elle avait de la famille, des gens où se réfugier, de l'argent. Lucia hocha la tête, muette, angoissée, il fut soulagé et lui ordonna de ne rien lui confier quant à la destination, moins il en savait, mieux c'était.

Elle se rendit dans la salle d'eau, se changea et débarbouilla son fils qui n'avait pas dit un mot depuis le coup de feu. Pas un mot, pas un cri, pas une larme, pas une question, rien que la sidération qui vidait son regard, emplissait son cœur.

Une heure et demie plus tard, ils s'installaient sur une banquette dans un train de la gare du Nord, avec juste une valise, un sac, son argent et quelques bijoux. Elle ne revit jamais le colonel, arrêté le soir même. Un voisin qui avait entendu la détonation, remarqué la fuite de la locataire, puis l'allée et venue d'individus qui portaient un lourd paquet, avait prévenu la Kommandantur. Quatre tractions avant de la Gestapo avaient surgi, trois hommes furent interpellés. Le colonel mourut la semaine qui suivit, les yeux grands ouverts, le menton fier, sous la salve du peloton d'exécution. Ses deux camarades se montrèrent tout aussi forts, mais n'eurent pas le courage ou la folie de quitter leur bandeau.

À sept heures, Lucia descendit à la gare de Lille, le ciel gris crachait son désespoir sur une ville déjà endormie. Elle séjourna les deux nuits suivantes dans deux hôtels différents, la peur au ventre et le sommeil entrecoupé d'images atroces. Hugo restait silencieux. Cela faisait presque deux ans qu'elle n'avait pas reçu de nouvelles de ses parents. La dernière en date indiquait que son frère avait été expédié en Allemagne dans un camp de travail obligatoire, que sa femme et ses enfants étaient repartis en Auvergne, d'où elle était originaire. Son père fatiguait, il montrait des signes avancés de silicose, il avait même séjourné plusieurs jours à l'hôpital. Elle se résigna à ne pas aller chez eux, les Allemands risquaient sans doute de s'y présenter s'ils remontaient la piste jusqu'à elle, ce qui lui paraissait une possibilité ; elle avait signé un bail et les amis de Günter savaient qu'il fricotait avec elle et où elle résidait, le lien semblait évident. Elle ferma un instant les yeux, pria un Dieu auquel elle ne croyait pas et pensa au colonel.

Son chemin la conduisit vers un autre train, cette fois pour Valenciennes avec l'espoir que peut-être le patron du café où elle avait travaillé pourrait l'aider. Ce fut le cas. Sa mère décédée laissait derrière elle une petite maison près du parc de la Rhônelle. Une impasse calme où personne ne viendrait lui poser de questions. En revanche, elle devait rester discrète, la Kommandantur ne se trouvait qu'à quelques centaines de mètres, au lycée Wallon.

Elle ne sortit qu'en de rares occasions, le matin très tôt quand les Allemands se montraient le moins. Elle se cacha là pendant sept longs mois, jusqu'au 2 septembre, le jour où les Américains entrèrent dans Valenciennes. Cela commença tout d'abord par le survol d'avions, elle les entendit raser les immeubles de l'aube à midi. Puis vers cinq heures, les voisins sortirent dans la rue. Lucia pleura de joie, elle suivit la foule qui se dirigeait vers la place du Canada pour voir défiler les troupes libératrices. Jeeps, camions, motos, chars, soldats à pied. Les gens criaient, tapaient sur les épaules des sauveteurs, les jeunes filles les embrassaient, certaines grimpèrent sur les engins. Hugo atterrit sur les épaules de Lucia, un militaire lui offrit une barre de chocolat.

Elle et son fils goûtaient à nouveau à la liberté. Une partie de la France souriait enfin.

La jeune femme attendit deux jours que l'euphorie de la Libération se calmât, qu'elle fût certaine qu'elle ne risquait plus rien, puis se rendit chez ses parents avec son garçon. Elle évoquait souvent devant lui ses grands-parents, la gentillesse de sa mère, l'humour maladroit de son père. Hugo semblait heureux de les rencontrer. Pendant tout le trajet, elle se sentit nerveuse, un poids sur le ventre. Elle aimait sa famille, même si elle s'y était toujours sentie à l'étroit, la mort de sa sœur cadette quand elle n'avait que huit ans avait laissé des traces que personne n'était jamais parvenu à gommer ou adoucir. Depuis ce jour maudit, sa mère avait concentré son amour sur elle, sans doute trop pour qu'elle respirât à sa guise.

Quand elle arriva devant la maison de briques rouges, elle constata que les volets étaient clos, elle en frissonna. La sonnette ne fonctionnait plus, elle frappa à la porte, plusieurs fois, mais sans réponse, manipula la poignée, en vain. Elle se présenta chez la voisine, Pauline, qui lui ouvrit et pâlit dès qu'elle aperçut la jeune femme et l'enfant. Elle porta une main à sa bouche, puis leur proposa d'entrer.

Pauline, veuve depuis des années déjà, son mari mort

dans un effondrement d'un boyau de la mine, gardait l'usufruit de la maison. Lucia comprit tout de suite que les nouvelles ne seraient pas bonnes, cependant elle ne montra rien devant son fils. La vieille dame invita le garçon à jouer dans la cour avec son chien. Savoir qui de l'animal ou de l'enfant se réjouissait le plus à la vue de la laisse arracha un sourire aux deux femmes.

Pauline servit deux tasses de café, la main tremblante. Elle commença son récit, le regard posé dehors, sur sa bête qui jappait de plaisir. Pierre, le frère de Lucia, s'était échappé d'Allemagne et était parvenu à se rendre en Angleterre, mais, deux jours après le débarquement sur les côtes normandes, il était tombé sous les balles ennemies. Son père, quand il avait appris la chose quelques semaines plus tard, déjà gravement malade, avait cessé presque du jour au lendemain de s'alimenter. Il s'était éteint à la mi-juillet.

Pauline hésitait à poursuivre, Lucia, inquiète, la questionna sur sa mère. La vieille dame s'approcha, prit la main de sa jeune amie et lui présenta ses condoléances. La veuve s'était pendue le lendemain de l'enterrement, sans une lettre, sans un mot, sans que rien laisse présager son intention d'en finir. Pauline aimait sa voisine, elles étaient amies depuis si longtemps. Elle se dirigea vers le bahut du salon, ouvrit un tiroir et en sortit une enveloppe qu'elle glissa dans la main de sa visiteuse. Quand Lucia y découvrit les photos de ses parents, elle fondit en larmes, la voisine succomba au chagrin à son tour. Après le décès de ses parents, la maison était devenue la cible des pillards, Pauline avait tenté de chasser les voleurs, mais en temps de guerre les vautours se déplaçaient en bandes. Elle était juste parvenue à sauver ces photographies.

Lucia quitta la dame quelques minutes plus tard et se rendit au cimetière pour s'y recueillir. Elle expliqua en quelques mots à son fils que ses grands-parents vivaient au ciel, il ne la crut pas.

Les mois s'écoulèrent sans heurts pendant un an et plus, les plaies cicatrisaient, Hugo, malgré sa petite taille, se montrait bagarreur et solitaire. Sa mère le changea deux fois d'école, mais il demeurait l'enfant aigri et étrange de la cour de récréation. Celui qui donnait des coups de pied dans les cailloux ou contre les murs.

Puis, la cagnotte qu'elle avait amassée devint peau de chagrin, elle retourna au bar Le Grand Café, place d'Anzin. Une partie de la clientèle l'accueillit les yeux pleins de désir avec des sourires qui lui parurent bien tristes. Il ne lui fallut que quelques semaines pour occuper à nouveau le grenier et se mentir en se disant que les hommes l'aimaient. Elle y croyait encore et cela la rendit mélancolique.

Elle quitta Valenciennes et emménagea dans les frimas de février 1947, à quelques rues du café, ce qui lui permit de changer son fils une nouvelle fois d'école. Il aurait bientôt dix ans, même s'il se comportait comme un gamin bien plus grand, lucide et mature pour son âge. Lucia se sentait responsable, elle n'était pas souvent présente, surtout les soirs, elle avait recruté des nounous aimantes pour le garder, lui les insultait, les frappait, et elle dut se résigner à le laisser seul quand plus aucune ne voulut renouveler l'expérience. Les notes du garçon figuraient parmi les meilleures de la classe, il était brillant, bien qu'asocial et violent. Lucia se dit qu'un père lui avait manqué, et qu'il serait peut-être encore temps d'en trouver un.

9

Avant de quitter Joseph et sa mère, j'ouvris le courrier tombé au sol que Solange avait rédigé.

Mon cher Joseph, nous nous connaissons depuis très longtemps et jamais je ne me confierais à vous si je n'avais pas une entière confiance en vous.
Lorsque j'ai coupé les cheveux de votre employé agricole, je lui ai parlé de la mirabelle que votre ami Georges distille. Cela semblait intéresser le jeune homme au plus haut point. Lorsqu'il m'a raccompagné tandis que je quittais votre maison, il a insisté pour que je vienne lui faire goûter cette eau-de-vie.
Le soir, je m'occupe de ma fille Édith, je l'aide à ses devoirs, je suis donc passée un peu tard rendre visite à votre employé. J'avais bien entendu apporté une bouteille et deux verres pour que nous trinquions à sa nouvelle coupe dont il ne me faisait que des éloges.
Bref, ce qui m'amène s'avère très délicat et j'exige de votre part la plus grande discrétion. Après avoir dégusté le breuvage, lorsque je voulus partir, il m'a retenue par le bras et a voulu m'embrasser. Il est beau garçon et depuis

longtemps je vis très mal le veuvage, j'ai ressenti comme un vertige et je me suis laissé faire. Nous avons rejoint l'endroit où il dormait. Là, nous nous sommes étendus. Nous n'échangeâmes que quelques baisers, puis soudain, il m'a serré la gorge, si fort que j'en garde une légère marque. J'ai cru qu'il allait me tuer, son regard injecté de sang, empli de haine, m'épouvantait. Je ne sais comment, mais je suis parvenue à m'échapper. J'ai eu vraiment très peur, j'ai bien cru qu'il allait me violer et me tuer.

Je n'ai pas dormi de la nuit, j'hésite à prévenir la gendarmerie, mais je vous en supplie, faites en sorte que je ne croise plus cet immonde personnage. Je n'ose plus sortir de chez moi.

Pour preuve, vous pourrez sans aucun doute trouver la bouteille et les verres que j'ai laissés en prenant la fuite.

Avec toute mon amitié, votre voisine et amie, Solange.

J'ouvris la trappe de la cuisinière et jetai l'enveloppe et la lettre dans les flammes. Je me tournai vers Joseph, il ânonnait des gargouillis incompréhensibles.

— J'espère que tu n'as pas cru ce tissu de mensonges ? En revanche, elle embrasse bien ! Allez, je te laisse, je récupère ta mob, n'oublie pas, si tu me dénonces, je reviendrai.

Je récupérai mon sac et sortis de la maison. L'idée d'y mettre le feu me traversa l'esprit, mais cela reviendrait à ameuter tous les environs. Je balançai dans le puits la bouteille de mirabelle ainsi que les verres. Enfin, une fois mes affaires chargées sur le vélomoteur, je me mis en route. Un dernier coup d'œil à la ferme, tout semblait calme, il faudrait sans doute un moment avant que la vieille n'émerge, si elle ne calanchait pas avant.

Arrivé au portail de l'enceinte, deux options s'offrirent à moi, descendre encore vers le sud ou rendre une visite de courtoisie à Solange, la deuxième possibilité l'emporta. Elle méritait une bonne correction ou que je finisse le travail. Troisième ferme à droite, je n'avais pas oublié. La route sinuait, étroite, bordée à droite d'un fossé qui donnait sur des pâturages et des noyeraies. À gauche la colline montait vers les sommets, sauvage. J'aperçus vite la ferme entourée de hauts murs sur trois côtés et de grilles en façade, il paraissait difficile d'y entrer sans être remarqué. Par chance, la végétation se faisait plus dense vers le Vercors, un chemin, sans doute de chasseurs, grimpait dans le bois. Je dissimulai la mobylette dans un layon, au milieu des pousses de châtaigniers et redescendis à pied. L'échine courbée, j'avançai vers la route au milieu des fougères. Il me fallut cinq minutes avant de trouver un point d'observation discret. Un chien aboya dans la cour de la ferme un long moment, un homme sortit de la bâtisse, gronda l'animal qui tirait sur sa laisse. Il observa les alentours et rentra chez lui, le molosse se tut.

L'entrée n'était possible que par le portail en fer forgé, il donnait en plein sur la façade de la maison. Elle comptait quatre fenêtres au rez-de-chaussée et trois à l'étage. Une Simca Aronde était stationnée à droite, près d'un hangar, peut-être y avait-il d'autres personnes. Rencontrer Solange me parut tout d'un coup une très mauvaise idée, pourtant elle méritait un châtiment, je décidai de patienter, après tout, ça pimenterait un peu plus ma journée et je n'avais plus rien à perdre. Je me repliai vers mon moyen de transport.

J'avais attendu là quelques heures, à regarder le soleil, qui, las de se battre, déclinait et se laissait mourir. Il était près de sept heures quand je descendis de nouveau vers la maison. Le chien gueula encore, l'homme sortit, gronda la bête, examina les environs et rentra. Par chance le portail restait ouvert, le chien attaché à sa chaîne, la voiture avait disparu. Il me suffirait donc de me cacher sous le hangar et de patienter.

Deux heures plus tard, les lumières s'éteignirent, ne persistait que celle à gauche du bâtiment. La nuit devint mon alliée, je me tenais debout, et j'observais. Une fenêtre s'alluma à l'étage, une silhouette se dessina : Solange. Elle détacha son chignon, secoua sa chevelure et ferma les volets.

Je mémorisai l'emplacement, deuxième fenêtre en partant de la droite. Je me décidai, je récitai à voix basse, une dernière fois, les étapes successives imaginées :

1. Entrer dans la cour ;
2. se dissimuler dans la grange ;
3. attendre l'arrivée du maître des lieux, qu'il gronde son animal, qu'il rentre ;
4. me coller contre la façade près de l'entrée en contournant la laisse du molosse ;
5. le chien aboie encore ;
6. assommer l'homme avec la crosse de mon arme ;
7. maîtriser la femme du fermier, puis monter à l'étage et enfin lire l'angoisse sur le visage de la coiffeuse.

Le plan me plaisait, je ressentis l'excitation que chaque seconde me procurerait, il était temps d'y aller et de montrer à cette garce qu'elle n'aurait pas dû me prendre pour un imbécile. Je me décalai vers la droite afin de rejoindre le chemin, arme à la main, quand les feux d'un véhicule éclairèrent la route. Je m'accroupis. Il roulait à faible vitesse et ralentit avant d'entrer dans la cour. Une estafette de la gendarmerie s'invitait dans mes projets. Les condés étaient sans doute passés chez Joseph ou il les avait fait appeler ? Je rageai contre le paysan, mais aussi contre moi, j'aurais dû lui couper la langue.

Deux gendarmes descendirent de la camionnette, puis un troisième qui alluma une cigarette, le chien joua son rôle. Le chef de maison sortit, invita la bleusaille à entrer. La lumière derrière les persiennes s'éteignit. Cette histoire commençait à me déplaire, d'autant que je ressentais les premières morsures du froid et que je n'avais pas l'intention de dormir en forêt. Je remontai sans bruit vers le chemin de terre et me dissimulai plus haut, derrière un arbre. Il me fallut attendre une demi-heure avant que l'estafette s'en aille. Le paysan ferma la grille quand elle quitta l'endroit et détacha son clébard. Mes espoirs de revoir Solange s'envolaient.

J'étais retourné à la mobylette et j'avais rejoint la route. J'avais emprunté la direction opposée des gendarmes, cela m'évita de passer devant chez Joseph. J'avais roulé un bon moment, puis j'étais entré en ville. Je traversai Bourg-de-Péage sans trace d'un hôtel. Enfin, de l'autre côté du pont qui enjambait l'Isère, je repérai une pension de famille, juste à l'entrée de Romans-sur-Isère, près d'une église.

Une dame m'accueillit, elle fermait, elle refusa tout d'abord de me louer une chambre, mais comme j'insistais et payais la nuit d'avance avec un supplément, elle changea aussitôt d'avis. Je remisai la Peugeot dans la cour intérieure de la maison. La logeuse réchauffa un fond de soupe qui restait et me le servit en cuisine, sans un mot.

Allongé sur le lit, les mains calées sous la tête, je réfléchissais. Le paysan avait déposé plainte, c'était une évidence, il avait sans doute cité Solange aussi, raison pour laquelle l'estafette s'était présentée. Je regrettais de ne pas avoir mis le feu à la ferme. Je me rappelais avoir parlé avec Joseph, lui avoir mentionné que j'aimerais découvrir l'Italie. J'espérais qu'il s'en souviendrait, cela dirigerait les recherches dans une zone où je n'irai donc pas.

Le lendemain matin, des voix et des cliquetis de ferrailles que l'on malmenait me sortirent de mon sommeil. J'ouvris les volets, j'aperçus des vendeurs ambulants qui s'installaient sur la place du marché. L'église sonna au même instant les six coups. La petite chambre où j'avais passé la nuit se trouvait au premier étage d'une ancienne maison de maître, des murs épais comme le bras, et pas de chauffage. J'étais descendu sans faire de bruit, le petit déjeuner n'était pas prêt. À l'angle d'une rue pavée, un troquet attirait les badauds, je m'y réfugiai. Il grouillait déjà de vie, des habitués, des marchands, ça sentait la fumée de cigarette. Je m'installai près de la vitrine où était inscrit « Café Saint-Bernard ».

J'allumai une clope quand un policier, le képi vissé

sur les oreilles, entra dans l'établissement, l'air joyeux. Il portait une sacoche de cuir, j'en déduisis qu'il s'occupait du marché, il salua presque tous les clients, mais ne vint pas jusqu'à moi. Il s'accouda au comptoir. Sans qu'il commandât quoi que ce soit, le patron lui servit un ballon de rouge, qu'il descendit cul sec avant de s'essuyer la moustache. L'autre remplit de nouveau le verre.

Je laissai une pièce sur le marbre de la table et m'éclipsai, tête basse, profitant de ce que le policier discutait avec la serveuse. J'avais toujours le Luger dans mon dos, il devenait gênant, Joseph avait sans doute mentionné que je l'avais volé.

Je marchai un peu, passai devant le parvis de la collégiale et me dirigeai sur le pont. Je me penchai sur la balustrade et observai l'Isère. Elle s'écoulait grise et pâle comme une âme tourmentée. Elle charriait bois et branches dans son lit impétueux, tourbillonnait par endroits. Je restai médusé devant ses reflets d'ardoise et sa force. Une dame, coiffée d'un chapeau, me dépassa, je vérifiai que personne ne m'observait et, d'un geste vif, je me débarrassai du pistolet. L'eau avala l'arme, le courant masqua le bruit, je retournai à la pension.

Je peinais à trouver le sommeil, Kalya hantait mes pensées, je la voyais me sourire, je percevais son épaule contre la mienne, j'entendais son rire gras qui ne s'embarrassait pas du qu'en-dira-t-on ni des regards en coin qui se posaient sur elle. La nuit me parut longue.

Le lendemain, j'avais commandé de quoi boire dans ma chambre, ce qui déplut à la tenancière de la maison, elle finit par accepter, les gens changeaient souvent d'avis devant un généreux pourboire. Cette quadragénaire gérait la pension avec son fils d'à peine vingt ans et ses deux filles d'une quinzaine d'années. L'établissement comptait six logements et une salle d'eau dans le couloir. Au rez-de-chaussée, une grande table servait aux repas en commun. L'endroit, sans cachet particulier, recevait surtout une clientèle de passage, des représentants ou des ouvriers. Le prix modique des chambres et des repas attirait, et cela ne désemplissait pas.

J'étais sorti plusieurs fois pour aller au café d'en bas, jamais plus d'un quart d'heure d'affilée. D'ailleurs, j'y découvris en première page du *Dauphiné libéré*, le quotidien local, mon histoire avec Joseph et Blanche. La vieille femme s'était tirée d'affaire avec une fracture à la mâchoire et avait détaché son fils. On me décrivait comme un monstre sanguinaire, un vagabond de grand chemin, venu des terres du Nord. J'eus même droit à une comparaison avec les « chauffeurs de la Drôme ». Il s'agissait de bandits qui sévissaient dans la région une cinquantaine d'années plus tôt. Ils avaient tué dix-huit personnes en trois ans, ce qui, à l'époque, avait incité Georges Clemenceau à créer les Brigades du Tigre. Les brigands s'introduisaient la nuit dans les chaumières et torturaient les habitants. Ils leur brûlaient les pieds à petit feu pour qu'ils dévoilent l'endroit où ils cachaient leurs économies. Je me sentis assez fier de la comparaison, même si je n'avais pas brûlé la joue de la vieille, le fait d'avoir fait semblant avait suffi, l'article titrait même : « Le chauffeur de visage, la Drôme en émoi ».

Dans le café, ça causait pas mal de cette histoire et tout le monde y allait de son anecdote, de son explication, de ses suppositions. Grâce au ciel, la description que le journal faisait de moi, même si elle se voulait assez fidèle, n'éveillait aucun soupçon, ça me faisait marrer de les voir parler de tout ça à quelques centimètres de moi. Qui pouvait croire que le brigand des grands chemins se mélangeait à eux ?

Je m'étais fait pote avec un des piliers du bar qui passait ses journées là et qui appréciait mon argent. Je lui avais raconté, en cachant au mieux mon accent, que j'étais un jeune peintre cherchant un coin tranquille dans la nature pour retrouver l'inspiration, un endroit loin des villes. Il m'avait répondu que le lieu que je cherchais était en Haute-Loire, à cent cinquante kilomètres, il suffisait de traverser l'Ardèche, toute proche, la région comptait parmi les plus calmes, sans grandes agglomérations et il ne manquait pas de fermes, de petits bourgs isolés où personne ne passait jamais. Sa seule réticence portait sur la météo, l'hiver s'y montrait rude. Je fis mine de ne pas être intéressé, mais il venait de m'offrir un endroit où me mettre au vert.

Mon autre sortie, je l'avais faite en mobylette, le deuxième soir, une fois que le soleil s'était couché. J'avais traversé le pont et longé les berges de l'Isère qui descendent à droite. Je m'étais arrêté au bout du quai de la Libération, dans un cul-de-sac, un coin désert sans maison ni lumière, et j'avais poussé l'engin dans l'eau. J'étais vite rentré à pied, sans que personne me remarque. Le lendemain, sur les conseils de mon ami de comptoir, je m'étais rendu chez un petit vendeur et réparateur de cyclomoteurs. J'y avais trouvé, pour un bon prix, une Motobécane Motoconfort, avec le réservoir sous la selle, deux sacoches, une AV44 vieille de seulement deux ans, pour ainsi dire flambant neuve. Le vendeur m'avait promis qu'elle tournait comme une horloge et qu'il la préparerait pour le soir même. Elle était blanche, suffisamment différente de celle de Joseph pour ne pas éveiller la curiosité des condés.

Le lendemain matin, avant que le soleil se lève, je quittai Romans-sur-Isère. J'avais laissé tout mon barda derrière moi, près des poubelles, excepté mon sac à dos. Il me restait la moitié de mon pactole, je ne m'inquiétais pas pour les jours à venir.

J'ignorais la route que j'emprunterais, mais j'avais une certitude, j'éviterais les grands axes et les grandes villes autant que possible. Je n'avais pas peur de faire de mauvaises rencontres, je savais que je les ferais, mais autant que ce soit le plus tard possible. Après un an sur les chemins, elle commençait à bien me plaire cette vie de nomade, au jour le jour.

Je circulais doucement, les petites routes traversaient les vergers de cerisiers et d'abricotiers. Puis, le décor se mua en coteaux, je longeais les vignes. Je me repérais un peu au hasard, avec l'espoir de parvenir jusqu'au pont qui enjambait le Rhône à Tournon. Je m'étais égaré une ou deux fois, ce qui m'avait fait perdre pas mal de temps.

Je passai le pont, un peu avant onze heures et, pour profiter de la vue sublime, je ralentis pour admirer la forteresse qui se dressait au pied des collines escarpées, de l'autre côté du Rhône. La ville aux toits orangés, de taille modeste, ne manquait pas d'atours avec sa grande place bordée de vieux platanes et sa nuée de petites rues qui s'envolaient vers des coteaux pelés.

Je trouvai une station-service où je fis de nouveau le plein de ma mobylette sur le mélangeur BP. Je réglai la jauge à huile sur cinq pour cent comme m'avait recommandé le vendeur, et je manipulai la pompe à bras. L'engin consommait sec, le réservoir était à moitié vide. Le pompiste m'indiqua une petite auberge à dix kilomètres, à Saint-Barthélemy-le-Plain.

Je trouvai facilement, et déjeunai là. Le patron et cuisinier, M. Thierry, me fit saliver en me détaillant l'assiette de charcuterie, caillette et salade qu'il servait en plat du jour. Il m'apporta un pichet d'un vin local aussi peu cher qu'il râpait la langue. L'homme au sourire généreux se posa un instant à table et accepta mon invitation à prendre un digestif. Il me raconta sa vie, sa passion pour les voitures, me demanda d'où je venais, j'avais inventé une histoire qu'il goba aussi vite que le verre de cognac. Je lui indiquai mon intention de me rendre en Haute-Loire et il se mit à hurler comme un loup un soir de pleine lune.

— Hououou ! Mon pauvre ami, en mobylette, tu n'es pas près d'être rendu ! Les routes par chez nous, ça sinue et ça grimpe. Moi, je te conseille de descendre vers Privas, puis Aubenas, et ensuite tu traces vers le Puy-en-Velay.

— Et ça rallonge ?

— Oui, mais c'est une garantie pour toi de trouver de l'essence, de quoi manger et dormir. Je serais toi, je ne *guenillerais* pas une seconde.

— *Gueni* quoi ?

— Je n'hésiterais pas, c'est du patois d'ici, va falloir que tu t'habitues, sur le plateau, c'est pire encore.

J'étais reparti avec au moins un plan de voyage. Le patron m'avait confirmé que même s'il s'agissait de villes importantes pour le département elles restaient très provinciales et calmes. Je dormis la première nuit à Privas, la seconde à Aubenas.

10

Elle pensa qu'il fallait un père à son fils. Cette réflexion, d'abord futile, résonna de plus en plus en elle jusqu'à l'obséder. Chaque jour, dès le réveil, Lucia passait de longues minutes à se préparer, se maquiller, se coiffer, pour attirer le regard. Elle se sentait jolie, les hommes le lui murmuraient parfois, même si ce « joli » ne revêtait que peu de valeur quand il provenait d'un client potentiel, qui ne voyait en elle que le plaisir qu'il en tirerait. Elle se souhaitait belle, pour que l'on s'intéressât à elle, plus qu'à ses courbes.

Au café, son attitude changea, elle cessa ses familiarités avec les clients, elle refusa plus souvent de grimper les marches qui la conduisaient au grenier. Ses jupes s'étirèrent sous le genou, ses sourires devinrent plus sélectifs, elle détournait le regard des hommes trop vulgaires. Le patron ne s'en offusqua pas, il s'en réjouit presque ; les patrouilles de police se multipliaient, il craignait une descente, une dénonciation, il voulait arrêter avant que tout cela finisse mal.

Quand le printemps disparut, Lucia mit un point final à ses activités lucratives, elle aimait toujours autant l'argent, mais bien plus son fils et son rêve du grand amour. Un homme qui deviendrait père par adoption devait ressentir de la fierté envers sa compagne, se répétait-elle. Le maquillage s'estompa pour ne plus être qu'un fin reflet de sa personnalité, elle retrouvait sa grâce naturelle.

Hugo, lui, poursuivait son chemin d'enfant particulier, de garçon atypique. On le traitait de « petit », il serrait les poings et fonçait dans le tas sans la moindre émotion, tête la première. Cette fois, la directrice, excédée, ne convoqua pas Lucia. La veille des vacances scolaires, elle reçut un courrier qui disait que pour la rentrée de septembre son fils se verrait refuser l'accès du collège.

Elle tenta bien de discuter avec son garçon, peine perdue, les mots semblaient vides de sens. Lui ne s'expliquait pas ce qu'on lui reprochait, les autres n'étaient rien que des tas de viande qui grouillaient sous ses yeux et qui se donnaient le droit de le juger, de l'insulter, de le malmener. Ne pas leur répondre équivalait à leur accorder du crédit et Hugo préférait se battre contre plus grand, quitte à perdre, plutôt que de baisser pavillon. Lucia, au fond d'elle, le comprenait, même si elle se refusait à l'admettre. L'idée de le punir lui avait traversé l'esprit, la fessée aussi, elle en gardait un si mauvais souvenir qu'elle ne fit que secouer le martinet l'œil menaçant et le verbe haut. Cela n'avait aucun effet sur son fils, la rassurait un peu, lui laissait croire que son autorité restait intacte, qu'elle avait tout tenté.

La jeune femme trouva enfin une école qui paraissait adaptée et qui acceptait le profil d'enfant difficile de son fils. L'école primaire Notre-Dame, rue des Martyrs à Anzin, cela ne s'inventait pas. La mère supérieure qui gérait l'équipe enseignante vit tout d'abord d'un mauvais œil le fait que le garçon ne fût pas baptisé, mais, quand Lucia promit un don substantiel aux œuvres de l'établissement, elle se montra conciliante, hospitalière. Elle détailla le règlement qu'elle résuma d'un mot : « rigueur ». Les enfants de l'école, tous de la bourgeoisie locale, en tout cas de familles qui pouvaient se permettre de payer le pécule de l'inscription et les mensualités, marchaient à la baguette.

Hugo, contre toute attente, s'y trouva bien. Il évoluait dans l'établissement de façon solitaire, personne ne venait l'importuner ou, lorsque cela arrivait, l'une des sœurs ou le pion intervenait aussitôt. Il passait pour un élève brillant, bizarre aussi, malgré tout on le laissait tranquille.

En janvier 1948, la crise économique malmena le pays avec rudesse, l'État lança un emprunt forcé. Les travailleurs se plaignaient de leurs maigres salaires, les jours s'annonçaient sombres et difficiles. Lucia ne se plaignit pas, ses revenus suffisaient pour vivre, et les pourboires, même s'il ne s'agissait que de quelques pièces, se voulaient nombreux. Un samedi, elle emmena son garçon au cinéma Le Palace, une éternité qu'elle n'y avait pas mis les pieds, rien que l'idée la réjouit. On y jouait *Les Raisins de la colère* avec Henri Fonda. La jeune femme se sentait bien en compagnie de son fils, elle partageait un moment privilégié et en goûtait toutes les saveurs. En sortant, elle lui prit la main, ils s'offrirent un cornet de marrons chauds. Hugo semblait serein, puis il questionna sa mère, la voix triste : « Ça t'a fait quoi de tuer l'Allemand, maman ? »

Lucia eut un geste de recul quand il termina sa question. Ils marchaient tous les deux sur le trottoir, elle s'arrêta à l'abri d'un porche, scruta autour d'elle, et, à moitié penchée sur son garçon, elle murmura :

— Il ne faut jamais, jamais – tu m'entends ? – parler de l'Allemand à nouveau. Il ne s'est jamais rien passé. Tu dois oublier !

— Mais maman ! Je n'ai rien dit, je voulais juste savoir ce que ça faisait ?

Elle le serra fort contre elle.

— C'est une horreur, une horreur, mais si je devais recommencer je le ferais encore.

Elle saisit son fils par les épaules, le repoussa un peu et le fixa droit dans les yeux. Personne ne te fera du mal, j'y veillerai, jusqu'à mes derniers jours ! Tu comprends, tu ne dois pas t'inquiéter, je serai toujours là pour toi ! Allez, mange tes marrons chauds.

Ni Hugo ni Lucia ne reparlèrent ensemble de ce moment, la chape lourde du secret s'était refermée et pesait sur eux, cependant la mémoire restait intacte. Le garçon se rassura, après tout, sa mère veillerait toujours sur lui et le protégerait, et lui, il en ferait de même. Les secrets, ça soudait les âmes.

Les mois s'écoulèrent tel un ruisseau tranquille jusqu'aux beaux jours qui s'invitèrent d'un seul coup avec l'annonce des vacances scolaires. Le soleil arrosa les plaines du Nord, cuisant et lourd, accompagné de ses orages diluviens. L'été dans le Nord ressemblait à une logique de trois, il faisait beau, on crevait de chaud, et vlan ! l'orage se pointait, mais les gens ne s'en plaignaient pas. Les terrasses des restaurants et des cafés empiétèrent sur les trottoirs jusque très tard le soir, Lucia travaillait de longues heures. Parfois son fils l'attendait, endormi sur le divan, un livre à la main. Elle le couchait sans qu'il se réveille, déposait un baiser sur son front, l'observait dans la pénombre et souriait.

Son travail au bar ne débutait qu'à deux heures, la serveuse, pour récupérer de ces interminables soirées qui débordaient souvent jusqu'à la nuit, traînait au lit.

Ce matin-là, Hugo avait dressé la table pour le petit déjeuner. Il brûlait d'envie de raconter l'histoire d'un livre qu'il venait de terminer. Il était près de neuf heures, il ouvrit les volets de la chambre de sa mère, déposa une tasse de café sur le chevet et s'assit au pied du lit. Elle ronchonna et plaça son bras sur son visage, la nuit avait été courte. Le garçon commença, sans attendre le feu vert :

— Bonjour m'man ! Faut absolument que je te raconte ça ! C'est une magnifique histoire, maman, il faut que tu écoutes ça. C'est celle d'un homme qui va se retrouver seul sur une île.

— Hugo ! Laisse-moi dormir s'il te plaît… et ferme ces putains de volets.

— Mais m'man !

— Sors un peu, trouve-toi des copains, c'est l'été et arrête avec ces livres, la vraie vie elle est dehors !

Il avait obéi, tête basse. Elle s'était levée peu avant onze heures, le temps d'avaler un morceau de pain tartiné de miel, elle avait embrassé son fils sur le front, et s'était excusée à demi-mot. Demain, elle écouterait son histoire. Elle lui laissa quelques pièces sur la table. « Va t'acheter un paquet de frites chez Paul, et fais-moi le plaisir de prendre un peu l'air. »

Vers trois heures, encouragé par les recommandations de sa mère, Hugo était sorti. Derrière chez lui, il y avait un immense terrain vague et les restes d'une ancienne décharge à ciel ouvert, l'endroit l'avait toujours intrigué, il s'y rendit. Le soleil cognait sur les casquettes et les bérets. L'aire sauvage débutait derrière les restes d'un vieux mur effondré, sans doute une ancienne usine, vide de tout vestige. Un trottoir étroit longeait cette étendue en friche, il menait à la ville voisine, peu l'empruntaient.

Hugo traversa cette mince frontière et s'aventura sur un sentier qui courait au milieu des hautes herbes. Il saisit la hampe d'une d'entre elles, la fit glisser entre le pouce et l'index, *poule, coq ou poussin*, pensa-t-il. *Coq !* Il en cueillit une autre et glissa la tige entre ses dents. Quand il eut traversé cette mer verte et jaune, houleuse sous le vent, il s'enfonça dans une zone ombreuse, se faufila entre les acacias et les ronciers monstrueux, puis déboucha sur une étendue tout aussi sauvage, les sauterelles s'enfuyaient à son passage. Il approchait de la décharge. Même si elle ne servait plus, elle laissait la trace immense de son ancienne activité. Çà et là traînaient un vieux frigo, des briques, de la ferraille rouillée, des blocs de béton, une vieille poussette sans roues, un tas de tuiles émiettées. Plus loin, vers le centre, il aperçut une butte noirâtre de quelques mètres de hauteur d'où s'élevaient avec fébrilité des fumerolles âcres, lourdes, malodorantes. Il contourna l'endroit et coupa par un autre layon où l'on ne détectait qu'avec peine la trace d'un passage.

Soudain, dans un bruit sec, il ressentit une vive douleur au pied droit, ce qui lui arracha un cri de surprise et le stoppa net. Il baissa la tête ; son godillot se trouvait emprisonné dans un piège à mâchoires, sans doute pour les renards ou les rats. Le dispositif enserrait sa chaussure de cuir au niveau de la cheville. Il tenta de se dégager, de bouger, mais une chaîne attachée à l'arbre voisin l'en empêcha. Tandis qu'il s'accroupissait pour se libérer, des voix de garçons résonnèrent.

— Venez les gars ! On a une prise !

Hugo se redressa. Quatre gamins de son âge sortirent de derrière un buisson, avec le rire pour clairon. Il reconnut le plus costaud, Raoul, de son collège.

— Ho ! Mais c'est notre Tom Pouce ! s'esclaffa le chef de bande. Qu'est-ce que tu fous par ici, l'intello ?

Hugo ne connaissait pas les autres. Ils lui semblèrent des miséreux ou des enfants des rues.

— Rien, je m'promène. Tu peux m'enlever ça ! demanda-t-il en baissant la tête.

Le gros arbora une grimace qui en disait long sur son hésitation.

— Et tu m'offres quoi en échange, l'intello ?

L'un des suiveurs s'avança et voulut fouiller les poches de l'otage, il le repoussa sans ménagement.

— Me touche pas ! hurla-t-il.

Le costaud gronda.

— Ne fais pas ton malin, ou on va te casser la gueule

et on te laissera moisir ici. Il paraît que ça grouille de rats.

— Ah ouais ? questionna une voix de fille.

Le gros pivota. Une gamine qui pouvait avoir treize ans, les cheveux frisés d'un brun intense, le regard aussi noir que l'encre de Chine, le sourire en coin, se faufila à travers le groupe et se plaça entre Raoul et le prisonnier. Elle écarta les bras et d'un ton calme et ferme ordonna :

— Laissez-le tranquille !

Hugo écarquilla les yeux. La fille mesurait une tête de plus que lui, il ne voyait que sa chevelure onduler sous le vent. Les garçons se gaussèrent. Raoul se fâcha.

— Kalya ! Dégage ! C'est pas ton problème ce qui se passe ici !

Elle se maîtrisa et répondit d'une voix déterminée :

— Maintenant, si ! Quatre contre un, en plus avec un pied coincé dans un piège ! Eh bien maintenant, c'est quatre contre deux.

Elle se décala un peu, se plaça aux côtés de son protégé. Raoul gonfla le torse, s'avança sur la fille.

— Tu l'auras voulu !

À la seconde même, Kalya plongea sa main dans l'entrejambe du gamin et lui agrippa ce qu'elle y trouva. L'autre stoppa net et grandit aussitôt de plusieurs centimètres, saisi par la crainte. De l'autre main, elle sortit un couteau de la poche de son pantalon, dans un clic, la lame apparut.

— Alors mon gros Raoul ? Tu veux qu'on discute ?

Il pâlit dans l'instant et secoua la tête avec nervosité sans qu'un son s'échappât de sa bouche. Il haletait, fébrile. La fille, sans lâcher sa proie, tourna le visage vers un des agresseurs et lui ordonna de libérer le pied de son nouvel ami. Il obéit, les yeux rivés sur le couteau.

Hugo croyait rêver. Il bougea sa cheville pour vérifier que tout allait bien et se rassura.

— Ouste ! Cassez-vous les clowns, et si je vois l'un de vous poser des pièges par ici, je cuisine ses coucougnettes à la poêle et je les donne à bouffer aux cochons !

Ils ne demandèrent pas leur reste et s'enfuirent en vociférant. Elle frappa Hugo dans le dos.

— Je sens qu'on va faire une belle équipe tous les deux. Je m'appelle Kalya, c'est un prénom gitan qui vient de Roumanie, il paraît que ça veut dire « sainte ».

Elle éclata de rire.

— Il faut bien une exception ! Et toi, tu t'appelles comment ?

— Moi, mon prénom ne veut rien dire ! C'est le prénom d'un mort, je ne l'aime pas plus que ça !

— C'est drôle ça ! Comme tu veux ! Je t'appellerai... « Personne »... ou... « Sans-Nom » ! s'exclama-t-elle. J'aime bien, c'est mystérieux, tu ne trouves pas ?

— Personne ou Sans-Nom ?

— Ouais ! Comme les agents secrets !

L'idée plut au garçon. Il répéta les sobriquets dans sa tête.

— D'accord, va pour Sans-Nom.

— Allez viens, on bouge !

11

Après un timide petit déjeuner, j'avais démarré d'Aubenas. Une centaine de kilomètres me séparaient du Puy-en-Velay et j'espérais les parcourir dans la journée. La tête encore lourde des bières avalées la veille au soir, il me fallut quelques minutes pour parvenir à me concentrer sur la route. Je buvais trop et j'encaissais toujours aussi mal.

Je sortais tout juste du chef-lieu de canton, un peu avant Labégude, quand la circulation s'étira, ralentit, et cent mètres plus loin s'arrêta. Une longue file de véhicules m'attendait. Je me portai à l'avant d'une Dauphine dont la vitre était ouverte et questionnai le conducteur.

— C'est quoi le problème ?

— Y'a un accident à cent mètres, précisa-t-il avec un fort accent. Les gendarmes bloquent la route, une bétaillère s'est renversée, y'en a pour un moment, je le crains.

Le mot « gendarmes » avait suffi à me dessaouler. Je fis demi-tour, et tournai au premier carrefour vers l'ouest. Cet itinéraire improvisé allongerait mon trajet, mais personne ne m'attendait. D'autres véhicules manœuvrèrent et me suivirent, cela me rassura.

La voie de bitume gris sinuait en douceur, le décor changeait, découpé, sauvage. Je traversai quelques villages pittoresques, le ciel, d'un bleu sans un nuage, marquait l'horizon. Je quittai l'axe principal par crainte d'un contrôle et j'empruntai une route qui me semblait parallèle, certes plus étroite, mais bien plus discrète. L'asphalte dégradé lâchait des nappes de gravillons par endroits. J'abordai une côte où les virages en lacet se suivaient sans discontinuer, la route rétrécit encore.

La mobylette s'essoufflait, je n'avançais plus qu'à une trentaine de kilomètres-heure. Je me sentis à l'étroit, entre une forêt de jeunes chênes bordée d'un fossé à droite et, à gauche, le précipice d'une falaise où s'accrochaient quelques pieds de buis. Une voiture se dessina dans mon rétroviseur, une 2 CV verte. Le chauffeur, moteur rugissant, se rapprocha de moi et usa de son klaxon à de multiples reprises. Il m'était impossible d'accélérer ou de me serrer sans risquer de tomber. La voiture me colla au train ainsi sur deux cents mètres. Le passager avant, un jeune homme, décapota le véhicule et sortit le tronc de la voiture, imité par son voisin assis à l'arrière. Ils se mirent à hurler et, même si je ne compris pas ce qu'ils disaient, cela me parut évident. Je levai la main gauche et leur offris, dans un geste lent, un joli doigt d'honneur qui ne les enthousiasma pas.

J'arrivai enfin sur une partie rectiligne qui s'aplanissait. Au loin, un carrefour, avec une voie à droite, se présentait enfin, j'allais pouvoir les laisser passer. Derrière, les autres continuaient à brailler et à gesticuler comme des abrutis. Arrivé à hauteur du croisement, je freinai et me garai. Quand la voiture me doubla, les jeunes chahutèrent de plus belle, elle tangua plusieurs fois. La 2 CV s'éloigna, puis, contre toute attente, les feux arrière s'allumèrent. Elle ralentit, stoppa en pleine voie et resta là pendant de longues secondes. Soudain, dans un craquement de boîte de vitesses, les feux blancs de la marche arrière remplacèrent les rouges. La 2 CV recula et s'arrêta à quelques mètres de moi. Le chauffeur descendit, suivi de ses deux compères. Le premier pouvait avoir la trentaine, grand, plutôt bien bâti, les deux autres à peine vingt ans, filiformes, les cheveux coupés au bol. Je plaçai la mobylette sur la béquille et me plantai sur mes deux pieds, prêt à leur montrer qu'ils ne m'impressionnaient pas.

— Alors ! Tu fais moins le mariole, maintenant, lança le premier.

Je ne répondis pas. Il se tourna vers ses acolytes.

— Monsieur se permet de faire des doigts et c'est pas plus haut que trois pommes !

Les deux autres, telles des hyènes, se gaussèrent, pitoyables pantins sans personnalité au service de leur chef.

Je le dévisageai.

— Je mesure un mètre soixante-cinq et je t'emmerde !

Il joignit les poings, fit craquer les jointures de ses phalanges tout en se donnant de nouveau en spectacle.

— Vous avez entendu, les gars ! Le nain de jardin nous emmerde !

Nouvelle salve de couinements hypocrites. Je haussai le ton, la voix moqueuse.

— Non, t'es grand, ça doit être pour ça que les informations ne t'arrivent pas vite ! Je t'emmerde, toi, le fort en gueule ! T'as besoin de tes copains pour te défendre ?

Cette fois, il railla, mais cela sonna faux. Il avança vers moi et ne se trouva plus qu'à cinquante centimètres. Les deux autres lui collaient au train.

Le chef, paume de main ouverte, me poussa au niveau de l'épaule, je reculai à peine, mon regard planté dans le sien. Des grands, j'en avais cassé déjà, et des plus costauds, ils se pensaient plus forts, supérieurs, et ça me rendait fou. Je le taquinai, histoire de voir ce qu'il avait dans le ventre.

— C'est tout ce que tu peux donner ? Tu m'impressionnes !

Il renouvela sa provocation, avec force, je ne résistai pas et me laissai aller en arrière sans perdre l'équilibre. Un des sbires poussa ma mobylette avec son pied, elle se coucha au sol. Le poing serré, j'attendis qu'il me poussât à nouveau pour lui balancer un coup juste à la pointe du menton… des bruits de sabots et les cris d'une femme vinrent perturber mes plans.

Une jeune fille, assise entre deux garçons sur la banquette d'une calèche, tirait sur les rênes pour stopper les deux chevaux de trait qui arrivaient sur nous. Elle criait dans notre direction tandis que ses voisins tentaient de la calmer.

Mes agresseurs se figèrent un instant, puis le meneur s'adressa à elle.

— Encore ces putains de membres de la secte de mes deux. Dégagez avant qu'on s'occupe de vos sales tronches !

La fille, qui devait avoir moins de vingt ans, donna les rênes à son voisin. D'un air décidé, elle bondit de la calèche et s'approcha de notre groupe.

— Laissez-le tranquille ! hurla-t-elle. Trois contre un, vous devriez avoir honte !

Les deux garçons debout sur la calèche l'appelaient, affolés.

— Sarah ! Sarah ! Reviens !

Elle s'avança encore, le pas déterminé, pleine de certitude. Elle était petite, fine et vive comme les martinets qui fendent le ciel l'été, les cheveux couleur du soleil couchant et les yeux pleins de flammes. Elle se plaça devant moi, mince bouclier et écarta les bras.

— Laissez-le tranquille !

L'homme ricana, cette fois sans retenue. J'étais sidéré, elle s'imposait avec tout son aplomb, sa voix de crécelle et son teint digne des neiges éternelles. Je ne vis bientôt plus que sa chevelure frisée qui lui tombait au milieu du dos, les reflets rouge orangé qui ondulaient au rythme de sa colère. Et le grand la poussa d'un coup, elle bascula de tout son poids sur le sol dans un cri de douleur mêlé de rage. Loin de moi l'idée de m'interposer en défenseur de la veuve et de l'orphelin, même que je n'en avais rien à foutre, mais là, j'ignore pourquoi, peut-être voyais-je Kalya en elle, la colère m'étreignit.

Je pliai le buste, tête en avant et fonçai sur le géant, en plein dans son estomac, si fort que cela lui arracha un râle. Il devait pratiquer la lutte ou je ne sais quelle activité, car il m'agrippa par la taille, me souleva de terre et m'expédia près du fossé. Je roulai et me retrouvai deux mètres plus loin. La brute détacha son ceinturon et le fit virevolter au-dessus de sa tête. Je m'écartai du bord de la route et me ruai vers lui. J'entendis juste la fille crier quand la boucle de fer heurta ma tempe. Un instant, je me sentis vaseux, presque sonné, mais ne perdis pas l'équilibre. Je frappai l'homme de toutes mes forces, au foie, ce qui lui arracha un cri, mais il tint bon. Un de ses acolytes m'assena un coup juste sur les dernières côtes avec un manche de bois. Le second, qui m'avait contourné, me faucha d'une balayette et je chutai de tout mon poids. Ma tête heurta le bitume. J'entendis encore la fille crier « Arrêtez ! ». Puis le coup de pied dans le ventre et l'envie de vomir, les coups dans le dos, le son de la batte de bois sur mon crâne et, en un instant, le souvenir du visage de Kalya avant le noir, je perdis connaissance.

Les agresseurs avaient frappé à coups de pied leur victime tandis qu'elle gisait inconsciente. Repus de rage et d'adrénaline, ils s'étaient enfuis après avoir menacé la fille de représailles s'ils traînaient encore dans le coin.

— Venez m'aider à le soulever pour le mettre dans la carriole, ordonna Sarah.

Elle découvrit de près les blessures du jeune homme allongé sur la route. Elle l'observa et ressentit de la pitié. Le visage ensanglanté, tuméfié, une bosse énorme sur l'arrière du crâne, il faisait peine à voir. Les deux garçons émirent quelques réserves, on ne pouvait pas ramener un inconnu à la communauté, c'était interdit. La jeune femme se fâcha.

— Vous vous fichez de moi ! On appartient au temple de la Vie, on prône l'amour des autres et vous voudriez le laisser là ? Dépêchez-vous de m'aider au lieu de raconter n'importe quoi !

Elle se tourna vers le second.

— Toi, tu n'auras qu'à nous suivre avec la mobylette.

Sarah reprit les rênes et fit demi-tour, l'homme évanoui, allongé à l'arrière près des cagettes de fromages, respirait, mais elle se demanda pour combien de temps encore.

Depuis une demi-heure, elle était assise à côté du blessé, le regard accroché à son torse. Il respirait et elle s'en satisfaisait.

Ils étaient rentrés en carriole jusqu'à la maison où elle vivait avec sa mère Louise, sa sœur aînée Steph et le petit ange qui égayait ses jours, sa fille de cinq ans, Loéva, et son lapin, Pom-Pom. Quand sa mère vit Sarah arriver avec les deux qui portaient à bout de bras l'inconnu, elle leva les mains au ciel puis les agita avec nervosité.

— Sarah ! Mais qu'as-tu encore fabriqué ? Qui est ce garçon ?

Lorsqu'elle aperçut les multiples blessures, elle ne posa plus de questions et se précipita pour ouvrir la porte de la chambre de sa fille. Elle les aida à l'allonger sur le lit.

— Va chercher Marion ! Elle saura quoi faire, dépêche-toi !

Marion était l'une d'entre eux, une ancienne infirmière qui avait gagné ses galons pendant la guerre. Elle arriva dans les minutes qui suivirent avec sa trousse de soins. Elle ôta la veste, la chemise et le pantalon du malheureux, prit son pouls et l'ausculta sous toutes les coutures. Il était mal en point, ne réagissait pas aux tests de réflexe, très peu aux stimuli de la douleur, les paupières frémissantes, le regard végétatif, un pouls fuyant. Le verdict tomba comme un couperet : fractures sans doute d'une ou deux côtes flottantes, multiples hématomes profonds et superficiels et sans doute une commotion cérébrale, au pire un hématome sous-dural.

— Il faudrait l'hospitaliser, soupira l'infirmière, mais l'hôpital le plus proche est à une heure au moins, et avec la carriole, ça me paraît inconcevable. Sinon appeler une ambulance ?

Au même instant un homme entra. Mitra. Le chef de la communauté, leur guide à tous. Même Marion baissa les yeux.

— Je vous interdis de le conduire où que ce soit, nous avons bien assez de soucis avec l'extérieur. C'était idiot de l'amener ici. Si tout cela finissait mal, je t'en tiendrais pour responsable, Sarah. Tu as presque dix-huit ans, tu devrais te montrer plus réfléchie. Je t'aime beaucoup, mais parfois tu es déraisonnable.

Elle baissa la tête, ne répondit pas, blessée. Sa mère intervint d'une voix douce, comme à son habitude.

— Mitra… nous respectons ta décision, mais Sarah a écouté son cœur et les préceptes de notre communauté. L'amour du prochain.

— Merci, Louise ! Dois-je te rappeler que ce qui doit tout d'abord guider nos pas, c'est la sécurité de notre communauté. Sauver cet homme pourrait en condamner combien d'autres si l'on nous accusait de l'avoir malmené ? Sauvez-le et tenez-moi informé de l'évolution de son état.

Il sortit, aussitôt suivi de ses deux disciples.

L'infirmière avait fait ce qu'elle avait pu, l'inconnu devait rester sous surveillance, il risquait de vomir et de s'étouffer. Elle lui administra un sédatif censé calmer les douleurs en cas de réveil inopiné, éventualité à laquelle elle ne croyait pas.

Les trois femmes s'étaient organisées, Sarah dormirait avec sa mère pour laisser sa chambre au blessé. Pour la première nuit, elles se relayèrent toutes les trois au chevet du malade. La plus jeune avait le sommeil léger, elle se dévoua pour prendre la garde de deux heures à six heures, sa sœur veillerait le premier tour et sa mère le dernier.

Le tour de Sarah vint plus vite qu'elle ne l'avait espéré et, quand Steph la sortit du lit, elle émergea avec difficulté. L'homme n'avait pas bougé d'un pouce. Elle avait préparé un livre ainsi qu'une bougie neuve pour éclairer la pièce de façon légère et douce. Elle prit place dans le fauteuil et observa l'inconnu, il était étendu comme une statue de plâtre, les yeux clos, la tête bandée. Les arabesques de lumière balayaient son visage tourmenté et donnaient à la chambre des reflets de veillée funèbre. Elle toucha sa main posée au-dessus du drap, elle était si fraîche qu'elle la glissa dessous. Après de longues minutes, elle ne sut pourquoi, mais l'envie de lui parler la submergea.

À voix basse et continue, elle entama son monologue et commença l'histoire au tout début. Elle était née il y avait presque dix-huit ans, dans ce coin perdu des plateaux d'Ardèche qu'elle aimait tant, dans ce hameau bien singulier où vivaient presque cent cinquante âmes aujourd'hui. Juste après la guerre, le père de Mitra, qui désirait vivre en accord avec la nature, avait fondé cette communauté sans avoir vraiment idée de ce qu'elle deviendrait. L'endroit lui plaisait, il vendit son manoir de la banlieue sud de Paris et s'installa ici avec son fils et quelques élèves de l'université où il enseignait la philosophie. Il quitta sans regret le confort et l'effervescence de la ville, le progrès, pour se tourner vers ce qui lui semblait l'essentiel. En deux ans, le groupe d'amis s'agrandit, plusieurs maisons, sur la soixantaine de bâtiments que comptait le hameau, furent rénovées, la vie s'installa.

La mère de Sarah avait trouvé refuge là avec sa sœur aînée. Sarah était née quelques semaines plus tard. Et d'autres étaient arrivés, curieux de ce petit monde autonome. La vie s'écoulait, l'entraide était de mise, on avait fixé quelques règles… Et le guide eut une vision. Il était devenu le détenteur et le porteur de la prophétie. La petite église moribonde recouvra un toit et prit le nom du « temple de la Vie ». Il fut décidé de développer rapidement l'autarcie. On cultiva blé, lin, tournesol, maïs et légumes dans les deux potagers. Certains s'occupaient des fruits du verger, d'autres du bétail ou de la basse-cour. Ensuite, il y eut la fromagerie, la boulangerie, le rucher, la poterie, le lavoir, les cuisines communes, le filage et le tissage, le séchoir, l'école. Ils achetèrent deux chevaux, ainsi que la carriole pour les champs et le transport du bois et des hommes. Au fil du temps, les règles de vie s'étaient précisées, le guide écrivit les premiers préceptes, ordonna les premières messes et finit par instaurer des règles pour l'éducation des enfants.

Chaque mère devenait la mère de chaque enfant, ce fut l'un des premiers dogmes, « ainsi chacun se voyait entouré et aimé ». Les femmes pouvaient vivre libres et en prirent l'habitude. Le mariage fut banni, la liberté d'union une loi. L'avenir et la sécurité de la communauté, une urgence.

Le temple de la Vie distillait l'amour de la nature, de son prochain, de notre guide et de ses lois. Les jeunes, à partir de dix-huit ans, par leur propre volonté, pouvaient se soumettre à la cérémonie afin de devenir des adeptes de la communauté. Les messes nocturnes se voyaient réservées aux seuls adeptes.

Il fallait respecter le secret, « car il était le ciment qui nous unissait, le rempart qui nous protégeait ».

Lorsque le premier guide était mort six ans plus tôt, Mitra avait repris le flambeau en héritier du savoir et de la sagesse de son père. « Il insuffla un esprit nouveau et réformateur qui fut unanimement accueilli. »

Une porte grinça, sa mère entra, Sarah n'avait pas vu le temps passer.

— Tu parles toute seule ?

Elle hésita.

— Non, je lisais à voix haute.

12

Kalya et Sans-Nom sortirent du terrain vague et s'installèrent sur un banc. Elle délaça sa chaussure dont le cuir portait les traces du piège de métal et observa son pied. Elle le rassura, il ne saignait pas.

Elle était vraiment jolie, une tête de fripouille avec un petit nez tout mignon et toujours un sourire en coin qui disait qu'on ne devait pas venir lui chercher des noises. Une voix un peu rocailleuse comme si elle avait fumé toute sa vie et ses cheveux bruns frisés qui tombaient en cascade jusque sur ses épaules.

— Qu'est-ce que tu foutais là-bas ? Ce n'est pas un endroit pour un garçon de ton âge, tout seul en plus !

Hugo se vexa.

— Je suis peut-être petit, mais j'ai onze ans, et je n'ai pas peur, jamais ! Tu étais bien toute seule, toi !

— Moi, c'est chez moi, ici ! Tu es nouveau, tu n'es pas du coin, je ne t'ai jamais vu !

— Je ne viens pas souvent par ici, j'habite en bas du château d'eau, et toi ?

— Je suis la fille du ferrailleur, Henri ! Tout le monde l'appelle Riton, c'est lui qui passe avec son camion et sa cloche pour récupérer les vieux trucs en fer, les carcasses de voitures, les trucs en fonte. Enfin, je ne suis pas vraiment sa fille, mais il m'a adoptée quand j'étais encore bébé. Je vis de l'autre côté de la décharge, avec Nanie, c'est sa mère, ma grand-mère quoi !

— Tu n'as pas de mère ?

— Non, elle est morte quand j'étais toute petite, je ne me souviens même plus d'elle. Nanie dit que je ressemble beaucoup à ma mère. Et toi ?

— Moi, je n'ai pas de père, je vis tout seul avec ma mère.

— Tu es un peu un boiteux comme moi, il te manque un parent, j'aime bien l'idée !

— Tu le sors d'où ton couteau, je n'en avais jamais vu des comme ça !

— Je l'ai volé sur un marché, il y a un an déjà, mais tu ne dois le dire à personne. Tu jures !

— À qui tu veux que je le répète ?

— À tes copains !

— Je n'ai pas de copain, les garçons que je connais c'est tous des mauviettes !

— Moi non plus, je n'ai pas de copain, mais j'ai mon couteau et personne ne me fait chier ! Tu as vu comme ils ont détalé ! Je suis sûre qu'ils courent encore !

Hugo avait tiré les pièces de monnaie du fond de sa poche et ils avaient acheté une glace sur la grande place. Elle était drôle, Kalya, à se dandiner comme un garçon quand elle marchait, elle en rajoutait. Hugo n'avait jamais vraiment parlé à des filles. Il les trouvait stupides à jouer à la marelle de l'autre côté du grillage, à sauter à la corde en riant tout le temps. Elle ne leur ressemblait pas.

Vers six heures, ils retournèrent sur le banc, elle sortit de sa manche un paquet de P4, petit comme un jouet, et expliqua ce nom de P4, pour quatre cigarettes de Paris dans un paquet. Elle ajouta que, d'après les rumeurs, c'était fabriqué avec des mégots que les clochards parisiens ramassaient dans les caniveaux.

Elle demanda à son nouvel ami s'il avait déjà fumé, il répondit que oui en haussant les épaules. Elle alluma une clope et tira si fort qu'il pensa qu'elle allait la finir en une bouffée. Elle laissa un gros nuage de fumée ressortir par sa bouche et elle inspira en même temps par le nez. Toute la fumée retournait d'où elle était venue. Il l'observait, la bouche entrouverte, elle devina qu'il avait menti. Elle lui tendit la cigarette.

— Aspire doucement. Au début ça dégoûte, mais après on s'habitue.

Kalya et Hugo se séparèrent quand le soleil entamait son grand plongeon vers l'inconnu. Ce soir-là, le garçon trouva la journée trop courte, exalté, ivre du souvenir de cette rencontre ; la fille lui ressemblait, il en était convaincu.

Il rangea ses chaussures au fond du placard pour que sa mère ne voie pas les morsures sur le cuir, alla dans la salle d'eau, se lava des pieds à la tête et se brossa un long moment les dents pour qu'elle ne se rende pas compte qu'il avait fumé.

Il était onze heures passées, la fatigue ne le gagnait pas, il se coucha tout de même, les yeux grands ouverts dans le noir à chercher l'image de cette fille qui ne quittait pas ses pensées. Quand sa mère rentra, il feignit de dormir. Elle posa un baiser sur son front. Pour la première fois, il ne ressentit pas de bonheur à cela, juste une douce indifférence. Quelque chose venait de se briser en lui, il chercha une émotion, mais n'en trouva pas, il sourit. Aujourd'hui, il était devenu un garçon des rues, un grand, et cela le gonflait de fierté.

Il retrouva Kalya tous les après-midi, presque chaque jour. Elle lui fit découvrir l'étendue du terrain vague, ses secrets, ses dangers, ses coins mystérieux comme la petite mare aux grenouilles dont les bords étaient aux deux tiers couverts de fins roseaux. Un chemin de vieilles tuiles et de briques broyées menait à une plage de blocs de béton entassés à la hâte. Kalya alluma une cigarette.

— Tu en veux une, Sans-Nom ?

Il refusa et ramassa quelques cailloux qu'il jeta au milieu des lentilles vertes qui flottaient à la surface, ça sentait la vase et la terre mouillée. Il tenta de faire des ricochets, mais sans réel succès. Kalya le regarda.

— Nanie m'a dit qu'ici c'était un ancien marécage, c'est pour ça qu'il y a toujours de l'eau, été comme hiver. Tu vois toutes les grenouilles ?

— Ouais, c'est fou !

— Tu as déjà vu une grenouille fumer ?

Hugo se moqua.

— Ça fume pas, les grenouilles !

— Bien sûr que si ! Tu mets la cigarette dans sa bouche, et elle avale la fumée. Le problème c'est qu'elle gonfle, et qu'elle éclate. C'est dégoûtant, mais c'est marrant. Viens, on en attrape une !

Pendant quelques minutes, l'un tentait de jeter son béret au-dessus d'un batracien, l'autre, pieds nus, se débattait dans l'eau vaseuse. La pêche ne donna rien, chacun resta sur ses positions : « Ça fume » et « C'est pas vrai ! ».

Ils terminèrent la soirée assis sur le banc vermoulu, échafaudant mille aventures, déjouant mille dangers imaginaires. Ils se sentaient bien ensemble, là, dans leur petit monde sauvage, et ils lui donnèrent un nom, le « paradis des vauriens ». Le terrain vague et ses environs, c'était désormais leur domaine, leur coin de paradis.

À la maison, Lucia commença à se douter de quelque chose, les jolis dessins avaient disparu, son fils ne parlait plus de ses livres, il lui arrivait même de réclamer quelques pièces de monnaie, ce qui ne s'était jamais vu. Mi-juillet, un lundi où elle était de relâche, elle tenta d'en savoir plus, elle le questionna, il se contenta de réponses évasives, oui, il sortait un peu et il jouait au football avec des garçons du coin. Lucia ne chercha pas à l'ennuyer plus, son fils se sociabilisait et l'annonce de cette grande nouvelle se suffisait à elle seule. Vers trois heures, il s'excusa, on l'attendait, et il laissa sa mère. Quand il ferma la porte de la maison, un sourire se dessina sur son visage. Un grand, ça ne vit pas dans les jupons de sa maman.

Lucia resta assise un instant à la table de la cuisine. Elle tourna et remua sa cuiller dans sa tasse de café, le cœur aux abonnés absents, l'esprit embrumé par l'incertitude. Son fils grandissait, elle s'en réjouissait, mais elle se sentit tout d'un coup très seule. Toutes ces années à brûler sa vie, de gaudrioles en petits boulots, de rires en moments de solitude, elle se lassait. Il fallait un père à Hugo. Et un homme pourrait aussi réenchanter sa vie.

Hugo courut jusqu'à la casse où habitait Kalya. Il s'arrêta devant l'immense portail en fer rouillé et cria plusieurs fois son prénom. Elle n'apparut pas comme à son habitude, mais un homme d'une cinquantaine d'années, le pas nonchalant, tête basse, s'approcha. Il portait un feutre noir d'où de longues mèches grises s'échappaient. Quand il leva le nez, Hugo le détailla et recula d'un pas. Un large goitre ondulait sous son minuscule menton. Mal rasé, les cernes boursouflés, il le fixait de ses petits yeux rougis en mâchonnant un mégot éteint du bout des lèvres.

— Qu'est-ce que tu lui veux à Kaly ?

La question avait été posée sans le moindre signe de sympathie. Hugo hésita. Avait-elle déjà parlé de lui à cet individu qui à n'en pas douter devait être le ferrailleur ? Il osa une question :

— C'est vous monsieur Henri ?

— Ouais ! Alors, qu'est-ce que tu lui veux ?

Le garçon, pour se donner de l'assurance, enfouit les mains dans ses poches.

— Elle m'a dit que si j'avais de la ferraille à refourguer il fallait que je vienne lui dire.

L'homme fit passer son mégot de gauche à droite.

— Elle est malade. Reviens dans trois ou quatre

jours. Le médecin a dit qu'elle ne devait pas sortir. C'est quoi comme ferraille ? demanda-t-il aussitôt.

— Je ne peux pas vous dire monsieur, c'est un secret.

Il attrapa sa cigarette entre ses doigts, cracha au sol, l'air contrarié.

— Allez, dégage, j'ai pas le temps de m'amuser avec des petits rigolos de ton espèce. Fiche le camp !

Kalya était malade. Hugo s'inquiéta. Elle fumait beaucoup, et il y avait sa voix, toute rêche qui charriait des cailloux. C'était bien possible. Il lui avait répété plusieurs fois de ne pas se tremper dans l'eau de la mare. Peut-être que c'était grave ? Quand ça arrivait comme ça d'un coup, c'était souvent grave. Il rentra chez lui, perturbé.

13

Marion, l'infirmière de la communauté, se présenta comme promis au petit matin. Elle ausculta de nouveau l'homme inconscient, son état n'évoluait pas. Elle demanda à Sarah de sortir et lui fit sa toilette. Il devait rester sous surveillance encore au moins deux jours.

Une heure plus tard, les disciples de Mitra entrèrent et s'enquirent de la santé du blessé. Ils repartirent ensuite sans un mot avec son sac à dos, ses effets et sa mobylette. La jeune femme trouva cela étrange.

Toute la journée on se relaya au chevet du malade sans constater le moindre mouvement ni signe de réveil. Le soir venu, fatiguée, Sarah se coucha plus tôt et, à deux heures pile, elle reprit son tour de garde.

L'homme l'intriguait, malgré ses plaies au visage, elle le trouvait presque aussi beau que lorsqu'elle l'avait rencontré la première fois. Mille questions se bousculaient : qui était-il, pourquoi se battait-il, que faisait-il par ici, un voyageur, un ouvrier saisonnier ?

Sans vraiment s'en rendre compte, elle avait posé ces questions à voix haute, et en sourit. Sa réputation de pipelette intarissable. Elle poursuivit sans complexe son monologue, mais à voix basse pour ne pas réveiller sa mère qui dormait au même étage.

« Quand Mitra était devenu le guide, il avait compris que s'il voulait préserver la communauté, améliorer le cadre de vie et poursuivre la rénovation des maisons, il fallait gagner un peu d'argent. Il commença donc à vendre une partie des récoltes et des objets que la communauté produisait. Avec la carriole, quelques membres du hameau arpentaient les marchés avoisinants et les marchandises s'écoulèrent plutôt bien. Certains restaurateurs commandaient même des fromages de chèvre, des volailles, pour leur qualité et leur saveur. »

En continuant son monologue avec son voisin, elle se rendit compte qu'un autre sujet brûlait ses pensées. Elle allait bientôt avoir dix-huit ans et la cérémonie pour devenir une vraie adepte s'annonçait dans quelques semaines. Cela signifiait aussi qu'elle accéderait enfin aux messes nocturnes ; elle en imaginait mille choses, un lourd secret planait autour de ces réunions.

Sarah avait posé la question à sa mère, à sa sœur, mais toutes deux refusaient de lui répondre, elles invoquaient le secret, ciment qui les unissait, protégeait leur communauté, un pacte sacré que l'on ne pouvait rompre. Chaque fois la même rengaine. Que pouvait-il bien se passer pendant la cérémonie ? Steph l'avait rassurée, tout s'était bien déroulé pour elle, et pour les autres aussi, elle ne devait pas s'inquiéter.

Elle changea de sujet et raconta des anecdotes à son auditeur silencieux. Dans le hameau, les repas se prenaient tous ensemble. Quand le temps le permettait, sous le préau, ou dehors près du puits et quand la météo ne s'y prêtait pas, on allait chercher les plats à la cuisine commune pour les rapporter chez soi. Tout le monde mettait la main à la pâte à tour de rôle pour préparer les plats. L'alcool était proscrit. Mitra prodiguait des cours aux plus jeunes, mais en général la tâche était confiée aux deux disciples ou à l'une de leurs *sœurs*. Les *sœurs* comptaient parmi les proches du guide, elles matérialisaient la branche féminine des disciples et se voyaient confier des tâches propres à leur rang. Mitra évoquait parfois le mouvement hippie qui se répandait à travers le monde, il indiquait les bienfaits des plantes, de la nature, l'importance du temple de la Vie, des enfants. Ils étaient l'avenir, celui de la communauté, des perles de vie.

*

Après quelques jours, l'inconnu commença à donner des signes de vie, il bougea un doigt, ses paupières frémirent. Ses plaies s'étaient refermées, l'infirmière avait enlevé les bandages de la tête, Sarah le trouvait de plus en plus beau, un prince endormi, mystérieux.

La troisième nuit, elle s'était glissée sous les couvertures et s'était blottie contre lui. Elle apprécia sa chaleur, la douceur de sa peau. Le lendemain soir, son état s'améliora d'un seul coup, il avait prononcé le nom de « Kalya », plusieurs fois, sans toutefois reprendre vraiment conscience. L'infirmière annonça que tous ces signes présageaient une bonne nouvelle, cela ne faisait que cinq jours qu'il récupérait, les tests de douleur et de réflexes donnaient des résultats plus significatifs ; il reviendrait bientôt à lui. Le lendemain, il émergea de son coma.

*

Je ressentis un fourmillement dans la main droite, puis cette boule de feu dans la tête. Elle cognait et brûlait derrière les yeux, s'enfonçait dans mon crâne jusque dans mes tempes. Ma gorge était sèche, douloureuse. Je me suis rappelé la mobylette, la 2 CV, la fille aux cheveux rouges et les coups qui pleuvaient.

Une voix tortura mon ouïe, fine et grinçante à la fois, je ne compris pas, grimaçai. Elle se fit plus douce.

— Monsieur ? Comment vous sentez-vous ?

J'essayai de répondre, mais le son que j'émis ne ressemblait à rien… j'allais mal, mais j'allais.

Quelques minutes plus tard, ou quelques heures, je n'en avais plus la notion, je perçus la caresse d'un linge humide sur mon front, puis sur mes lèvres. Je mourais de soif. Ma langue engourdie, pâteuse, collait au palais, mais quand on me leva la tête et qu'on porta le verre à la bouche, je bus comme au calice d'une eau de jouvence. J'ouvris les yeux, et plissai les paupières.

— Sarah, ferme un peu les volets, il y a bien trop de lumière ici.

Sarah ? Oui, je me souvenais de ce prénom, celle avec les bras en croix devant moi pour me protéger… J'attendis un peu, puis les yeux mi-clos, je découvris la pièce et les trois femmes qui s'y trouvaient. Je me sentis fatigué, je n'eus pas la force de prononcer un mot et m'endormis de nouveau.

Il me fallut encore deux jours pour pouvoir enfin me lever, j'avais fait la connaissance de Louise, Steph et sa fille Loéva, Marion et Sarah, une fille enthousiaste, pleine de vie et de verve. Elle m'avait posé cent questions auxquelles je n'avais pas répondu, remercié aussi de m'être interposé quand on l'avait poussée. Elle se montrait désolée de ce qui était arrivé et heureuse que j'aille mieux.

Le lendemain matin, je reçus la visite du grand chef, Mitra. La douceur de son regard tranchait avec la rudesse de ses traits. Il s'enquit de mon état de santé, me remercia d'avoir protégé l'un des membres de sa communauté et me demanda de venir m'entretenir avec lui, dès que je me sentirais en état de me déplacer. Il se tourna vers Sarah et la félicita, elle en rougit.

Deux jours plus tard, affublé d'un pantalon de lin, d'une toge un peu trop grande nouée à la taille et de sandales en paille, je me rendis chez Mitra. J'avais recouvré une partie de mes forces même si les côtes restaient douloureuses, Sarah me donnait le bras et m'accompagna.

En cette mi-mai, il faisait beau. Les maisons se ressemblaient, trapues sous leurs tuiles en terre cuite. Le chemin de pierres arrachées à la colline glissait par endroits. Elle me laissa à l'entrée où un des disciples m'accueillit.

Mitra m'attendait, assis dans un fauteuil d'osier, il se leva, me serra la main et m'invita à prendre place dans le canapé. L'endroit était vaste, la décoration sobre, avec, derrière un bureau, une immense bibliothèque en bambou. Des bâtonnets d'encens embaumaient la pièce.

Il portait le même pantalon que moi et une chemise à col officier.

— Je suis heureux de te rencontrer. Je me nomme Mitra, en dehors de cette communauté on me surnomme « le Gourou », mais je préfère de loin le nom de « guide ». À qui ai-je l'honneur ?

Je ne répondis pas, ce qui ne sembla pas le déranger. Il fit un signe de la main à l'un de ses deux accompagnateurs.

— Joël, il va bientôt être midi, sers-nous donc un verre de vin, qu'on porte un toast à notre rencontre et à la santé retrouvée de notre invité.

L'homme ne se fit pas prier et apporta deux verres en forme de lys qu'il disposa face à nous. Mitra prit le sien, leva la main et ajouta avec un sourire :

— On ne boit pas d'alcool ici, c'est interdit, sauf pour moi ! À notre rencontre, jeune inconnu !

Je levai mon verre à mon tour et savourai le nectar.

— C'est un châteauneuf-du-pape, sans doute l'un des meilleurs vins de notre beau pays. Un vin élevé sur les terres anciennes des Templiers.

Il posa son verre.

— Je te remercie encore, il paraît que tu t'es battu comme un lion, face à trois hommes, dont un, deux fois comme toi. J'ai appris qu'il s'agissait d'un rugbyman de Privas, il réside là-bas, mais il rend parfois visite à sa famille par ici. Tu ne manques pas de courage ou de folie peut-être !

— Ils ne me faisaient pas peur !

— Tu aurais pu y laisser la vie.

J'inclinai la tête dans un mouvement désinvolte.

— La peur de mourir empêche de vivre, ne pas la connaître c'est se sentir libre.

Le disciple me resservit un peu de vin.

— Très bon, merci. Je pense que si vous m'avez demandé de venir ici, ce n'est pas pour goûter votre vin ?

— En effet ! Nous sommes une petite communauté, fragile, et par-dessus tout, je tiens à sa tranquillité. Nous ne sommes pas spécialement appréciés dans le voisinage, et j'ai tendance à me méfier des étrangers, même si régulièrement nous acceptons de nouveaux venus, nous préférons rester entre nous et grandir en douceur, ce qui m'amène à me montrer très méfiant. J'ai donc fait fouiller tes effets et ton cyclomoteur. Le moins qu'on puisse dire, c'est que tu voyages léger !

Il tendit le bras vers un de ses disciples, qui lui remit mon enveloppe.

— Tiens, ceci t'appartient ! Il s'agit d'une belle petite somme pour un voyageur aussi jeune que toi.

— Je fais un tour de France, rien n'interdit d'avoir des économies.

— Joli voyage ! Tu ne viendrais pas du nord de la France ? Je crois reconnaître ton accent.

J'avais la tête un peu lourde et sa mise en scène et ses questions me perturbaient. Je répondis sèchement :

— Oui, ça pose problème ?

— J'aime ton aplomb, c'est rare de nos jours. Il se trouve que par ici on ne reçoit pas la presse, mais j'ai la chance de posséder un poste radio et chaque matin, je m'informe de l'actualité, surtout en ce qui concerne la région. Je dois savoir ce qui se passe dehors, c'est primordial. Quand j'ai vu que tu n'avais pas de papiers, ta somme d'argent, le prénom Joseph écrit au crayon de bois derrière l'enveloppe, ta mobylette, ta morphologie, je me suis dit que tu avais peut-être quelque chose à voir avec la vieille à la mâchoire brisée, la séquestration et le vol qui se sont déroulés près de Romans-sur-Isère il y a quelques jours.

Je voulus me lever, mais je n'en eus pas la force.

— On a versé une drogue dans ton verre. Un truc léger de notre fabrication. Tu te sentiras engourdi, mais tu garderas toute ta tête, rassure-toi. Moi, la mort me fait peur, et j'aime bien cette vie, alors tu vois, je mets tous les atouts de mon côté pour que ça dure. Je n'ai pas envie de te voir partir en courant après ce que je vais te raconter.

14

Hugo courut jusque chez lui et posa la question tout net à sa mère :

— Maman, on peut tomber malade d'un seul coup ? Même si on allait bien le jour d'avant ? Comme ça, sans prévenir !

Elle fronça les sourcils, posa la main sur son front.

— Je vais bien ! C'est un copain, il n'est pas venu jouer avec nous, le docteur lui a dit qu'il ne pourrait pas sortir pendant trois ou quatre jours.

— Je préfère ça, tu m'as fait peur ! Tu sais, en plein été, cela peut sembler bizarre, mais il y a des enfants qui ont une santé fragile, ton ami a peut-être une angine.

— Lui, pourtant, c'est un costaud ! Tu as quoi quand tu as une angine ?

— Tu as du mal à avaler, à parler, très mal à la gorge et de la fièvre.

L'explication de sa mère le rassura, mais quatre jours lui paraissait si long, il avait l'air tellement triste que Lucia le rassura.

— Tu n'as qu'à jouer avec les autres en attendant.

— Non, les autres sont un peu nuls, c'est avec lui que je m'entends le mieux.

— Je ne travaille pas aujourd'hui, tu veux que l'on aille au cinéma, et ensuite on se mangera une bonne pizza ?

— Des frites ?

Elle sourit et soupira :

— D'accord, des frites !

Ils profitèrent de ce moment ensemble, mais l'un et l'autre ne ressentirent plus cette complicité qui les animait naguère. Lucia peinait à trouver les mots et quand elle se lançait, ils perdaient de leur saveur, de leur intensité. L'enfant l'écoutait d'une oreille distraite, il pensait à Kalya.

Hugo tourna en rond trois jours durant. Il alla plusieurs fois devant le portail du ferrailleur, mais il n'entendit que les bruits de la tôle et de l'acier qu'on maltraitait. Son amie ne sortait pas. Le quatrième jour, il la vit. Il était assis sur leur banc, près du terrain vague, elle arriva en silence derrière lui et lui cacha les yeux.

— Qui est-ce ? murmura-t-elle.

Le garçon posa les mains sur les siennes.

— Aucune idée ! Attends ! Ah si, c'est la jolie fille blonde de la boulangère !

— Ah ! Ah ! Très drôle Sans-Nom ! Je t'ai manqué ?

Son cœur battait la chamade, elle lui avait manqué, comme jamais personne avant elle.

— Un peu !

— Ouais, mon œil !

Kalya fit le tour et s'assit près de lui. Elle semblait fatiguée, moins hâlée que d'habitude.

— Ton père m'a raconté que tu étais tombée malade. Tu avais quoi ?

— Rien de grave, ça va mieux, oublie ça ! Tu es venu à la casse ?

— Oui, lundi. J'ai vu ton père.

— Je n'ai pas entendu. Désolée ! Henri n'est pas mon père, il ne t'a pas fait trop peur ?

— Je n'ai jamais peur de rien, je te l'ai déjà dit.

— Ah oui, j'avais oublié... Il faut que je te mette à l'épreuve pour voir si tu es aussi dur que tu le dis. D'accord ?

— Quand tu veux !

— OK ! Je te prépare une petite surprise pour demain, si tu ne te dégonfles pas !

— Dans tes rêves.

Ils se retrouvaient enfin, se taquinaient, se bousculaient et ils aimaient ça.

Ils restèrent un long moment, côte à côte, sans un mot, épaule contre épaule, ce simple contact suffisait à gonfler leur cœur. Ils regardaient au loin, vers les herbes jaunies de soleil. Kalya brisa le fil de leur timidité.

— Je suis vraiment heureuse de t'avoir comme ami, Sans-Nom. Ça fait du bien.

Hugo ne répondit pas, comme chaque fois qu'il ne se sentait pas à l'aise. Elle lui prit la main et la posa sur sa joue.

— Dis-moi un truc gentil, murmura-t-elle.

Il hésita quelques secondes, sentit le sang monter dans ses joues. Puis, d'une voix enjouée, il murmura :

— Tu avais raison, les grenouilles, ça fume !

Elle sourit, elle n'en attendait pas plus.

Le lendemain, Kalya arriva au banc avec son vélo Peugeot pour garçon. Quand elle invita Hugo à s'asseoir sur le guidon, il fronça les sourcils.

— Je croyais que tu n'avais jamais peur, Sans-Nom !

Il sauta sur la bicyclette et se laissa guider. Elle emmena son ami vers Vicoigne, un peu après le centre de Raismes où elle cacha son vélo dans un buisson. Ils marchèrent cinq minutes, puis elle désigna un verger où les branches des cerisiers croulaient sous le poids des fruits. Armés chacun d'un sac, ils passèrent entre les fils barbelés de la clôture et grimpèrent dans l'un des premiers arbres, le plus gros. Les fruits regorgeaient de jus sucré ; une dans la bouche, une dans le sac. Ils chahutaient et se crachaient les noyaux l'un sur l'autre quand ils entendirent claquer la voix d'un homme qui leur donnait l'ordre de descendre, le fusil à la main. Hugo se retrouva le premier au sol. L'homme lui agrippa l'oreille.

— Comment tu t'appelles, espèce de voleur, que j'appelle le garde ?

Malgré la douleur, le garçon ne perdit pas son sang-froid.

— Sans-Nom !

— Quoi sans nom ?

D'un bond, Kalya les rejoignit, l'homme lâcha le gamin et se tourna vers la fille.

— Tu es sa grande sœur ? Vous allez me payer les dégâts, je vous le dis. Bande de petits voyous ! C'est quoi ton nom ?

— Foulcan ! répondit Kalya.

— Foulcan ? Foulcan comment ? grogna le paysan.

— Fous le camp, comme ça ! hurla-t-elle.

Et de toutes ses forces, elle frappa le tibia de l'homme de la pointe de son godillot. La douleur lui arracha un cri, il se pencha un peu en avant et appuya sur la détente de son fusil qu'il tenait d'une main. La détonation fit sursauter tout le monde. Le gros sel s'envola dans le cerisier, retomba en pluie fine. Kalya tira Sans-Nom par le bras et ils détalèrent aussi vite que le vent.

Une heure plus tard, les joues rougies du sirop des fruits et de leur course effrénée, ils riaient encore de la scène, décrivaient la tête du pauvre diable, les yeux grands écarquillés.

*

Les jours s'enchaînaient à un rythme débridé, août s'invita sans que personne l'attende. Ils restaient tard le soir, assis sur leur banc à regarder les étoiles filantes dans le ciel étoilé et à faire des vœux, les yeux plantés dans la nuit noire. Hugo se mit à aimer la Voie lactée.

Un après-midi, Kalya l'emmena sur son porte-bagages jusqu'à la forêt de Saint-Amand. Ils cueillirent des baies de sureau et s'en gavèrent à même les frêles arbustes qui ployaient sous le poids des grappes noires. Puis, ils rapportèrent leur butin chez Nanie. C'était la première fois que le garçon la rencontrait : une gentille petite dame, les cheveux gris tirés en arrière, des yeux clairs et un sourire qui prenait toute la place sur son visage. Son grand âge l'avait rendue presque sourde.

Ils s'amusèrent à crier pour lui parler, ce qui déclencha un fou rire général.

Les jours suivants, ils multiplièrent leurs expéditions, maraude de légumes, petits chapardages chez la marchande de bonbons, pétards dans les boîtes aux lettres, sonnette aux portes. Il fallait compter aussi avec une bagarre qui leur valut quelques bleus, et les descentes du terril assis sur un carton pour collectionner les ecchymoses. Leur premier cigarillo leur procura quelques problèmes intestinaux, sans oublier le vin pour égayer le tout. La vie de canaille pour emmerder les gens et vivre à cent à l'heure.

Chaque jour voyait l'émergence d'une nouvelle idée, d'un nouveau défi. Hugo aimait ça, Kalya l'étonnait de plus en plus, il la regardait et ses yeux brillaient d'admiration.

Les vacances touchaient à leur fin, aucun d'eux n'osa parler de la rentrée. Il restait encore quatre jours, autant ne pas les gâcher.

15

La drogue agissait, j'essayai à nouveau de me lever de mon fauteuil. Un des disciples se posta derrière moi et appuya la main sur mon épaule. Je ne me sentis pas la force de lutter.

— Vous avez mis un truc dans mon verre ? Mais pourquoi ? Et c'est quoi cette histoire de vieille femme ?

— Allons, ne joue pas les idiots avec moi, répondit Mitra. À la radio, ils parlaient d'un homme de petite taille, vingt-cinq ans environ, tout correspond. Mais ne crains rien ! Je n'ai pas l'intention de te livrer comme un vulgaire colis.

— Qu'est-ce que vous me voulez, alors ?

Et Mitra raconta son histoire. Il avait repris le flambeau depuis six ans environ, mais il n'était pas d'accord avec la façon dont son père conduisait la communauté. Trop mou, sans ambition, trop lent, trop vieux. Certes, il avait mis en place un système cohérent, en respectant ses principes de bienveillance, mais il progressait au pas d'un lémurien. Les femmes aimaient leur liberté, les hommes aussi, le sexe n'était pas tabou, l'argent pas nécessaire, les adeptes ne manquaient de rien, le système semblait bien huilé. Cependant, aux yeux de Mitra, il manquait quelque chose. Il ne croyait pas du tout à ces balivernes, il aimait le pouvoir, le bon vin, les femmes, l'argent. Diriger les hommes lui plaisait, sauf que tout ce monde en équilibre tomberait à la moindre secousse, il souhaitait de la stabilité pour parvenir à ses fins.

Je me sentis vaseux, les joues et les yeux me brûlaient. Je l'interrompis.

— C'est quoi ta drogue ?

— Un cocktail maison, qu'on utilise parfois, mais avec une dose plus faible. Je me méfie de toi. Venons-en aux choses sérieuses. Ton avenir va dépendre de tes réponses. Je voudrais que tu travailles pour moi, je suis entouré de mauviettes, et dans le coin, les paysans commencent à nous faire des problèmes. Je sais que tu n'as peur de rien, que tu ne reculeras pas devant un ordre… disons un peu éloigné des préceptes du temple de la Vie. Tu vois ce que je veux dire ?

— J'imagine, je gagne quoi dans cette histoire ? C'est un trou perdu ici, même si j'ai besoin de me mettre au vert pendant un temps, je n'ai pas l'intention de croupir dans le coin.

— Rassure-toi, j'ai de petites affaires qui te permettraient de voyager loin d'ici, pendant quelque temps. Tu aurais largement de quoi t'amuser et voir du pays.

Il ramassa l'enveloppe sur la table, l'ouvrit, en sortit les billets et les compta.

— Trois cent cinquante francs ! En comparaison de ce que tu gagnerais ici chaque mois, cela me semble bien peu. Je te propose pour commencer mille francs par mois, deux fois et demie le salaire d'un ouvrier. Plus des bonus pour certains services. Tu en dis quoi ?

— J'en dis que ça pue ton histoire. Ça pue l'affaire foireuse ou le piège.

— D'accord, je vais te donner quelques exemples concrets, tu comprendras mieux. Depuis deux ans, on cultive des plantes médicinales, du genre qui donne des hallucinations. Elles poussent dans de bonnes conditions, ici, c'est discret, la météo s'y prête et, au milieu des bois, on ne risque pas d'être repérés. Tous les mois, on achemine de petites quantités à Lyon. Comme le marché se porte à merveille, on en achète à Grenoble. Mais, la dernière fois, ça ne s'est pas déroulé comme je l'espérais.

Il se tourna vers un de ses sbires.

— N'est-ce pas, Joël ? J'aurais besoin de quelqu'un sur qui je puisse compter. Je ne peux pas faire ça moi-même. Tu serais bien entendu assisté d'un de ces bons à rien ! Alors ?

— Je ne touche pas à la drogue, enfin plus, moi, ma came, c'est l'alcool. Et honnêtement, jouer les livreurs, ça ne me fait pas vibrer.

— Qu'est-ce qui te fait vibrer ?

— La liberté de faire ce que j'ai envie, quand j'en ai envie.

— Mais tu l'aurais ici ! Je ne te forcerais pas à venir prier, quoique tu risques d'aimer ça. On ne s'ennuie pas tout le temps. Je t'offrirais le statut de disciple, pas dans l'immédiat, pour ne pas inquiéter les adeptes, mais dans les mois à venir. Tu détiendrais presque toutes les prérogatives. Imagine l'argent que tu amasserais, rien qu'en un an. Quinze mille, vingt mille francs ? Peut-être plus encore.

— Ce n'est pas une somme si phénoménale ! Le vieux Joseph n'était pas riche, une question de chance, j'aurais pu tomber sur le pactole, un jour peut-être ?

Mitra s'agaça, se leva et tendit son index vers moi.

— Réfléchis ! Réfléchis bien !

Je me sentais à sa merci, il me jetterait dans un lac ou un puits, que je ne parviendrais pas à lever le petit doigt. Après tout, ce qu'il me proposait était dans mes cordes. Je le sentis aux abois, comme prêt à m'en donner plus. Je le testai.

— À bien y réfléchir, ça pourrait être sympa, mais mille francs, vous jouez les radins. Qui prendra tous les risques ? Si je me fais choper, la prison c'est pour moi, voire les balles si ça chie !

— Ah ! Je préfère ça, je vais même te dire que ça me plaît ! Écoute, je t'offre mille les trois premiers mois, et si tout se passe bien, on passe à mille cinq cents francs. C'est plus que correct, et si tu ne me crois pas, regarde juste la tête des deux mauviettes, tu comprendras qu'ils ne touchent pas autant. J'ajoute à cela que je connais des gens qui te feront de faux papiers. Je l'inclus dans notre contrat moral.

Il n'avait pas tort, les deux tiraient une gueule pas possible. Mais, j'avais encore une exigence.

— Je veux la fille aussi, Sarah !

Il toussa de surprise.

— Quoi ?

— Je veux Sarah ! C'est facile à comprendre.

— Ne pousse pas le bouchon trop loin ! C'est impossible ! Elle va bientôt fêter ses dix-huit ans, elle va être utile à la communauté. Des jeunes femmes comme elle, on n'en a pas dix.

— Elle restera utile et continuera de faire ce qu'elle fait, je m'en contrefous, mais elle reste avec moi !

Il se déplaça vers son bureau, ouvrit une petite boîte et en sortit du tabac qu'il roula. Il alluma sa cigarette, tira dessus. Il revint vers moi, tapota son front du poing.

— Et pourquoi tu veux Sarah ?

— Elle m'a défendu ! Et puis, je ne sais pas, elle me rappelle quelqu'un et je m'entends bien avec elle. Hors de question que je reste ici tout seul à m'emmerder comme un rat crevé. C'est à prendre ou à laisser, c'est non négociable.

— D'accord ! D'accord ! Mais tu devras passer la cérémonie avant elle, et tu ne vivras pas avec elle tant qu'elle n'aura pas elle-même assisté à sa cérémonie ainsi qu'à sa première messe nocturne. Je ferai traîner ça sur tes trois mois d'essai. Mais tu m'obliges à un gros sacrifice. Tu as intérêt à assurer et tenir la route. J'y tiens à cette jeune pousse, je dois même t'avouer que j'envisageais de jeter mon dévolu sur elle, alors ne me déçois pas !

— Ça consiste en quoi ces conneries ?

— Tu verras plus tard ! Je vais faire un tour, tu es parvenu à m'énerver alors que j'étais dans un bon jour. Reste là un moment, tu vas retrouver tes sens d'ici une petite heure. Joël, reste avec lui, et sers-lui du bon vin cette fois.

Il s'éloigna vers la porte et s'arrêta.

— Ah oui ! À partir d'aujourd'hui, ici, tu t'appelles Amos, ça veut dire celui qui porte un fardeau. Tâche de ne pas l'oublier !

J'attendis plus d'une heure avant de retrouver les forces qu'il me restait. Le disciple Joël me parla peu et ne répondit à mes questions que de façon évasive. Il pouvait avoir la trentaine, le teint hâlé, longiligne, il se tenait un peu voûté, ce qui lui donnait l'air mou. Il était arrivé là dix ans plus tôt avec un ami qui n'était pas resté. La façon dont il m'avait dit cela m'avait tout de suite laissé supposer qu'il s'agissait d'un ami très proche. Il vouait une confiance totale à Mitra. Il me confirma qu'il ne manquait jamais à sa parole, qu'il était un meneur-né et qu'il tenait la communauté d'une main de fer dans un gant de velours.

J'avais refusé de boire le verre de vin qu'il m'avait servi, je suis ressorti une heure plus tard.

Sarah m'attendait, assise sur un tronc, elle regardait le feuillage des arbres qui se balançaient sous la brise, sur la colline. Elle se leva brusquement et vint à ma rencontre.

— Vous en faites une drôle de tête, tout va comme vous voulez ?

Elle glissa son bras sous le mien.

— Merci, Sarah. Oui, je viens d'avoir une discussion très intéressante avec Mitra, il voudrait que je m'installe ici, avec vous tous.

— Oh ! Ce serait vraiment bien, je suis certaine que

vous vous plairiez avec nous. La vie paraît tranquille ici, mais il y a mille choses à faire. Je vous montrerai. Vous allez rester ?

— Cela se pourrait bien. J'ai même hérité d'un nom : Amos !

Elle se serra contre moi et resta accrochée à mon bras pendant que nous regagnions le village.

— Amos est un très joli nom, on dirait « amour ».

Elle baissa la tête.

— Ça sonne joliment et c'est un privilège que vous offre le guide. Ce n'est pas souvent qu'il fait cela.

Sur le chemin du village, nous avons croisé quelques membres de la communauté. Ils nous saluèrent avec un grand sourire. J'inclinai simplement la tête, Sarah se montra exubérante. Elle me présentait.

— Dites bonjour à Amos, il se joint à nous !

Nous sommes arrivés à la petite montée qui donnait sur les dernières maisons, dont celle de sa mère. J'ai ralenti le pas.

— Je dois te remercier de m'avoir parlé quand j'étais dans le coma.

Elle s'arrêta, interdite.

— Vous m'avez entendue ?

— Oui, par bribes le plus souvent, mais je me souviens très bien que tu me parlais de la communauté, de ta mère, de ta sœur.

— Je n'aurais jamais cru, je suis désolée.

Elle se pinça les lèvres.

— Tu semblais aussi très inquiète pour la cérémonie qui doit bientôt se dérouler.

— Vous avez entendu ça aussi !

— Oui, et j'ai même le souvenir que tu t'es allongée à mes côtés.

— Ne vous méprenez pas, j'avais froid, rien d'autre ! Et n'allez surtout pas dire ça à ma mère ou ma sœur ! Vous m'entendez !

— Mais, je ne crois rien, j'ai simplement trouvé ça très touchant, j'avais l'impression de ne pas me sentir seul. Je n'en parlerai à personne, c'est juré.

Son visage se détendit, elle baissa les yeux, gênée.

— Alors, dans ce cas… n'en parlons plus.

Le lendemain, je profitais du soleil matinal de mai sur les marches de la maison quand Steph est venue s'asseoir à mes côtés. Steph était différente de sa jeune sœur, déjà par la taille, une bonne tête de plus que Sarah, mais aussi par sa silhouette charpentée, ses cheveux noirs et ses rondeurs. Hormis quelques regards, nous n'avions pas échangé un seul mot. Pourtant elle s'est montrée très familière, d'emblée, elle m'a tutoyé.

— Ma sœur t'apprécie beaucoup ! Mon petit doigt me dit qu'elle ne t'est pas indifférente, je me trompe ?

Sa question me surprit, mais je n'en laissai rien paraître.

— J'aime beaucoup sa force de caractère, son enthousiasme et elle s'est bien occupée de moi.

— Moi aussi, je me suis occupée de toi !

Elle posa une main sur mon genou.

— Tu sais, ici, les choses sont différentes, ce n'est pas comme à l'extérieur. On ne se marie pas, les couples se forment de façon éphémère, ils ne durent parfois qu'un instant. La vie libre que nous offre notre guide, c'est un peu la mode aujourd'hui en Amérique, le mouvement hippie, paraît-il, mais nous étions en avance sur eux. Enfin, tu découvriras cela bientôt, si tu restes parmi nous, tu apprendras vite.

Elle retira sa main et se leva.

— Ne te focalise pas trop sur Sarah, tu pourrais être déçu ! Elle est jeune, elle ne sait pas encore ce qu'elle veut.

Steph ne me laissa pas le temps de répondre et s'éloigna très vite. Je commençais à comprendre le fonctionnement du hameau.

Sarah m'avait fait visiter les lieux stratégiques et les environs. C'était vaste et vraiment un très bel endroit. J'avais repris du poil de la bête, je me sentais bien mieux. La nourriture était bonne, il ne me manquait que le vin ou la gnôle.

Le lendemain, Mitra m'a fait de nouveau appeler, je l'ai rejoint dans son salon. Il m'a expliqué que pour la bonne marche de la communauté il fallait que je déménage de chez Louise. Il s'agissait de la règle, je n'étais en couple avec aucune des femmes qui habitaient là. Cela ne me chagrina pas. Mitra m'avait demandé de loger chez Joël, ce qui ne m'arracha pas un sourire ou un merci, il s'en aperçut.

— Il est discret, tu devrais bien t'entendre avec lui. Mais parlons d'autre chose. Je vois que tu te portes comme un charme, je m'en réjouis, j'ai donc programmé la cérémonie pour que tu intègres notre vie de façon officielle. Elle se déroulera dans deux jours.

— Et cela consiste en quoi ?

— Une simple réunion dans l'église dont tu seras le centre d'intérêt. Je te demanderai de te confesser, de te livrer devant tous les adeptes. Les gens ici pensent que le monde est tout beau, tout gentil, merveilleux. Je compte sur toi pour leur dépeindre tout autre chose. J'aimerais qu'ils voient en toi un homme sans valeur, violent, méchant, qui souhaite se repentir. Tu vois ce que je veux dire ? Que tu leur ouvres les yeux sur quelques monstruosités ou au moins que tu le leur rappelles… certains oublient vite. Je peux compter sur toi ?

— Je n'aime pas trop causer, mais je ferai un effort.

— Parfait. Je laisse Joël t'aider à emménager, on se dit à dans deux jours. Ce sera vers neuf heures. La lune montrera son plus beau visage, c'est un joli présage.

16

Hugo allait avoir douze ans, septembre marquerait sa dernière année de scolarité, celle du « certificat d'études ». Lucia avait contraint son fils à la suivre à Valenciennes pour faire des courses. La rentrée scolaire ne s'envisageait pas sans une nouvelle tenue et des chaussures neuves. Même si cela coûtait cher, il était hors de question que son fils se présente à la grille de l'école habillé comme un malheureux.

Ils passèrent ainsi toute la journée du lundi à arpenter les rues du centre-ville et à visiter un nombre incalculable de boutiques. Hugo se plaignit tant qu'il put, il voulait convaincre sa mère de rentrer, il l'énerva sans parvenir à ses fins. Ils reprirent le tram vers six heures, puis dînèrent à la maison. Le garçon demanda, avec maladresse et d'un air penaud, l'autorisation de sortir, elle refusa tout net, elle tenait sa vengeance.

Le lendemain, le mardi 31 août 1948, veille de rentrée scolaire, resta un jour spécial pour Hugo, à jamais gravé dans sa mémoire. Ce matin-là, devant le portail du ferrailleur, il appela Kalya à plusieurs reprises, sans réponse. Il n'était pas encore neuf heures, mais d'habitude elle arrivait dans la minute. Il allait rebrousser chemin, quand elle apparut. Il n'en crut pas ses yeux, la détailla à deux fois et manqua se pincer avant de la reconnaître. Elle portait une robe. Une robe ! Elle qui traînait toujours en pantalon, en bermuda et qu'on aurait prise pour un garçon sans cette énorme touffe frisée sur sa tête, portait une robe. Une robe magnifique à carreaux jaunes et verts, du genre de celles qu'il avait aperçues la veille dans les vitrines, sans vraiment les regarder. Une large ceinture de cuir noire lui enserrait la taille et donnait à sa silhouette des allures de jeune femme. Il s'agissait bien de Kalya, mais d'une tout autre, une fille avec des airs de fille.

Tandis qu'elle avançait doucement vers lui avec ses souliers vernis, les cheveux attachés par un ruban de soie, Hugo se demandait s'il ne rêvait pas. Peut-être partait-elle à un mariage ? Mais on ne se mariait pas un mardi !

Il était planté, là, en bas du chemin, les bras ballants, la bouche prête à gober une mouche, sans savoir quoi dire ni faire. Elle se sentit gênée, il ferma la bouche, puis la salua.

— Qu'est-ce qui se passe, Kalya ? On ne va pas jouer aujourd'hui ? C'est le dernier jour de vacances, ça serait dommage !

— Bonjour Sans-Nom ! C'est tout ce que tu dis ? On va jouer ? Tu n'as rien d'autre à me dire ?

Le garçon hésita. Kalya le fixait, entre larmes et déception. Il inspira avec force, gonfla le torse, glissa les mains dans les poches de son pantalon, shoota dans une saleté de caillou qui traînait là.

— T'es drôlement jolie ! On dirait que tu t'es préparée pour faire des photos pour un magazine. Tu ne peux pas venir, tu es invitée quelque part ?

Elle sourit et lâcha une larme, s'avança vers Hugo et lui embrassa la joue.

— Mais non, gros bêta ! Je me suis faite belle pour toi !

Hugo ne releva pas, que fallait-il répondre à cela ? Il n'en savait rien. Et il lui vint une idée lumineuse, quelques mots qui trottaient dans sa tête tous les jours depuis qu'il l'avait rencontrée.

— Mais, je ne comprends pas, tu es toujours belle !

Alors Kalya glissa son bras sous le sien et tourna la tête, pour qu'il ne la voie pas rougir. Elle se reprit, le força à avancer et ajouta d'une voix fébrile :

— J'ai cassé ma tirelire ! Aujourd'hui on prend le train. Je t'emmène en voyage.

— En voyage ? Mais où ça ?

— Je te réserve une surprise !

Ils restèrent assis côte à côte dans le tram, à regarder les façades des maisons toutes rouges, toutes pareilles, qui défilaient dehors, sans se dire un mot. Ils passèrent le pont Jacob et descendirent un peu avant la gare. Kalya acheta deux billets, en tendit un à Hugo : un Valenciennes-Lille, aller-retour. Il allait donc découvrir cette ville dont il avait tant entendu parler, la grande ville. Il la remercia du bout des lèvres. Elle commençait à bien le connaître, un merci de sa part équivalait à une prouesse.

Ils attendirent dix minutes dans la grande salle des

pas perdus. Lorsqu'on annonça le train, ils allèrent sur le quai n° 1. La micheline rouge et blanc s'arrêta dans un bruit de freins qu'on malmenait, ils s'engouffrèrent dans le premier wagon, le chef de gare aboya, siffla, la locomotive lui répondit, le voyage pouvait commencer. Kalya avait acheté des bonbons Krema et des caramels pour la route.

Arrivés à la gare de Lille-Flandres, Hugo admira longtemps le plafond de verre et d'acier qui laissait entrer une douce clarté. Dehors, il crachotait, ils prirent le tram, descendirent place de la Bourse et, de là, ils arpentèrent les rues de la vieille ville. Hugo ne comprenait pas l'intérêt d'un tel voyage. Les voies pavées, le beffroi, les maisons imposantes, la foule, tout était magnifique mais lui, le terrain vague, ça lui suffisait.

Il était bientôt onze heures, ils s'extasiaient devant une vitrine où un train électrique tournait en boucle au milieu d'un décor de carton-pâte. La jeune fille lui prit la main, presque de façon anodine, cette fois Hugo comprit. Il comprit pourquoi la robe, les souliers vernis, les cheveux bien en place, le ruban de soie, sa beauté toute spéciale ce jour-là. Durant quelques secondes il se sentit étrange, seule sa mère lui donnait la main, et encore, uniquement quand elle le forçait, et c'était il y a bien des années. Là, au milieu des gens pressés, dans une ville où il se perdrait facilement, avec cette fille qu'il ne reconnaissait plus, cela changeait la donne. Il se sentit grandir, et personne n'aurait pu lui dire qu'il était petit à cet instant. Ils mangèrent du potjevleesch qu'une baraque à frites vendait en barquette, assis à une table en formica, les yeux dans les yeux et le sourire complice.

La balade les conduisit jusqu'à la citadelle, le jardin Vauban, le canal de la Deûle. En revenant vers le centre-ville, ils passèrent rue de la Vieille-Comédie, Hugo s'arrêta devant une librairie, Le Furet du Nord, un exemplaire de *Cinq semaines en ballon* attira son attention.

— Je ne l'ai pas lu celui-là ! dit-il. Il a l'air vraiment bien.

— Tu ne m'avais jamais dit que tu aimais lire. On entre ?

Elle le tira à l'intérieur de la librairie sans lui laisser le temps de répondre. Un homme d'un certain âge s'avança à leur rencontre. La jeune fille n'attendit pas une seconde et pointa le livre dans la vitrine.

— Je voudrais ce livre, vous pouvez l'emballer, monsieur ? C'est pour un cadeau.

— Très bon choix, mademoiselle.

Il alla jusqu'au comptoir et empaqueta le livre. Hugo avait les yeux gourmands, les livres partout, sur les étagères, entassés, en piles, sur les présentoirs. Il joua les curieux.

— Pourquoi votre librairie s'appelle « Le Furet du Nord » ?

Il sourit.

— J'ai racheté cette boutique, c'était un magasin de fourrures, j'ai gardé le nom, tout simplement.

Une fois dehors, le garçon se sentit mal à l'aise.

— Tu n'aurais pas dû, il est cher ce livre !

— Ne t'inquiète pas pour ça. Mais je ne te l'offre pas maintenant !

Le trajet du retour se passa dans le calme. La distance

les séparant de leur monde diminuait à mesure qu'ils s'éloignaient. Il n'avait pas plu à Anzin, leur banc était sec. Assis sur le dossier, les pieds sur l'assise, ils se repassaient le film de leur journée.

— Tu t'en souviendras ?

— Et comment ! Je n'ai jamais autant marché de ma vie !

Kalya descendit de son promontoire et se campa devant Hugo. Elle le dévisagea.

— Tu as déjà embrassé une fille, Sans-Nom ?

Elle s'avança, posa ses lèvres sur celles de son ami.

— Tu veux bien être mon petit copain ? demanda-t-elle avec un grand sourire.

Il le lui rendit. C'était donc ça un baiser, pensa-t-il.

— D'accord, mais on ne sera pas obligés de s'embrasser tous les jours ?

Elle le poussa, il manqua de tomber en arrière.

— Bien sûr que non, imbécile !

17

Joël se montra un hôte exemplaire et discret. Il vivait seul, je disposais de ma propre chambre avec une fenêtre qui donnait sur la colline. Je passais de longs moments avec Sarah. Elle me parla beaucoup des deux chevaux dont elle avait la charge, mais aussi de la communauté et du monde dont elle rêvait. Elle n'ignorait pas que ma cérémonie aurait bientôt lieu, mais elle n'osa pas me poser de questions, se contentant d'annoncer, presque distraitement, une pointe de déception dans la voix, qu'elle aurait aimé y assister.

Le soir arriva vite, la lune blafarde auréolait les nuages, se diluait dans la pénombre. Pour l'événement, on me demanda de revêtir un ensemble composé d'une toge et d'un pantalon noirs, une nouvelle fois trop grands pour moi.

Neuf heures approchait, Joël et moi nous rendîmes à l'église. Elle s'élevait sur une partie rocheuse à une dizaine de mètres du sol, de taille modeste, située au milieu du hameau, elle en imposait avec son clocher en pierres. Les fenêtres qui fendaient autrefois ses murs avaient été maçonnées, ce qui lui donnait un côté austère, presque irréel. Quand nous arrivâmes, quelques adeptes cheminaient encore, certains avec une bougie à la main. Joël me demanda de patienter, le protocole exigeait que nous entrions les derniers. Le disciple jouerait le rôle du berger, moi celui de la brebis égarée. Je trouvais la mise en scène simpliste, il sourit et m'expliqua qu'elle se voulait symbolique et que tout le monde y tenait.

La lumière jaillissait d'entre les grandes portes de l'église, les voix qui nous parvenaient, discrètes, se muèrent en un silence pesant et lourd, les adeptes se recueillaient. Nous montâmes les marches, attendîmes dans le narthex, je fus cueilli par la fraîcheur de ce vestibule. Joël referma derrière lui et rabattit une large poutre contre les portes, le bruit emplit l'endroit, me fit frissonner, désormais plus personne n'entrerait. Je patientai tout au bout de l'allée principale, un sentiment étrange d'imposture m'envahit, de ceux qui vous mettent mal à l'aise, vous donnent la nausée. Mal dans ma peau, soudainement oppressé en prenant conscience que j'étais enfermé.

Le long des murs, d'immenses chandeliers se dressaient à intervalles réguliers, ainsi qu'au fond vers l'autel où nous attendait Mitra. Il était debout, face à ses fidèles, les bras écartés, paumes vers eux, les yeux mi-clos. Les hommes se tenaient à droite, les femmes à gauche, tous debout, tous habillés de la même toge de lin beige, soixante personnes au bas mot. Ils attendaient, tête baissée, les mains croisées devant eux. Le disciple récupéra un lien au pied de la première colonne et, à ma grande surprise, m'attacha les mains, puis il se posta devant moi et tira sur la corde d'un coup sec. Tel un chien en laisse ou une brebis qu'on mène à l'abattoir, j'avançai dans l'allée. De banc en banc, les visages se redressaient, se tournaient vers moi, les yeux pleins de reproches. Un court instant, j'ai trouvé la scène grotesque, j'aurais pu en sourire si je n'avais ressenti le poids des regards, la puissance du lieu, l'emprise des liens sur mes poignets. Sans doute l'endroit, l'odeur de l'encens, le silence entrecoupé du son de nos pas glissés. Un frisson me parcourut, et si tout ce que m'avait raconté Mitra concernant cette cérémonie n'était que balivernes, et si ce n'était qu'un piège, il m'avait déjà berné en droguant mon vin. Comment pourrais-je me défendre, ainsi attaché, au milieu de dizaines d'adeptes ?

Nous sommes arrivés au niveau du premier rang, le disciple a agité une cloche qui résonna dans l'antre froid de l'édifice.

— Accueillons le pécheur, mes enfants ! lança Mitra d'une voix qui se traînait.

Il descendit les marches depuis l'autel, un calice entre les mains. Il se présenta face à moi et porta la coupe jusqu'à mes lèvres. Personne ne m'avait mentionné ce passage. Je dévisageai le guide, qui d'un ton cérémonieux s'adressa à moi.

— Bois, homme impur ! Bois cette eau de vérité, ce nectar qui purifie les âmes.

Je trempai mes lèvres pour en analyser la composition, de l'eau, pas fraîche. Mitra pencha le calice vers moi, je bus.

— Amos, toi qui portes le fardeau, toi qui traînes dans ton sillage le mal et ses complices, lave-toi de la noirceur qui salit ton passé. Agenouille-toi, Amos ! Livre-toi, nous te libérerons.

Je posai un genou au sol puis l'autre. La nef restait silencieuse. Ma voix résonna à son tour, faible, mais claire.

— Je... je... vous ne me croirez pas, mais il me semble impossible de vous décrire toutes les horreurs que j'ai commises, que j'ai vues et vécues. Tout d'abord, je dois vous avouer que je suis alcoolique, j'aime l'alcool, il me donne l'impression d'une toute-puissance. J'ai usé de drogues aussi, et j'aimais ça. J'ai menti à des amis, je les ai fait souffrir. J'ai volé plus pauvre que moi, des gens dans la misère, malades parfois. J'ai frappé des faibles qui ne pouvaient pas se défendre. J'ai trompé, trahi aussi des gens qui m'appréciaient.

La salle s'agita de façon retenue, un bruissement de voix étouffées. Je poursuivis :

— La dernière fois, il s'agissait d'une dame âgée, quatre-vingts ans ou plus, une de ces femmes qui peinent à marcher, bien gentille. Je l'ai frappée de mon poing, si fort que j'ai brisé sa mâchoire. Elle a hurlé et j'aurais pu la frapper encore si elle ne s'était pas évanouie. Elle aurait pu en mourir.

Cette fois, j'entendis derrière moi l'assemblée réagir, des chuchotements offusqués, j'imaginais bien les grimaces de dégoût. Mitra devant moi semblait satisfait. Et moi qui suis d'un naturel plutôt taiseux, je continuai :

— Parfois, j'aimerais que le silence gronde dans ma tête. Qu'il efface tous ces mots tourmentés, ces mots qui font peur, me révoltent et me disent de faire du mal. Qu'il souffle sur les choses immondes qui traînent dans mes souvenirs. Je rêve d'un vent de silence qui balaierait ma mémoire pour que tout recommence, et qu'enfin renaisse l'espoir. Le mal me fascine, j'aimerais que cela change, mais dehors, seul le mal règne en maître.

Le silence s'était installé dans l'église. Mitra s'y engouffra.

— As-tu autre chose à te faire pardonner ?

Le guide abusait de la situation, s'en délectait, je forçai le trait.

— Depuis tout petit, je baigne dans la violence, elle coule dans mes veines et me rend un peu fou, j'aimerais que cela cesse.

Je doutais de ma façon de jouer ce rôle de repenti, cela sembla cependant lui plaire. Le guide leva les mains au ciel.

— Tu montres une âme bien plus noire que je ne l'avais imaginée. En pareille matière, on pourrait se demander si le pardon est possible. Tu pourrais être le fruit pourri, le mouton noir, le loup dans la bergerie. Mais, mes amis, je vous le dis, rien ne surpasse le pardon. Alors, oui, je pardonne à Amos ! Mais il héritera du chapelet des péchés, le premier que je serai amené à délivrer au sein de cette communauté.

Il se rendit près de l'autel, y récupéra un chapelet de grains rouges et me rejoignit. Il le glissa par-dessus ma tête et le posa autour de mon cou.

— Voici le chapelet des péchés, il doit te rappeler, Amos, que tu portes un lourd fardeau et que chaque jour devra être pour toi une lutte. L'acceptes-tu ?

— Oui.

Il m'aida à me relever et dénoua le lien qui maintenait mes mains, puis retourna derrière l'autel.

— Mes amis, mes frères, mes adeptes, il est venu le temps du pardon, le temps de la bénédiction. Amos, tu as mis ton âme à nu et c'est un grand sacrifice, celui qui t'attend te paraîtra plus doux. Ôte tes habits noirs, mets-toi à nu devant nous et reçois la bénédiction de chacun d'entre nous.

Le second disciple s'approcha de moi, me sourit avec douceur et m'aida à enlever ma toge. J'hésitai à poursuivre, pourtant, il ne bougeait pas, il attendait que j'enlève le reste. J'obtempérai malgré la surprise et me retrouvai nu tel un ver.

Mitra reprit sur un ton presque enjoué.

— Mes amis, venez un par un bénir et pardonner à Amos, notre nouvel adepte.

Ils s'approchèrent de moi, d'abord un homme, il posa la main sur mon épaule, murmura « Je te pardonne », ensuite une femme plus âgée, elle posa les lèvres sur mon front, « Bienvenue, Amos ». Puis un autre, encore et encore.

Je restais là, au milieu de ces gens bien plus perdus que moi. Ils croyaient à un messager, un prophète, à je ne sais quel guide ; ils obéissaient à des rites d'un autre temps. Les sourires qui se dessinaient sur leurs visages respiraient la compassion, la sollicitude, la pitié aussi. Sans doute se persuadaient-ils que leurs pardons m'aideraient.

Une femme m'embrassa la joue, un homme me serra dans ses bras, une autre me baisa le front et puis il y eut Steph, la sœur de Sarah. Elle attendait son tour, derrière un quinquagénaire, et me dévisageait. Son sourire était différent de celui des autres, elle était heureuse, ses yeux pétillaient. Son tour arriva, elle se colla à moi, posa ses lèvres sur les miennes, glissa une main dans le creux de mon dos.

— Bienvenue Amos, je te pardonne.

Personne n'y vit la moindre offense ni même y prêta attention.

Quand la bénédiction fut terminée, on m'offrit une tenue de lin beige qu'on me permit de revêtir. Mitra se livra à une homélie, mon ancienne existence s'était évanouie, une nouvelle vie s'annonçait, celle d'Amos. Le monde extérieur se voulait de haine, de désobéissance, de violence, j'en incarnais l'exemple parfait, tout cela se terminerait en un immense cataclysme où seuls les amoureux de la vie seraient les élus.

Mitra avait coupé la communauté de toute source d'informations officielles, pas de journal, pas de radio et encore moins de téléviseur. Seuls quelques mineurs, dont Sarah, moins intéressés par l'actualité, se rendaient pour de brèves livraisons chez des restaurateurs. On leur interdisait d'échanger avec les gens de l'extérieur, ils obéissaient. Les deux sœurs, complices de Mitra, se chargeaient de la vente sur les marchés. Ainsi ficelés, les adeptes vivaient au rythme des paroles, de *la Parole*, de leur guide, sans jamais la mettre en doute. Il usait de grands gestes, louait les vertus de l'amour, de la nature, de la confiance, et abusait ses fidèles. Il distillait la phobie de l'extérieur et maintenait ainsi son petit monde dans sa main. Il avait tout compris : la peur poursuivait l'homme depuis la nuit des temps, elle se fondait dans ses gènes, était à l'origine de réflexes ancestraux, Mitra la brandissait d'une main et de l'autre apaisait par la douceur d'un monde utopique. L'aveuglement dans tout son art.

18

La première semaine de l'année scolaire débuta sans entrain. On muselait la joie derrière un pupitre, enfermait la vie entre quatre murs, encensait le silence. La nostalgie de cet été magique pesait sur Hugo, il sentait presque encore le goût salé de la sueur sur ses lèvres, la chaleur du soleil sur sa nuque. Son esprit vagabondait plus qu'il ne se focalisait sur l'enthousiasme de l'instituteur. Cette attitude lui valut quelques rappels à l'ordre et une colle d'une heure le jeudi après-midi suivant, jour de relâche à l'école. Il s'y rendit sans état d'âme et fut surpris quand il entra dans la salle d'études de ne pas y trouver le pion qui d'ordinaire se chargeait de la surveillance des élèves punis. M. Hénoque, le maître, siégeait derrière le bureau et s'affairait sur des copies. Le garçon le salua, sortit son cahier de brouillon et commença sa punition : copier deux cent cinquante fois « Je ne dois pas bayer aux corneilles pendant la classe ». Le buvard calé sous la main gauche, Hugo trempa la plume dans l'encrier, racla le bord et griffa le papier avec des gestes lents. Pour lui, écrire ne ressemblait en rien à une punition, il aimait les lettres, les courbes, les pleins et les déliés, les accents aigus qui s'envolaient, les circonflexes et les graves aussi. En une heure il ne remplit que cent lignes, bon élève, habitué au tableau d'honneur, le maître l'exempta de la suite et avec un sourire tenta de le motiver. Le garçon promit, il s'efforcerait de se montrer attentif.

Kalya et Hugo se voyaient moins, mais parvenaient à rester en contact presque tous les jours. Finies les longues sorties à vélo, les escapades en forêt. Ils établirent leur nouveau point de ralliement à l'abri de l'arrêt de bus près du château d'eau. L'éclairage de la ville le soir leur permettait de poursuivre leurs longues discussions. L'endroit en ces heures tardives leur appartenait, ils n'y croisaient que de rares voyageurs.

Kalya travaillait avec son père à la casse, elle recevait parfois les clients pour la pesée des matériaux, encaissait aussi quand Henri tardait à venir ou qu'il était occupé. Elle parlait peu de son père, éludait les questions quand elles portaient sur lui. Elle vouait une reconnaissance infinie à cet homme de l'avoir recueillie toute jeune et aussi parce qu'il avait aimé sa mère, elle se montrait avare de mots le concernant. En revanche, dès qu'elle évoquait Nanie, elle devenait exubérante : un concentré de gentillesse, une femme aimante, joviale, une mamie-peluche à la poitrine accueillante et au tendre sourire.

Avec octobre, les mauvais jours apparurent et l'abribus n'offrit plus qu'un mince refuge, Hugo, malgré sa crainte d'un refus, invita Kalya chez lui, elle n'hésita pas une seconde et accepta avec enthousiasme. Les horaires de travail de Lucia demeuraient les mêmes, à peu de chose près. Elle ne rentrait jamais avant onze heures, le plus souvent après minuit, cela laissait le temps aux amis de se voir au chaud.

La première fois que Kalya passa le seuil de la chambre de Hugo, elle se sentit fière et heureuse, une visite en terre inconnue, un voyage mille fois rêvé. Quand elle aperçut le pan de mur flanqué d'une dizaine d'étagères où s'alignaient des livres, elle marqua l'arrêt.

— Je ne pensais pas que tu lisais autant ! Il est où celui que je t'ai offert ?

— Là où il y a l'étiquette « Aventures ».

Elle hésita, gênée, puis s'avança vers l'inscription écrite en gros : « Aviation ». Hugo sourit. Un instant, elle chercha du regard puis se retourna.

— Je ne le vois pas !

— L'autre étagère, « Aventures », j'ai dit !

Elle se pinça les lèvres, puis hocha la tête.

— Je n'avais pas fait attention, s'excusa-t-elle en rougissant.

Elle pivota, chercha l'étagère concernée, se posta enfin devant et ne trouva pas le livre. Kalya baissa la tête et éclata en sanglots.

Hugo ne comprit pas, il s'approcha, voulut prendre sa main, mais elle sortit en courant, en larmes. Il tenta de la retenir, lui demanda s'il avait mal agi, dit une bêtise, mais déjà elle enfilait son manteau.

Il la rejoignit à l'arrêt de bus. Elle était assise sur le banc de béton, les genoux contre la poitrine, la tête calée au milieu.

— Mais pourquoi tu pleures comme ça, ce n'est pas bien grave, murmura Hugo.

Elle ânonna quelques mots mêlés de gargouillis incompréhensibles. Elle avait honte, il la prendrait pour une demeurée, une idiote. Elle n'était qu'une fille sans cerveau, une illettrée. Il s'assit à ses côtés, l'enlaça de son bras.

— Je t'apprendrai si tu veux ! Et puis, tu sais faire mille choses bien, comme casser la figure aux garçons, exploser les grenouilles, dire des gros mots.

Elle émit un rire, redressa son visage où perlaient encore quelques larmes et posa ses lèvres sur celles de Sans-Nom. « T'es bête », lâcha-t-elle avec un sourire. Alors seulement, elle se livra et il l'écouta de longues minutes, en tremblant.

Kalya n'avait rejoint les bancs de l'école que très tard, ce qui lui avait valu moqueries, injures, mise à l'écart. Avec ses airs sauvages de fille nomade, ses cheveux ébouriffés, ses genoux écorchés, elle n'entrait pas dans les cases, ne ressemblait pas aux autres. Rester assise des heures, sans bouger, sans parler, sans rire ou plaisanter, écouter la dame parler de choses qu'elle ne comprenait pas, tout cela la rendait folle. Elle en souffrit, l'aigle perdait ses plumes, l'étroite cage l'empêchait d'ouvrir ses ailes.

Alors, elle se sauvait, refusait de se rendre en classe, inventait des maladies. Elle se battait avec les autres filles, celles avec des robes ornées de dentelle. La dentelle, ça rendait méchant, elle s'était promis de ne jamais en porter. Henri, dépassé par les événements, excédé par les rappels à l'ordre, les courriers, céda et la garda avec lui, elle devint l'aide du ferrailleur. Le plus important, c'était le calcul, Kalya savait compter, personne n'aurait pu la rouler d'un centime ni d'un gramme. Elle apprit par cœur les mots utiles à son travail : fer, aluminium, cuivre, zinc, fonte, titane. Elle les reconnaissait au premier coup d'œil, au poids, à la couleur, la texture. Tout cela suffisait, répétait-elle souvent, mais Henri se moquait ; lui, fils de ferrailleur, savait lire. Comment ferait-elle plus tard ? Comment pourrait-elle s'occuper des papiers, des registres, des déclarations ? Elle était une triple idiote et une fainéante, une gamine sans avenir.

Quand elle s'arrêta, elle essuya ses larmes, Hugo la prit par la main, et ils retournèrent à la maison, l'un contre l'autre.

Kalya s'assit sur le lit, les yeux rougis, mais avec le sourire du poids du secret qui venait de s'envoler. Hugo choisit un livre et le présenta à son amie.

— Celui-ci, c'est une merveilleuse histoire, un peu triste, elle parle d'une Gitane, Esméralda, et de Quasimodo. Tu connais ?

— Une Gitane ? Non ! Ça fait pleurer ?

— Tu verras ! C'est *Notre-Dame de Paris* de Victor Hugo. Si tu veux, je vais le lire avec toi et je t'apprendrai.

Kalya le dévisageait, elle détaillait les couleurs de ses yeux : ocre, marron, vert. Elle se laissait hypnotiser par sa beauté, mais surtout, elle aimait l'ami étrange qu'il était, casse-cou, froid et chaud à la fois comme les crêpes avec de la glace dedans. Ce garçon silencieux qui savait si bien écouter et qu'elle aimait tant. Elle lui embrassa la joue, puis se dandina pour trouver une place confortable à ses côtés, elle murmura :

— Allez, lis ! Si c'est toi qui m'apprends, je suis certaine que je vais aimer ça.

Ils restèrent là, deux longues heures qui leur parurent juste un instant.

19

Les jours qui suivirent ma cérémonie d'intégration à la communauté me parurent ternes, tristes. Pas d'activité ou peu. Grâce au ciel, Sarah me tenait compagnie, ce qui permettait de me sentir moins seul au milieu de tous ces décérébrés. Cette jeune fille se montrait curieuse de tout, s'émerveillait d'un rien et cela me plaisait. Je devais aussi reconnaître que lors de l'altercation avec les hommes à la 2 CV elle m'avait fait penser à Kalya, l'instant d'une minute.

Deux jours plus tard, Mitra me convoqua. Il désirait m'éprouver et me contenter. Il avait localisé la ferme des parents de mon agresseur, le rugbyman. Il s'agissait d'un couple de paysans qui résidait à la périphérie du petit village de Dompnac, à une demi-heure à pied en suivant le ruisseau. « Des éleveurs de chèvres et de brebis qui se plaignent que la concurrence de nos produits sur les marchés leur cause du tort. » En vérité, ce qui gênait le plus le guide, c'était qu'ils distillaient des rumeurs sur la communauté, et prônaient son démantèlement, coûte que coûte. Il souhaitait les calmer une bonne fois pour toutes, tout m'était permis, tant que l'idée lui plaisait.

— Que me proposes-tu, Amos ?

Je réfléchis un moment avant de lui répondre.

— Il faudrait leur donner un avertissement… j'irais la nuit jusqu'à leur ferme, j'égorgerais quelques moutons et je planterais leurs têtes sur la clôture. Je crois que ça les refroidirait un bon coup.

Mitra plissa les lèvres, déçu.

— Tu ne penses pas que cela les rendrait encore plus virulents envers nous ? Qu'ils se douteraient de qui cela vient ? Je reconnais qu'ils seraient choqués, sans doute apeurés même, mais ils ameuteraient la gendarmerie. Qui a une autre proposition ? lança-t-il.

Les deux disciples restèrent silencieux un long moment, l'un d'eux proposa de crever les pneus du tracteur, l'idée tout aussi dangereuse ne plut pas au guide, je lançai une nouvelle proposition.

— Si rien ne presse, on pourrait attendre qu'un orage éclate et je mettrais le feu à la grange ou à leur maison !

Mitra s'approcha et me prit par l'épaule.

— C'est exactement ça que j'espérais de toi. J'approuve cette excellente idée, prions pour que cet orage ne tarde pas trop !

La semaine suivante, une messe nocturne fut organisée, je ne m'y rendis pas. Isaac, l'autre acolyte, m'invita pourtant à le rejoindre, il jurait que je serais surpris, mais tous ces salamalecs ne me disaient rien. Joël insista, il prétextait que ces messes cimentaient la communauté. Quand je l'eus questionné, il répéta qu'il y avait le secret et que ce serait amusant si je le découvrais par moi-même. Face à mon manque d'intérêt il n'en parla plus.

La météo se joua de nos espoirs pendant plus de dix jours, mais le 2 juin, le ciel changea. Tout d'abord, les nuages pâteux apparurent, touffus, ils chevauchèrent l'horizon, sombres annonciateurs de la colère des dieux. Puis, le vent se déchaîna en de hurlantes rafales, les nuages tournèrent au-dessus de la colline, noirs, houleux, serrés en d'épais renflements. La pluie fouetta la terre, les arbres, les toits. Nous nous mîmes en route, Isaac, Joël et moi, l'échine courbée sous les assauts répétés de la nature. Les éclairs déchirèrent le ciel, éclairèrent notre chemin.

Le lendemain matin, une colonne de fumée noircissait la vallée. La grange pleine de foin et de matériel agricole ne se résumait plus qu'à un tas de cendres et à de la ferraille rongée par les flammes. La radio locale évoqua les ravages de la météo et mentionna le fâcheux épisode de la grange. On n'entendrait plus parler ces mauvaises langues avant un moment.

Mitra, réjoui par la tournure des événements, m'annonça que je venais de gagner mes premiers galons, mais aussi ma première prime de deux cents francs.

*

Joël et Isaac se montrèrent moins méfiants à mon égard, ce qui ne me réjouit pas vraiment. Je les préférais quand ils restaient loin de moi, mais depuis quelques jours, je me retrouvais avec l'un ou l'autre accroché à mon ombre. Je me résolus à leur en parler afin que cela cesse, ils réagirent tous deux de façon étonnée, puis me laissèrent tranquille.

Au fil des jours, Sarah se montra anxieuse, elle dormait mal, prenait la mouche pour un oui ou pour un non. Grâce à elle, je découvrais le monde des chevaux, leur douceur, leur gentillesse. Je les brossais, les caressais, et chose incroyable, à leurs côtés je me sentais bien. Une sensation étrange de repos, de bien-être, une brise chaude sur le visage, un parfum de paix. Jamais je n'avais ressenti cela avec des animaux. Elle avait remarqué que je me comportais de façon différente quand nous étions avec eux, que je parlais plus, avec facilité. C'était vrai.

Cet après-midi-là, elle profita de ce que nous nous trouvions au parc pour m'interroger.

— Amos, tu nous rejoins à peine, tu n'es pas encore pétri par les règles et les secrets qu'on nous impose, et je sais que tu t'en fiches. Dis-moi ce qui se passe à la cérémonie.

Je souris, la petite commençait à me cerner.

— Rien de bien méchant. On va te demander de te confesser face à l'assemblée. Te connaissant, tu n'avoueras pas grand-chose. Mitra fera son blabla et ensuite on t'obligera à te mettre nue devant tout le monde et chacun viendra te bénir.

— C'est tout ?

— Oui. Tu te fiches de te mettre à poil ?

— Ici, on grandit sans pudeur. L'été on se baigne

tout nus dans le ruisseau, il n'y a pas de mal à ça. Et pour les messes nocturnes ?

— Je n'en sais rien, et je m'en fous royalement. Si c'est du même acabit, ça ne doit pas casser des briques. Tu y crois, toi, au cataclysme et à toutes les balivernes qu'il raconte, Mitra ?

— Bien entendu ! Tu ne devrais pas parler comme ça, on pourrait te chasser. Mais, je te pardonne, tu arrives du monde des incrédules, tu changeras avec le temps, tous les nouveaux changent. Tu réaliseras que tout cela n'est que la vérité et que nous choisissons le bon côté, celui de la vie.

Elle s'approcha de moi, me prit la main et l'embrassa. Je me sentis gêné.

— Pourquoi fais-tu ça ?

— Pour te remercier de m'avoir répondu. Tu viendras à ma cérémonie ?

— Non, la mienne m'a suffi. Je n'ai aucune envie d'entendre les prêchi-prêcha de ton guide.

Elle tourna les talons, vexée, et se remit à la tâche. Le sujet était clos.

Quelques jours plus tard, Sarah porta l'habit noir, la tête haute, précédée d'une des deux *sœurs*, elle entra dans l'église. Je me tenais au dernier rang, à la dernière place, pour être l'ultime homme à lui offrir la bénédiction.

Quand elle entra dans l'édifice, chétive, fine, la chevelure ensoleillée par la lumière des cierges, elle ne me vit pas. Elle avança, le pas lent, le port altier. La cloche tinta, les mots usèrent de leur écho le vide de la nef.

Elle ploya sous le verbe acerbe de son guide, toucha les dalles froides du genou, se confessa. Je me tenais loin, si loin qu'elle ne sentit pas mon regard qui lui disait que je la trouvais belle. Elle se redressa et se dévêtit et mon cœur se consuma. Elle n'était pas belle, elle était un mirage, une illumination dans ce monde de mensonges. J'ai vu ses yeux me chercher, son corps trembler quand on la touchait, et puis enfin elle m'aperçut. Son visage s'ensoleilla. J'avançai à pas feutrés, l'envie de bousculer ces quilles inhumaines brûla mes entrailles. Ses yeux m'appartenaient, son souffle m'attendait, je ne me trouvais plus qu'à quelques pas. Enfin, le dernier des derniers, l'ultime bénédiction, je m'approchai d'elle. Mes jambes me supportèrent à peine, le cœur d'une biche aux abois, mon sang s'affolait, torrent déchaîné. Je m'arrêtai devant elle, à quelques centimètres, posai en tremblant mes lèvres sur sa bouche, fruit de mille rêves et murmurai à son oreille : « Je te bénis, je me sens indigne de toi, mais je tuerai tous ceux qui oseront t'aimer. » Sa main s'agrippa à mon bras et le serra si fort que j'en frémis.

Mitra s'en donna à cœur joie, il martela son refrain sur l'apocalypse.

Nous quittâmes l'église, moi avec l'idée que j'empruntais un chemin dangereux, les autres avec celle qu'ils incarnaient la vérité. Les chauves-souris virevoltaient dans la nuit, ça sentait bon le thym et les lendemains heureux. Je ne revis pas Sarah, elle passa la soirée avec ses proches. Cette nuit-là, les étoiles brillèrent un peu plus longtemps.

20

La neige s'invita dès les premiers jours de janvier 1949. Kalya et Hugo se réjouissaient déjà à l'idée de batailles endiablées, de bonshommes de neige ventripotents, mais leurs espoirs, tout comme la neige, fondirent en quelques heures.

Après plusieurs mois d'apprentissage cousus de bienveillance et pleins de patience, la jeune fille s'était sentie fière des progrès accomplis en lecture. Elle parvenait, certes avec difficulté, à énoncer des phrases simples sans l'aide de son ami. Oubliée la honte, finis les subterfuges. Hugo se voulait un professeur calme, efficace. Après *Notre-Dame de Paris*, que Kalya avait adoré, ils s'aventuraient désormais dans le monde des abysses avec *Vingt mille lieues sous les mers* de Jules Verne. La jeune fille découvrait la magie des mots, insatiable, gourmande, imaginative. Chaque ligne engloutie, chaque page tournée la menait vers un univers marin au goût salé peuplé de monstres et de dangers. La lecture, tricoteuse de moments magiques, tissait et scellait la complicité des deux amis en un lien puissant. L'un ouvrait les portes du savoir, l'autre s'engouffrait dans un monde de questions, de rêves, d'émotions. À travers ce partage, tous deux trouvaient un bonheur délicieux.

*

Lucia ne ménageait pas ses efforts pour dénicher la perle rare : l'homme qui la choierait et accepterait de jouer le rôle de père avec affection. Elle s'aventura à accepter deux invitations au restaurant, les tentateurs se révélèrent de piètres candidats. Lucia maîtrisait la science des hommes, sans doute trop bien, elle n'avait découvert que des coureurs de jupons qui cachaient mal leur jeu. Tricoteurs de phrases toutes faites, de grosses ficelles, ils ne berçaient que l'espoir de l'endormir et de la coucher dans leur lit. Elle ne donna pas suite et continua de rêver à l'amour.

Un soir qu'elle fut indisposée et qu'elle endurait une affreuse migraine, son patron renvoya Lucia chez elle. Quand elle entra dans la chambre de Hugo et qu'elle aperçut Kalya, elle perdit son sang-froid. Son fils recevait une fille chez elle, sans qu'elle le sache, la trahison portait une jupe, elle s'emporta.

— Qu'est-ce que tu fais avec cette souillon ? demanda-t-elle la voix pleine de dégoût.

Kalya se leva du lit où elle était assise, gênée.

— Maman, c'est une amie, je lui apprends à lire.

— Une amie, mais tu as vu ses mains sales, ses ongles noirs, ses cheveux ! On dirait une… une.

Les mots s'étranglèrent dans sa gorge.

Kalya les devina.

— Une Gitane !

— Non ! grogna Lucia. Une pute de Gitane.

— Maman ! s'offensa Hugo.

— Quoi ? Tu vas me dire de me taire ! Tu vis chez moi, ici, ne l'oublie pas ! Et toi, fiche le camp, tout de suite !

Kalya ramassa son manteau, ses gants, et sortit.

— On se voit demain, Sans-Nom ?

— Sans-Nom ! C'est quoi ces histoires ? Allez ! dégage de chez moi !

Le garçon fixait sa mère, l'œil mauvais, la gorge pleine de reproches. Il ne la reconnaissait pas, elle si douce, si prévenante, elle cachait une harpie, un dragon.

Elle fit mine de descendre les marches de l'escalier, tendit l'oreille et quand elle fut certaine que la souillon eut fermé la porte, elle revint vers son fils.

— Depuis quand tu ramènes des catins chez moi ?

— Mais, maman, ce n'est pas une fille comme ça, c'est une amie.

— Je connais ces filles-là, elle n'a rien volé au moins ? Ça couche avec les garçons pour un oui ou pour un non, ça n'a pas de vertu, elle est même peut-être malade !

Hugo ne supporta plus les insultes de sa mère.

— C'est toi qui dis ça ! Tu te les farcissais bien les Allemands, sans parler de tous les autres ! Pourquoi tu crois que je me battais à l'école ? Hein ! Tu crois que ce que tu fais, personne ne le sait ?

Lucia gifla son fils. Une gifle lourde de dégoût, de

honte, d'incompréhension, de douleurs qui blessaient, qui déchiraient le voile d'une vérité qu'elle se cachait. Elle quitta la chambre, cria dans un ultimatum :

— Je t'interdis de la faire rentrer à la maison. Tu m'entends ? Non, mieux, je t'interdis de la revoir, sinon, je t'envoie en pension !

Les mots étaient tombés, couperet odieux qui décapitait le bonheur de son fils. Hugo ravala sa colère, tut les mots, il ne descendit pas manger.

Le lendemain matin, quand il s'éclipsa pour se rendre à l'école, sa mère se trouvait déjà dans la cuisine. Elle tenta de lui parler, elle n'eut que le son lourd de la porte qui claqua pour toute réponse. Elle se mordit la lèvre, mais elle en était convaincue : elle agissait pour le bien de son enfant.

Ce soir-là, à l'arrêt du bus, Kalya attendit Sans-Nom et puis le suivant aussi, la boule au ventre. Alors, quand la lumière jaunie des lampadaires se répandit sur la ville, que les volets des maisons grincèrent, elle se campa derrière un pylône et observa la fenêtre éclairée de la chambre de son ami. Elle resta là, une heure, deux heures sans doute, hypnotisée par l'angoisse jusqu'à ce que le froid mordît ses doigts engourdis, que la peine inondât son cœur et ses yeux.

Le troisième jour, n'y tenant plus, elle se rendit à la sortie de l'école, l'estomac dans un étau et elle comprit. Une femme, plutôt vieille, le manteau trop petit, les cheveux trop gras, attendait Sans-Nom. Elle marchait derrière lui, pauvre bougre au cartable lourd de lassitude. Alors Kalya rejoignit la dame, le clic de la lame de son couteau sonna à l'oreille de la pauvrette, la pointe piqua la gorge, la figea sur place.

— Casse-toi, rentre chez toi et ne reviens jamais si tu ne veux pas que je te crève la panse. Si on te demande de garder Hugo, tu refuses. Si je te vois ici demain, tu manges tes morts.

Kalya sortit deux billets de sa poche, les tendit à la femme aux yeux pleins d'effroi, qui aussitôt s'enfuit, le pas pressé, la jambe en coton.

Pour la première fois, elle avait appelé Hugo par son vrai prénom, elle se colla contre lui, posa un baiser sur ses lèvres.

— Tu ne croyais tout de même pas qu'une vieille peau comme elle allait nous séparer ?

Ils passèrent la soirée ensemble, collés l'un à l'autre, sous l'abribus.

Quand Lucia rentra et qu'elle ne vit pas la nounou, elle comprit. Elle monta quatre à quatre les marches jusqu'à la chambre de son fils.

— Où est la nounou ?

— Partie, elle ne veut plus me garder.

— Je ne sais pas ce que tu as fait ou dit à cette femme pour qu'elle refuse de te garder, mais tu vas me le payer. Tu veux revoir cette sauvage ? Très bien ! Rends-moi la clé de la maison, tu ne rentreras le soir que lorsque je reviendrai de mon travail, on verra, par ce froid, si tu tiendras longtemps à elle !

Hugo tendit la clé de la porte d'entrée, le visage fermé, masque provocateur qui cachait un cœur blessé.

Le soir suivant, ils se retrouvèrent dans un café tout proche, mais le patron ne vit en eux que des squatteurs à une table où l'on ne consommait pas. Et puis, des enfants le soir dans son établissement, ça paraissait louche. Il les refusa le lendemain. Alors, ils retournèrent sous leur bien triste refuge. Kalya apporta une couverture, assis l'un près de l'autre, ils se réchauffaient, sans jamais se plaindre, un livre entre les mains. Cela dura ainsi quatre longues soirées.

Lucia, chaque soir, ouvrait la porte de la maison et lançait un regard de feu à son fils, lui restait impassible, le masque provocateur se mua en celui de l'indifférence. Sa mère tenait bon, et chaque jour qui passait voyait son aura s'évaporer un peu plus.

Trois jours plus tard, la mère supérieure de l'école fit prévenir Lucia en milieu d'après-midi. Hugo grelottait, claquait des dents, fiévreux. Elle quitta son travail, sauta dans un taxi et récupéra son fils. Ils se rendirent chez le médecin : une mauvaise grippe. Elle le coucha après l'avoir forcé à avaler un médicament. La nuit, l'enfant délira, appela Kalya, dix fois, vingt fois. La température ne baissait pas, elle frôlait les sommets.

Le garçon resta alité deux jours sans rien manger, transi de fièvre, de douleurs, de maux de tête.

La Gitane avait attendu le soir, s'était rendue à l'école le lendemain, elle ne l'avait pas vu. Elle s'était fondue derrière le poteau électrique, et avait aperçu Lucia dans la chambre de son amoureux. Alors, elle avait compris, s'était rongé les sangs, les ongles. Son copain toussait depuis un jour ou deux, et elle s'en voulait de ne pas avoir vu qu'il tombait malade. Elle avait voulu crier et pleurer, mais la colère l'emporta.

Le lendemain matin, à dix heures, Kalya appuya sur la sonnette de chez Lucia, elle tenait un pàquet emballé dans du papier kraft. La porte s'ouvrit, Lucia la regardait, les yeux rougis de fatigue, les traits tirés.

— Bonjour madame, bafouilla Kalya. Vous pouvez donner ça à Hugo ? S'il vous plaît. C'est un livre pour lui.

Lucia s'écarta, pivota, le remords et la peine pour charnières.

— Va le lui donner toi-même, il se sent mieux ce matin et il te réclame.

21

Sarah guettait sans doute ma porte, car à peine sorti, elle courut vers moi. Elle souhaitait discuter, « c'est important », martelait-elle. Nous prîmes le chemin qui descendait vers le ruisseau, pour retrouver les pâturages et les chevaux. Elle glissa sa main dans la mienne, puis me remercia d'être venue la veille lors de la cérémonie. Elle sautillait à mes côtés, guillerette, légère, un faon qui découvrait le printemps.

— Quand tu m'as bénie hier soir, tu ne plaisantais pas ?

Je m'attendais à cette question, je répondis dans l'affirmative, ce qui la rendit plus joyeuse encore, mais rien ne me préparait à la suivante.

— Tu répétais souvent le nom de Kalya quand tu délirais, c'est qui cette femme ?

— Une histoire du passé, une très vieille histoire qui me hante, une fille qui n'avait pas froid aux yeux, un peu comme toi. Mais je préfère ne pas en parler.

— Tu l'aimes ?

Je soupirai.

— Comment t'expliquer ? Je cherchais à me brûler

les ailes, elle crachait du feu, on ne pouvait que s'entendre. Ensemble, on pavait la route du diable de mille conneries, de mauvaises actions, j'avais besoin de goûter aux vertiges de la vie, elle était ma falaise. Je me nourris du mal, Sarah, je tremble à l'idée de m'ennuyer, je passe mon temps à défier la mort. Les femmes se posent des questions auxquelles je ne sais pas répondre. Je porte malheur et je ne suis pas quelqu'un pour toi ni pour personne.

Elle fronça les sourcils, durcit la voix.

— Ne dis pas ça ! Tu peux changer, tout le monde change, en bien ou pas, mais personne ne reste à jamais le même. Je t'apprendrai à l'oublier, moi-même je changerai s'il le faut. Je veux vivre avec toi, même si je dois aussi me brûler les ailes. Tu dois convaincre Mitra pour que je vive avec toi, sinon on se sauvera !

— Te sauver ? Alors que tu ne jures que par le temple ?

Elle hésita.

— Peut-être que tu sauras le persuader ? Tu ne te plais pas ici ?

— Mitra ne sera pas un problème, j'ai peur de moi.

Elle me lâcha la main, se plaça face à moi, marcha à reculons.

— Tu m'aimes ?

Ma réponse ne lui aurait pas plu, alors je me tus.

J'étais attiré par elle, hypnotisé, peut-être son tempérament et ses cheveux de feu ? Mais l'amour ? C'était un sentiment sans odeur, une plaie au cœur que je ne connaissais pas, un mal qui ne m'atteignait pas, une chimère. L'amour, ça ressemblait à une faiblesse, une faille où pourraient s'engouffrer mille saloperies. Ça flirtait avec la jalousie, ça dînait avec des chandelles, ça se fourvoyait sur des chemins pavés de larmes, ça flambait, ça crânait, ça rendait les couples cons. Et puis, un jour, ça s'usait, alors les gens devenaient méchants. Moi, j'avais pris un raccourci, j'essayais juste de devenir méchant.

Mitra m'appela dans l'après-midi. Il s'enquit de ma santé, j'étais guéri, plus de douleur, en pleine forme, cela le ravit. Il avait une nouvelle mission, délicate, plus dans mes cordes, disait-il. Il gardait en travers de la gorge un paiement fait à Grenoble pour un demi-kilo de résine de cannabis dont il n'avait jamais vu la couleur. Joël à mes côtés baissa la tête. Le guide voulait que je me rende là-bas, et que je récupère son dû ou la drogue, ou que le voleur paye le prix fort.

Il me lâcha tout d'abord quelques informations sur Grenoble. La ville était fichée au milieu de la montagne, au carrefour de plusieurs vallées, les Italiens qui avaient immigré là, au temps de Mussolini, l'appelaient la « porte de l'argent ». La Mafia, depuis la Sicile, tirait les ficelles et se faisait un paquet de pognon. Elle rançonnait les bars, les restaurants, et alimentait tout le Dauphiné en divers produits, mais surtout le cannabis, sans compter les revenus de la prostitution. Depuis deux ans, la ville s'agrandissait, la banlieue voyait arriver des Maghrébins, et ça ne se passait pas super bien entre les deux communautés. Les règlements de comptes s'enchaînaient, la guerre écumait les territoires.

Depuis plus d'un an, quand les disciples se rendaient là-bas, ils rencontraient un certain Vito, ils lui achetaient tous les mois entre cinq cents grammes et un kilo. Une fois le colis ramené à bon port, il était coupé avec la production locale et revendu à Lyon avec une très belle marge. Mitra me mit en garde.

— Ce Vito coule des jours heureux dans un cimetière depuis deux mois, mort d'une balle dans la tête. Celui qui l'a remplacé, un gars de ton âge, Quinto, a braqué Joël avec un calibre et lui a volé notre argent. Je veux que tu ailles là-bas, avec Joël, Isaac restera ici, et que tu récupères la drogue. Démerde-toi comme tu veux, mais je veux mon bien, et surtout tu te débrouilles pour que cela ne se reproduise plus et que l'on ne sache pas que cela vient de nous.

— Attendez ! Vous voulez que je me frotte seul à la Mafia, à la Cosa nostra ? Je ne suis pas taré ! Les types, ils sont armés jusqu'aux dents, et vous voulez que j'aille là-bas avec une branche de laurier et de l'eau bénite ? Je n'ai pas peur de mourir, mais je ne suis pas con à ce point.

Mitra se tourna vers Isaac.

— Montre-lui !

L'autre s'approcha, posa une valise de cuir sur la table et l'ouvrit. À l'intérieur, trois gros calibres.

— Des automatiques en neuf millimètres. Les numéros sont limés, et les armes en très bon état, précisa le disciple.

— Amos, tu les veux tes mille cinq cents francs par mois ? La petite Sarah ? Tu croyais quoi ? Qu'il suffirait de mettre le feu à de la paille dans une grange ? Tu pensais que je voulais que tu travailles pour moi pour qu'on fasse la causette et du tricot ?

Mitra marqua un point.

— OK, admettons que j'accepte, je fais comment ?

— Joël sait où se passent les transactions, si cela n'a pas changé, ce qui ne m'étonnerait pas, tu n'auras qu'à suivre le Quinto, trouver où il vit et pour le reste, tu as carte blanche. Le Rital ne te connaît pas, personne n'établira de lien avec nous. J'ai donné de l'argent à Joël pour les frais et l'hôtel, je vous laisse une semaine, pas plus. Et, je compte sur toi, Amos, reviens avec de bonnes nouvelles. Vous partez demain matin !

— Mais on n'a pas de voiture !

— Les voitures, c'est bon pour se faire contrôler, vous agirez comme d'habitude, le bus, le train et le taxi. T'as déjà vu une descente de policiers ou de douaniers dans un bus ou dans le train ? Joël t'expliquera. Alors ? Tu marches ?

J'avais accumulé les conneries, mais jamais une folie pareille, et ça, c'était plus fort que moi, je ne pouvais pas refuser.

— Très bien ! Mais Joël a intérêt à assurer.

Mitra m'envoya un clin d'œil.

— Il le sait, je l'ai prévenu. Si vous revenez bredouilles, je ne donne pas cher de son avenir dans la communauté. Ne me décevez pas !

22

Hugo se portait mieux, la fièvre se cramponnait à lui, il flirtait encore avec les trente-huit degrés. Kalya aida son ami à ouvrir le cadeau qu'elle avait apporté, un livre. En découvrant le titre, Hugo lâcha un sourire : *Madame Bovary* de Gustave Flaubert. Kalya se justifia : il n'y avait que des histoires pour garçons dans sa chambre, et d'après le libraire, il s'agissait d'un roman qu'une jeune fille ne devrait pas lire, cela avait motivé son choix d'acheter celui-là.

Elle ne resta qu'une petite heure, mais ce court laps de temps remplit à lui seul le vide des jours précédents. Elle descendit les marches de l'escalier sur la pointe des pieds, pour s'éclipser sans déranger Lucia, mais les vieilles demeures sont d'horribles traîtresses, elles grincent et couinent quand on ne le désire pas.

Lucia guettait son départ depuis la cuisine, elle se leva dès qu'elle l'aperçut et l'accompagna jusqu'au seuil de la porte. Elle ne s'excusa pas, la fierté d'une mère ne le permettait pas. En revanche, avec quelques ronds de jambe, elle autorisa Kalya à rendre visite à son fils pendant son absence, seulement et seulement si elle quittait la maison avant son retour et qu'elle promettait de ne pas faire de *bêtises* avec lui. La jeune fille se sentit le cœur léger, elle s'empressa de jurer, bien trop vite au goût de Lucia.

Ils passèrent tout l'hiver dans la chambre douillette de Hugo. Kalya se sentait amoureuse, elle appréciait ces moments de complicité avec lui, son air détaché et ses beaux yeux. Elle aurait quatorze ans cet été, lui douze dans quelques jours. Avec les premiers bourgeons de mars, les deux oiseaux sortirent du nid et retrouvèrent la rue, l'abribus et le banc du terrain vague, le « paradis des vauriens », comme ils le nommaient si bien.

La Gitane trépignait d'impatience de voir l'anniversaire de son ami arriver, enfin, le 20 mars, jour du printemps, elle lui offrit son cadeau. Elle piétinait devant lui, hystérique enfant gâtée. Elle lui tendit une boîte emballée dans du papier journal. Il le déchira et découvrit un carton sur lequel une image de tondeuse à main était collée. Il leva la tête, étonné.

— C'est un emballage que j'ai trouvé, ouvre, gros bêta !

Les yeux du garçon brillèrent.

— Un couteau ! Ouah !

— Le même que le mien, à lame éjectable et cran d'arrêt ! Il te plaît ?

— Magnifique !

— Comme ça, on aura les mêmes.

— Mais tu es folle, tu as dû payer une fortune.

— T'inquiète, quand je suis à la caisse, qu'Henri cuve sa vinasse, je baisse le prix du kilo de ferraille et je récupère la différence. Il n'y voit que du feu et les clients, trop contents de toucher de l'argent, ne prêtent même pas attention au prix, sauf un ou deux, des radins, avec eux, je n'essaie pas.

Kalya passa un long moment à expliquer le fonctionnement du couteau. Il s'agissait de ne pas faire n'importe quoi, surtout de ne pas replier la lame aiguisée sur ses doigts. Hugo comprit vite, il le manipula avec dextérité, fier de son cadeau.

Ils se baladèrent ainsi, à deux, côte à côte, les Bonnie et Clyde des plaines du Nord, à rêver d'attaques de banques et de poursuites en voiture. Hugo glissa la main dans sa poche, caressa la corne de bois du manche, il se sentit presque un homme. Maintenant, plus rien ne pourrait leur arriver, ils étaient le couple infernal, les amis maléfiques, les démons de la rue. La jeune fille stoppa net.

— On va étrenner ton couteau !

Hugo ne comprit pas et haussa les sourcils.

— Ben, oui ! Un couteau, ça doit servir, on va attaquer un vieux !

— Quoi ? Mais t'es malade !

— Un jeune ? répondit Kalya, excitée.

— Non, pas question !

— Tu as peur, je m'en doutais !

— Non, je n'ai pas peur, j'ai déjà tué quelqu'un.

C'était sorti comme ça, une évidence, un noyau de cerise qu'on recrache. Kalya pivota vers lui, elle éclata de rire. Hugo serra les dents, prit son air le plus sérieux, la dévisagea.

— Si, j'ai tué un Allemand, quand je vivais à Paris avec ma mère. Je l'ai tué avec son pistolet, il voulait faire du mal à ma mère, j'avais six ans. Mais tu ne dois jamais en parler, je n'aurais pas dû te le dire.

Kalya douta. Alors Hugo ajouta à voix basse les détails de la scène, un à un, sans rien épargner à son amie. Cette fois, elle le crut et le regard qu'elle porta sur lui était noyé de tristesse et d'admiration.

— Promets-moi de ne jamais en parler, sinon, je devrais te tuer.

— N'importe quoi ! Jamais tu ne me tueras, tu racontes n'importe quoi !

— Bon d'accord ! Mais je te couperai la langue si tu me trahis.

Ces mots piquèrent Kalya au vif, elle fixa son copain droit dans les yeux.

— Jamais, jamais, on est unis par le secret, on est comme les deux doigts de la main, jamais je ne te trahirai, Hugo. Je sais comment étrenner ton couteau, le mien aussi. On va faire comme dans les films avec les Indiens. Non seulement tu es mon amoureux, mais en plus on sera comme frère et sœur, viens !

Ils coururent jusqu'au terrain vague et s'arrêtèrent près d'un vieux saule qui traînait ses branches dans la boue. Derrière, des vestiges d'une dalle de béton formaient une petite cavité, les enfants s'y glissèrent. Kalya sortit son couteau et s'entailla le pouce, Hugo fit de même. Pendant quelques secondes, ils posèrent leurs doigts l'un contre l'autre. Elle en profita pour embrasser la joue de son ami, puis murmura, des trémolos dans la voix :

— Je jure que jamais je ne te trahirai. À toi ! Jure et crache par terre !

— Je le jure !

Elle se saisit du pouce de son ami, le porta à ses lèvres et lécha la plaie en le dévisageant. Elle semblait si sérieuse avec ses yeux remplis de feu, Hugo en frissonna.

— Maintenant, on doit se faire le baiser de l'amour. Approche !

Elle posa ses lèvres sur celles du garçon, ferma les paupières. Il la singea. Après quelques secondes, elle se redressa.

— Je jure que je t'aimerai toute ma vie, et qu'on se mariera tous les deux. À toi ! Jure et crache.

Hugo s'exécuta, cette fois avec moins d'entrain. La jeune fille resplendissait, la joie la rendait plus belle encore.

— Viens, on va voler du cuivre, au moins on se fera un peu d'argent.

— Du cuivre, mais tu veux qu'on trouve ça où ?

— Chez mon père bien sûr, tu n'auras plus qu'à venir le vendre dans quinze jours, il n'y verra que du feu.

23

Pour cette expédition à Grenoble, on m'avait prêté quelques habits classiques et de quoi me changer pour la semaine. Apercevoir Joël en veston m'arracha un sourire.

Sarah nous conduisit avec la carriole jusqu'à l'arrêt de bus du village voisin. Elle ne posa aucune question, me souhaita un bon voyage et m'embrassa sur la joue, mais les traits de son visage ne mentaient pas, elle était triste.

Après de multiples changements de moyens de transport, nous arrivâmes à la capitale du Dauphiné en fin d'après-midi. Nous descendîmes à l'hôtel d'Angleterre, une bâtisse ancienne au style haussmannien dans le vieux centre, place Victor-Hugo. L'endroit respirait le luxe, Mitra ne se moquait pas de nous. Le premier soir, nous partîmes en reconnaissance, notre Quinto sévissait dans une pizzéria du quai Perrière qui longeait l'Isère. Afin d'éviter que Joël soit repéré, nous louâmes les services d'un taxi et nous fîmes passer pour des touristes.

Les berges de l'Isère n'étaient qu'à quelques minutes à pied de notre hôtel, dans un quartier populaire. Le chauffeur du taxi progressait à faible allure. Un instant, je crus que nous nous étions déplacés de l'autre côté des Alpes. Les façades colorées des maisons, les jambons pendus aux vitrines et tous ces restaurants aux couleurs italiennes me surprirent.

Joël me donna un coup de coude quand nous passâmes devant l'enseigne « L'Etna ». Il s'agissait d'une pizzéria typique à l'allure modeste avec une terrasse qui mangeait le trottoir. Le disciple se cala au fond du siège, puis murmura :

— Le type habillé tout en noir avec la cravate verte.

La chance se montrait de notre côté, je détaillai le Quinto ; un mètre soixante-dix, les cheveux plaqués en arrière, un petit nez sur lequel reposait une paire de lunettes à gros verres et une cigarette au bec. Il puait le porte-flingue ou le troisième couteau et se donnait des airs de seigneur. Je l'avais bien repéré, c'était déjà ça de gagné.

Le taxi poursuivit sa visite et nous déposa à l'hôtel. Joël m'invita à prendre un apéritif, un peu à l'écart dans le salon du rez-de-chaussée, près du bar. Nous commandâmes deux whiskys. Le disciple m'expliqua que les transactions se faisaient dans l'arrière-cuisine du restaurant, Quinto s'y tenait souvent avec un ou deux acolytes. L'acheteur entrait par le quai et ressortait par l'office, dans une petite rue étroite.

Le lendemain, je me levai aux aurores et je me rendis à l'arrière du restaurant. Une voie à sens unique avec un trottoir à droite pas plus large qu'une planche de bois, de hauts murs sans fenêtre… je compris assez vite qu'il me serait impossible de surveiller ce côté sans être remarqué. J'ai rebroussé chemin et j'ai longé le quai, quasi désert à cette heure. J'ai compté vingt-quatre établissements aux couleurs de l'Italie.

À droite de L'Etna trônait avec fierté le Casa Napoli, puis un bar, Chez Mamma. Le café était ouvert, deux clients discutaient en terrasse, un journal à la main. Il se trouvait suffisamment loin du restaurant pour ne pas être repéré et assez proche pour pouvoir observer, cela deviendrait mon point de chute. Je retournai à l'hôtel et informai Joël de mes intentions, je lui empruntai son feutre, un peu grand pour moi, il me serait utile.

Vers neuf heures trente, un quotidien sous le bras, je m'installai à une table de la terrasse de l'estaminet et commandai un expresso. Le premier arrivé à la pizzéria fut un quinquagénaire au ventre aussi rond que son crâne chauve, il ouvrit le rideau et s'engouffra dans la salle. Dix minutes plus tard, une jeune femme, un panier en osier à la main, entra, puis un homme d'une vingtaine d'années qui courait sur le trottoir. Une berline noire s'arrêta peu après onze heures, Quinto et un autre gars en descendirent. Le *mafioso* observa à droite puis à gauche, sortit un sac du coffre et marcha d'un pas rapide vers le restaurant où il disparut. La voiture repartit aussitôt.

Il était presque midi quand une cliente, une habituée qui discutait au comptoir, s'installa à ma table. Elle parlait fort, cherchait à être regardée, elle se montra curieuse. Elle me demanda si j'étais nouveau dans le coin. J'ai répondu par l'affirmative, j'attendais un rendez-vous qui ne venait pas, une dame qui m'avait sans doute posé un lapin. Elle a souri et elle a rejoint ses amis. À l'évidence, j'éveillais les soupçons. J'ai déménagé pour une pizzéria qui se trouvait une vingtaine de mètres plus loin. J'ai patienté jusqu'à trois heures, quand la serveuse et le serveur de L'Etna ont quitté leur travail. Le volet roulant s'abaissait de l'intérieur. Le patron, Quinto et son copain étaient restés sur place.

J'ai poursuivi ma surveillance de façon plus discrète. Avec son costume noir, je repérais le *mafioso* de loin. Le restaurant ferma vers une heure du matin, les deux malfrats n'étaient sortis que lorsque la voiture s'était présentée, ils avaient disparu avec elle. Approcher Quinto semblait bien compliqué et très risqué.

Une idée germa. J'attendis que le serveur passe devant moi et je lui filais le train, la ville ne dormait pas, on entendait çà et là ses éclats de voix, ses rires rebondir sur les façades des immeubles encore éclairés, ses engueulades et les portes qui claquaient.

Il marchait d'un pas lent, en fumant une cigarette. Sur son chemin, près des poubelles, il croisa un vieil homme et son chiot qui cherchaient de quoi manger. Le mendiant tendit la main, le pizzaïolo lui adressa quelques mots que je ne compris pas, cracha par terre et donna un coup de pied à l'animal qui s'approchait de lui. Le chien hurla et se réfugia dans les jambes de son maître. J'étais resté à bonne distance, dissimulé à l'entrée d'un magasin de chaussures. Je rejoignis le clochard, il tenait sa bestiole dans les bras et la réconfortait, je lui glissai un billet qu'il prit d'un geste rapide avec un grand sourire et s'éloigna aussitôt.

Après dix minutes de marche, le jeune homme entra sous un porche, je distinguais sa silhouette. Il ouvrit la deuxième boîte aux lettres en partant du haut et monta les marches du petit immeuble. J'attendis un peu, la lumière éclaira la fenêtre du troisième étage, je m'approchai de l'entrée, ça sentait l'humidité et le vieux bois. Sur la boîte aux lettres était écrit : « Silvio Conti, 3e étage porte droite », le bâtiment en comptait quatre et huit locataires, c'était parfait, je détenais les informations nécessaires pour la suite.

Je ne dormis que quelques heures. Au petit matin, je retrouvai Joël à qui j'expliquai mon plan. Il haussa la voix sans s'en rendre compte et me traita de fou, quelques silhouettes pivotèrent sur nous et il se reprit, finit par m'écouter, désappointé, sa tête balançait de gauche à droite.

Je quittai l'hôtel avant neuf heures et rejoignis l'immeuble du serveur. Je montai jusqu'au demi-palier du dernier étage et j'attendis. Quelques minutes plus tard, une porte s'ouvrit, se referma, c'était sans doute Silvio. Je sortis mon arme. Quand ses pas martelèrent les premières marches, je me mis en route en calant mes pas sur les siens. Dès qu'il fut à l'entresol, j'accélérai. Il n'eut pas le temps de se retourner, la crosse de mon pistolet heurta l'arrière de son crâne, un filet de sang jaillit aussitôt. Tandis qu'il s'affaissait, je le poussai et il dévala les escaliers. Son corps sans force roula et cogna les dalles usées par le temps, sa tête atterrit contre le mur de pierres.

Je m'accroupis, il était inconscient, vivant. Je saisis

l'index de sa main droite et dans un mouvement sec, lui brisai une phalange. Le doigt dessina une belle équerre, quelques mots m'échappèrent : « Ça, c'est pour le coup de pied au chien ». L'envie de lui briser un autre doigt me frôla. Je quittai vite l'immeuble et croisai Joël à l'angle de la rue.

— Tout s'est passé comme je le voulais. Tu surveilles et tu me raconteras ce soir, j'ai encore du travail.

— Amos !

— Quoi ?

— Tu es fou !

— Je sais.

24

L'idée de voler de la ferraille chez le père de Kalya n'enchantait pas Hugo, mais Kalya jubilait, alors il accepta. Cela se révéla un jeu d'enfant, le seul souci résidait dans le poids et l'endroit où cacher la marchandise. Ils sortirent de la casse par un trou dans le grillage, dissimulé derrière un vieux véhicule de transport de troupes rouillé jusqu'à l'os. La fille du casseur ne prenait aucune précaution et cela énerva son complice, elle le rabroua.

— Mais ! Ne gâche pas mon plaisir. De toute façon, à cette heure, il doit ronfler, comme d'habitude.

Ils atterrirent dans le terrain vague et y dissimulèrent leur butin : trois bons kilos de cuivre en petits morceaux.

Deux semaines plus tard, quand le garçon apporta son trésor à la pesée, il n'en menait pas large, mais comme l'avait prévu Kalya, son père n'y vit que du feu, il ne sourcilla pas une seconde. L'homme sortit des billets un à un et les posa sur le comptoir. Le garçon n'en revenait pas, cela représentait une fichue belle somme pour un gamin de son âge.

Le soir, assis sur le banc, ils recomptèrent leur petit pactole. Ils décidèrent de gérer cet argent en commun, cela servirait pour les cigarettes, les livres et puis tout le reste. Hugo n'en revenait toujours pas. Son amie lui expliqua que la production avait baissé aux États-Unis, que les mines africaines rencontraient des problèmes, cela avait provoqué une hausse du cours et du coup du prix au kilo chez le ferrailleur. Henri rabâchait souvent cette histoire à table, en se frottant les mains, railla-t-elle.

Le garçon dissimula l'argent dans un vieux dictionnaire, à la page « C » de « Cagnotte ».

Chaque jour effaçait le précédent dans de nouveaux défis. Chaque semaine se montrait plus intense. Chaque mois dessinait une nouvelle étape vers des folies toujours plus grandes. Les deux adolescents ne se quittaient plus. Kalya changeait, elle devenait féminine, ses courbes la trahissaient et elle détestait ça. Elle grandissait aussi, ce qui ne semblait pas le cas de Hugo ou si peu. Pourtant, l'écart de taille ne posa jamais de souci ni à l'une ni à l'autre. Ils ne s'interrogeaient pas sur le sexe des gens ni sur la couleur des yeux, pourquoi l'auraient-ils fait pour la taille ? On n'y pouvait rien, l'un était plus petit et ils ne s'en souciaient pas.

En juin 1949, le café où Lucia travaillait fut revendu ; le patron prenait sa retraite. Les nouveaux propriétaires, un couple venu des Ardennes, se montrèrent bien moins sélectifs sur la clientèle. Ils gardèrent Lucia avec eux, elle faisait partie des murs, mais l'ambiance changea. Le café fermait désormais à deux heures du matin, ce qui eut pour effet d'attirer les derniers poivrots de la ville et la fatigua encore plus. Malgré toute la gentillesse que Lucia déployait, les fermetures le soir devinrent compliquées.

Hugo obtint son certificat d'études, ses bonnes notes au long de l'année gageaient ce bon résultat et cela ne surprit personne. Lucia, pour fêter l'événement, l'invita avec Kalya au restaurant. Pour la circonstance, la jeune fille se récura les ongles, se coiffa et surtout enfila une robe. Quand elles se rencontrèrent devant la porte de la maison, elles se dévisagèrent, moment fugace, puissant, une bataille se jouait sans que le garçon y prêtât attention, trop pressé de se rendre en ville. Il brisa la glace.

— On y va ?

Sa mère céda, le regard à terre, Kalya remportait cette première bataille. La seconde, elle la gagna aussi, mais sans gloire, quand son ami prit place à ses côtés, laissant sa mère seule, face à lui, sur la banquette du tramway. Cette rencontre qui se voulait une fête s'annonçait comme une guerre sans merci entre les deux femmes. Hugo, dans toute sa splendeur de goinfre et de jeune mâle innocent, ne se rendit compte de rien, sauf peut-être quand sa mère se permit une remarque un peu plus piquante que les précédentes.

— Kalya, je te félicite, je te trouve charmante ce soir.

— Merci, madame.

— L'emballage me semble parfait, dommage que le contenu se montre si bas de gamme.

Kalya ne montra aucun signe d'énervement, elle répondit avec le sourire.

— Je me dis qu'un jour mes enfants relèveront le niveau, ce genre de choses arrivent, Hugo en est la preuve vivante.

Le garçon trouva la scène malvenue, il n'y entendait rien, mais il comprenait que l'ambiance se dégradait.

— On est ici pour fêter mon diplôme ou pas ?

Elles rentrèrent leurs griffes, sourirent à Hugo et dissimulèrent un peu plus leurs coups bas. La jeune fille se collait et se frottait sans cesse à son voisin, Lucia, énervée, rappela l'enfant solitaire qu'était son fils, son manque d'affection pour autrui et son côté asocial qui ne manquerait pas de ressurgir. Cela dura ainsi jusqu'au dessert, puis, devant le désintérêt total du garçon, les choses se calmèrent.

Juillet et août marquèrent l'année de mille joies et d'autant de bêtises. Kalya s'absenta quelques jours pour un enterrement, la dernière sœur de Nanie. Ils passèrent de nouveau une journée à Lille. La Gitane, avec sa robe à pois et sa ceinture de cuir noire, faisait se retourner les garçons sur son passage. Son compagnon ne montrait pas une once de jalousie et cela la rendit presque triste. Cependant, lors du retour en train, il posa sa tête sur son épaule, son cœur s'enflamma et elle pardonna.

Les glaces, les cigarettes, les boissons en terrasse et les voyages épuisèrent leur cagnotte, ils ne tiendraient plus que quelques semaines, au mieux.

Hugo, malgré l'insistance de sa mère, refusa de poursuivre ses études secondaires. Sa mère se mit donc en quête d'un emploi pour son fils, ou d'une formation, mais hormis un essai chez un tailleur de Valenciennes, elle ne trouva rien. Le garçon ne s'en plaignit pas.

Les pluies automnales se multiplièrent et Bonnie et Clyde migrèrent dans la chambre de Hugo. Un jour plus chaud que les autres, Kalya enleva son pull et offrit à la vue de son ami, sous un fin maillot de corps, la silhouette d'un soutien-gorge bien rempli. Le geste paraissait innocent, mais la louve ne l'était pas moins quand elle chassait. Le regard de Hugo se posa là, un très bref instant, mais bien assez pour que la jeune fille le remarquât. Elle le cueillit aussitôt.

— Tu as déjà couché avec une fille ? demanda-t-elle d'une voix qui se voulait ingénue.

Hugo rougit, flamba, entra en éruption. Bien entendu, cela n'était jamais arrivé, elle le savait bien, il lui en voulut quand elle éclata de rire sous son nez. Les filles, ça rit quand on s'y attend le moins et les garçons ne le comprennent pas. Assis, tous deux sur le lit, il se jeta sur elle pour lui faire payer son affront. La bagarre tourna vite à l'avantage de l'aînée, qui se retrouva à califourchon sur sa victime, les genoux calés sur ses bras. Hugo se retrouva immobilisé, perdant, mais heureux, il admirait la force qui grondait en elle.

— Alors ? Réponds ! ordonna-t-elle.

— Non, tu sais bien que non.

Elle roula sur le côté, libérant ainsi son ami et se retrouva allongée près de lui. Ils restèrent sur le lit, de longues secondes, à regarder le plafond, les pensées embrouillées par un cœur qui lançait l'alerte, les mots enfouis au creux de l'estomac, tordus par la peur. Puis, Kalya osa.

— Si tu veux, on le fait !

Depuis quelque temps déjà, le jeune mâle percevait en lui ce picotement, cette accélération du sang dans ses veines quand il la regardait. Il rêvait parfois à des jeux interdits, à des baisers langoureux, mais il ne s'agissait que de rêves. Cette fois, elle ouvrait une porte, évoquait la réalité et, pour la première fois, il ressentit la crainte. Il osa une question stupide, de celles qui sentent l'émoi et l'envie mêlés.

— On fait… quoi ?

— Coucher, j'ai l'habitude, ça ne me fait plus rien. Si tu as envie, on le fait !

Elle détacha l'anneau de sa ceinture, baissa son pantalon jusqu'aux genoux et se mit à quatre pattes sur le lit, la tête calée dans l'oreiller.

— Je ne comprends pas, Kalya !

Le garçon s'enlisait, se débattait dans un effroi soudain, il se rappela les mots cruels de sa mère, « une catin de Gitane ».

— Tu as l'habitude ? Tu mens ! grogna-t-il.

Elle pivota, s'assit, les genoux contre sa poitrine.

— Toi, tu as tué, moi, je n'y arrive pas !

— Mais qu'est-ce que tu racontes ? C'est quoi cette histoire ?

— Henri… C'est Henri, c'est lui que je voudrais tuer, et je n'y arrive pas ! C'est pour lui que j'ai volé le couteau à cran d'arrêt… mais.

— C'est avec lui… l'habitude ?

— Oui, depuis que j'ai onze ans.

— Ta maladie ? L'enterrement ? C'était lui ?

— Oui !

Elle se mit à pleurer.

Hugo posa la tête de son amie au creux de son épaule, elle y sanglota et ses larmes brûlantes se collèrent à lui, crasseuses, sales, horribles. Il caressa ses cheveux, de longues minutes, sans un mot. C'était certain, ils ne coucheraient pas et il s'en foutait. D'immondes images lui mangeaient le cerveau, et il n'aimait pas ça.

25

Joël avait pour ordre de surveiller le serveur, le dénommé Silvio. Vu l'état dans lequel je l'avais laissé, il devait vite se retrouver aux urgences. Le travail du disciple consistait à suivre le blessé, vérifier dans quel hôpital il était conduit et s'il était admis dans un service, pour combien de temps. Dans le cas contraire, il savait quoi faire.

De mon côté, je flânais dans les petites rues de la ville. Je me suis arrêté pour prendre un café pas très loin du vieux centre. Un peu après onze heures, je suis allé sur les quais. Je suis entré dans les deux pizzérias qui sont juste avant l'établissement de Quinto. Les deux fois, je me suis présenté au patron, j'ai demandé s'il cherchait un serveur, je reçus deux réponses négatives, ce qui m'arrangea bien. Arrivé devant L'Etna, je constatai qu'une partie des tables de la terrasse restait à mettre en place. Je poussai la porte du restaurant, ça sentait le feu de bois. Le monsieur chauve avec son tablier blanc me houspilla sans que j'aie le temps d'ouvrir la bouche.

— On n'est pas ouvert, pas avant midi ! martela-t-il avec un fort accent.

— Bonjour, monsieur, je cherche du boulot, serveur ou plongeur.

L'homme releva le menton, intrigué.

— Tu as déjà travaillé dans un restaurant ?

— Oui, monsieur.

Il hésita.

— *Mamma mia !* Tu tombes à pic ! J'ai un bon à rien qui n'est pas encore arrivé et le service commence dans une demi-heure. Celui-là, il ne perd rien pour attendre, il va déguster !

Il me fit passer dans l'arrière-salle, me demanda de déposer mon sac et d'enfiler un tablier à l'enseigne du restaurant.

— Finis de mettre les tables ! Olivia va t'aider, ajouta-t-il en pointant du doigt la jeune fille qui sortait de la cuisine. Explique-lui comment on travaille à la maison. Petit ! Si tu fais l'affaire, je te garde ! *Non ne posso più* de l'autre !

J'avais posé un pied dans l'établissement, c'était inespéré, le plan fonctionnait à merveille. Comme la veille, Quinto et son copain arrivèrent en voiture, en même temps que les premiers clients. J'avais donné le meilleur de moi-même et à trois heures on me libéra. Le patron semblait satisfait de mon service, il me demanda de revenir vers six heures.

Pour me rendre à l'hôtel, j'empruntai un autre chemin pour brouiller les pistes et vérifier qu'on ne me suivait pas. Joël avait téléphoné à l'hôpital d'une cabine, il s'était fait passer pour un membre de la famille. On lui avait dit que le blessé était admis pour de multiples fractures, il serait sans doute hospitalisé plusieurs jours, son index nécessitait une opération.

Le soir, j'avais travaillé à la pizzéria et puis le lendemain. Le manège des entrées et des sorties tournait telle une machine bien huilée. Je comptai entre cinq et six transactions par jour. Le deuxième jour, en reprenant mes affaires dans l'arrière-salle, je fus le témoin involontaire d'une discussion, en italien, à laquelle je n'ai rien compris. Mais, quand je suis entré, le sbire de Quinto a vite fermé du pied la porte d'une armoire, pour éviter sans doute que je voie ce qu'elle contenait. Il m'a engueulé copieusement, toujours en italien, et je suis ressorti en m'excusant.

Le soir, je prétextai un mal de tête et la nécessité de récupérer une aspirine dans mon sac, pour vérifier : la porte du meuble en question était fermée et cette fois cadenassée. Ça sentait la planque à plein nez, presque autant que l'odeur de cannabis que j'y reniflais. La pièce, de petite taille, ne comptait que peu de mobilier : une table et deux chaises, un placard, un vieux vaisselier, un frigo, un poêle émaillé, le meuble à trois portes comme ceux qu'on trouve chez le boucher et, au fond, la sortie par la ruelle, clé sur la serrure et verrou intérieur fermé.

Le lendemain, Joël et moi avons discuté du plan. Nous devions jouer serré, les *mafiosi* ne nous rateraient pas. Je suis allé au restaurant vers dix heures trente et j'ai vaqué à mes occupations. Quinto est arrivé avec l'autre à midi pile, il a récupéré une sacoche dans le coffre et il est entré.

Nous étions samedi, les clients arrivaient en nombre, presque toutes les tables étaient occupées, sauf celle du dealer où le carton « Réservé » trônait en permanence. Quand les deux Italiens s'installèrent et qu'Olivia leur apporta leurs plats, je prétextai un besoin de me rendre aux toilettes. Le patron grommela quelque chose en italien, signe que je ne devais pas traîner et, trop accaparé aux fourneaux, il ne me vit pas me glisser dans la pièce à l'arrière.

Je saisis mon sac, en sortis la pince coupante et sectionnai le cadenas. Bingo ! La pêche était bonne, la sacoche encore pleine s'y trouvait. Je la récupérai, les mains tremblantes. Je sortis un thermos que j'avais rempli d'essence que je répandis près de l'armoire électrique, ainsi que sur le vaisselier. Il ne me restait plus qu'à craquer l'allumette. Dans un souffle impressionnant, les flammes se mirent à danser, léchèrent le plafond et les murs, puis la nappe de la table.

J'ouvris le verrou et me dégageai en vitesse de la chaleur qui gagnait déjà l'endroit. Je ne parvenais pas à réaliser, je venais de voler un clan de *mafiosi*. Je marchai à grands pas dans la petite rue, le temps m'était compté. Arrivé à la première intersection, je rencontrai Joël, il m'attendait et paraissait nerveux.

— Dépêche-toi ! Merde, tu sens le brûlé !

— Ne t'inquiète pas, je crois qu'on les a eus !

Nous courûmes jusqu'au square tout proche où un gamin gardait nos valises. Le disciple lui donna l'autre moitié du billet qu'il avait déchiré. Le garçon s'éloigna, joyeux. L'arrêt du tram se trouvait à deux pas, nous patientâmes cinq minutes, là sur le trottoir sans pouvoir se cacher, proies faciles. Le temps nous sembla interminable, Joël ne tenait pas en place, ça tête pivotait dans tous les sens, girouette par fort vent. Enfin, le tram arriva. Quand je m'assis sur la banquette, soulagé, je sentis l'adrénaline me fouetter le sang, courir sous ma peau, gonfler mon cœur et j'aimais ça.

Le disciple tendit la main vers la sacoche, la soupesa et écarquilla les yeux de contentement. Cette fois, il souriait. Sans doute se disait-il que Mitra lui pardonnerait son erreur passée.

Dix minutes plus tard, nous prenions place dans le train, sans qu'on aperçoive qui que ce soit à nos trousses. J'imaginais la tête de Quinto quand il devrait expliquer la situation à son chef.

J'ouvris le rabat de la pochette de cuir, cinq pains de cinq cents grammes de résine de cannabis.

J'adressai un clin d'œil à mon voisin.

— Je crois que dans cette ville je suis grillé à vie.

— Je ne suis pas près d'y remettre les pieds non plus, même si personne ne m'a vu. Mitra va sauter de joie quand on lui racontera tout ça ! Tu es vraiment taré, jamais je n'aurais misé sur toi !

— Moi non plus !

26

Kalya recouvra peu à peu ses esprits, dans un silence embarrassé, elle remonta son pantalon. Puis, après un instant, du bout des lèvres, elle s'excusa. Elle avait osé demander à celui qu'elle chérissait le plus de coucher. Hugo ne comprenait pas, elle n'avait rien à se reprocher, pourtant, elle le supplia de lui pardonner. Elle l'aimait, alors elle voulait lui faire plaisir, lui plaire, lui appartenir, bêtement elle avait cru qu'il était comme l'autre, que peut-être tous les hommes ressemblaient à Henri. Elle avait honte, honte de ça, mais aussi d'elle au plus profond de son être. Elle frissonna.

— Tu as froid ? demanda Hugo en déposant son peignoir sur les épaules de son amie.

Kalya n'avait jamais froid.

Pourtant, cinq ou six fois l'an,
Dans la noirceur de sa chambre, au grenier,
Quand vers elle montait la complainte
Des marches de bois, alourdies de peine,
Que sur la poignée de la porte sans verrou,

La main moite de *l'Ombre* hésitait,

Son corps tout entier se mettait à trembler.

Alors, elle entendait le souffle court haleter,
La brûlante haleine baignée de vapeurs d'alcool.
Telle une enfant sauvage que la peur apprivoise,
Un loup marqué à jamais par les coups de bâton,
À quatre pattes, elle prenait position.

La robe de nuit, de sur son dos qui glissait,
La rugueuse étreinte des doigts sur sa peau,
Telle la bête sage,
Elle cambrait les hanches, pliait l'échine.
Puis *l'Ombre* fredonnait de son râle gras,
Dansait, ondulait sur l'horrible comptine.

L'immonde mirage se croyait invisible.

Pourtant, sur le chevet, dans le reflet de verre,
Du portrait de feu sa mère,
Elle le distinguait avec son goitre mouvant.
Tel un fantôme, il se tortillait en gémissant.

À chaque fois, la même pensée,
Celle de la lame du couteau,
Dans le tiroir, dissimulée,
Qu'au fond de sa gorge elle planterait.

Jamais, elle ne parvint à franchir le pas.
Alors, dans les profondeurs noires du gouffre,

Dans les derniers replis de son âme,
Kalya chantait.

Une chanson sans queue ni tête,
Qui ne comptait qu'un couplet,
Il disait que rien ne blessait,
Quand on était déjà morte.
Alors venait le refrain,
Ne pas crier, ne pas se plaindre,
Ne pas bouger, ne pas parler.

Jamais une plainte, jamais une larme.
C'était la règle, la loi de *l'Ombre*.
Enfin, dans un brame poussif,
Elle se retirait sur la pointe des pieds,
Presque en pleurs, déjà elle s'excusait.
Elle laissait là sa victime tremblante,
Tout cela n'était rien, car elle l'aimait.

Kalya ne raconta pas tout cela à celui qu'elle aimait, tout ça, elle le gardait pour elle, pour ses nuits de cauchemars où d'autres monstres pourvus d'un goitre et aux bras tentaculaires la poursuivaient, l'attachaient et la violaient. Elle ne détailla pas non plus la scène, si ce n'était que de façon sommaire, c'était mieux ainsi, Hugo ne le supporterait pas, elle lisait en lui la peine, l'horreur et la haine. Elle continua tout de même à parler et à parler encore, les mots sortaient, s'expulsaient de son corps, vomissures immondes qu'elle ne gardait jusque-là rien que pour elle.

— Ça se passait toujours les soirs où il était un peu

plus ivre que d'habitude. Lorsqu'il devenait gentil pendant le repas et me disait qu'il me trouvait belle, avec ses yeux qui transpiraient d'envie. Alors, il m'ordonnait de monter dans ma chambre, puis il attendait, avec l'espoir que je m'endorme. Mais, il savait que jamais cela n'arriverait, alors il patientait encore, jusqu'à ce que Nanie se couche et puis il venait. Le lendemain matin, quand je descendais déjeuner, souvent il se tenait à table, les yeux rougis, la tête plongée dans son bol de café.

Il pleurait, il disait que des démons le poussaient à agir, que j'étais le cadeau que ma mère lui avait laissé. Il jurait, plus jamais, jusqu'à la fois suivante. Au début, je croyais que Nanie ne savait pas, elle n'entendait rien, je ne criais pas. Mais, avec le temps, j'ai compris. Elle ne me parlait jamais les lendemains, ne me regardait pas non plus. Elle ne pouvait pas ignorer la chose, elle percevait les vibrations du lit qui cognait contre le mur, les marches qui craquaient, et puis elle le voyait qui chouinait, jamais elle n'a posé de questions. Souvent, les lendemains, elle faisait des gâteaux, pour la gentille fille, la malheureuse que l'on réconfortait. J'ai honte ! J'ai si honte ! Je ne suis jamais parvenue à lui planter mon couteau dans le cœur. J'en rêve presque chaque nuit.

Hugo la serra contre lui.

— Je suis là Kalya, plus jamais il ne te touchera, je te le jure.

27

Joël et moi avions de l'avance sur le programme, arrivés à Valence nous louâmes deux chambres dans un petit hôtel, peu avant le pont qui enjambait le Rhône. Il s'agissait d'un endroit calme à la sortie de la ville, le champ de Mars : une grande place où trônait avec majesté le vrai kiosque des « amoureux » de Peynet. Derrière lui, au loin, la silhouette du château de Crussol se découpait dans le ciel lumineux de l'Ardèche. Un lieu magique, une peinture irréelle aux teintes changeantes.

Nous arrivâmes au hameau le lendemain en fin d'après-midi. Pressés de voir Mitra, nous étions allés directement à sa rencontre. Il nous accueillit avec un sourire retenu, sans doute pensait-il que nous avions échoué. Je racontai nos péripéties avant d'ouvrir la sacoche devant lui et d'en extraire les cinq pains de résine. L'homme se leva et nous serra la main, les yeux pleins d'étoiles.

— Avec ça, Amos, tu viens de prendre du grade et surtout de me prouver que je pouvais t'accorder ma confiance.

— J’en prends note, et vous ? Puis-je avoir confiance en vous ?

Il me brocarda, la voix amusée.

— Bien entendu, quand je donne ma parole, elle est toujours suivie de mes actes. Ton toupet me plaît ! Tu gagnes tes mille cinq cents francs.

— Et pour Sarah ?

— Pareil, même si cela me coûte, elle t’appartient. Il faut que tu saches qu’ici les unions sont soumises à une règle, le couple doit avoir un enfant dans les deux ans, sinon la communauté rompt le lien, notre survie en dépend.

— C’est quoi ces foutaises ?

— Ce ne sont pas des « foutaises », comme tu le dis si bien ! Nous ne sommes pas nombreux et je ne compte pas trop sur les nouveaux arrivants. D’ailleurs, tu le sais, je m’en méfie. Quoi de mieux, pour assurer l’avenir, qu’un enfant qui grandit ici ? Je te donne la réponse : RIEN ! Ils sont prisonniers du moule, n’ont aucune idée de la vie à l’extérieur, j’en fais des soumis et des crédules, et surtout des fidèles. La communauté les formate, elle les façonne en de gentils sujets. Alors, il faut des enfants. Tu n’as pas remarqué comme ils sont nombreux ? C’est grâce à des règles comme celle-ci et d’autres encore que tout cela est possible.

— Ça me dépasse, vos conneries ! Soit, on verra ça quand il sera temps.

Mitra frappa du poing sur la table, haussa la voix, l’œil rageur.

— Non, c’est tout vu, Amos ! Tu vis ici, et même si je t’accorde quelques passe-droits, tu ne dérogeras pas à cette loi immuable ! Je me fais bien entendre ?

— D'accord ! Pas besoin de vous mettre dans cet état, j'ai compris.

Mitra demanda à Isaac d'apporter de quoi porter un toast à cette prise magnifique. L'ambiance s'apaisa aussitôt. Joël n'avait pas desserré les dents, pas dit une parole et je trouvais ça plutôt étrange.

— Ça va Joël ?

D'un geste appuyé, il passa la main sur son menton.

— J'ai merdé ! Comme tu ne voulais pas d'arme pour travailler au restaurant, j'ai caché le pistolet derrière la garde-robe de la chambre d'hôtel. Et je l'ai oublié là-bas.

Mitra se leva d'un coup.

— Mais qu'il est con ! Putain, c'est pas vrai ! Sors, Joël, dégage ! Tu te démerdes comme tu veux, je te donne deux jours pour me rapporter cette pétoire, et tu n'as pas intérêt à éveiller les soupçons.

— On devrait la laisser où elle est, intervins-je.

— Quoi ?

— Les numéros sont limés, il va se passer des jours avant qu'on la retrouve, personne ne saura depuis quand elle est là. C'est moins risqué que d'y retourner.

Mitra se servit une rasade de whisky et l'avala cul sec.

— Tu as raison, Amos. Quant à toi, Joël, je retiendrai le prix du calibre sur tes appointements.

Le disciple baissa la tête.

— Je suis désolé, Mitra !

— OK, allez, on trinque à votre putain d'exploit et au pognon qui remplira bientôt nos poches.

Le guide se saisit d'un morceau de résine, il l'embrassa et le déposa sur la table, l'odeur âcre du cannabis se répandit dans la pièce. La bonne humeur reparut, nous bûmes tous les quatre à l'avenir glorieux de la communauté.

Mitra ne perdit pas le nord pour autant, il expliqua qu'il faudrait dorénavant s'approvisionner ailleurs qu'à Grenoble. Il avait un contact à Marseille, c'était plus loin, mais plus sûr. Il reparla ensuite de Sarah. On devait préparer une messe nocturne dès que possible. Et, c'est là qu'il me dévoila ce qui s'y déroulait.

Tout au long de l'année, les deux *sœurs* s'acquittaient de la tâche délicate de recenser, parmi les femmes en âge d'enfanter, celles qui se trouvaient dans leur phase d'ovulation. Ensuite, en fonction de cela, une messe était organisée, pas tout à fait comme celle de la cérémonie d'admission que j'avais suivie. Une, bien différente, bien plus réjouissante, plaisanta Mitra.

— Tu vois, ici les femmes et les hommes vivent séparés, même si certains ne se privent pas de se rencontrer en cachette, ce qui ne me dérange pas, car cela n'interfère pas avec mes plans. Ce que je vais t'expliquer représente la colonne vertébrale du temple de la Vie. Tout réside dans ces quatre mots, le lieu où l'on donne la vie. Je crois que tu as compris, mais je veux aller plus loin dans mes explications. Avant la messe, on assemble une structure de bois, en forme de cube de taille humaine, on appelle ça l'« alcôve », au milieu, à même le sol, on dépose un matelas, et pour rendre l'endroit privé, entre chaque poteau on dispose des tentures. Tu vois le truc ? Un peu comme un grand lit à baldaquin dont les rideaux sont tirés. Ces alcôves sont disposées au fond de l'église, derrière l'autel. Chaque femme fécondable est ensuite invitée à s'allonger sur le matelas. Je dis « invitée », car je tiens à préciser qu'elles sont toutes volontaires, même si parfois il arrive qu'on les drogue, juste pour s'assurer que tout se passera bien.

— Tu veux dire les endormir ? questionnai-je, le ton du reproche dans la voix.

— Non, pas entièrement, juste pour qu'elles ne se rebellent pas trop, mais parfois, c'est l'inverse, on leur donne un cocktail qui les rend plus *hospitalières*. Une sorte de soumission chimique. On dirait que cela te choque ?

— Un peu ! Je trouve ça plutôt… dégueulasse !

— Le voilà qui frôle la crise d'enfant de chœur ! Je te rassure, c'est assez rare, quatre-vingt-dix pour cent des femmes se présentent volontairement.

— Il y a encore dix pour cent de trop !

Mitra expulsa un rire moqueur, gras.

— Tu m'étonnes parfois, Amos. Tu tabasses une vieille, tu pousses un mec dans les escaliers, ce qui aurait pu le tuer, tu lui pètes les doigts, et tu t'offenses pour si peu ?

— On a chacun ses limites ! Mais ce n'est pas mon problème, c'est le vôtre.

— Tout à fait ! J'aime cette réponse. Bref, je termine. La femme se trouve dans son nid douillet, cachée derrière les rideaux, elle a les yeux bandés, car je ne veux pas qu'elle sache qui la fécondera. Ensuite, je demande aux hommes volontaires d'enlever leur capuche et j'en choisis trois ou quatre parmi eux. C'est un moment jubilatoire, les trois quarts trépignent sur place, ils attendent leur récompense, ils espèrent, ils prient, je les tiens de cette façon, et puis avec d'autres ficelles, mais la principale, c'est celle-là.

— Plusieurs hommes ?

— Oui, si la femme se montre réceptive, les tabous n'ont pas leur place chez nous, mais il peut n'y en avoir qu'un. On réunit les hommes dans l'ancienne sacristie, elle donne près des alcôves. On a réussi à remettre en état cinq ou six confessionnaux, on les a remisés là, ils sont parfaits pour ce que l'on en fait. Chaque confessionnal nous sert d'isoloir, on y place les volontaires pour l'accouplement. Même eux ne savent pas qui fécondera la femme ni combien d'hommes forniqueront. L'une des *sœurs* choisit un homme qu'elle conduit lui aussi les yeux bandés jusqu'au lit de sa promise. Entre la porte de la sacristie et l'alcôve, des tentures sont suspendues, ce qui fait que, hormis la *sœur*, personne n'aperçoit l'heureux élu. Pendant le temps du coït, rarement long, les adeptes prient. Ils prient pour la vie, pour la vie, qui grâce à toute la communauté, fleurira dans quelques mois. Tu comprends, Amos ? Tout le monde est impliqué.

— Je comprends que ces gens sont fous !

Mitra éclata de rire, se frappa la poitrine pour se donner un air puissant.

— Oui, tu as raison, tu contemples le maître des fous, le maître des ficelles, ils sont mes marionnettes, et je suis joueur.

— Ne comptez pas sur moi, pour *féconder* Sarah dans votre alcôve !

— Il le faudra, la *sœur* doit valider l'acte devant l'assemblée.

— Eh bien, il va falloir que vous changiez les règles !

28

Kalya, épuisée par ses confessions, s'était assoupie sur l'épaule de Hugo. Lui n'avait pas osé bouger ni l'allonger à ses côtés. Entendre son amie pleurer ainsi, la voir se torturer quand elle racontait son histoire, deviner sa peine, son amertume, ça lui donnait gros sur le cœur et le goût du meurtre.

Elle dormait, sans doute d'un sommeil paisible dont elle souffrait depuis si longtemps. Les larmes, tel un ruisseau boueux sorti de son lit, charriaient tout derrière elles, l'effroi, la honte, le secret, l'horreur. Kalya dormait, sans crainte, sans frisson, sans cette envie sourde de tuer, sans ce poids qui jour et nuit écrasait ses pensées, pesait sur sa vie. Rêverait-elle ? Hugo l'espérait.

Dix minutes à peine s'étaient écoulées quand la jeune fille se réveilla en sursaut, les joues rougies, les yeux gonflés. Elle se redressa, se rhabilla, s'excusa d'une voix hésitante, elle désirait rentrer chez elle. Dehors, le ciel estompait l'horizon de teintes orangées et enveloppait déjà les toits des maisons, Hugo refusa, elle pouvait rester, encore un peu, se reposer, lire pourquoi pas ? Elle devait attendre, ils devaient parler, mais elle se sentait épuisée, brisée, manquait d'envie. Elle insista, il ne devait pas l'empêcher, alors il céda et la raccompagna.

Sur le chemin, dix fois, il s'inquiéta pour elle, de l'avenir. Dix fois, elle lui avait souri et répondu que tout se passerait bien, que rien n'arriverait avant un moment, qu'il devait se rassurer, qu'elle le remerciait. Hugo s'arrêta au portail, il laissa le petit oiseau devant cette immensité de tôles et de carcasses froides, ce sol boueux gorgé d'huile et de débris, cette étendue gluante, avec la crainte qu'on lui arrache les ailes.

Hugo dormit très mal cette nuit-là.

Le lendemain, le garçon tourna en rond toute la matinée, ce qui rendit folle sa mère. Kalya frappa à la porte en début d'après-midi, il crachotait, mais elle voulait marcher, rester dehors. Il enfila son manteau, piqua une pomme sur le dessus de la coupe de fruits et sortit. Des gens attendaient à l'arrêt de bus, ils poursuivirent leur chemin et se retrouvèrent près de leur banc. Kalya se livra.

— Tu te souviens de notre pacte avec les pouces ?

— Comment je pourrais oublier ?

— Tu as juré que jamais on ne se trahirait, tu te rappelles ? Eh bien, promets-moi que tu ne parleras jamais de cette histoire à personne. Sinon, tu romprais notre serment.

— Mais pourquoi tu voudrais que je répète ça à quelqu'un, je ne suis pas idiot !

— Je sais, mais je me suis dit que peut-être tu

raconterais tout à ta mère, ou à la police ou à je ne sais qui.

Hugo se pinça les lèvres avec nervosité, puis lâcha le fil de sa pensée.

— J'ai bien réfléchi, j'y ai pensé toute la nuit et tout ce matin. Tu ne peux pas rester là à attendre qu'il recommence. Tu dois partir ! Je dirai à ma mère qu'il t'a chassée, elle te recueillera. Sinon, on s'enfuit tous les deux, si tu veux ?

Elle lui offrit une tendre mimique.

— Hugo ! Henri viendrait me chercher, il ne me laisserait pas chez toi et puis Lucia ne m'aime pas, jamais elle ne m'accepterait chez toi. Pour ce qui est de se sauver, on ne tiendrait pas une semaine. C'est gentil, mais c'est mon problème, c'est à moi de régler ça.

— Non, c'est aussi mon problème maintenant ! Alors je le tue !

— Ne dis pas n'importe quoi ! Ce n'est pas un Allemand en temps de guerre, on te jetterait en prison.

— Pas si on ne sait pas que c'est moi, et même si on m'attrape, je n'ai pas encore treize ans, j'irai en maison de redressement, pas longtemps, tu pourrais dire toutes les choses qu'il te faisait, pour me défendre. J'y ai déjà réfléchi en détail, je ne me ferai pas choper, personne ne saura que c'est moi. Imagine ensuite, on pourrait vivre tranquille ! Tu n'aurais plus peur. Tu m'as offert le couteau, il faut bien qu'il serve.

— Oublie ça tout de suite ! C'est hors de question ! Je ne veux pas qu'il t'arrive quelque chose. Et si c'était lui qui te tuait ! Tu y as pensé ? Il est peut-être vieux,

adeptes et leurs prières, les mots du mentor, tout cela créait un climat étrange. La première fois, j'avais ressenti cette pression, perçu le poids des regards, j'avais été frappé par le sentiment d'unité qui planait. Aurai-je la force de m'opposer ? L'envie ? Serai-je envoûté par la beauté flamboyante de cette fille aux cheveux roux qui aiguisait mes sens ?

Au milieu de la semaine suivante, les deux disciples et moi partîmes effectuer une livraison dans la proche banlieue de Lyon. Tout se déroula sans le moindre problème, Mitra en fut ravi. Quand il récupéra l'argent, il me donna mon salaire, agrémenté d'une prime substantielle. En peu de temps, je venais de gagner deux mille francs et « ce n'était que le début », se vanta notre guide. Avec moi dans l'équipe, les affaires deviendraient florissantes, il en était persuadé.

Nous étions le 14 juillet 1962, la France venait à peine de reconnaître l'indépendance de l'Algérie. Le soleil tannait et rougissait les peaux, l'air chaud portait au loin le chant des cigales qui dans une sérénade incessante ajoutait à la beauté de l'été.

Le hameau avait été prévenu : ce soir, une messe nocturne serait organisée. On percevait dans les regards et dans les gestes une fébrilité étrange, malsaine. Le chiffre de trois femmes fut avancé, mais lesquelles ? Les hommes avaient bien quelques idées, des espoirs. Le prénom de Sarah tourna en premier. Il se répandit aussi vite qu'une traînée de poudre. Elle plaisait beaucoup, elle était jeune et fougueuse, sans doute vierge, claironnaient certains. Elle alimentait les fantasmes et les commentaires fusaient, même en ma présence, alors qu'on me savait très proche d'elle. Cela m'agaçait, mais je me gardais bien de répondre. Au fond de moi, je savais qu'elle m'appartiendrait. Tous ces idiots, ces primitifs qu'on mène par le bout du nez pour quelques minutes de plaisir ne la méritaient pas. Sans doute moi non plus, mais j'avais pour habitude de me servir, de cueillir les belles fleurs, de vivre, j'étais un vaurien, je ne l'oubliais pas. Et puis, j'aimais son caractère bien trempé, son regard malicieux qui ne craignait rien ni personne, ses cheveux roux qui auréolaient son fin visage. J'osais à peine me l'avouer, elle me faisait penser à Kalya, et c'était sans doute ça le plus important à mes yeux.

Cet après-midi-là, je n'aperçus presque pas de femmes dans le village, une ou deux plus âgées, quelques très jeunes filles. Quand j'en fis la remarque à Joël, il me précisa que lorsqu'une nouvelle, en l'occurrence Sarah, vivait son *baptême*, les femmes en âge de participer se rassemblaient toutes autour d'elle, pour l'encourager. Elles chantaient des chansons, aidaient à la toilette, la coiffure, agrémentaient de fleurs les robes. Pendant ces moments, la présence des hommes était interdite. Il me prit par le bras et nous nous éloignâmes. Il se confia à voix basse.

— Je dois te faire une confidence, Amos. J'ai apprécié ton soutien l'autre fois pour ma bourde avec le pistolet, j'aimerais t'aider à mon tour. Mitra a pris au sérieux ta volonté de désobéir ce soir avec Sarah. Il ne supporte pas cette idée, je l'ai vu, il bouillait de colère. Je te conseille de suivre le protocole et de ne pas jouer aux loups solitaires. Il peut se montrer très cruel.

Joël avait peur, il se retournait sans cesse.

— Et c'est quoi, ce protocole ?

— Il te l'a dit, tu entres sous l'alcôve, tu fécondes Sarah. Quand tu as terminé, la *sœur* vérifiera que tout s'est bien passé. Ensuite, elle se présentera devant l'assemblée et agitera un chiffon blanc, signe que la vie prend son envol.

— Vous êtes vraiment des tarés !

— Cela fait des années que c'est ainsi, et tout se passe à merveille.

— Ah bon ! Et toi, tu es d'accord avec tout ça ? On abuse des femmes, on les drogue et ça ne te choque pas.

Il commença à s'affoler.

— Par pitié ! Parle moins fort ! Je risque gros ! Les élues peuvent partir, quitter la communauté, certaines l'ont fait, mais elles sont vite revenues.

— Tu m'étonnes ! Elles n'ont rien, pas de biens, pas d'argent, pas de moyen de transport, pas de possibilité de travailler et sans doute pas de famille.

— Écoute, je t'en ai trop dit, je dois m'en aller. Fais attention à toi ! Mitra a prévu...

Il s'éloignait déjà, je le rattrapai par le coude.

— Qu'a-t-il prévu ?

— Si tu lui fais des misères de ne pas te donner Sarah, de te châtier, sans doute pire encore. Ne lui désobéis pas ! Il est capable de tout ! Il ne tolérera pas que tu changes les règles, méfie-toi !

Je le relâchai.

— Merci, Joël !

La nuit se fit attendre. Le ciel était noir, limpide, sans un nuage. Les cigales s'étaient tues, la légère brise murmurait aux arbres. Les femmes, réunies en une large procession, entouraient les trois élues et avançaient d'un pas lent, en cadence. Elles portaient leurs toges beiges, mais à travers elles on distinguait quelques éclats de blanc. Elles entrèrent les premières, puis, trois ou quatre minutes plus tard, les hommes se mirent en mouvement. Nous étions alignés, par rangs de quatre, encapuchonnés, têtes basses. Un à un, nous prîmes place le long des bancs, debout, silencieux. La porte de l'église résonna, bois lourd qui cognait la pierre et donnait le frisson.

Le guide prit la parole et les visages se tournèrent vers lui, moi, je ne vis qu'elle. Elle se trouvait face à l'allée centrale, une couronne de fleurs maintenait ses cheveux. Sa robe blanche laissait deviner ses courbes, sans les dévoiler. Si les anges existaient, ils goûteraient à la jalousie.

Mitra annonça le prénom de Steph, je me rendis compte qu'elle se trouvait à droite de sa sœur. Elle était habillée plus simplement, une toge blanche, échancrée au cou. J'eus l'impression qu'elle me cherchait du regard. La troisième femme, la trentaine, paraissait étrange, le regard vide, l'allure indolente, dégingandée.

Les fidèles entamèrent un chant à la gloire de la vie, les hommes psalmodiaient en fond sonore dans un rythme lent, lourd, qui emplissait la nef. Les femmes, plus lyriques, entonnaient des paroles, simples, limpides, envoûtantes. Je percevais une allégresse, un plaisir commun qui me perturba. Enfin, une *sœur* se présenta, les trois élues la suivirent et elles disparurent derrière les tentures. Mon regard tenta de suivre les pas de Sarah, sans succès.

Mitra martela l'assemblée de sa voix, une oraison à la gloire de la vie, au bien-fondé de l'acte d'amour, à la récompense méritée. Puis vint une scène troublante, le guide leva les bras au ciel et entama une prière dans des mots mâchouillés, une langue incompréhensible, il s'adressait à une entité imaginaire. Emportées par la cadence donnée par Isaac, les femmes battirent du pied, les hommes se frappèrent la poitrine. Des battements lourds, lents, gonflés par l'écho qui les encourageait. Cela dura, encore et encore, sans doute dix minutes ou plus, certains secouaient la tête, la balançaient, se berçaient, puis Mitra cogna le gong qui se trouvait à ses côtés. Les fidèles se mirent à genoux, tête basse.

— Que les hommes qui se sentent dignes de féconder les heureuses élues se lèvent et se découvrent la tête.

L'un après l'autre, dans des mouvements lents, découpés, ils se levèrent, cinq, dix, tous. Le maître de cérémonie cita un premier prénom, puis un autre, arriva le mien, je n'écoutai pas la suite. Je suivis mes deux prédécesseurs qui se placèrent dans l'allée centrale. Quand le guide eut terminé, une *sœur*, la plus âgée, nous conduisit jusqu'à la sacristie, on me plaça dans un des côtés d'un confessionnal. Assis, seul, j'attendis. Les sens en éveil, je guettais les moindres bruits, les mouvements, quelques chuchotements. La porte menant à l'église s'ouvrit, se ferma. Après un instant, de chauds applaudissements et des éclats de voix parvinrent jusqu'à moi.

On ouvrit ma porte, il s'agissait de la plus jeune des deux illuminées, la quarantaine, le visage encore poupin pour son âge, les joues veloutées. Elle tenta de me bander les yeux, mais je retins sa main, je serrai si fort son poignet qu'elle en grimaça. Elle n'insista pas. Nous sortîmes de la salle, longeâmes les tentures. Trois alcôves se dressaient à ma gauche, trois prisons de tissu blanc, trois cages où les élues n'étaient plus qu'un ventre. L'église somnolait, silencieuse, recueillie, je perçus quelques murmures, des prières. La femme ouvrit un pan de l'alcôve et j'entrai seul.

Sarah était allongée sur un matelas de paille recouvert d'un taffetas brodé, les yeux bandés. Elle tremblait, de peur, de froid aussi sans doute. Je m'accroupis à ses côtés, sans dire un mot et profitai de sa beauté. Docile, fragile, elle ne bougeait pas, une proie consentante, asservie par des années d'apprentissage, de préparatifs, de leurres. Ses lèvres, malgré la faible lumière, brillaient, m'appelaient. Ses cheveux, coiffés avec soin, descendaient derrière ses épaules dénudées. Elle percevait la présence d'un homme à ses côtés, mais elle resta immobile. Petit animal apeuré à la respiration rapide. Je posai mon index sur ses lèvres, elle en tressaillit, puis, je suivis le contour de son menton, remontai sur sa joue. La biche trembla un peu plus. Je me penchai et l'embrassai sur la bouche. Je murmurai à son oreille :

— Ne crains rien, petit oiseau, je ne te mangerai pas.

Elle reconnut ma voix, m'enveloppa de ses bras et m'attira contre elle.

— Non, pas ici, pas maintenant, mais tu dois faire semblant.

Elle souleva son bandeau.

— Mais pourquoi ?

— Ce n'est pas l'endroit ni le moment.

Je glissai le tissu de nouveau sur ses paupières.

— Ne regarde pas, et fais semblant de gémir, une minute ou deux.

— Mais !

Je plaçai mon doigt sur sa bouche, signe qu'elle devait se taire. Je fermai les yeux. Ma main câlina sa joue, son cou, sa gorge. Je cherchai à la deviner, la découvrir de mes doigts. Je descendis en d'infimes mouvements, jusqu'à son décolleté. Elle inspira avec bruit. Son sein était ferme, j'arrivai enfin à son ventre, et elle gémit presque dans un murmure, mais assez pour qu'il caressât les murs et les voûtes de l'église. Cela ne dura qu'un instant. J'ouvris les yeux, elle souriait.

Je me relevai et l'aidai à s'asseoir. J'écartai le rideau, la gardienne se trouvait à deux pas, elle entra. Elle demanda à Sarah de s'allonger, j'intervins.

— Pas de vérification ! murmurai-je.

Je lus la sidération sur son visage.

— Mais, Amos, c'est la règle, le guide a été très clair, surtout pour toi, murmura-t-elle à son tour.

D'un geste rapide, j'empoignai son cou, approchai mon visage du sien pour qu'elle sente la chaleur de ma détermination, les brûlures du mal qui m'habitaient et me consumaient. Elle écarquilla les yeux, j'y lus l'effroi.

— Tu vas sortir et agiter ton chiffon, et si tu dis un seul mot à Mitra, je te découpe en morceaux et je te donne à bouffer aux corneilles et aux buses. Tu as compris ? Et pas d'autre homme avec elle après moi.

Elle hocha la tête dans des gestes nerveux, je relâchai mon étreinte, elle sortit en vitesse. Nous attendîmes quelques secondes. La voix de la *sœur* résonna.

— Elle est ensemencée !

L'assemblée applaudit, tapa du pied, des « Vive la vie ! Vive le temple ! » retentirent.

30

Hugo descendit à la cuisine, il fut surpris d'y voir déjà sa mère, elle préparait le café. Quand il la salua d'un « Bonjour maman », elle ne se retourna pas, elle remplissait la bouilloire, sans lui prêter attention. Ce moment parut étrange au garçon, hors du temps, la scène d'un film coupée au montage et qu'on jouerait au milieu d'une autre. Il hésita à chauffer son lait, à préparer son chocolat, debout, dans le chambranle de la porte, il ne détachait pas son regard de sa mère. Elle s'activa un peu, sortit deux tasses et les posa sur la table avec la boîte en fer pour le sucre. Hugo osa quelques mots timides.

— Maman, je ne bois pas de café ! Je n'aime pas ça.

Elle saisit l'anse d'une des tasses et se figea. Sa main se mit à trembler, si fort qu'elle sembla animée de sa propre vie, Lucia tenta de se contrôler, glacée d'effroi, elle fixait la tasse, perdue, déboussolée. Soudain, elle s'affaissa sur la chaise et fondit en larmes.

Hugo ne comprit pas, spectateur impuissant d'une scène où il n'avait pas sa place. Il aurait voulu s'excuser, la questionner, la rassurer, mais il resta planté, sans bouger. Elle, les mains coincées entre les genoux, la tête ballante, hoquetait ses sanglots, elle suffoquait, de la salive coulait de sa bouche. Il attrapa une serviette et l'essuya, d'un geste doux, lent, précautionneux. La blessure au visage de Lucia saignait un peu, le pansement sur sa joue se teintait de rouge par endroits. Il prit la tasse que tenait encore sa mère, la déposa sur la table.

— Peut-être que maintenant j'aimerai bien le café ?

Et, comme tous les matins, vers onze heures, avant que Lucia descende, le garçon posa la bouilloire sur le feu, sortit un filtre qu'il plaça sur la cafetière émaillée et prépara le breuvage.

Vers trois heures, il s'inquiéta, Kalya n'était toujours pas venue, la veille, elle semblait si triste, en colère aussi. Quatre heures et pas de nouvelles, il serait bien parti crier son nom au portail, mais il y avait sa mère. Elle dormait, se réveillait, pleurait, retournait s'allonger, il se devait de s'occuper d'elle. Ce jour-là, son amie ne donna pas de signe de vie.

Le lendemain, Lucia parut se porter mieux, elle se leva plus tard et ânonna quelques syllabes pâteuses. Hugo la questionna.

— Qu'est-ce qui s'est passé, qui t'a fait ça ?

Avec peine, économie de mots, une main sur la joue, elle expliqua :

— Hier soir, une bagarre avec deux ivrognes.

Elle s'interrompit, sans doute la douleur ou la crainte que sa plaie ne la blesse encore. Elle reprit, mais en articulant sans se presser.

— Je me suis cachée. Le petit a cassé une bouteille sur la table, s'en est servi comme une arme.

Elle leva les yeux au plafond, le tiraillement des agrafes.

— Ils se sont battus. L'autre a pris un tabouret, a assommé le petit. Il est tombé.

Elle inspira avec force. Chaque morceau de phrase s'accompagnait d'un geste, elle revivait la scène.

— Le grand s'est sauvé. J'ai attendu. La femme du patron avait peur, peut-être était-il mort.

Elle fit une pause de nouveau.

— Tu comprends ?

— Ne t'énerve pas, je comprends ce que tu dis. Va doucement !

— Le petit ne bougeait plus. Je me suis approchée, pour prendre le pouls, et là il m'a frappé avec le tesson de bouteille.

— C'est qui ce gars ?

— Il n'a pas fait exprès. Ivre, il a eu peur. Il a été arrêté par la police.

Lucia frotta le dessus de sa main, la tritura du bout de ses ongles. Elle retint ses larmes, mais la douleur se lisait dans son regard. Elle était défigurée, elle en était persuadée. Elle ne serait plus jamais la même, plus jamais une femme, juste un monstre, la balafrée, celle qu'on regarderait avec pitié, du coin de l'œil, avec dégoût.

Le problème venait des hommes, Hugo ne pouvait se sortir ça de la tête, lui aussi peut-être plus tard, quand il serait grand, il leur ressemblerait. Comme cet Allemand, comme tous ceux qui payaient pour coucher avec sa mère, comme celui qui l'avait violée, comme Henri, comme son père qu'il ne connaissait pas, comme le gros Raoul et sa bande. Les hommes avec leurs instincts de combattants, de dominants, de tueurs en puissance. Il ne différait pas d'eux, il le savait.

L'horloge sonna trois heures, Kalya ne se montrait pas. Hugo tournait en rond dans le hall, écartait le rideau de la porte d'entrée, guettait. Lucia comprit.

— Va la voir. Je me sens bien. Vas-y !

Il ne se fit pas prier et dix minutes plus tard il criait son nom devant l'entrée de la casse, pas loin de la maison. Cela dura dix minutes, puis le pas lourd, Henri se présenta, le feutre vissé sur la tête, l'œil noir et le goitre plus monstrueux encore.

— Dégage et arrête de gueuler comme ça, elle n'est pas là !

Hugo serra les poings à les entendre craquer.

— Je sais que vous mentez, je veux la voir.

— Je te répète qu'elle n'est pas là ! Elle s'est barrée il y a deux jours, je ne sais pas où elle est ! Fous le camp ou je te fous mon pied au cul, et arrête de venir me faire chier !

L'homme ferma le portail coulissant, en plein après-midi, alors que des clients pouvaient arriver. Cela lui parut louche.

Elle ne serait quand même pas partie sans lui dire ? Sans un au revoir ? Hugo s'éloigna et longea le dépôt de ferraille. Henri avait menti, il en était persuadé. Ou alors, elle traînait au terrain vague, il ne pleuvait pas, c'était possible, elle souhaitait rester seule. Il s'y rendit au pas de course, mais il ne la trouva pas. Puis, le trou dans le grillage lui revint à l'esprit. Il traversa l'étendue des hautes herbes et parvint à l'arrière du half-track allemand, se glissa dessous. Il se faufila à travers les carcasses, s'approcha de la fosse où Henri broyait les voitures, puis de là, il aperçut la silhouette du casseur dans le bungalow qui servait de bureau et de point d'accueil. Il contourna au loin le baraquement de tôles et parvint jusqu'à la petite maison de briques rouges.

Il ouvrit la porte et entra. Nanie ne se trouvait pas dans la cuisine où elle aimait tricoter ou broder, peut-être dans le salon ou la salle d'eau ? Même s'il savait qu'elle entendait mal, il avança sans bruit jusqu'à l'escalier qui menait au grenier. Les marches grincèrent malgré ses précautions. Arrivé sur le palier, ce ne fut pas compliqué, il n'y avait qu'une porte, et quand il vit qu'une chaise bloquait la poignée, il comprit et en fut presque soulagé. Il l'enleva la posa sur ses pieds et entra.

Kalya était allongée, se cachait le visage sous l'oreiller. Le petit oiseau qu'il avait laissé ne s'était pas envolé, il était prisonnier de sa cage. Elle tremblait. Tandis qu'il avançait à petits pas pour ne pas la brusquer, elle se releva d'un coup, le regard en feu, son couteau à la main.

— Laisse-moi ! hurla-t-elle, possédée par la rage.

Elle se rendit compte dans l'instant qu'il ne s'agissait pas d'Henri. Elle laissa tomber son cran d'arrêt sur le parquet et se réfugia dans les bras de son ami.

— J'ai eu si peur, je croyais que c'était lui. Depuis

que je lui ai dit que je le dénoncerais s'il recommençait, il est devenu fou. Il faut qu'on se sauve ! Vite, viens !

— Attends !

— Non, pourquoi ?

— Tu avais raison, on ne tiendrait pas longtemps, seuls tous les deux. Tu dois attendre ici, je vais trouver une solution. Il t'a touchée ?

Elle perdait pied, s'agrippait à son ami.

— Non, mais je ne veux pas rester ! Je pars avec toi !

Il la saisit par les bras, avec fermeté, l'obligea à le fixer dans les yeux.

— Kalya, j'ai beaucoup réfléchi à comment m'y prendre, personne ne saura que c'est moi, mais tu dois me faire confiance. Demain tout sera fini. On n'est pas les vauriens du paradis pour rien !

— Demain ? Tu veux que je reste encore une nuit ici ? Et s'il revient ?

— Il ne reviendra pas, je te le jure ! Kalya, je t'en prie ! Je dois me sauver, il va arriver. À quelle heure il ouvre le portail le matin ?

Elle paniquait.

— À neuf heures… oui, neuf heures. Et si tout se passait mal ?

— Crois en moi ! Le serment ! Le serment, rappelle-toi !

Hugo sortit vite de la chambre, referma et remit la chaise en place. Les mâchoires serrées, il descendit l'escalier, se cacha dans le couloir. Nanie avait la tête baissée sur sa broderie, il se faufila en vitesse sans qu'elle l'aperçoive.

Rejoindre le terrain vague par le trou dans le grillage s'avéra un jeu d'enfant. Il le traversa en courant et se présenta devant le portail qu'avait rouvert Henri se pensant enfin tranquille.

— Kalya ! Kalya ! hurla Hugo à pleins poumons.

Il ne fallut pas longtemps avant que le ferrailleur rapplique, le pas pressé, il tenait une barre de fer à la main. Il s'avança sur Hugo et leva le bras comme pour effrayer un chien qui grognerait. Le garçon ne montra pas le moindre signe de peur.

— Dégage ! Je ne te le dirai plus ! Sinon, tu te rappelleras la trempe que je vais te mettre.

— Tu ne me fais pas peur ! Je sais que Kalya est là ! Et je sais comment tu la traites, salopard !

Il écarquilla les yeux, baissa son bâton. Le ton de sa voix se voulut moins agressif.

— Qu'est-ce que tu chantes ?

— Vous savez bien ! Elle m'a tout raconté.

Henri avança d'un pas vers le gamin, mais s'arrêta, des voitures circulaient sur la route. Un piéton plus loin venait vers eux.

— Je reviendrai demain après-midi, comme d'habitude, vers trois heures. Si tu ne la laisses pas sortir, je te jure que j'irai à la police. Et si tu as le malheur d'essayer de lui causer du tort ou de me faire du mal, j'ai tout expliqué à un ami qui répétera tout à la police.

L'homme tremblait.

— Mais tu es fou ! Kaly raconte des salades ! Elle a toujours menti, elle te dit des conneries et toi tu gobes comme un con, je l'aime comme ma propre fille.

— Réfléchis bien ! Demain à trois heures, je veux la

voir et en bonne santé, si tu ne lui fais plus de mal, on ne parlera plus jamais de tout ça. Sinon !

— Des sornettes tout ça, t'es qu'un p'tit branleur ! Dégage !

Hugo recula d'un pas.

L'enfant avait distillé le doute dans l'esprit malade du vieux ferrailleur, il espérait bien qu'il ne dormirait pas cette nuit, mais surtout qu'il laisserait Kalya tranquille.

Le garçon se sentit mal. Et si Henri ne l'avait pas cru ? Et s'il s'en prenait à son amie. Non ! Il se raisonna, Henri ne pouvait pas agir de la sorte sans que l'enfant le dénonce.

Hugo rentra chez lui. Les mains lui picotaient, tant il sentait son sang bouillir en lui.

31

La *sœur* reparut, elle osa à peine me regarder. Elle m'accompagna jusqu'à l'isoloir, le pas pressé. J'en profitai pour vérifier qu'elle ne parlerait pas, je lui confirmai qu'elle avait fait le bon choix, elle grimaça, gênée. La messe dura plus d'une heure, à ma grande joie on nous libéra enfin, ainsi que les trois femmes des alcôves, et nous rejoignîmes les rangs.

Mitra, survolté par les applaudissements, les prières et les chants, bercé par ses propres paroles, semblait un autre homme. Plus grand, plus fort, plus fou, surtout plus fou. Il leva les bras au ciel.

— Mes sœurs, mes frères, mes fidèles ! Maintenant que la messe de la vie s'achève, et avant que vous ne décidiez de former des couples pour cette nuit éphémère du bonheur des vivants, je dois vous annoncer une grande nouvelle : Amos, notre dernier adepte, le porteur du chapelet des pécheurs, qui se comporte de façon exemplaire, a formulé une requête. Il désire officialiser une union avec notre flamboyante Sarah.

Des murmures de désapprobation naquirent chez les

hommes. Mitra ouvrit les mains, les murmures s'éteignirent, il reprit d'une voix solennelle :

— C'est son droit, tout comme le vôtre, nous devons lui montrer que nous avons foi en lui. Sarah ! Sors du rang et viens devant moi !

Elle obéit, s'avança d'un pas léger et se plaça à sa droite. Le guide me désigna du doigt et me demanda de monter à mon tour près de lui.

— Acceptes-tu une vie d'union avec Amos ? Cela veut dire vous installer ensemble, et faire en sorte que naisse la vie.

Elle leva les yeux, me sourit et prononça un « oui » déterminé.

Mitra me posa la même question, à laquelle je répondis sans hésitation. Il se saisit alors d'une cordelette posée sur l'autel, il l'attacha à la taille de Sarah et ensuite à la mienne.

— Vous voici unis par le lien de l'existence, il symbolise le cordon qui donne la vie, celui de l'enfantement et de la fertilité. Faites que vos vœux nous offrent un enfant avant deux ans, sinon le glaive de la loi sectionnera ce lien.

L'assemblée applaudit dans l'allégresse. Mitra nous fit signe de sortir de l'église, ainsi harnachés l'un à l'autre. Ensuite, tandis que nous marchions dans l'allée, il termina par ces quelques mots :

— Que les couples se forment pour cette nuit d'accouplements éphémères, que la vie vous apporte la joie, le bonheur et la foi. Je vous aime, allez en paix.

Sarah et moi attendîmes un instant devant la sortie. Derrière nous, des couples se prirent par la main, et se placèrent à notre suite. Quelques femmes et hommes restèrent seuls, assis sur les bancs. Isaac libéra la poutre et ouvrit les portes, la messe était finie, les couples se dispersèrent dans le hameau pour regagner une maison, un coin tranquille, un nid douillet.

Nous nous réfugiâmes dans sa chambre. Cette nuit-là fut notre première, elle fut inoubliable.

Je trouvai vite mes marques au sein de cette famille que j'avais déjà côtoyée. Sarah redoublait d'attentions à mon égard, elle se montrait prévenante, cherchait à me faire découvrir son monde de façon plus intime. Une nouvelle fois, contre toute attente, elle y parvint et ce fut près d'elle et des chevaux que je découvris que je me sentais en paix, un peu. Chaque jour, cette femme se révélait un peu plus à mes yeux. Son énergie, sa folie douce, son envie de vivre et de profiter de tous les petits bonheurs m'impressionnaient. Oui, elle m'impressionnait, tout comme Kalya avant elle. Je vouais une fascination aux femmes qui bouillonnent, tornades de vie, bourrasques qui m'emportent avec elles.

Pourtant, Sarah savait aussi se poser, s'asseoir au milieu des boutons d'or et admirer une coccinelle, un papillon, une abeille, un coucher de soleil. Elle était une contradiction, une multiplication de femmes au résultat improbable : indomptable, imprévisible, douce, câline, mordante et tout à la fois. Un remède à l'ennui, un antidote, ma nouvelle drogue.

Les semaines qui suivirent, j'effectuai des livraisons à Lyon et Marseille, donnai quelques avertissements à des curieux du coin et passai des nuits folles avec

Sarah. Je m'étais autorisé quelques fumettes, et un verre de whisky d'une bouteille que m'avait offerte Mitra. Sarah se refusait à tout ça, elle se préservait pour le futur bébé, cela m'amusait, rien ne pressait. Elle voyait l'avenir avec les yeux de la communauté, le temple de la Vie partageait notre quotidien. J'avais tenté à plusieurs reprises de la détourner de ses croyances, mais sans jamais y parvenir.

Avec l'automne, les fougères se teintèrent d'ocre et de couleurs cramoisies, je découvris le bonheur de la cueillette des champignons. Les jours et les soirs se firent orangés, pleins de rondeurs, comme le ventre de la sœur de Sarah. Steph attendait un bébé, elle offrait son bonheur de façon impertinente, exubérante. Je remarquais les regards appuyés qu'elle me lançait, entre louve et tentatrice. Je comprenais bien ce qu'elle voulait me dire, elle était une déesse, de celles qui enfantaient. Par moments, elle calait les mains dans le creux de son dos, se cambrait pour faire remarquer un peu plus son état, qui se voyait à peine à ce stade. Sarah ne se rendait compte de rien, elle se sentait heureuse pour sa sœur, elle se disait que son tour viendrait.

Steph se montrait de plus en plus entreprenante avec moi, plus familière, elle me prenait par l'épaule, m'embrassait sur la joue, j'allais devenir *tonton*, plaisantait-elle. Tout le monde trouvait cela mignon, mais je gardais en souvenir la façon dont elle m'avait embrassé, le soir de ma cérémonie. Dès que Sarah s'éloignait, elle s'approchait de moi, me prenait par la taille, joueuse.

Novembre sonna le premier feu de cheminée,

l'automne mordait comme l'hiver, la communauté vivait au ralenti, se pliait aux saisons, les livraisons s'espacèrent. Mitra tenait parole et me versait chaque mois mille cinq cents francs, parfois plus.

Dans la maison, il faisait bon et chaud, Louise jouait avec Loéva et le lapin dans la chambre de la petite, Sarah était partie panser les chevaux et leur donner du foin. Je triais les châtaignes près de la cheminée, assis sur des coussins, à même le sol, quand Steph se glissa à mes côtés.

— Tu veux un coup de main ?

— Avec plaisir, il y a un paquet piqué des vers.

Elle se colla à moi, prit quelques marrons dans ses mains et les vérifia un à un.

— On dirait que tu t'entends bien avec ma sœur.

— C'est le moins que l'on puisse dire.

— Tu n'as pas peur de t'ennuyer à rester toujours avec elle ?

Je la voyais venir, avec ses gros sabots crottés.

— Aucun risque ! Elle est comme le ruisseau en bas de la colline, vive, calme, bouillonnante, silencieuse et bruyante, limpide et sauvage. Tu vois ! Aucun risque.

Elle lâcha un petit rire nerveux.

— Les ruisseaux c'est bien, mais les rivières sont autrement plus intéressantes.

Je me focalisai sur le panier de châtaignes, elle prit ma main et la posa sur son chemisier.

— Écoute ce cœur, sent ce sein gonflé, la vie ressemble à ça.

Je dégageai ma main, elle sourit, heureuse de me voir lui résister, elle se releva et termina à voix basse :

— Moi, je suis une vraie femme, une terre fertile et chaude, si tu t'ennuies, la porte de ma chambre t'est ouverte. Rassure-toi, personne n'en saura jamais rien. Ici, la vie c'est comme ça, les unions ne durent jamais. Tu verras, tu viendras dans mon lit.

Louise entra dans la pièce, la petite Loéva dans les bras.

— Ça avance ces châtaignes, Amos ?

32

Quand Hugo rentra chez lui, sa mère somnolait sur le canapé. Elle lui demanda des nouvelles de Kalya. Elle allait bien, répondit-il en vitesse, elle s'occupait de sa Nanie malade. Lucia le questionna encore, mais pour éviter de se trahir, il feignit de ne pas entendre et fila à l'étage.

De sa fenêtre, il observait au loin, derrière le château d'eau, sous la ligne grise qui pesait sur l'horizon, Kalya était là-bas, seule, enfermée dans sa chambre. Certes, elle savait se défendre, il la connaissait féroce, bagarreuse, téméraire, mais elle semblait bien faible face à son père adoptif. Comment avait-il pu laisser son amie entre les griffes de ce salaud ? Le temps lui parut une éternité.

Il se coucha tôt, dormit peu et vers sept heures, il se leva. Lucia dormait, il ne fit pas de bruit et sortit de la maison. Dehors, les lampadaires fonctionnaient encore, la nuit s'effaçait avec peine et s'étirait entre les tièdes halos de lumière. La ville s'éveillait, les élèves hâtaient le pas, un peu plus loin, une mamie désœuvrée attendait l'ouverture devant la coopérative. Le garçon fourra les mains dans ses poches, tâta le manche de son couteau, enfouit le cou dans son col, baissa la tête et se mêla à la vie qui fourmillait.

À cette heure matinale, personne ne le remarqua. Quand les joues portent les traces de la nuit, que les rêves pèsent encore sur les pensées, personne ne remarque personne. Arrivé au château d'eau, il bifurqua et disparut au milieu des ombres qui hantaient le terrain vague. Désormais, il connaissait le passage, il n'eut aucun mal à se glisser jusqu'à la petite déchirure dans le grillage.

Il avait répété la scène cent fois dans sa tête. Il attendrait qu'Henri aille dans son bungalow et il entrerait. Il lui réclamerait l'argent de la caisse et son portefeuille qu'il savait bien rempli. Quand le ferrailleur le lui donnerait, il lui planterait le couteau dans la gorge et dans le cœur, plusieurs fois, pour s'assurer qu'il meurt. Ensuite, il renverserait les objets du bureau, pour faire croire à une bagarre et s'enfuirait avec son butin. Tout le monde dirait que c'était un crime de voleur, personne ne penserait à lui, jamais. Hugo savait que sa main ne tremblerait pas. La mort, il la connaissait, ce n'était rien. Seule comptait Kalya.

Hugo avança avec prudence entre les squelettes rouillés des voitures. Plus loin, il aperçut la maison, la fenêtre de la cuisine qui laissait passer la lumière. Plié en deux, les yeux rivés sur la porte d'entrée, il progressa jusqu'au cabanon pour observer sans être vu et resta tapi derrière un tas de vieux pneus, dans l'odeur d'eau croupie et d'huile de vidange.

La fraîcheur du matin mordait ses extrémités, le jour se leva et enfin Henri parut. Il portait sa sempiternelle veste de velours noir et son feutre qui ne le quittait jamais. Il avança d'un pas mal assuré vers son bureau, éclaira, ressortit aussitôt, puis vint dans la direction de Hugo. Le ferrailleur se rapprocha d'une grande armoire électrique, sortit un trousseau de clés de sa poche et ouvrit la porte. Un bruit énorme fit sursauter Hugo, comme une pétarade, un moteur qui se mettait en branle. Hugo reconnut le compresseur de la presse.

Henri était retourné dans son bureau, il ressortit presque aussitôt. Le garçon ne bougea pas. Le casseur revint vers lui, s'approcha de la fosse, sortit un paquet de cigarettes de son pantalon en tira une et la tapota plusieurs fois sur l'emballage. Hugo ne se trouvait qu'à quelques pas de l'homme, il se leva d'un bond et se précipita sur lui aussi vite qu'il le put. Le vieux ferrailleur l'entendit, pivota, mais trop tard. Le gamin, de tout son poids, de toute sa vitesse, de toutes ses forces et sa haine, les deux bras tendus, le poussait déjà dans la fosse. L'homme, un briquet dans une main, la cigarette dans l'autre, ne comprit rien, il lâcha ce qu'il tenait, puis dans un geste désespéré tenta de se rattraper à un invisible soutien. Il hurla et chuta dans un cri et des mouvements de bras. Hugo s'avança. Le ferrailleur était allongé au fond, sur le capot d'une vieille Dauphine, il se tenait la tête. Quand il aperçut Hugo, il leva le poing et se redressa avec difficulté. Il grommela quelque chose, mais le vacarme du moteur couvrait ses paroles. Hugo contourna la fosse et rejoignit la colonne d'acier où se trouvaient les boutons de commande. Le vieux gesticulait. Le bruit cessa d'un coup, le compresseur venait d'atteindre le niveau de pression maximale. Hugo entendit la voix implorante du ferrailleur.

— Je t'en prie, ne fais pas de bêtise ! Je n'ai rien fait à Kalya, je te jure. Elle dort dans sa chambre, je ne l'ai pas touchée, je te jure !

Hugo jeta un œil à la maison, tout semblait calme.

— Tu n'às rien fait aujourd'hui, parce que je t'ai menacé, mais toutes les autres fois ?

— Je… Je ne la toucherai plus, je te jure ! Je me dégoûte ! Je me ferai soigner, je le jure !

Sur la colonne, deux boutons, un vert, et un gros rouge en forme de champignon. Hugo leva le bras, posa son pouce sur la mise en route.

— Pitié ! Écoute, j'ai de l'argent, plein d'argent ! Tu pourrais être riche ! Calme-toi, petit ! Je t'en prie, calme-toi, petit !

Hugo n'avait presque rien entendu des jérémiades du vieux, sauf la fin « Calme-toi, petit ! ». Il attendit un instant. L'autre sautait le long de la paroi d'acier, se démenait, il répéta quelques mots, puis le moteur se remit en route. Le long mur d'acier grinça, prit vie, il poussa la carcasse, centimètre par centimètre. Hugo s'approcha du bord, les mâchoires serrées. Ses mains, ses jambes, tout son corps tremblait. Henri s'était réfugié dans un angle, il cherchait à éviter les tôles qui se déformaient, hurlaient, se contorsionnaient déjà, ses ongles griffèrent le fer dans des gestes de désespoir. Le mur, impassible, avançait. Les vitres de la voiture explosèrent en éclats. Henri tenta de sauter sur le capot, il glissa et se retrouva coincé. Il criait. Les premiers morceaux de carrosserie lacérèrent sa cuisse, puis la hanche, le sang gicla.

Hugo recula d'un pas. Il pivota vers la maison, la lumière de la lucarne du toit était éclairée. Les tôles crissaient sur l'acier, le moteur éclata, et il n'y eut plus que le bruit du compresseur, puis le silence. Tout était fini, pas de couteau, pas de vol, pas de bagarre, pas de témoin. Plus rien ne rappelait la voiture, sauf cette odeur d'huile et peut-être de sang qui piquait les narines. Au fond de la fosse, il n'y avait plus qu'un cube et dessus, un vieux feutre noir et rouge à peine abîmé. C'était terminé, quelques craquements de tôles, d'os, une orange qu'on pressait, quelques cris inhumains, une ombre qui s'effaçait. La mort gagnait toujours, une main magnifique avec des jokers et l'atout maître, elle régnait sur le monde sans partage et bousculait tout sur son passage avec un claquement de doigts. La mort ne respectait rien ni personne, une banalité qui broyait le miracle de la vie. Hugo l'avait compris depuis longtemps.

33

Je récupérais du bois chez les bûcherons et le chargeais dans la brouette quand Joël s'approcha. Il prit de mes nouvelles, ainsi que de Sarah, me parla de la météo. Il y avait bien trois jours que nous ne nous étions pas croisés, ce qui était suffisamment rare pour qu'il le souligne. Au détour de la conversation, tandis que je parlais de Louise, la mère de Sarah, je le questionnai sur cette famille. Il ne fut pas avare de mots.

Louise comptait parmi les plus anciennes adeptes, elle était arrivée à la création de la communauté. On disait qu'elle était du coin, ce qui, au vu de son accent, ne paraissait pas improbable. Elle était arrivée enceinte, sa fille Steph à la main, et donna naissance au premier nouveau-né du temple de la Vie.

— Tu sais pourquoi elle vous a rejoints ?

— C'est étrange que tu me poses la question ! J'en ai justement parlé avec une des *sœurs*. Comme Steph est enceinte…

— Et ?

Il se racla la gorge, poursuivit d'une voix tempérée.

— La *sœur* à qui Louise s'est confiée m'a dit

qu'elle venait du nord du département, aux environs de Vernoux-en-Vivarais où elle vivait avec un paysan. C'est lui, le père de Steph. Il était plutôt volage et avait même imposé qu'une de ses maîtresses s'installe chez eux. Pour se venger, Louise a couché avec un autre homme et elle a été enceinte. Son mari l'a chassée de la ferme. Elle est arrivée ici, dans le désarroi, le père de Mitra l'a accueillie, deux mois plus tard Sarah naissait.

— Il faut reconnaître que question ressemblance, entre les deux sœurs, il y a un gouffre.

Joël éclata de rire.

— Ouais et pas que physiquement ! Mais pourquoi tu me demandes tout ça ?

— Simple curiosité ! Comme je vis avec elles, et que je ne veux pas faire de bévue, je préfère m'informer. Je crois que j'ai bien fait !

L'hiver arriva sans crier gare. Pour le soir de l'An 1963, la neige s'invita. Nous restâmes cloîtrés pendant trois jours. Sarah devenait mon refuge, mon point d'ancrage. Le soir, nous nous posions sous la couette et elle me lisait quelques chapitres d'un livre que nous choisissions à tour de rôle. Elle possédait un don pour la lecture, jouait chaque personnage, transformait sa voix, murmurait, grondait, mimait. Elle vivait l'histoire et je me retrouvais des années plus tôt quand, à la lumière d'une bougie, je m'envolais dans des contrées inconnues.

Sarah multipliait les attentions. Elle me lavait le dos quand je prenais mon bain dans le baquet émaillé, me coiffait, me dorlotait. Elle me parlait encore et encore. Chaque matin, elle me racontait ses rêves. Et le soir, elle prenait des attitudes lascives, regards langoureux, décolletés impudiques, elle me provoquait et mon sang s'enflammait. Nous nous enlacions, elle me serrait sur son cœur, me berçait de « je t'aime » à n'en plus finir. Puis elle m'embrassait de sa bouche franche et humide et nous ne faisions plus qu'un.

Le printemps traînait à s'installer, sentir le soleil sur ma peau me manquait. Steph, ronde et joufflue de vie, devait accoucher dans les jours à venir, une semaine tout au plus. Les paris étaient ouverts, la majorité misait sur un beau garçon. Sarah profitait de la grossesse de sa sœur pour poser mille questions, elle voulait tout savoir, impatiente de goûter à son tour à ces moments que seules les femmes connaissent.

Nous étions fin mars, neuf mois que nous étions ensemble, Sarah commençait à se poser des questions. Chaque fois, je la rassurais : l'alchimie de la vie, cette belle inconnue, ne respectait aucune règle et ne permettait aucun pronostic. La jeune femme fougueuse à qui j'expliquais cela s'imaginait des terres arides où rien ne pousse, un ventre plat, un désert brûlant où n'existaient que des mirages.

Le matin du 30 mars, Steph ressentit ses premières contractions. Elle soufflait, grimaçait, se tordait de douleur. Elle fut conduite à la maison des *sœurs*, à l'entrée du hameau, dans cette grande bâtisse un peu à l'écart qui servait entre autres de pouponnière. L'aînée, Marie, maîtrisait l'art d'assister les femmes en couches, la plus jeune, Odile, l'aidait depuis des années.

On annonça une prochaine naissance aux membres de la communauté et comme chaque fois dans ces cas-là, les adeptes se réunirent à l'église, par petits groupes. Ils allumèrent des cierges, entonnèrent des chants à la gloire de la vie. Par curiosité, je m'y rendis. Des femmes passaient, chacune leur tour, et caressaient du bout des doigts une sculpture que je n'avais pas remarquée jusque-là. Une forme ovoïde d'une trentaine de centimètres de haut, posée sur un piédestal. En son milieu, deux lignes se croisaient et s'emmêlaient en un mouvement de double hélice. Je ne restai qu'un instant et retournai à la maison.

Sarah, assise aux côtés de sa mère, lui tenait la main. Elles s'inquiétaient : Steph avait commencé son travail depuis deux heures, cela s'éternisait et elles n'avaient aucune nouvelle. Je proposai une tisane, elles acceptèrent dans un sourire contraint. Le soleil était désormais au-dessus de la colline et toujours aucune information. Puis, tandis qu'il déclinait, là-bas, vers les plateaux et que le vent du sud mourait, comme chaque soir, la cloche de l'église sonna. Un glas lent, lourd, sombre.

Louise dans un geste de désespoir porta ses mains à son visage, pleurs et cris qu'on étouffe, mots qu'on s'interdit. Les regards des deux femmes se voilèrent, une larme affleura sur la paupière de Louise. Sarah prit sa mère dans ses bras.

La cloche annonçait la mort, elle ne sonna qu'un instant, la mort, ici, n'avait pas sa place, elle passait sans s'arrêter, on la tolérait, mais on ne la vénérait pas.

Je me levai et me rendis chez Joël en quête d'informations. L'enfant, un garçon, était mort, Steph allait bien, il n'en savait pas plus. Je retournai auprès de Sarah. Les volets de la maison étaient clos, des dizaines de bougies ondulaient dans le salon, sinistre lumière qui multipliait les ombres.

Je m'approchai des deux femmes. Toujours assises sur le divan elles se tenaient l'une à l'autre, corps qui se soutenaient, âmes en souffrance. Je leur annonçai la nouvelle à contrecœur.

— C'était un garçon, la mère se porte bien, je n'en sais pas plus.

Le soulagement de savoir Steph vivante s'étouffa dans l'instant, l'horreur broya leur visage. Steph se portait bien, cela suffisait à les rassurer, mais la mort du petit… Elle qui rêvait d'un gars, un petit homme, elle serait dévastée.

— Pourtant, tout allait bien, s'épancha Sarah, aveuglée par les larmes. Hier soir, le bébé déformait le ventre de sa sœur à coups de pied.

— Il est trop tard, c'est ainsi, la vie se donne, mais reste la maîtresse de son propre destin. Nous devons nous montrer fortes, mon cœur, fortes pour elle, pour lui indiquer le chemin de la vie. Pleurons ce soir, demain nous devrons rire.

— Mais, maman, c'est tellement horrible !

— Elle sera mère de nouveau demain, après-demain, elle n'oubliera jamais, mais la vie la consolera.

On frappa, c'était Joël, il me fit un petit signe de l'index pour que je le suive. Je laissai les femmes seules. Il m'expliqua que c'était important, Mitra désirait me parler.

Le guide était assis dans son fauteuil en bambou, il me demanda de prendre place en face de lui, l'air préoccupé.

— Merci d'être venu rapidement, Amos.

— Que se passe-t-il ? Joël m'a dit qu'il y avait une urgence.

Il se redressa et remplit deux verres de vin.

— Cela fait presque un an que tu es arrivé, je me félicite de tes services et j'ai confiance en toi. D'ailleurs, ce que je vais t'annoncer et te demander en est la preuve ultime. J'espère que tu ne me décevras pas.

Ses propos attisaient ma curiosité, mais afin de me donner meilleure contenance, je trempai mes lèvres dans le verre, un crozes-hermitage qui dégageait de délicats arômes.

— Tu es au courant pour le bébé de Steph ?

— Oui ! Et cela me désole, elle ne s'en remettra pas.

Il m'octroya un sourire en coin.

— Elle oubliera, nous sommes le temple de la Vie !

Il se saisit de son verre, le huma, dégusta le vin en prenant son temps, puis d'une voix assurée, m'avoua :

— Le bébé n'est pas mort !

— Hein ! Mais la cloche ?

— Je sais, mais il s'agit d'un garçon et ici, on a surtout besoin de filles. Il est prévu pour la vente et on a déjà un acheteur. J'ai besoin de toi pour la livraison.

Je faillis m'étouffer.

— Quoi ? C'est vraiment pas drôle !

— Est-ce que j'ai une tête à plaisanter ? Ce sera notre troisième bébé mort, et notre troisième vente. Ça représente un fric fou, tu ne peux pas t'imaginer !

Le visage du guide ne prêtait pas à confusion.

— Mais Steph ! Elle sait que son enfant vit encore ?

— Ne sois pas idiot, bien sûr que non. C'est le travail des *sœurs*, elles font croire à la mère que cela se passe mal, que le cordon est autour du cou, ou que le bébé montre des signes de faiblesse. Dans tous les cas, la mère panique, il ne reste plus qu'à lui faire une piqûre pour la calmer, soi-disant aider le bébé, mais ce n'est qu'un sédatif.

— Comment est-ce possible de faire un truc pareil ?

— Arrête de jouer les pucelles effarouchées. Que crois-tu ? Que je suis un saint ?

Il termina son verre et se resservit.

— Encore cinq ans et je me casse en Argentine ou aux States, et tu pourras te faire un paquet de pognon. Alors ? Tu marches ?

— Ils en font quoi des enfants ?

Mitra s'excita.

— Mais, on s'en branle !

Il secoua la tête.

— Je ne sais pas moi, l'adoption ! Des gens m'offrent une fortune pour un gamin, tu crois que je leur pose des questions ? Et, est-ce que vous lui donnerez le biberon ou le sein ? Vous allez l'appeler comment ? Réfléchis, un peu !

Mitra s'énervait. Je le découvrais sous un jour bien plus noir que je ne l'avais imaginé.

— C'est combien d'argent ?

— De quoi t'acheter une putain de ferme, avec les domestiques ou une bagnole de luxe, un voilier. De l'oseille, mon garçon, comme s'il en pleuvait. Tu sais, avec ce genre d'affaires, tu rencontres des puissants, des gens qui ont le bras long, ça peut toujours servir. Tu comprends ? Alors ?

— Je dispose de combien de temps pour y réfléchir ?

Il éclata de rire.

— Tu crois quoi ? Que je te propose un contrat pour une machine à laver ? On finit la bouteille de crozes et tu me donnes ta réponse.

Je saisis mon verre, le vidai, et me resservis.

34

Hugo avait effacé une trace de pas un peu plus visible que les autres, le ciel d'un blanc laiteux annonçait la pluie, elle ferait vite disparaître tout signe de son passage. Un dernier coup d'œil vers la maison, tout paraissait calme. Il se dépêcha de sortir de la casse, traversa le terrain vague et enfonça ses mains dans les poches, l'air humide et froid mordait jusqu'aux os. Hugo fouillait son esprit, interrogeait son cœur, rien. Il venait de tuer un homme et hormis l'adrénaline du moment, il ne ressentait rien, pas de remords, pas de culpabilité, simplement l'immense satisfaction d'avoir ôté la vie à un salaud et de savoir que son amie était désormais en sécurité.

Il se retrouva vite près de chez lui. Il poussa sans bruit la clé dans la serrure, manœuvra la poignée avec douceur pour éviter que la porte grince. Sur le perron, il enleva ses godillots couverts de boue et se faufila sur la pointe des pieds.

— Tu étais où ? lança sa mère qui sirotait sa tasse de café, assise dans la cuisine.

Hugo posa ses chaussures sur le tapis.

— Je suis allé à la boulangerie, j'ai acheté une baguette et du pain de mie, je pensais que cela te plairait.

Hugo accrocha son manteau, déposa ses courses sur la table. Il changea de sujet.

— Tu es déjà levée ! Tu te sens comment aujourd'hui ?

— Ce sont les douleurs qui m'ont réveillée, mais ça va mieux. Comment as-tu fait pour crotter tes chaussures comme ça ?

Il ne cilla pas, et mentit sans hésitation.

— Je suis passé par le parc, l'autre fois j'ai aperçu un écureuil, j'espérais le revoir.

— File tout de suite les nettoyer dans la cour et mets-les à sécher au pied du poêle.

Hugo obtempéra, satisfait qu'elle n'en demande pas plus.

Toute la matinée, le garçon tenta de dissimuler son impatience. Une question revenait en boucle, *Kalya allait-elle bien ?* Son idée de menacer Henri lui semblait de moins en moins bonne, même si un moment il l'avait trouvée génialissime. Et si le ferrailleur s'en était pris à son amie ? S'il l'avait tuée ? Non, le vieux dans la fosse hurlait qu'il ne l'avait pas touchée, il paraissait sincère.

Enfin, le repas et la vaisselle terminés, il se mit en route pour la casse. Il traversa la place en courant, contourna une dame qui poussait un landau, manqua de tomber. À une cinquantaine de mètres du portail, ça grouillait de monde. Un véhicule de pompiers, deux estafettes de police, un photographe, des curieux. Hugo ralentit le pas, se mêla à la foule avec discrétion, écouta les conversations.

— Mais si ! Celui qui passait avec son vieux camion, qui sonnait la cloche dans les corons ! Tu ne vois pas ?

— Je crois avoir entendu la cloche du camion une fois, mais lui, je ne vois vraiment pas !

— Avec une boule sous le menton ! Et un chapeau noir !

— Ah oui ! D'accord ! C'est lui qui est mort ?

— Oui, et il paraît que ce n'est pas joli, joli.

Hugo tenta de s'approcher, d'apercevoir Kalya, mais il ne parvint pas même à franchir le premier rang de curieux. Il restait le trou dans le grillage, c'était risqué, il gomma l'idée de ses pensées. Il attendit là presque une heure, jusqu'à l'arrivée d'autres curieux qui le poussèrent un peu plus sur le côté. Il rentra chez lui en se promettant de revenir plus tard.

*

Kalya était assise sur une chaise, dans la cuisine, près de Nanie, elles se tenaient la main. L'inspecteur-chef Gardois résuma les faits d'un ton monocorde au commissaire qui venait d'arriver.

— La mère de la victime nous a déclaré que son fils, Henri, avait beaucoup bu hier soir, plus qu'à son habitude. Je vous précise que l'homme était connu pour sa tendance à boire, même des services de police, ce qui laisse supposer une alcoolémie hors norme. Je crois qu'on l'a chopé une fois ou deux pour ivresse publique l'année dernière. Ce matin, quand il s'est levé, il se plaignait d'un mal de tête et n'a pas touché à son déjeuner, voyez par vous-même, pas une miette à sa place sur la table. Il aurait juste bu une tasse de café. Sa mère dit qu'ensuite il est parti à son bureau, comme tous les matins avant d'ouvrir. C'est vers dix heures qu'elle a commencé à s'inquiéter, quand elle s'est rendu compte que le portail n'était toujours pas ouvert. Ce n'était jamais arrivé. Elle est sortie sur le pas de la porte, a appelé son fils plusieurs fois, mais elle n'a jamais obtenu de réponse. Elle a peur des rats, et elle n'a pas osé fouiller l'étendue de carcasses. Elle a pensé qu'il avait fait un malaise.

Le commissaire l'interrompit.

— Et la gamine ?

— Elle se nomme Kalya, la fille adoptive du ferrailleur. Elle dormait, sa mamie est allée la réveiller dans sa chambre. Comme elle s'inquiétait, elle lui a demandé d'aller vérifier au bureau s'il n'était rien arrivé. Il n'y était pas, la petite l'a appelé, il ne répondait pas, elle l'a cherché. C'est quand elle a découvert le chapeau de son père avec du sang qu'elle s'est doutée de quelque chose.

— Mouais ! Et le bureau ? La caisse ?

— Intacts ! Bon, c'est un peu le bordel à l'intérieur, mais on voit que rien n'a été touché.

— Une lettre, quelque chose ?

— Non, on a regardé, et la mère atteste qu'il n'avait aucune idée suicidaire !

— Le légiste ?

— Il n'est pas encore arrivé, on l'attend, mais…

L'inspecteur s'approcha de l'oreille de son supérieur.

— Vu ce qui reste du bonhomme, je pense qu'on

n'aura pas plus d'information, le corps doit se trouver plus à l'étroit que les sardines dans leur boîte.

Le commissaire ne sourit pas à la plaisanterie.

— Demandez aux pompiers de faire le maximum pour… enfin vous m'avez compris, et il faudra aussi faire enlever le cube pour ne pas le laisser ici. Venez, suivez-moi, j'ai d'autres questions, dehors.

Ils sortirent. Le commissaire prit par le bras l'inspecteur-chef Gardois, ils s'éloignèrent de quelques pas.

— Ce Henri, il n'était pas un peu manouche ? Il n'aurait pas eu des soucis avec une famille ? Des ennemis ?

— Non, non ! Vous venez d'arriver, patron, c'est normal. Henri, ça faisait quarante ans qu'il faisait ce métier, et aucun problème avec les Gitans. Il leur achetait le cuivre, la ferraille, rien de plus, ils s'entendaient bien, d'ailleurs la mère de la petiote avait des racines tsiganes, il me semble.

— Vous penchez pour l'accident, Gardois ?

— Oui ! Cela me paraît évident ! Regardez ! Il n'y a pas de garde-fou, il travaillait à l'ancienne, un coup d'engin pour pousser les carcasses dans le trou, il économisait la grue. Le Henri, il avait des cannes comme des cotons-tiges à force de picoler, l'équilibre, c'était devenu une option chez lui. Je vais tout de même fouiller un peu, je demanderai ses relevés de compte bancaire, et puis, même si c'est un peu désert dans le coin, on fera une enquête de voisinage. Ça m'étonnerait qu'on apprenne quelque chose.

— Pour vous dire le fond de ma pensée, je préférerais, un homicide dans le coin, le préfet, il n'aimerait pas ça. Très bien, je retourne au bureau. Vous me réglez ça, Gardois, je compte sur vous ! Et virez-moi tous les curieux, on dirait des mouches sur une bouse de vache.

— Très bien, patron !

35

Mitra tentait-il de m'éprouver ? De vérifier s'il pouvait me faire entière confiance ? Je le détaillai, les jambes allongées sur la table basse, désinvolte, le verre à la main, il me regardait avec un sourire. Était-il capable de vendre des enfants ? Je le croyais de plus en plus. Tout se tenait, le temple de la Vie prenait une tout autre signification, dimension. Un élevage, on gardait les plus beaux spécimens, les génisses qui vêleraient demain et on se débarrassait des veaux. J'osai une question.

— Comment allez-vous convaincre Steph que son bébé est mort ?

— Les *sœurs* s'en chargent, elles savent y faire. Et puis, ici, la mort n'a pas sa place, on ne montre pas le corps à la mère, ce serait un sacrilège. Steph vit parmi nous depuis toute petite, elle connaît tout ça par cœur, elle a grandi en apprenant nos lois, c'est ancré en elle. Tu vois l'intérêt de multiplier les naissances au sein de la communauté ?

— Mais le corps ?

— Le menuisier assemble déjà la petite boîte, Isaac ira discrètement tuer un poulet, on le placera à l'intérieur, histoire que le poids corresponde. Ensuite, la vie doit reprendre le dessus, comme toujours. On se rend en lisière du bois. Un trou à un mètre de profondeur pour s'assurer que personne n'ira fourrer son nez dans le cercueil, et on plante un grand arbre juste au-dessus. La mère et la famille peuvent se recueillir à l'arbre de vie. On vit en autarcie, pas de certificat de naissance, pas d'hôpital ni de médecin de ville, personne pour vérifier que l'enfant a vraiment existé. Tu vois, tout est prévu.

— Oui !

— Tu ne devrais pas t'inquiéter. Tout est rodé. Le dernier date d'il y a deux ans, la femme accouchait de jumeaux, on a gardé la fille, mis le garçon sur le marché. Les gens qui s'engagent dans ce type de transactions se veulent excessivement discrets. On ne craint pas de fuite de leur côté. Ici, les deux disciples et les deux *sœurs* plus moi sommes les seuls à savoir, et toi maintenant.

Même si l'idée de vendre un nourrisson ne me réjouissait pas plus que ça, je me consolai, grandir ailleurs que dans ce monde de tarés, cette communauté, cela ne pouvait pas être pire. Les gens qui achetaient un bébé roulaient sur l'or, l'enfant aurait un bel avenir. Et puis, Mitra me tenait, qu'arriverait-il si je disais non ? Après tout, il ne s'agissait pas de mon gosse, et ça ferait sans doute des heureux.

— D'accord ! Je marche. On fait ça quand ?

Mitra se redressa, partagea le reste du vin dans les verres.

— À la bonne heure ! J'étais persuadé que tu ne refuserais pas ! Trinquons à notre fortune future.

Mitra sourit.

En fin d'après-midi, Steph regagna la maison familiale, abattue, les yeux gonflés du malheur qui la torturait. Elle trouva aussitôt le soutien de Sarah et Louise, et heureusement de sa fille Loéva. Elle gémissait et entre deux sanglots répétait qu'elle avait entendu son bébé gazouiller, qu'il n'était pas mort, que c'était impossible. Sa mère tenta de lui ôter cette idée de la tête, de lui faire comprendre qu'il s'agissait sans doute d'hallucinations, mais Steph n'en démordait pas. Elle finit, rompue de fatigue, par s'assoupir vers dix heures.

Sarah s'était blottie contre moi, elle avait beaucoup pleuré, elle leva les yeux vers moi.

— Tu aurais pu lui dire que tu te sentais triste pour elle.

— Je le suis, mais je ne sais pas dire ces choses-là.

Je transpirais de lâcheté. Comment aurais-je pu lui présenter mes condoléances, la réconforter ? Cela ne me ressemblait pas et je n'en avais pas le droit. J'en profitai pour lui annoncer que je devais partir sous peu. Elle ne posa pas de questions.

Le lendemain, à l'aube encore pâle, Isaac nous attendait avec une voiture juste à la sortie du hameau, le jour naissait à peine, la brume matinale nappait la prairie près du ruisseau. Odile, la plus jeune des *sœurs*, monta à l'arrière, je pris place devant. C'était une sacrée bagnole, elle sentait le neuf et le cuir, elle devait valoir un paquet d'argent.

— Elle sort d'où cette voiture ?

— Elle appartient à Mitra, il a une maison à une dizaine de kilomètres d'ici, personne ne le sait, il m'a demandé hier soir d'aller la chercher. J'y suis allé à vélo, avec trois kilomètres de montée, je ne sens plus mes jambes.

— Donc, on s'empoisonne la vie à prendre la carriole et le bus pour rien depuis des mois !

— Tu lui diras toi-même, mais le bus et le train avec un bébé, on risque d'être repérés, tu ne crois pas !

Il n'avait pas tort. J'appris par Odile que nous quittions en vitesse la communauté pour ne pas éveiller les soupçons. Je ne connaissais pas notre destination, Isaac me l'indiqua : un hameau à la frontière suisse, où nous attendrait notre contact.

Pendant le trajet je questionnai la femme qui nous accompagnait. Elle gardait sans doute un mauvais souvenir de notre rencontre dans l'alcôve et de mes doigts sur sa gorge, elle fut avare de mots. Cependant, tandis que nous passions Annecy, elle se livra à quelques confidences. Elle était d'origine sud-américaine, et son rêve la conduisait là-bas, auprès de sa famille, dans un petit village où elle construirait un dispensaire pour les enfants.

— Tu n'es pas française ?

— Non, je n'ai même pas de papiers français. Mitra m'en a promis.

Je souris.

— C'est étrange, de vouloir bâtir un endroit pour sauver les enfants et de voler celui-ci pour le vendre !

— Le sacrifice de quelques-uns pour permettre à une centaine d'autres de survivre.

Elle tourna son visage vers le panier d'osier. Le bébé se mit à pleurer. Elle ne me parla plus de tout le trajet.

Nous arrivâmes dans un petit hameau, Le Chamenard. Isaac nous indiqua que nous étions à bon port. Il emprunta un chemin rural et entra dans une forêt. La route défoncée et les cahots réveillèrent le poupon. Je vérifiai d'un geste instinctif que mon neuf millimètres se trouvait toujours au creux de mon bras. Dans une clairière, une voiture noire attendait.

Je descendis avec Odile. Deux hommes et une femme sortirent de leur véhicule. Le plus vieux s'approcha de nous, il portait un costume gris et je devinai au premier coup d'œil le renflement sous le côté de sa veste, lui aussi était armé. Il tenait une valise à la main qu'il déposa sur le capot de notre véhicule.

— L'argent est là, vous pouvez compter.

Il ouvrit la mallette de cuir.

Je n'avais jamais vu autant de billets de cent francs de ma vie. Je vérifiai quelques liasses du pouce, tout semblait en règle.

Sans un mot, je pivotai vers Odile. Elle avança doucement vers l'autre femme. J'osai une question à mon interlocuteur.

— Il part où ce bébé ? La Suisse ?

— Si on te demande, tu diras que tu ne sais pas, mais il se peut qu'il parte en pièces détachées.

Odile revint vers nous, monta à l'arrière de notre berline. Valise à la main, je la rejoignis. Nous quittâmes l'endroit sans encombre. Quand nous fûmes apaisés, hors de tout danger, que l'on eut vérifié qu'aucune voiture ne nous suivait, j'interrogeai la *sœur*.

— C'est quoi cette histoire que l'enfant finirait en pièces détachées ?

Elle ne répondit pas, je me tournai vers elle. Elle regardait le paysage. Je forçai ma voix.

— Je t'ai posé une question ! Ne m'oblige pas à répéter.

Isaac prit la parole à sa place.

— L'enfant est destiné à des prélèvements d'organes.

Un don d'organes, un bébé. Deux mères et des océans de larmes. Le manque qui déchire les entrailles de l'une et l'espoir qui coud, raccommode la vie pour l'autre. L'un meurt, l'autre renaît. Les loups s'organisaient en meute, poursuivaient et mordaient la gorge frêle du faon, broyaient la nuque du marcassin, mais c'était pour nourrir leurs petits. L'homme n'en serait-il encore qu'à ce stade ? Sans doute que la mère qui voyait mourir son fils en attente d'un cœur ou d'un rein le croyait. Pourtant, quand la chatte met bas, qu'elle voit le dernier de ses petits maladif et incapable de téter, elle le mange. Mon esprit divaguait, mais ce n'était pas ce qui me gênait.

Que penser des autres, de ceux qui pour de l'argent volaient l'enfant ? De ceux qui l'opéreraient, récupéreraient les morceaux, vulgaires désosseurs de carcasse, magasiniers de l'impossible, de l'innommable. Avaient-ils un instinct quelconque de survie ? Deux onces d'amour ? Un but honorable ? Une conscience ? Je savais bien que non, bien entendu que non !

Étais-je comme eux, comme ces hommes indignes du nom d'animal ?

Avais-je des remords ? Il était trop tard pour que je me pose la question, mais je connaissais la réponse.

Pas le moindre début de remords, un cœur sec, une âme brûlée. Pourtant, une chose me perturbait. C'était le bébé de la sœur de Sarah, et Sarah empoisonnait ma vie avec ses images de nature, d'oisillons tombés du nid et son bonheur de les aider. Elle soufflait un vent chaud sur mon cœur et pansait des blessures que j'imaginais gangrenées à jamais. Elle me faisait aimer un rayon de soleil qui perçait les cimes des arbres, le roulis de l'eau sur les galets, le rire d'un enfant qui soufflait sur les aigrettes d'un pissenlit. Elle aimait sans compter, source inépuisable de gentillesse, de compassion. J'aurais aimé être comme elle.

Tout à l'heure, quand je rentrerai, elle me regardera avec ses yeux admiratifs, elle me sourira avec tristesse, sera heureuse de me retrouver, et moi je ferai semblant d'être un homme digne d'elle.

36

Hugo était rentré chez lui, déçu de n'être pas parvenu à croiser Kalya, mais elle allait bien, il en était persuadé, les gens ne parlaient que du ferrailleur, pas d'une jeune fille. Il se rassura, il ne lui était sans doute rien arrivé. Il relata l'événement à sa mère, du bout des lèvres : un attroupement, la mort du casseur, on ne savait pas comment. Il dormit mieux que la nuit précédente.

Le lendemain matin, à la première heure, Hugo alla chez le buraliste. Il acheta *La Voix du Nord*, le journal parlait du drame, un homme d'une cinquantaine d'années, connu de la population pour son travail depuis toujours dans le secteur de Valenciennes, était décédé, de façon effroyable, broyé par la presse hydraulique de son entreprise. La piste accidentelle était privilégiée, l'enquête se poursuivait. Rien sur Kalya, Hugo se sentit plus léger. Il passa par la boulangerie et rentra à la maison.

Ce matin-là, le médecin de famille se présenta chez eux, peu avant onze heures. Lucia l'avait fait appelcr pour qu'il change son pansement. Quand il ôta le bandage, il ne put retenir une grimace, «pas très joli», l'homme de science jouait au critique d'art. Les sutures étaient de fait grossières, boursouflées, enflammées. Lucia demanda à son fils de lui porter un miroir. «Ça va s'arranger», se reprit aussitôt le vieux médecin, une question de semaines, un peu de fond de teint et surtout de la patience. Hugo récupéra le miroir rond de la salle de bains, il avait détaillé le visage de sa mère, et aucun miroir ne pourrait tricher. Il posa sa main dessus et le frotta pour le salir un peu, adoucir les détails, troubler la réalité.

Quand Lucia aperçut son reflet, elle poussa un petit cri d'animal effrayé, nettoya la surface avec le torchon et lâcha quelques mots qui sonnèrent comme le glas, «Mon Dieu, quelle horreur!».

Lucia faisait partie de ce qu'on appelait les femmes avenantes, à trente-trois ans, sa silhouette était restée celle qu'elle avait à vingt ans, l'œil pétillant, le sourire complice, les pommettes rebondies, elle dégageait un charme champêtre. Mais, du tableau bucolique, il ne restait rien que cette monstruosité qui partait de l'aile du menton, tournait sur la joue et remontait longtemps sur le côté du nez. Une boursouflure rouge, annelée, un gros ver de terre lui mangeait le visage.

Le médecin appliqua une pommade apaisante, cicatrisante, changea le pansement. Il sortit, non sans avoir tenté de rassurer sa patiente.

Lucia ne parla pas de la journée. Elle ne pleura plus, mais s'enfonça dans un mutisme rageur. Sa beauté s'en était allée et ses rêves de trouver un père, un mari, étaient partis avec elle.

Hugo n'eut pas de nouvelles de Kalya ce jour-là. Il n'osait pas aller chez elle, le sang du ferrailleur séchait à peine. Il resta avec sa mère le lendemain aussi. Kalya serait-elle en colère ? Soulagée ? Se doutait-elle qu'il venait de la sauver ? Et s'il ne lui avouait rien ? S'il lui cachait la vérité ?

Le lendemain, peu avant midi, Hugo courut au grand portail, il était fermé. L'immense tôle noire aux rivets rouillés obstruait le chemin, bouchait la vue. Il cria, ses cris rebondirent sur le métal en estompant le prénom de son amie. Il cogna l'acier de la paume, vibrantes tentatives du poing, sans d'autres résultats que la douleur. Il fallait qu'il la rencontre, pourquoi ne répondait-elle pas ? Alors, une voix trembla derrière lui.

— Hugo !

Il pivota, Kalya tenait Nanie par le bras.

— On revient de la maison funéraire. L'enterrement est prévu pour demain.

Le garçon ne sut quoi dire, les yeux rivés sur la vieille dame aux cernes gonflés de tristesse, elle semblait avoir vieilli de dix ans. Kalya s'excusa :

— Je dois rentrer lui préparer quelque chose, elle n'a rien avalé depuis deux jours. Je passerai te voir tout à l'heure. Mais, pas maintenant.

Il se poussa d'un pas à droite, leur laissa un peu de place. Nanie déverrouilla la serrure, entra et referma.

*

En milieu d'après-midi, Kalya frappa à la porte, elle s'était réfugiée sous un large parapluie. Malgré le clapotis qui martelait le sol, elle ne voulut pas entrer et demanda à Hugo de la suivre. Elle le conduisit à l'arrêt de bus où ils trouvèrent refuge. Elle était contrariée, cela se lisait sur son visage, elle avait les traits tirés, le regard sombre.

— La police nous a dit à Nanie et moi qu'Henri avait chuté dans la fosse, juste après avoir mis la presse en route. Un simple accident. J'aurais bien aimé être là pour le voir tomber, peut-être même que je l'aurais poussé. C'est une drôle de mort, tu ne trouves pas ?

Hugo ne sut répondre que :

— Oui !

— Ce n'est pas toi, l'accident ?

Il baissa la tête.

— Non.

— Je préfère comme ça. Je sais que tu y as pensé, mais je n'aurais pas aimé que tu le tues pour moi… pourtant, il le méritait. Quand je vois dans quel état est Nanie, je me dis que j'aurais fait une bêtise. Je lui ai préparé de la soupe, elle adore ça, elle n'a rien mangé. C'était son fils, même s'il cachait un monstre.

— Il ne t'a pas fait de mal ? Je veux dire quand je suis parti et que j'ai remis la chaise contre la poignée de la porte.

— Non. Il est venu me chercher pour le repas, je ne l'avais jamais vu aussi rouge de colère, il me regardait bizarre, ensuite il m'a enfermée. Je l'ai entendu qui râlait jusque tard dans la nuit, il avait dû boire beaucoup, je ne me suis endormie que très tard, quand il s'est calmé. Au matin, Nanie m'a libérée. Elle m'a serrée dans les bras quand elle s'est rendu compte qu'il me retenait prisonnière. Je crois qu'elle s'en voulait. Puis elle m'a demandé d'aller chercher Henri dehors et j'ai découvert son chapeau plein de sang au-dessus de la ferraille dans la fosse.

— Nanie ira mieux, rassure-toi !

— Je ne crois pas, elle vieillit, elle n'entend plus ou presque, elle fatigue. Demain, j'espère qu'elle tiendra le choc pour l'enterrement. Tu viendras ?

— Non, tu sais, les églises… et puis, je n'aimais pas ton beau-père.

— Je savais que tu répondrais ça.

Elle prit Hugo par la main, l'embrassa sur la joue. Il tourna la tête vers elle, ses yeux reflétaient le ciel, un peu couleur de pluie. Il ne comprenait pas.

— Ne me dis pas que tu te sens triste parce qu'il est mort ?

Elle renifla, essuya ses yeux.

— Non, je pleure parce que bientôt on ne se verra plus.

— Qu'est-ce que tu racontes ? Bien sûr qu'on se verra ! Et encore plus qu'avant, je viendrai t'aider à t'occuper de Nanie… Tu m'apprendras à faire la soupe…

Kalya esquissa une moue désolée.

— Henri ne m'a jamais adoptée officiellement, les services sociaux ont dit à Nanie qu'après l'enterrement une dame viendrait me chercher pour me conduire dans un orphelinat. Sans doute le lendemain, elle ne connaissait pas la date exacte. Je dois préparer une valise.

Hugo haussa les sourcils dans un mouvement d'incompréhension.

— Mais, non ! Nanie n'a qu'à t'adopter ! Ou ma mère !

Kalya déposa un baiser sur ses lèvres.

— Tu sais bien que ce n'est pas possible, dans l'état où est Nanie ! Et ta mère ne voudra jamais.

— On n'a qu'à se sauver ! Partir loin ! En Amérique !

— Et comment on ferait, je n'ai même pas de papiers à mon nom ! Et l'argent ? On vivrait de quoi ? Il paraît que j'aurai droit aux visites et que l'orphelinat est très joli. Tu viendras me voir !

Le garçon se leva d'un coup.

— Non, si tu t'en vas, jamais je ne viendrai. Tu n'as qu'à te cacher, je m'occuperai de toi, je te nourrirai. Avant-hier, ton père m'a dit…

Il se tut en comprenant qu'il venait de faire une gaffe.

— Tu as parlé à Henri ? Quand ça ?

Hugo reprit place à côté de Kalya.

— Quand je suis sorti de chez toi. J'ai fait le tour par le terrain vague, et j'ai appelé au portail. Je l'ai menacé de le dénoncer à la police s'il te faisait du mal. Il m'a dit qu'il avait beaucoup d'argent, qu'il pouvait m'en donner pour que je me taise.

— Donc, s'il était énervé, c'était à cause de toi.

Elle se leva, se plaça devant lui et planta son regard dans le sien.

— Avoue ! Tu l'as poussé ! Dis-moi la vérité. Tu l'as poussé ?

Hugo plissa le menton, acquiesça d'un lent mouvement de tête et baissa les yeux.

Kalya ouvrit son parapluie et s'en alla sans un mot.

— Kalya ! Kalya, reviens !

Il n'osa pas la suivre, elle ne se retourna pas.

37

Issac nous laissa quelques centaines de mètres avant le chemin qui montait vers le hameau, il repartit aussitôt. Quand nous arrivâmes, Mitra se dirigeait vers l'église. Il nous aperçut et fit demi-tour pour nous rejoindre d'un pas pressé.

Le premier regard qu'il nous accorda se posa sur la valise, il ouvrit la porte et nous invita à entrer avec un grand sourire. Je déposai l'objet de sa convoitise sur la table basse, il s'empressa d'en vérifier le contenu, il manipula quelques liasses et me prit dans ses bras.

— Bien joué ! Tout s'est bien passé ?

— Comme vous voyez !

— Très bien ! Odile, laisse-nous, je dois parler à Amos.

Elle nous salua et nous quitta sans un mot. Le guide se dirigea vers l'armoire qui lui servait de bar, en sortit une carafe et deux verres.

— Je n'aime pas trop boire en compagnie des femmes, elles n'y comprennent rien question saveurs et parfums.

L'homme ne se forçait pas, il m'adressa une œillade.

Il transpirait la suffisance vide, affligeante, la connerie à l'état solide, il poursuivit :

— Tu vas me donner des nouvelles de ce nectar, il vient directement d'Irlande, vieilli en fût de chêne, vingt ans d'âge. Il va être sept heures, on fête ça.

Il versa son whiskey dans les verres, m'en tendit un, mélangea le sien d'un geste rond et trinqua.

— À notre réussite, Amos ! Alors, explique-moi comment ça s'est passé.

Le compte rendu de la transaction ne dura qu'un instant, rien d'exceptionnel en soi. J'abordai le sujet du don d'organes. Il ne s'en offusqua pas, en plaisanta même.

— On l'a vendu plus cher que les autres, mais je mettrais ma main au feu qu'ils vont se refaire juste avec le cœur.

Pas de sentiment dans les affaires, ce qui se passait ensuite ne le regardait pas. Il m'informa que l'enfouissement du *bébé* à l'orée de la forêt s'était déroulé en mon absence, que désormais tout cela appartenait au passé, qu'on devait oublier. Steph s'en remettrait vite.

— Rassure-toi, Amos, si Sarah et toi nous offrez un joli garçon, on le gardera. Je mets de côté l'argent, je te donnerai ta part en temps voulu. Mais tu peux déjà considérer que tu es presque riche.

— J'y compte bien, ce type d'affaires ne me plaît pas.

— On est tranquilles pour un bon moment, et je ne risque pas de t'ennuyer avec ça avant au moins deux ans. C'est la meilleure façon de ne pas éveiller les soupçons. On en reparlera le jour venu.

J'avais retrouvé la maison, Sarah discutait avec sa mère dans le salon. L'accueil fut froid, mais la jeune femme me gratifia d'un sourire qu'elle espérait dissimuler aux yeux des autres. Steph se reposait dans sa chambre. J'ai pris de ses nouvelles, elle pleurait beaucoup, mangeait peu et surmontait l'horreur grâce au soutien de tous, mais surtout grâce à la présence de sa fille Loéva. Steph répétait sans cesse que son bébé vivait. On lui administrait une tisane à base de plantes qui la faisait somnoler.

J'avais questionné sur la mise en terre, on me répondit qu'on ne devait plus en parler, la mort n'avait pas sa place dans la communauté. Sarah me conduirait demain jusqu'à l'arbre de vie pour l'honorer et nous y recueillir.

Comment pouvaient-ils tous se montrer si naïfs, crédules, formatés ? N'avaient-ils plus leur propre discernement ? Se complaisaient-ils dans ce monde ridiculement idyllique, où tout n'était qu'esbroufe, poudre aux yeux et enfumage ? Je peinais à croire que Sarah puisse être dupe à ce point.

Les semaines suivantes, lourdes de peines et de silences, me semblèrent des mois. Sarah s'inquiétait de plus en plus : son ventre restait vide – c'est ainsi qu'elle disait. Sur les conseils d'amies, elle changea son alimentation, dormit plus, évita de monter à cheval, mais rien n'y faisait, la graine ne poussait pas. Une des *sœurs* l'informa sur les jours où son corps attendait la vie. Autour du fameux quatorzième jour, veille et lendemain. Elle redoubla d'efforts pour me séduire pendant ce court laps de temps. Je répondis présent, même si je ne croyais pas trop en tout cela. On me nomma disciple aux premiers jours de mai, à la grande surprise de tous. Terminé le chapelet des pécheurs.

L'été arriva, Steph avait retrouvé des couleurs, elle allait chaque jour au pied de l'arbre, y restait une heure et en revenait plus sereine. Elle cessa de dire que son bébé vivait, mais je voyais bien qu'elle n'y croyait pas complètement. Elle ne me regardait presque plus, ne m'approchait pas. Défiance ou rancœur, j'avais pris du grade.

Sarah se désespérait de ne pas voir son ventre s'arrondir.

— Et si l'on ne parvenait pas à avoir d'enfant ? Tu te rends compte ! Je ne veux pas qu'on nous sépare.

— On ne nous séparera pas, je te l'ai dit, on trouvera toujours une solution. Nous partirons s'il le faut. Loin d'ici, Mitra m'a promis de me donner des papiers d'identité.

— Nous ferons quoi ? Je n'ai pas de travail, toi non plus. Pour vivre où ? En ville, loin de ma mère, de ma sœur qui a tant besoin de moi en ce moment ? Tu ne te sens pas bien avec nous ?

— Si, bien entendu ! Je ne me suis jamais senti aussi calme, tranquille. Tu parviens à m'apaiser. Viens, on va se promener, on discutera de cela une autre fois.

Elle se campa sur ses deux pieds.

— Non, on en parle maintenant, c'est grave, tu ne t'en rends pas compte. On ne plaisante pas avec la loi, tu es un disciple, tu dois donner l'exemple, on ne pourra pas rester ensemble. Que tu le veuilles ou non. Et cela voudra dire un retour en arrière… les messes…

Je ne pus retenir un excès de colère, ma voix me trahit.

— Jamais, jamais ! Tu m'entends !

Elle amorça un mouvement de recul. Je baissai d'un ton, m'adoucis.

— Excuse-moi ! Mais ces messes, c'est comme te vendre, t'offrir à des hommes pour un peu de paix, pour satisfaire des coutumes qui te salissent. Tu ne dois pas, jamais, tu m'entends ! Tu mérites mieux que ça, et toutes les autres avec toi. On vous considère comme des objets, tu te rends compte ?

Elle mimait le geste de se boucher les oreilles.

— Mais que racontes-tu ? Tu ne peux pas dire ça, tu es le disciple du guide, tu parles sous la colère. Je ne veux plus rien entendre. Tais-toi !

Je la saisis par les épaules, la forçai à me regarder.

— Sarah ! Écoute-moi ! Tout ceci, tout ce monde, ce n'est qu'une façade, rien n'est vrai, rien n'est joli ou beau ou doux comme le miel. Mitra se moque de toi, de vous ! Il veut simplement s'enrichir, profiter de sa toute-puissance et de son emprise sur vous. Ouvre les yeux !

Je me mordis la lèvre pour ne pas en dire plus. Elle me dévisageait, le regard fixe, sans ciller. Elle me cherchait sans me trouver. Je la relâchai. Elle s'approcha, posa ses lèvres sur les miennes et me sourit.

— Nous aurons cet enfant, je le sais, fais-moi confiance. Tout comme je sais que ma vie est attachée à la tienne. Je le ressens au fond de mon être, depuis le jour où je t'ai vu. Je le sais depuis que mon cœur m'a fait bondir de la carriole. Ne crains rien, je ne participerai pas aux messes nocturnes et aucun homme ne me souillera. Je t'aime, Amos. Viens, on va se promener !

38

Hugo n'avait pas eu le courage de mentir à Kalya, leur confiance l'un en l'autre les unissait, il lui devait la vérité. Et lui avouer qu'il avait poussé Henri revenait à lui prouver qu'elle pouvait compter sur lui, qu'il la sauvait, la libérait, elle lui pardonnerait, il s'en persuada. Cette histoire de pensionnat ou d'orphelinat le rendait fou. La messe pour l'enterrement se déroulait ce matin, à dix heures. Hugo ressentit le besoin de voir Kalya, encore un peu, de s'excuser, de la convaincre de s'enfuir, et si elle refusait, de savoir au moins où la trouver ensuite, il pourrait lui écrire, peut-être l'appeler depuis le café avec la ligne PTT ?

Il informa sa mère et se rendit à l'église. Dehors, près des marches, une masse difforme de parapluies et de manteaux noirs se mouvait au gré des rencontres. Une partie d'entre eux disparaissait, happée par les portes béantes du lieu saint. Le garçon se faufila au milieu des dames tristes et bavardes, celles qui juraient que, grand Dieu, un drame pareil, on ne le souhaitait pas à ses ennemis, toutes ces âmes charitables venues rendre un dernier adieu, mais qui, au fond d'elles-mêmes, se rassuraient en se convainquant que leur tour n'était pas pour demain. Le malheur chez les autres a toujours meilleur goût.

Hugo monta les marches glissantes et s'arrêta à l'entrée, entre les deux colonnes. La fraîcheur du lieu, la hauteur des piliers, les plafonds si hauts et cette lumière qui jaillissait à travers les vitraux, c'était donc ça, les entrailles d'une église. Il s'avança, évita l'allée centrale et se cala tout à droite près d'une vieille dame. Devant, il reconnut Kalya et Nanie, collées l'une à l'autre.

La cérémonie parut interminable. Vint le moment de la bénédiction du corps, puis celui des condoléances. Les fidèles, le pas glissé, défilaient devant la boîte d'acajou verni, s'y arrêtaient puis la contournaient et serraient la main de Kalya, puis de Nanie, debout à ses côtés. Hugo s'intercala dans la longue file de gens tristes qui regardaient tous leurs chaussures. Il se demanda si autant de personnes pleurnicheraient à son enterrement, comme si là-haut le nombre de tickets vendus offrait une meilleure place près des étoiles. Il épia les gestes découpés des femmes devant lui qui aspergeaient le cercueil avec l'ustensile doré. Son tour vint, il agita le goupillon, pensa une seconde à Henri en se répétant qu'il l'avait bien mérité, reposa l'objet dans le récipient et s'avança vers la famille du défunt. Kalya ne le quittait pas des yeux, elle pleurait. Comment pouvait-on pleurer un monstre qui jouait avec son corps et torturait son esprit ? Il approcha d'un pas lent, tête basse, pour ne pas la regarder, ne pas voir sa peine, fuir ses larmes. Il tendit la main pour qu'elle la prenne en signe d'au revoir, qu'elle sente qu'il était désolé, pour lui dire dans ce geste fugace qu'il aimerait tout recommencer, tout reprendre depuis le début, et... Kalya le tira vers elle, l'emprisonna entre ses bras. Elle le serra si fort, si longtemps, que ses yeux s'embuèrent, elle ne lui en voulait pas, plus, il le savait. Il aurait pu mourir, là, maintenant. Elle le relâcha, lui offrit l'esquisse d'un sourire. Ce sourire ne ressemblait à rien, un vague pincement de lèvres, mais il en valait mille autres. Le garçon s'avança vers Nanie, se pencha et l'embrassa. Elle pleurait, elle aussi, il comprit qu'elle ne méritait pas ça.

Hugo attendit dehors, avec les badauds et ceux qui n'entraient jamais dans une église, ceux qui trouvaient qu'elle n'était pas digne d'eux, et les plus nombreux, ceux qui préféraient boire un canon au café, à la *santé* du mort. Les gens sortaient en rangs serrés, s'agglutinaient autour des marches, discutaient, jasaient, médisaient, la messe était dite, le naturel revenait au galop.

Hugo ne suivit pas le corbillard jusqu'au cimetière, il rentra chez lui. Lucia, accoudée à la table de la cuisine, lui lança un regard orageux quand elle l'aperçut. Elle ronchonna quelques mots qu'il ne comprit pas. Il détailla sa mère, les cheveux en bataille, encore affublée de sa vieille robe de chambre, une cigarette entre les doigts.

Quand il s'avança, et qu'elle tenta de nouveau d'articuler quelques mots, il grimaça. Devant elle, un verre de vin, une bouteille presque vide et une boîte de cachets renversée. Quelques comprimés étaient tombés au sol. Il détailla la boîte et tira la notice. Du thalidomide, un anti-nauséeux pour femmes enceintes.

— Tu en as pris combien ?

Elle s'esclaffa.

— De quoi ?

Son coude glissa sur la table.

— Des cachets ? Tu en as pris ?

— Tu vois bien que non, ils sont tombés ! Fais chier ! J'ai envie de vomir.

Hugo soutint sa mère jusqu'à la salle de bains, il l'aida à s'asseoir sur le tapis et lui apporta un seau. Lucia ne buvait jamais, elle s'imposait cette règle depuis toute jeune, l'alcool, ça engendrait des conneries et elle n'aimait pas ça.

Il resta à la surveiller pendant une heure ou deux, elle se sentit mieux, il la coucha dans le canapé. Elle ronflait quand on frappa à la porte. Kalya. Elle lui demanda de la rejoindre, mais lorsqu'il lui expliqua la situation, elle entra et ils montèrent dans sa chambre.

Ils semblaient tous les deux débordés de timidité, comme deux enfants qui se découvrent pour la première fois dans la cour de récréation. L'appréhension de l'un renforçait celle de l'autre. Elle enleva son manteau et s'assit sur le lit. Ils prononcèrent au même instant les mêmes mots :

— C'est gentil d'être…

Ils en rirent tous les deux du bout des lèvres. Hugo se lança le premier.

— C'est gentil d'être venue, je voulais venir te voir, mais avec ma mère…

— En même temps ! J'étais contente de te voir à l'église.

Hugo lui répondit d'une moue emplie de gêne. La jeune fille poursuivit à mi-voix :

— Je ne t'en veux pas, tu sais ! Au fond de moi, je savais que c'était toi, mais je refusais de le croire. Il n'a eu que ce qu'il méritait, même si cela me fait bizarre aujourd'hui.

Elle tendit son pouce vers son ami.

— Unis, pour la vie, tu te rappelles ?

Le garçon colla son pouce sur celui de Kalya.

— Unis pour la vie ! Tu es certaine de vouloir partir ?

— Je ne le veux pas, mais je n'ai pas vraiment le choix, et puis Nanie m'a dit qu'elle allait habiter chez sa sœur, en Bretagne. Elle n'a qu'une petite maison, je n'aurais même pas la place de vivre avec elle, même si elle le voulait. En fait, je pense qu'elle ne veut plus me voir, ça lui rappelle ce que me faisait…

Elle ne termina pas sa phrase.

— C'est loin où tu vas ?

— C'est un orphelinat à Wimereux, près de Boulogne, au bord de la mer. Il paraît que j'y serai bien, qu'il y a plein de choses à faire. Tu sais que je n'ai jamais vu la mer ? demanda-t-elle pour changer de sujet, sentant sa gorge se nouer.

— Je n'y suis jamais allé non plus.

— Tu pourras venir !

— Oui, j'aimerais bien.

Ni l'un ni l'autre n'était dupe, tout cela cachait des douleurs qu'ils refusaient d'exposer, des larmes que Kalya sentait monter. Elle se leva.

— Je dois partir.

Elle se rhabilla, sortit son couteau d'une poche.

— Je n'aurai pas le droit de le prendre là-bas, on dit qu'ils fouillent tes affaires en arrivant. Tu veux bien le garder pour moi ? Tu me le rendras quand tu viendras me voir.

Hugo baissa la tête.

— D'accord.

— Tiens, j'ai inscrit l'adresse où je serai. Tu m'écriras ?

— Si tu me réponds !

— Bien entendu, gros bêta, c'est grâce à toi si je sais un peu écrire.

Ils descendirent, la boule au ventre, les larmes en embuscade. Kalya ne parvint pas à les retenir. Une fois sur les marches de l'entrée, elle posa ses lèvres salées sur celles d'Hugo. Le baiser dura plus longtemps que d'habitude, il avait le goût des adieux. Elle s'éloigna. Se retourna en tentant de sourire.

— Je t'aime, Sans-Nom ! Prends soin de notre petit coin de paradis, tu en es le chef maintenant !

39

Un peu avant l'hiver, le miracle que Sarah appelait de ses vœux se produisit enfin. Elle attendait un enfant, et personne, personne n'aurait pu l'ignorer dans le village tant elle en parlait, montrait son ventre, le donnait à tâter à qui le désirait, alors que de prime abord il était impossible à quiconque de le deviner.

Elle papillonnait, se découvrait des envies soudaines de melon, de cerises, de fraises. Toute forme de vie, qu'elle appréciait déjà avant, devenait source d'émotion profonde, de contemplation. Il arrivait parfois que je la retrouve en larmes parce qu'elle venait de voir une sauterelle à laquelle il manquait une patte. Elle s'émouvait d'un rien, l'âme à fleur de peau, une boule de sensibilité, un cœur gonflé d'espoir et d'amour.

Je craignis que Steph se montre jalouse, mais toutes deux partageaient cette joie de la grossesse, il s'agissait d'un signe, lui avait confié le guide ; elle perdait un enfant, sa sœur lui en offrait un. La vie gagnait une nouvelle fois.

Dès qu'il l'apprit, Mitra me félicita, me promit, avec un sourire, que si Sarah accouchait d'une fille il me donnerait une prime. J'ai refusé sèchement, il était hors de question qu'on s'amuse à parier sur mon enfant. Je m'habituais à l'idée de devenir père, et j'espérais bien un garçon, mais je ne l'ai pas dit à Mitra. Un fils plus grand que moi, j'y tenais, on le nourrirait bien pour cela.

J'effectuais quelques livraisons de drogue, j'accompagnais les gamins lors de leurs distributions de fromage et autres produits, je m'installais dans la routine de ma qualité de disciple. Moi, l'intraitable, l'homme qui détestait l'ennui, je goûtais le plaisir de flâner, de profiter de la nature, de lire au coin du poêle. Les souvenirs des années avec Kalya s'estompaient, elle me manquait toujours, mais plus comme un besoin vital, plutôt comme un plat que préparait une grand-mère et dont on ne retrouverait jamais la saveur. Une nostalgie, un pincement au cœur, un sourire de clown blanc.

L'hiver fut une formalité, le printemps un rendez-vous manqué.

Les dernières semaines, Sarah, si vive, audacieuse, cabri insaisissable, s'assagissait. Elle se reposait de longues heures, allongée dans le hamac près du ruisseau. Elle me parlait, imaginait mille situations à venir avec le bébé, me proposait des prénoms, tous plus incroyables les uns que les autres. Elle désirait une fille, mais nous aurions plusieurs enfants, cinq, annonçait-elle en riant. Je ne la contrariais pas, sa joie ne le méritait pas. Un jour que nous bavardions tous les deux, elle me questionna d'une voix timide.

— Tu penses encore à cette Kalya ?

— Pourquoi tu me demandes ça ?

— Pour savoir ! Il y a longtemps qu'on n'a pas parlé d'elle.

— Sans doute parce que je l'ai oubliée.

La réponse lui plut, elle n'insista pas. Pourtant, Kalya ne quittait jamais vraiment mes pensées, elle m'épiait, petite cicatrice sur un pouce qui chaque jour me parlait d'elle.

Le 8 juin 1964 est né Thalion, un joli garçon de trois kilos passés. La mère se portait bien, mon fils aussi. Ce jour-là, j'étais à ses côtés, près d'Odile et Marie, les deux *sœurs* accoucheuses. La loi interdit la présence d'un homme, mais la loi, je l'emmerde, et personne n'aurait pu m'empêcher d'assister à la naissance, d'ailleurs personne n'a essayé. Quand Marie a déposé le nouveau-né sur la poitrine de Sarah, qu'il a poussé son premier cri, ma gorge s'est nouée, j'aurais aimé pleurer, mais je n'y suis pas parvenu. Je me sentais fou de joie, avec cette étrange impression que la vie ne m'en voulait plus, qu'on venait de signer un pacte, une trêve. Un sentiment de bien-être m'envahit, de sérénité. Je naissais en même temps que mon enfant. Sarah me prit la main, sourit, m'attira vers elle et m'embrassa.

— Félicitations, te voici papa d'un beau garçon.

J'avais toujours espéré devenir père, mais je ne m'étais pas imaginé que cela aurait pu me chambouler de la sorte.

La loi était claire : si de l'union naissait un enfant, elle ne pouvait plus être brisée. Sarah était triomphante. Et

Thalion un bébé merveilleux, calme, souriant, éveillé. Je prenais mon rôle de père au sérieux, ce qui me valut plusieurs fois les moqueries de Mitra. Il craignait que je ne me ramollisse, mais je remplissais mes missions à l'extérieur avec constance et le sang-froid qui me caractérisait depuis le début. La communauté grandissait doucement, mais sûrement. Aux deux ans de notre fils, le guide nous proposa d'emménager dans notre maison. Les rénovations venaient de s'achever et il désirait me remercier. Je possédais le titre de disciple, je méritais ma maison.

Elle se trouvait à l'opposé de la colline, à l'orée du hameau, un peu avant la pente qui glissait vers les pâturages et le ruisseau. Les menuisiers s'étaient coupés en quatre pour aménager au mieux l'intérieur, rien ne manquait. Nous nous sommes installés un peu avant l'hiver.

Sarah se montrait une mère incroyable, enjouée, patiente, prévenante, et une compagne délicieuse. Elle m'aimait, me le répétait presque avec outrance, moi, j'avais l'impression de ne pas mériter tout cela. Je ne lui avais jamais dit « je t'aime », sans doute parce que je ne l'aimais pas vraiment. Avais-je déjà vraiment aimé ? Nous étions en 1966, les Beatles cartonnaient avec le titre *Yellow Submarine*, cette année-là Steph accoucha d'un joli garçon qu'elle prénomma John, en référence à Lennon, qu'elle adorait.

1969, trois belles années plus tard, Thalion grandissait de façon normale, il n'était pas le plus petit des enfants de son âge, il se situait dans la moyenne basse, mais pas le plus petit, cela me rassura. Sarah commença à me parler d'une petite sœur, il était temps d'agrandir la famille. Je trouvais cela un peu prématuré, mais je me pliais à ses désirs, après tout, pourquoi pas.

En 1972, la communauté du temple de la Vie comptait presque deux cents âmes. Mitra, qui claironnait vouloir se réfugier en Amérique du Sud, avait changé d'avis. Tous ces gens à ses pieds, cette puissance, ça lui montait à la tête. Il acheta, pour pas trop cher, les trente hectares de forêt qui jouxtaient le domaine. Il rêvait désormais d'agrandir le village, d'étendre son influence.

Il se mit à fumer de la marijuana, à goûter à certains produits. Il s'emportait souvent, trouvait que les améliorations traînaient en longueur, que l'argent ne rentrait plus assez. Il décida de vendre un bébé, cette fois une fille. Les morts de garçons uniquement, ça devenait louche. J'avais refusé de me joindre à la transaction. Le guide se fâcha, mais quand je lui expliquai que Sarah se souvenait de mon absence le lendemain de la mort du bébé de sa sœur, et que je ne voulais pas qu'elle se doute de quelque chose, il se calma, me remercia presque et apprécia ce moment de lucidité.

Cinq années s'écoulèrent, Sarah se résigna, nous n'aurions pas de nouvel enfant, la nature se montrait avare. Je savais que malgré tout elle y pensait toujours, mais elle cessa d'en parler. Thalion venait de fêter ses treize ans, il était grand et fort, un garçon vif, nerveux parfois, un caractère bien trempé.

Mitra devenait de plus en plus autoritaire, et une nuit de décembre 1977, il me fit chercher par Joël. Il était deux heures du matin quand il frappa à la porte.

— Dépêche-toi, murmura-t-il. Il faut que tu m'aides !

J'avais enfilé mes habits à la va-vite, la lune enroulée dans un nuage brillait à peine, la neige crissait sous nos pieds.

En chemin, je lui ai demandé de me dire ce qui se passait, mais il resta muet. Quand nous entrâmes chez Mitra, que nous accédâmes au salon, l'explication me sauta aux yeux.

Odile, la plus jeune des *sœurs*, gisait sur le sol, à moitié nue, les habits déchirés. Mitra était assis dans son fauteuil, les genoux repliés sur le torse, des griffures sur la joue droite. Je m'approchai du corps de la femme, sa langue sortait de sa bouche, bleue, longue, les marques sur le cou ne laissaient aucun doute, Mitra l'avait étranglée.

Le guide sortit de sa torpeur.

— Elle voulait me faire chanter, elle me menaçait de tout révéler à la gendarmerie.

Il me dégoûtait.

— Alors, tu l'as violée !

— J'avais trop bu, j'ai perdu la boule. C'était qu'une sale emmerdeuse. Débarrassez-moi d'elle !

Je me relevai.

— Écoute Mitra ! J'en ai ras le cul de tes états d'âme, de tes conneries, de tes coups de gueule ! T'es devenu un vrai camé, un taré. T'as qu'à te démerder tout seul ! File-moi mes papiers et mon pognon, demain je me casse avec Sarah et Thalion.

Le guide s'était redressé, l'œil mauvais, encore rouge d'alcool et des stupéfiants.

— Tu ne peux pas me faire ça, Amos, tu me dois tout ! Tu n'étais rien quand tu es arrivé, qu'un merdeux mourant, c'est nous qui t'avons sauvé, c'est moi qui t'ai fait. Tu dois m'aider ! Je te promets, je vais arrêter la drogue, l'alcool aussi. Elle voulait me faire chanter, moi, Mitra, votre guide, votre prophète ! Tu comprends ?

— Odile ? Mais elle avait bien trop peur de toi pour faire un truc pareil.

— Je te jure ! C'est la vérité. Écoutez, tous les deux, je double votre salaire, à vous deux, mais par pitié, ne me laissez pas tomber. Faut faire disparaître le corps. On dira qu'elle est partie, qu'elle s'est enfuie. Mieux, qu'elle nous a volé de l'argent !

Joël intervint.

— Amos, les gens de la communauté… s'il tombe, on tombe aussi… et eux, tous ces adeptes, que vont-ils devenir ? Sarah ? Sa mère et sa sœur, votre fils ?

J'approchai du gourou, il se recroquevilla sur lui-même, tremblant. Je le saisis par le col, le dévisageai. Il n'était plus que l'ombre de l'homme que j'avais connu.

— C'est la dernière fois que je t'aide ! Tu m'entends ! Et je veux récupérer mon pognon, je n'ai plus confiance en toi.

— Tu l'auras, promis, dès demain.

— Maintenant, sinon tu te démerdes.

Il hocha la tête, se leva. Il titubait. Il se rendit dans la pièce voisine, on entendit un meuble bouger. Il revint avec une mallette.

— Tiens, c'est tout ton argent. Je garde les papiers,

je ne veux pas que tu t'en ailles comme un voleur. J'ai besoin de toi.

— Tiens-toi à carreau et je resterai, mais plus jamais ça.

Je n'avais qu'une envie, lui enfoncer mon poing dans sa gueule de con.

Joël et moi passâmes la nuit à faire disparaître le corps.

40

Hugo ne parvenait pas à se mettre dans la tête qu'il ne reverrait plus son amie. Il regarda une nouvelle fois le papier qu'elle lui avait donné, le déplia : « Kalya Rébron, Orphelinat du Phare, 11, avenue de la Mer, Wimereux. Je t'aime Hugo, ne l'oublie jamais. » Il sortit son Atlas, chercha où se trouvait cette ville, c'était loin, très loin, bien plus loin que Lille, tout là-bas au bord de la mer, près de Boulogne, à deux cents kilomètres. Il aurait voulu être en peine, pleurer, mais il n'y parvint pas, seule la colère le rongeait, dominait, brisait ses pensées. Il resta un moment à contempler la silhouette du château d'eau, puis il cacha le couteau derrière le dictionnaire sur l'étagère et descendit voir sa mère.

Lucia se réveilla avec un mal de tête épouvantable, elle traîna toute la journée entre le canapé et la table de la cuisine.

Les jours suivants s'inscrivirent comme les plus longs de sa jeune vie. Hugo n'avait goût à rien, envie de rien, il passait des heures entières allongé sur son lit, les mains sous la tête à essayer de ne pas penser et puis aussi à guetter le facteur, dans l'attente d'une lettre. Il n'avait pas écrit à Kalya, pas encore, il attendait de la lire, mais les mots qu'il rédigerait, il les connaissait déjà.

Lucia était allée chez le médecin. Il avait ôté, d'une main habile, tous les fils de la suture sans qu'elle ressente la moindre douleur. La plaie était saine, gonflée, vraiment pas jolie. Elle prenait des teintes rosées très claires qui tranchaient avec sa peau à la pigmentation brune. Quand elle rentra, elle s'enferma dans la salle de bains, elle tenta de camoufler l'horreur qui courait sur sa joue. Elle usa de fond de teint, tamponna, lissa, estompa, mais le lombric annelé sinuait toujours sur son visage ; d'un geste rageur, elle balança au sol tout ce qui traînait sur la petite étagère et sanglota. Demain, à midi, elle reprendrait son emploi au café de la place d'Anzin.

Quand elle sortit de chez elle pour se rendre au travail, la boule au ventre, outrageusement maquillée, une sombre idée obséda ses pensées : tout le monde la regardait. Elle écarta un peu l'écharpe de son col, l'ajusta pour qu'elle remonte sur le menton, cela ne cachait rien, enfin si peu, mais la rassura. Sa patronne fut la première à l'accueillir, « ma pauvre », avait-elle murmuré en portant les mains à son visage. Lucia esquissa un sourire, « ma pauvre », cela paraissait donc si laid que ça qu'elle lui offrait sa pitié ?

La journée et la soirée ne s'émaillèrent que de remarques sur sa cicatrice, certaines gentilles, mais la plupart sonnaient faux. Elle rentra tard chez elle, usée, laminée de fatigue physique, mais surtout nerveuse.

Enfin, la semaine suivante, en ouvrant la boîte aux lettres, le garçon découvrit une enveloppe adressée à « Monsieur Hugo Sompart », il s'empressa de monter dans sa chambre et de l'ouvrir.

Mon petit ange de vaurien, je n'ai pas pu t'écrire avant, il m'a fallu trouver mes repères. L'orphelinat est un vieux bâtiment, il se situe dans la rue principale qui donne directement sur la mer. Tout ici est mangé par le sel, les peintures, le fer, les voitures, ma peau. La mer, c'est un truc fabuleux, elle chante un refrain qui ne cesse jamais et elle dessine sans répit un nouveau paysage. Je ne me lasse pas de la regarder. Il faudra absolument que tu viennes, c'est magique. Il y a des mouettes, immenses, d'un blanc si blanc qu'on peine à les voir dans les nuages. Il faut s'en méfier, parfois, elles osent te manger le pain directement dans la main. Je me suis fait une amie, Ginette, grande et fine. Nous avons le même âge, elle sourit tout le temps, on ne s'imaginerait pas qu'elle a vu ses parents mourir dans un accident de voiture. Je lui parle souvent de toi, du terrain vague, notre coin de paradis, de nos bêtises, alors elle rit, d'un rire si plein de joie que tout le monde rit avec elle. Nous dormons dans un dortoir de vingt lits, la nuit, c'est plus difficile, certaines pleurent, cauchemardent. Il y en a une, heureusement, elle quitte le dortoir bientôt, elle ronfle si fort que les vitres des fenêtres en tremblent. J'espère que tu penses à moi, que tu prends soin de toi et de ta mère. Tu me manques, ta Kalya pour la vie.

PS : Tu verras, un jour, quand je sortirai, on vivra ensemble et nous serons heureux.
Ton amour, Kalya.

Hugo relut la lettre plusieurs fois, il descendit à la cuisine et lui écrivit à son tour deux longues pages. Il sortit la poster aussitôt, plus léger, moins seul.

Les mois passaient, lents, poussifs, ternes. Au café, Lucia, d'employée modèle, se mua en un souffre-douleur : pas assez rapide, désordonnée, pas aimable avec la clientèle, revêche. La femme du patron se plaignait souvent à son mari, au bar, quand la serveuse travaillait en salle : « Regarde, elle fait peur aux enfants… pour le café, ça la fout mal… la clientèle va fuir. » Dix fois par jour, elle harcelait son mari, lançait des regards mauvais à son employée. Lucia tint bon, elle tint bon huit mois, jusqu'en mai 1950, où elle commença à boire à la maison, mais aussi au travail, dans le dos de ses employeurs.

Quand elle rentrait de son service, à minuit passé, elle ouvrait une bouteille de bière, puis deux. Les semaines suivantes, elle goûta au vin, puis à l'eau-de-vie et à tout ce qu'elle trouvait. En septembre, Hugo la surprit à s'alcooliser avant d'aller travailler, au petit matin. Il tenta de la raisonner, mais rien n'y fit, elle en voulait à la terre entière, personne ne pouvait comprendre ce qu'elle vivait.

Hugo poursuivait sa correspondance. Il ne recevait souvent qu'une lettre quand lui en rédigeait trois. Il dégota des petits boulots, comme, les dimanches matin, aider un maraîcher à charger et décharger les cagettes. Il commença à être un peu connu, le gamin arrivait à cinq heures repartait quand la place se vidait.

On lui demandait d'aller chercher, qui un café, qui du pain, une bière, et chaque fois on le gratifiait d'un pourboire. Il finit par se retrouver à la vente de fruits et légumes, tous les dimanches matin à Anzin et tous les mercredis dans la ville voisine. Il économisait, semaine après semaine, avec l'idée d'un jour contempler la mer. Il lui faudrait du temps, mais il savait qu'il y parviendrait.

Cela faisait un an à quelques jours près que Kalya était partie. Les nouvelles qu'elle lui envoyait se voulaient toujours bonnes, un peu souvent la même chose, le garçon commença à s'interroger sur la sincérité de ses écrits.

En novembre, Lucia fut congédiée, ivre, elle était tombée entre les tables et avait failli se vautrer sur un landau où un bébé dormait. Depuis, elle restait chez elle sans chercher un nouvel emploi, à se morfondre sur sa vie, ses échecs, sa cicatrice et sa beauté perdue.

Hugo ne reconnaissait plus sa mère, elle ne s'habillait plus, écoutait les chansons sur la TSF, Radio Luxembourg, elle balançait la tête de façon idiote tout en fredonnant de fausses notes, un verre et une cigarette à la bouche. Il tenta de la secouer, de lui montrer qu'elle se trompait, de lui confisquer l'alcool, mais elle entrait chaque fois dans une rage folle.

Il prit en main la maison, cuisina, nettoya, força sa mère à se laver, fit la lessive et les courses. Cela dura ainsi jusqu'en mars 1951, quand l'argent commença à manquer. Les économies de sa mère s'étaient vidées au rythme des bouteilles.

— On n'a presque plus d'argent, et on n'a pas encore payé le loyer du mois dernier.

Lucia écrasa sa cigarette, remonta une mèche de cheveux qui tombait sur sa joue, puis dévisagea son fils, le regard sinistre.

— Et qu'est-ce que tu veux que ça me foute ? Hein ?

— Tu pourrais chercher du travail !

— Avec ma gueule ! Personne ne voudra de moi ! T'as qu'à puiser dans ta cagnotte !

Hugo répondit sèchement.

— Non, je la garde pour un jour rendre visite à Kalya !

— Cette catin ! Elle doit s'enfiler des garçons de son âge comme des colliers de coquillages. La plage, le soleil, ça donne chaud aux fesses.

— Tu racontes n'importe quoi, tu es encore ivre, ça va finir par te tuer.

— Eh bien, tant mieux, au moins, je ferai chier personne.

Hugo enfila ses chaussures sans les lacer, saisit son manteau et claqua la porte. Il erra quelques minutes, les poings enfouis dans ses poches, les mâchoires nouées. Sans s'en apercevoir, il se retrouva près du portail de la casse. Il était fermé avec une chaîne, juste à côté, un panneau « À vendre », à moitié bancal, tenait à peine.

Les rires de Kalya lui manquaient, ses baisers, sa façon de le taquiner, ses airs de garçon manqué, sa tignasse rebelle, ses jambes fuselées et leurs longues discussions. Tout ça, c'était sa faute, il n'avait pas mesuré les conséquences de son acte, aujourd'hui, s'il fallait recommencer, il agirait autrement.

Quand il rentra chez lui, sa mère n'y était plus. Il monta dans sa chambre et la découvrit en désordre, les livres étalés sur le plancher, le lit défait, le coffre ouvert. Il comprit. Il se retourna, jeta un œil sur la petite commode, les tiroirs étaient ouverts. Il se précipita, écarta les chaussettes… l'enveloppe n'y était plus. Il devint fou de rage, descendit les escaliers sans précaution, faillit tomber. Il visita toutes les pièces de la maison, Lucia était bien sortie.

Il l'attendit, allongé sur le canapé, dehors, les lampadaires dansaient sous le vent du nord. Au petit matin, il s'endormit tout habillé, son manteau pour couverture. Lucia ne rentra pas cette nuit-là.

Elle reparut, vers dix heures, mouillée de la tête aux pieds. Hugo allait l'engueuler, lui réclamer son argent, mais elle lui tendait déjà l'enveloppe. Il la saisit, l'ouvrit avec difficulté, elle contenait encore son argent, mouillé, mais au complet.

— Mais tu étais où ? Et pourquoi tu rentres dans cet état-là ?

Elle se mit à pleurer. Hugo l'aida à enlever son manteau.

— Je suis désolée, Hugo, j'ai pris ton argent, je voulais payer le loyer au propriétaire et m'acheter à boire. Puis quand je suis arrivée devant chez lui, j'ai paniqué, je me suis vue dans le reflet d'une vitrine et j'ai eu peur. J'ai peur de ce que je suis devenue. Alors, j'ai marché toute la nuit, jusqu'à Valenciennes. J'ai ressassé toute cette souffrance que je trimballe ! Je ne suis qu'une traînée, une mauvaise mère, une défigurée, je me dégoûtais.

Et au petit matin, au pont Villars, j'ai voulu en finir. Tu comprends ? Et puis, une fois dans l'eau, quand le courant a commencé à m'entraîner, j'ai pensé à toi. Je me suis débattue, j'ai réussi à m'agripper à des branches et un pêcheur m'a aidée à remonter.

— Mais pourquoi ?

— Je te l'ai dit, mais tu ne peux pas comprendre.

Hugo ne savait pas quoi dire. Il tendit l'enveloppe à sa mère.

— Prends-la, paye le loyer, tu me rembourseras plus tard. Et va te changer, tu sens la vase.

Il monta dans sa chambre et n'en sortit pas de la journée.

41

Il neigeait à gros flocons, la nuit était calme, seul le bruit de la roue de la brouette qui meurtrissait la neige et le crissement de nos pas hésitants rendaient ce moment réel. Odile, roulée dans un drap, linceul de fortune, effectuait son dernier voyage dans ce véhicule indigne d'elle.

Nous contournâmes le village, armés de pelles, d'un louchet et d'une pioche. Nous nous enfonçâmes le plus loin possible dans la forêt, parmi les ombres flottantes des arbres, on y voyait à peine. Plusieurs fois, nous fûmes surpris par les bruits d'un animal apeuré par notre présence. Enfin, un peu à l'écart d'un chemin, nous dénichâmes un endroit où Odile pourrait trouver le repos : un tronc à l'odeur de moisissure, couché au milieu des ronces. Forts des manches de pelle comme bras de levier, nous déplaçâmes le vieux chêne un mètre plus loin.

Pendant une heure, nous avons creusé, sectionné quelques racines, heurté quelques pierres. Quand le trou fut assez profond, nous étendîmes le corps qui se rigidifiait déjà. Nous rebouchâmes et piétinâmes de nos bottes la terre encore fraîche, puis replaçâmes le tronc juste au-dessus. Pour la première fois depuis notre départ, Joël m'adressa la parole, à voix basse.

— On dit quelques mots ?

— Tu te prends pour un curé ? On dégage, je n'ai pas envie que Sarah remarque mon absence. De toute façon, s'il existe quelque chose après, elle vient d'entrer dans la bouche de l'enfer.

Il n'avait pas répondu. Du pied, on avait poussé un peu de neige sur les traces de notre terrassement, jeté quelques vieilles branches, et nous étions rentrés.

Une fois à la maison, j'en profitai pour dissimuler l'argent récupéré, un beau paquet de billets. J'étais ressorti, j'avais marché un peu jusqu'au ruisseau, je me souvenais de ce gros rocher sous lequel une bestiole avait sans doute creusé son terrier, des années plus tôt. J'écartai quelques pierres et glissai la boîte en fer sous la roche. Là, personne ne pourrait la trouver. J'avais rebouché à la hâte et replacé les plus gros galets devant l'entrée.

Sarah dormait encore, après ces événements, impossible d'aller me coucher, je restai en bas, près du feu. Mitra me dégoûtait de plus en plus, je ne le supportais plus, il agissait de façon décousue, ne parvenait plus à se maîtriser. Cette idée de partir avec ma famille me revenait en boucle. Le pactole me permettrait d'acheter une ferme et un morceau de terre, nous pourrions y être tranquilles, je trouverais peut-être enfin la paix, et j'arrêterais toutes ces conneries. Je ne prenais pas particulièrement plaisir à m'en prendre aux gens, pour la plupart, ils m'étaient indifférents. Juste des pantins sans importance qui passaient dans cctte vie. Des inconnus qui marchaient au pas, en file indienne, sortaient gagner leur pitance et revenaient à la fourmilière. Des âmes qui ne croyaient pas en elles et suivaient comme des moutons un prêcheur ou un autre. Des paires de chaussures qui arpentaient toujours les mêmes trottoirs, empruntaient les mêmes bus, mangeaient les mêmes conneries et ne disaient bonjour à personne. Tous ces gens n'étaient que des ombres, ils n'arrivaient pas à la cheville de Kalya. Je levai la main, observai mon pouce, la cicatrice s'effaçait avec le temps, je la devinai à peine, mais celle laissée par le manque ne guérissait pas.

Sarah ne s'était pas rendu compte que j'étais resté éveillé presque toute la nuit, je m'étais recouché un peu avant que les premiers rayons du soleil ne fendent la brume matinale.

Dans l'après-midi, Joël vint me chercher, Mitra voulait s'entretenir avec nous. Le guide me parut maladif, le visage en sueur, les joues creusées. Il n'avait pas dormi de la nuit. Il nous remercia et s'excusa.

— J'ai bien réfléchi, j'en ai déjà parlé avec Joël, je crois que ce qui est arrivé hier soir est un signe que m'envoie l'esprit de la vie. Demain matin, à la première heure, avec Isaac et Joël, nous partirons pour la Suisse où je suivrai une cure de désintoxication dans une clinique spécialisée. Il faudra que j'y séjourne sans doute pendant tout un mois. J'aimerais que tu restes ici et que tu diriges la communauté en mon absence, Amos.

Je le dévisageai, il ne me regarda pas, ses mains tremblaient.

— Et pourquoi moi ? Je suis le dernier nommé des disciples ! Isaac pourrait très bien s'occuper de tout ça.

— Tu ne le sais peut-être pas, mais il prend aussi des produits, sauf que lui parvient à se contrôler et à limiter ses prises. Il doit aussi suivre la cure. Je vais avoir besoin de Joël, déjà pour nous conduire là-bas et une fois sur place on aura aussi besoin de lui. Ou alors, si tu préfères, tu viens avec nous et je laisse Joël ici, mais ça m'étonnerait que ça t'intéresse. J'ai fait une bêtise, j'en suis conscient et je ne veux pas en faire une autre. Et puis, ces trucs, ça va finir par me gangrener la cervelle, me tuer.

Je lisais la nervosité dans ses gestes découpés, peut-être le manque.

— Très bien ! Mais en ton absence, aucune messe, c'est à prendre ou à laisser. Tu ne me feras pas monter sur les marches pour déblatérer des conneries.

— Non, pas de messes. De toute façon, avec Odile en moins… je vais faire croire à tout le monde qu'elle part avec nous, à mon retour, on dira qu'elle est restée en Suisse. Je te remercie, Amos. Tu verras, quand on reviendra, on repartira d'un bon pied.

Il se tourna vers Joël.

— Tu t'occupes de prévenir le hameau, et n'oublie pas de dire qu'Odile vient avec nous. Je m'occupe de Marie, elle doit se demander où est passée son amie, c'est une adepte fidèle, elle ne dira rien.

Le lendemain matin, Mitra et les autres étaient partis, ne restaient que Marie et moi. J'avais la ferme intention de laisser vivre la communauté sans intervenir. Je me sentais un peu nerveux, Sarah me rassura, tout irait bien. Thalion était fier de moi, j'étais responsable du hameau, il me confia même qu'un jour il aimerait le devenir aussi. Le gamin avait de la suite dans les idées. À treize ans, il se montrait un jeune homme gaillard, puissant, et surtout il grandissait bien plus que je ne l'aurais espéré et cela me rassurait. Mon fils marchait souvent dans mes pas, il aimait beaucoup lire et me faisait parfois la lecture. Nous étions très complices et je m'en sentais très fier. Ce rôle de père m'avait offert la stabilité qui me manquait tant.

La première semaine se passa à merveille, chacun vaquait à ses occupations. La neige avait fondu et n'était plus qu'un mauvais souvenir.

Le matin du 17 décembre, je dormais à poings fermés quand Sarah me secoua avec force.

— Amos, quelqu'un frappe en bas.

Je me levai vite, descendis les marches, encore vaseux. J'entendis crier à travers la porte.

— Gendarmerie ! Ouvrez !

42

Lucia ne sortit pas ce jour-là, chamboulée, désorientée. Elle sécha ses vêtements, ainsi que les billets que lui avait confiés son fils. Le lendemain, elle se rendit chez son propriétaire et lui régla le loyer en retard, elle lui demanda un peu de patience pour le suivant. Il tergiversa, mais accepta.

Elle postula à un nombre incalculable d'emplois : boulangeries, épiceries, librairies, cabinets en tout genre, et tout ce qui était susceptible de lui convenir. Elle n'essuya que des refus. Elle ne but pas une goutte d'alcool de la journée, mais ne cessa d'y penser, surtout une fois chez elle, le soir, seule, assise à la table de la cuisine fumant cigarette sur cigarette.

Le lendemain, elle s'apprêta et se mit de nouveau en quête de trouver un travail, elle poussa ses recherches un peu plus loin, à Valenciennes. Les réponses se suivaient, identiques, laconiques : « Désolé, nous n'avons rien à vous proposer. » Dès lors, elle se présenta à des endroits moins reluisants, moins intéressants : petites entreprises, usines, entrepôts, stations-services… sans qualification, sans expérience, ce fut peine perdue. Elle rentra chez elle, dépitée.

Les jours suivants ne lui permirent pas de se réjouir davantage, elle déposa des annonces pour garder des enfants, le peu de couples qui la contactèrent ne donnèrent pas suite. Elle se décida à cantonner ses recherches dans la branche qu'elle connaissait le mieux : le service. Elle démarcha plusieurs restaurants, cafés, sans plus de succès. Puis, près de la gare de Valenciennes, elle découvrit une affiche qui indiquait que l'on cherchait une serveuse. Quand elle détailla la façade, elle comprit de quel genre d'établissement il s'agissait. Pas de vitrine, pas de terrasse, une porte blindée avec une trappe qui s'ouvrait de l'intérieur. Elle leva les yeux, une lanterne rouge, éteinte, et le nom « Le Flamant rose ».

Elle frappa à la porte, une fois, deux fois, sans réponse, elle tenta à nouveau et s'éloignait quand la trappe s'ouvrit.

— C'est fermé ! C'est pour quoi ? demanda une voix de femme sur un ton désagréable.

Lucia balbutia :

— Je viens de voir l'annonce.

Elle entendit la mécanique de verrous que l'on actionnait. La porte s'ouvrit. Une femme, les yeux grossis par deux épais verres de lunettes à la monture extravagante, passa sa tête dans l'entrebâillement. Les joues fardées, les cheveux courts d'un blond délavé qui laissaient apparaître des racines bien moins claires, elle paraissait contrariée.

— Vous savez où vous mettez les pieds, au moins ?

— J'en ai une idée, mais j'ai besoin de travail, et j'ai une petite expérience de ce genre d'établissement.

Elle la détailla de la tête aux pieds, le visage renfrogné.

— Je ne cherche pas une fille, mais une serveuse.

Lucia ne se vexa pas, au contraire, elle se sentit soulagée. Elle informa la femme sur ses emplois précédents, l'autre la fit entrer. L'endroit se voulait cosy, six tables de quatre chaises, trois banquettes et un bar en acajou de trois mètres de long. La lumière tamisée aux reflets orangés, l'absence de fenêtre et les tableaux de femmes aux postures lascives lui rappelèrent de vieux souvenirs. Lucia connaissait cette sensation d'oppression, l'odeur de tabac froid, le silence feutré, tout cela la dérangeait. La tenancière se surnommait Mado, mais son vrai prénom était Jacinthe, avait-elle ajouté dans un rire mélangé de toux. Elle observa la jeune femme de plus près, lui saisit le menton, fit pivoter son visage pour mieux détailler la cicatrice.

— C'est moche ! Mais ici, dans la pénombre, on la devinera à peine. D'un autre côté, je préfère que tu ne sois pas jolie, ça donnera aux clients l'idée que mes filles sont belles.

Elle gloussa de nouveau.

Elle expliqua à Lucia ce qu'elle attendait d'elle. Le travail commençait à neuf heures trente pour la préparation de la salle et se terminait à quatre heures, les vendredis, samedis et dimanches, le reste de la semaine elle n'ouvrait pas. Plusieurs tâches lui incomberaient : la plonge, le service aux tables, faire boire les hommes le plus possible. Pour chaque bouteille vendue, qui valait un bras, la serveuse se verrait allouer un bonus. Le salaire fixe était maigre, mais, si elle se débrouillait bien, les bonus plus les pourboires pouvaient doubler ses gains. Lucia accepta, d'autant qu'elle toucherait sa paye à chaque fin de soirée, une fois la caisse terminée, cela voulait dire un peu de liquidité sans attendre la fin du mois.

Elle débuta quelques jours plus tard, un vendredi, ce qui lui permit de prendre ses marques car peu de clients se présentèrent. Les deux nuits suivantes ne ressemblèrent en rien au premier soir : l'euphorie jusqu'à deux heures du matin. Elle calcula ses gains pour ces trois premiers soirs, c'était plus qu'encourageant. Bien entendu, elle subit de nombreux outrages, on la voyait telle une marchandise, un apéritif. Elle avait connu bien pire, ce qui facilita le contact avec la clientèle. Elle parvint cependant à se faire respecter des plus entreprenants, ce qui, au fil des semaines, lui valut une petite réputation de porc-épic, on ne devait pas se frotter de trop près. Mado l'avait encouragée à poser des limites, elle se montra une femme au grand cœur, prévenante et rieuse.

Début mai, Lucia rendit l'enveloppe à son fils, avec quelques billets en plus à l'intérieur. Elle s'excusa de nouveau, lui promit que tout cela serait de l'histoire ancienne. Certes, elle ne buvait plus une goutte d'alcool à la maison, mais pendant le travail, elle ne refusait jamais ; il y avait trop à gagner. Elle se garda bien de le mentionner à son fils. Pour lui, sa mère travaillait dans un dancing, au vestiaire, ce qui expliquait ses absences en fin de semaine.

En mai 1951, Lucia entrait dans sa trente-septième année, l'idée de trouver un compagnon et pourquoi pas un père pour Hugo ne la quittait pas, malgré son visage meurtri, elle y croyait de nouveau. Le destin sembla cette fois de son côté. Un vendredi soir, elle entrait à peine dans le club, quand elle tomba nez à nez avec un homme qu'elle ne connaissait pas, un certain Marceau. Électricien de son état, il venait réparer le compteur qui ne se réenclenchait plus. Mado les présenta l'un à l'autre. L'homme, la voix de contrebasse, large d'épaules, la mâchoire carrée, plut tout de suite à Lucia, il approchait la cinquantaine, mais dégageait une force tranquille qui la subjugua. Il termina ses réparations et Mado lui offrit un verre. Ils parlèrent de choses et d'autres, Lucia nettoyait le bar et lavait les verres. Marceau plaisanta avec elle, la complimenta. Mado, derrière lui, lançait des regards désapprobateurs à son employée, et secouait la tête pour lui faire comprendre de ne pas trop discuter avec l'électricien. Lucia en fut gênée et ne sut plus quoi dire. L'autre ne bougeait plus du bar, attendant sans doute un autre verre. La tenancière vint vers lui, lui demanda combien elle devait. Quand il lui annonça le tarif, elle écarquilla les yeux.

— Dis donc ! Tu ne te mouches pas le nez avec une brique, toi !

— J'ai du travail par-dessus la tête, et t'en chercheras des gars sympas comme moi pour venir un vendredi à neuf heures. Si je viens, c'est pour te faire plaisir. Je cherche un apprenti, mais ne trouve que des branquignols.

Lucia sauta sur l'occasion et parla de Hugo. Le visage de Marceau s'éclaira. Il lui donna son adresse, elle pouvait passer lundi à une heure trente pour le présenter. Il s'excusa et sortit par la porte arrière. Mado n'attendit pas une seconde.

— J'ai bien vu qu'il te plaisait. C'est une très mauvaise idée. C'est un ancien client, et les filles le trouvaient limite, limite. Du genre à montrer sa force et sa domination au lit. Je ne le sens pas ce type-là, tu devrais te méfier.

Lucia ne répondit pas, signe qu'elle se fichait de l'avis de sa patronne, l'autre n'insista pas.

Lucia se pomponna, choisit sa plus belle robe, se maquilla sans exagération et, accompagnée de Hugo, se présenta le lundi à une heure trente précise au local où Marceau avait installé son entreprise. Un vingt mètres carrés, dans une petite rue commerçante de Valenciennes. Quand il la vit entrer avec son fils, il gratifia la femme d'un grand sourire.

Hugo ne voyait pas ce métier d'un bon œil, mais à quatorze ans, hormis ces quelques heures sur les marchés, il n'avait rien trouvé. Sa mère lui avait promis de lui laisser un tiers de son salaire pour ses économies, il trouva cet arrangement alléchant et accepta.

L'entretien dura une vingtaine de minutes, l'affaire fut conclue, Hugo débuterait le lendemain. Après deux semaines sur les chantiers, l'apprenti trouva que l'électricité ce n'était pas si mal, même si le patron poussait gueulante sur gueulante et qu'il se montrait aussi désagréable avec lui qu'avec ses clients, le travail l'intéressait. Il toucha sa première enveloppe qu'il apporta fièrement à sa mère.

Il écrivit aussitôt une lettre à Kalya pour lui annoncer la bonne nouvelle, avec ce salaire, il pourrait sans doute aller à Wimereux avant la fin de l'année.

Lucia, pour remercier Marceau, par l'intermédiaire de son fils, lui offrit une tarte au sucre, celle qu'elle réussissait le mieux. Le lendemain, l'électricien détourna sa voiture pour déposer son ouvrier chez lui et en profita pour inviter sa mère à dîner, elle accepta sans un clignement de paupières. Ce fut le coup de foudre et deux mois plus tard son amant, qui vivait dans une chambre de bonne, emménagea chez sa maîtresse avec ses meubles.

Hugo n'aima pas cela du tout, l'homme s'imposait, par petites touches, de façon anodine et toujours avec le sourire. Une réflexion par-ci, un reproche par-là sur le ton de la plaisanterie. Il jouait les mielleux et montrait un visage bien différent de celui qu'il connaissait au travail.

Marceau trouva vite ses marques, il se sentait en terrain conquis, Lucia le dévorait des yeux. Un homme à la maison, n'était-ce pas ce dont elle avait toujours rêvé ? Le quinquagénaire était le patron la journée et se considérait toujours comme tel le soir venu. La femme voyait cela d'un très bon œil, l'homme était un amant extraordinaire, il avait de la poigne, il apprenait un métier à son fils, que des qualités en somme. Puis, un soir, l'électricien annonça au jeune homme que désormais il ne serait plus payé. On n'avait jamais vu un beau-père qui transmettait son savoir à son beau-fils le payer. Après tout, on travaillait en famille, pour le bien de tous. Lucia n'y vit aucun problème. Hugo se fâcha.

— Et mon voyage pour aller à l'orphelinat ? Je vais faire comment ? Si je ne suis pas payé, j'irai travailler ailleurs, je retournerai voir le maraîcher.

L'électricien tenta de calmer les choses, d'une voix douce. Il s'adressait à sa compagne, la prenait pour témoin.

— Il est jeune, souriait-il. Il faut un peu de temps pour qu'il comprenne ces choses-là.

*

Le lendemain matin, Lucia alla réveiller son fils. Elle lui fit la morale, lui précisa qu'il pourrait toujours aller travailler le dimanche matin chez le maraîcher pour constituer sa cagnotte. Elle s'engagea à lui donner un peu d'argent de poche, chaque fin de mois. Hugo partit avec Marceau, l'amertume dans la gorge.

Le soleil de cette fin juillet montrait toute son ardeur, on comptait plus de trente degrés dans la vieille bâtisse où l'électricien et lui travaillaient. Ils étaient seuls sur le chantier. Marceau ne disait rien, trop occupé à poser l'armoire électrique, le garçon préparait les fils, les dénudait pour avancer un peu le travail. Par cette chaleur, l'homme s'enfila deux bières vers dix heures puis deux autres à onze.

Ils déjeunèrent sur place, Lucia avait préparé un

en-cas, Marceau engloutit une demi-bouteille de vin. Il lançait des regards torves à son apprenti puis soudain il se lâcha.

— Je n'ai pas trop aimé hier soir que tu t'opposes à moi devant ta mère. Quand je dis quelque chose, tu réponds oui d'accord, sinon on ne sera plus copains.

Hugo le fixa droit dans les yeux.

— On n'est pas copains et tu n'es pas mon père !

Marceau se leva d'un coup. Il attrapa Hugo par le bras et l'emmena de force jusqu'à l'établi qui se trouvait à deux pas. Le garçon tenta de résister, mais en vain. L'autre, dix fois plus fort, jouait avec un fétu de paille. Hugo portait un maillot de corps sans manche, un marcel blanc, l'électricien lui enleva d'un geste vif, sans que le gamin ait le temps de réagir. Il plaqua Hugo sur l'établi, attrapa un câble électrique qui traînait à côté et attacha les mains de l'enfant à la structure de bois.

— Je vais t'apprendre à obéir, je vais t'apprendre qu'il ne faut pas me défier.

Le prisonnier tenta de se dégager, de se retourner, mais les liens lui blessaient les poignets. Marceau récupéra une tresse de fils, en entoura une partie autour de sa main et fouetta le dos du garçon.

Le premier coup tomba, un éclair sur une peau de satin.

Hugo serra les dents.

Le second cingla et claqua tout le long de son dos.

L'autre jubilait.

Le troisième piqua si fort que les yeux de l'enfant se rebellèrent, lâchèrent quelques perles de douleur.

Le quatrième lacéra la chair, sillon béant qui saigna, ruisseau rouge, morsure brûlante.

L'enfant cria.

Marceau laissa là sa victime plus d'une heure, puis calmé, il le détacha.

— Ce soir, quand je dirai quelque chose, je veux que tu fermes ta grande gueule.

43

Ça cognait dehors. La porte en bois de châtaignier absorbait les coups, les étouffait. Thalion descendit alarmé par les cris : « Gendarmerie, ouvrez ! »

— Une seconde ! Je m'habille !

Mon fils me questionna, la voix dans les aigus.

— Qu'est-ce qui se passe, papa ?

Je le saisis par les épaules et murmurai :

— Écoute-moi bien. Je risque de ne pas revenir avant un long moment, c'est important ! Tu dois protéger ta mère, tu es maintenant l'homme de la maison. Tu comprends ? Tu dois faire en sorte qu'elle ne participe pas aux messes nocturnes ! Sinon, on lui fera du mal. Tu as treize ans, tu peux le faire ! Tu me promets ?

Ça cognait encore, coups impatients qui annonçaient une autre phase, celle d'un enfoncement de la porte.

— Ouvrez !

Le gamin trembla.

— Je te jure, papa.

Sarah apparut au pied de l'escalier, perchée sur les premières marches. J'ouvris la porte, un groupe d'une dizaine d'hommes se trouvait à l'extérieur, le halo des lampes torches lécha les murs, éblouit les visages.

— Que se passe-t-il ?

Le plus grand me poussa et entra, suivi de trois autres.

— Vous êtes le nommé Amos ?

— Oui, que voulez-vous ? Je ne comprends pas !

Il passa derrière moi, me saisit un poignet.

— Vous êtes en état d'arrestation.

— Laissez-moi prendre au moins quelques affaires ! Je suis à moitié nu, vous voyez bien que je coopère. Sarah !

Elle se trouvait toujours au même endroit, elle n'avait pas bougé, Thalion l'avait rejointe, il la tenait par la taille. Tous deux me regardaient, lui effaré, elle presque indifférente, comme tétanisée.

Le gendarme se tourna vers elle et lui ordonna d'apporter mes habits, mes chaussures.

Il était à peine six heures, la gendarmerie procéda à une perquisition, rien ne fut saisi, je n'avais rien à cacher. Plusieurs fois, j'avais demandé pour quelle raison on m'arrêtait, mais je n'eus que le silence pour réponse. Dans ma tête, ça gambergeait, que me reprochaient-ils ? Et pourquoi moi ? Ils me cherchaient, moi, Amos, donc, l'information venait de la communauté, puis, je compris. Mitra, Joël, Isaac. Ils étaient absents, comme par hasard ! Le guide se méfiait de moi, je lui avais dit que j'allais partir, je m'étais confronté à lui, je l'avais défié, j'avais récupéré mon argent, menacé et il n'aimait sans doute pas ça. Il avait tout intérêt à me balancer. Mais, la question se posait, si c'était lui, qu'avait-il raconté aux gendarmes ?

Je m'inquiétais. Peut-être l'histoire de Joseph ? Depuis le temps, le vieux devait être mort, sa mère bouffée par les vers. Ou alors, la drogue ? Une filature dans Lyon ou Marseille ? Pendant mes livraisons, je montrais toujours la plus grande prudence, je m'assurais que je n'étais pas suivi, on prenait les transports en commun, des taxis, pas de routine, jamais les mêmes heures, les mêmes trajets. Mitra n'aurait quand même pas dit à la bleusaille que j'avais tué Odile ? Non, il ne pourrait pas faire une chose pareille, il était mouillé jusqu'au cou. L'histoire de la vente des bébés ? Il était à l'origine de tout ça, ça me paraissait bien improbable. Ou alors… il s'était sauvé en Suisse et ne reviendrait jamais ? Parti avec les personnes sur qui il pouvait compter et tout le pognon amassé. Pourquoi pas ? Il pourrait tout recommencer là-bas, bâtir un *nouveau monde* sur des bases plus solides, mais tous ces adeptes ici ? J'échafaudais mille possibilités et toutes me paraissaient compliquées.

L'officier qui semblait le chef du dispositif me demanda mon nom, je répondis « Amos ». Il se renfrogna, il voulait mon vrai nom, alors je ressentis comme un picotement dans l'estomac, le doux parfum des souvenirs et je répondis avec un sourire : « Amos, Sans-Nom ». À voir sa tête, cela ne lui plut pas du tout, mais il n'en dit rien.

Il me poussa sans ménagement, je me retournai vers Sarah, elle me dévisagea, ne prononça pas un mot, le visage sans expression, comme si elle ne comprenait pas. Je ne savais pas si je la reverrais, ni quand, j'aurais aimé lui dire quelque chose de gentil, soulager sa peine, l'encourager à être forte, ma bouche resta scellée.

Dans l'estafette, deux gendarmes m'encadraient, les yeux rivés sur moi, sans un mot. On m'emmena à près d'une heure de là, dans une caserne vieillotte, et on me laissa pourrir presque toute la matinée dans une geôle qui sentait l'urine et l'odeur de sueur rance. L'humidité me transperçait jusqu'aux os, je marchais en long et en large pour me réchauffer, je grelottais.

Je ne savais pas trop à quelle heure, mais on vint enfin me chercher pour me conduire dans le bureau d'un adjudant aux tempes grisonnantes, aux cheveux coupés en brosse et au regard sévère. On m'enleva les bracelets, je m'apprêtais à m'asseoir sur la chaise, le gendarme aboya :

— Je ne t'ai pas autorisé à t'asseoir ! Tu restes debout !

Je me mis au garde-à-vous, histoire de me moquer un peu de lui, cela ne lui arracha pas même une mimique.

— Très bien, Amos, tu es donc placé en garde à vue depuis ce matin à six heures cinq, pour les motifs de séquestration, violences volontaires sur personne vulnérable, menaces et vol à l'encontre de Joseph et Blanche Gaton et pour tentative de viol et violences volontaires sur la personne de Solange Vileban.

C'était donc ça, cette affaire qui datait d'au moins quinze ans, je compris que cela ne pouvait venir que de Mitra, lui savait, lui avait l'article de journal, l'enflure, il me le paierait un jour ou l'autre. Je ne répondis rien à cela. Le gendarme me détailla.

— Est-ce que ça te rappelle quelque chose cette histoire ?

— Non, vous devez faire erreur, c'est arrivé quand et où ?

— Ici, je pose les questions. On ne va pas tourner autour du pot, dans la pièce à côté, il y a quatre hommes, tous différents, habillés en civil.

Il se leva, s'approcha de moi et à l'aide de deux épingles de nourrice me colla le numéro 3 sur le torse.

— Tu te places au milieu de ces personnes, tu vas bien redresser le menton pour que l'on voie bien ta bouille de salopard, et tu ne diras pas un mot. Est-ce que c'est clair ?

Je secouai la tête pour ne pas le contrarier. Il me conduisit à côté, me positionna dans le rang et pivota vers un de ses collègues.

— Tu peux lui demander de venir.

Je reconnus aussitôt la femme qui entra : Solange, elle n'avait pas tellement changé si ce n'était quelques légères rondeurs et une coupe de cheveux différente. Son regard croisa tout de suite le mien. Elle avança, le pas lent, dévisagea chacun des participants et retourna à sa place.

— Alors ? questionna l'adjudant.

— Sans aucun doute, le plus petit, le numéro 3. Comme je vous ai dit, il a le dos couvert de cicatrices. Vous pourrez vérifier.

— Très bien, merci, madame, suivez mon collègue, il va prendre votre déposition.

Il me montra du doigt.

— Allez, suis-moi !

Il me demanda s'il était nécessaire que je me mette torse nu ou si je désirais vider mon sac. L'audition dura près de trois heures, il me posa question sur question, m'interrogea sur mille détails que j'avais oubliés. Je coopérais, je savais que j'étais cuit. Le bon point dans cette histoire c'était que Blanche était décédée de sa bonne mort, ce qui changeait totalement le chef d'accusation. Pour Solange, j'avais nié et raconté la vérité, mais cela ne servait à rien. Qui donnerait foi à un homme qui a brisé la mâchoire d'une pauvre vieille ? J'avais signé en bas des quatre pages de procès-verbal.

— Donc, tu reconnais tout, mais tu ne veux toujours pas nous donner ton nom ?

Il patienta quelques secondes, devant mon silence il poursuivit :

— Ça risque de te nuire énormément une fois devant le tribunal, les juges croiront que tu dissimules d'autres choses, ce qui me semble le cas. Comme tu veux !

— Je peux vous poser une question ?

— Pas certain que j'y réponde, mais vas-y.

— Qui vous a conduit jusqu'à moi ? Comment avez-vous su ?

Il me gratifia d'un rictus de contentement, ma question lui plaisait.

— À ton avis ? On a reçu un appel téléphonique, il y a une semaine, qui nous disait que tu te cachais là et ce que tu avais fait. Tu dois avoir de super copains dans le coin ! Tout le monde tombe un jour ou l'autre, le bien gagne toujours.

Il était content de lui, son visage irradiait une satisfaction non feinte, un sentiment de fierté, il ne ressemblait plus à celui que j'avais rencontré quelques heures auparavant. Non, là, avec son contentement manifeste, il se métamorphosait en un homme qui croyait en ses convictions. Encore un qui pensait que tout était blanc ou noir. J'en profitai pour l'interroger à nouveau.

— Qu'est-ce que je risque ?

— Aucune idée précise, mais pas moins de sept ans de trou, cela me surprendrait. Dix peut-être ? Ou plus !

Il se mit à rire.

— Allez, on te remet en cage, en attendant qu'on te fasse goûter à la prison.

Le lendemain, un fourgon blindé vint me chercher, direction la prison Saint-Paul à Lyon.

44

Les lacérations de son dos mordaient. Par instants, le garçon percevait la douce caresse d'une goutte de sang qui s'échappait du sillon. La douleur était constante, lancinante, accompagnée du rythme des battements de son cœur. Il la supportait, chaque seconde l'endurcissait et gonflait la haine qu'il éprouvait envers cet homme. Il avait serré les dents pour ne pas lui offrir la jouissance de se plaindre, même s'il avait cédé à la fin, il se sentait fier de lui.

De tout l'après-midi, l'électricien n'adressa pas la parole à sa victime qui resta dans son coin, assise à l'ombre d'un conduit de cheminée, le torse appuyé contre les genoux. Peu avant de quitter le chantier, il l'appela, lui ordonna de ranger les outils et le matériel. Quand Hugo eut terminé, ce salaud le félicita, comme si un mot gentil pouvait effacer tout le reste. Il l'attrapa par le bras, jeta un œil distrait à ses plaies.

— Du cinéma pour pas grand-chose, dit-il. Trois gouttes de sang qui ont séché. Remets ton maillot ! Je te conseille de ne pas aller te plaindre dans les jupes de ta maman, tu risquerais de le regretter. Et qui sait ?

peut-être même que je serais obligé de la frapper, elle. Tu ne voudrais pas que ta mère souffre par ta faute ?

L'apprenti n'avait pas répondu.

Le soir, Hugo n'avait rien dit, pas par peur, mais sa mère se laissait embobiner par son amant avec une telle facilité, qu'elle aurait été capable de rendre son fils responsable de ses blessures. Il ne la reconnaissait plus, elle, si prévenante, s'était détachée de lui ou peut-être était-ce l'inverse ? Elle donnait plus d'importance à son bourreau qu'à lui.

À table, le garçon évita de s'appuyer contre le dossier de la chaise, il cachait la douleur et mordait dans le pain. Marceau se montra de bonne humeur, guilleret, il se félicita du travail de son compagnon au chantier et rassura Lucia qui n'y voyait que du feu. L'homme se muait de salaud en gentil patron avec aisance, un vrai caméléon.

Les jours suivants, tout se passa presque normalement, surtout sur le chantier où les peintres travaillaient aussi. Marceau et son apprenti n'étaient plus seuls, Hugo ne craignait plus rien. Les plaies avaient séché, elles cicatrisèrent. Il avait tenté de voir s'il restait des traces. Grâce au miroir de sa mère, dans la salle d'eau, il y était parvenu. Six lignes rosées s'entrecroisaient, elles marquaient sa peau à jamais, sillons maladroits d'un champ où rien ne pousserait si ce n'est le souvenir amer de cet instant. Il serra les mâchoires et les dents, pensa à Henri, et l'envie de tuer lui traversa l'esprit.

Le dimanche matin, fatigué, il ne se leva pas pour aller au marché. Il se résigna, la semaine prochaine peut-être.

Un soir du mois d'août, Lucia et Marceau s'éternisèrent à l'apéritif, dehors dans la cour sous la chaleur accablante. Les bouteilles de bière s'alignaient sur la table, tristes trophées d'une soirée de vainqueurs. Ils dînèrent à neuf heures passées, le garçon mourait de faim. Pendant le repas, l'électricien émit l'idée que Lucia devrait quitter son emploi, ils se voyaient peu la semaine et le week-end, elle partait au Flamant rose. Il disait vouloir sortir, au moins de temps en temps, dîner au restaurant, se faire une toile ensemble. Elle se sentit flattée, mais elle ne pouvait pas démissionner comme ça, du jour au lendemain. Il se renfrogna, mima la déception et la tristesse, le caméléon reprenait du service. Elle lui expliqua qu'il fallait d'abord qu'elle trouve autre chose, avec des horaires semblables aux siens. Elle ne voulait pas se retrouver sans emploi, sans revenu, on ne savait jamais de quoi serait fait l'avenir. Marceau haussa la voix.

— Mais à quoi je sers, moi ? s'énerva-t-il en se tapant sur la poitrine.

Il se tourna vers Hugo.

— Et puis il y a le petit ! Hein, Hugo !

Le garçon répondit par une moue inexpressive.

— Tu vois, nous sommes là pour faire bouillir la marmite ! Ta place est à la maison à cuisiner, préparer des petits plats pour tes hommes.

Lucia lui sourit. Son compagnon se souciait d'elle, désirait passer plus de temps avec elle, comment ne pas trouver cela attendrissant, mais elle se raisonna.

— Je crois que c'est précipité, cela ne me semble

pas une bonne idée, je gagne bien ma vie en très peu d'heures de travail, presque autant que toi. C'est une manne dont on ne peut pas se priver.

L'homme tapa du poing sur la table, elle sursauta.

— Tu trouves que travailler dans un bordel c'est la place d'une mère de famille ?

Lucia ne put cacher son émotion, elle balbutia.

— Mais… tu m'avais promis de ne rien dire devant Hugo !

Assis à table, le garçon mâchait et mâchouillait encore ce morceau de pain qu'il ne parvenait pas à avaler. Elle avait donc de nouveau laissé les hommes lui passer sur le corps, pensa-t-il. Marceau railla.

— Il est assez grand pour savoir ces choses-là ! Ce n'est plus un môme, il a quatorze ans ! Et puis, c'est l'enfant d'une pute ! Il l'ignorait ?

Lucia regarda son fils, les yeux pleins du désespoir d'une mère qui se sentait salie.

— Je ne fais rien de mal ! Je sers à boire, tu le sais très bien ! On en a déjà discuté, pourquoi tu mets ça sur la table maintenant, devant mon fils ? Tu veux m'humilier ? Me forcer à démissionner ? C'est hors de question !

L'homme se leva, explosif, balança un coup de pied dans les bouteilles vides. D'un geste du bras, il fit valser par terre tout ce qui se trouvait sur la table, assiettes, verres, bouteilles, couverts. Il saisit Lucia par les cheveux et lui pressa la tête sur le plateau de bois. Les veines de ses tempes gonflaient sa peau, les muscles de ses joues se durcirent, ondulèrent de colère. Marceau dévisagea Hugo.

— Tiens-la comme ça ! Qu'elle ne bouge pas ! ordonna-t-il la voix pleine de furie.

L'adolescent, debout, tétanisé de voir ainsi sa mère, ne sut quoi faire. L'électricien, de l'autre main, commençait déjà à dégrafer son ceinturon. Il grogna à nouveau de rage.

— Tiens-la, je t'ai dit !

Hugo tremblait, il posa ses mains sur le crâne de sa mère, sans force, juste un réflexe, un conditionnement, la crainte que tout empire. Marceau arracha le chemisier de Lucia. Elle pleurait, hébétée, meurtrie par la peine et la déception. Il recula d'un pas, parvint à défaire sa ceinture, saisit la boucle dans le creux de sa main, enroula le cuir autour de son poing, leva le bras. Hugo intervint, il se plaça entre sa mère et l'homme.

— Arrête ! Arrête !

L'enfant ôta son maillot.

— Moi ! Moi ! Elle aura plus mal encore, si tu me frappes, moi !

Le garçon pivota, poussa sa mère de façon énergique, elle se laissa tomber sur le sol au milieu des débris, en sanglots, les mains pour cacher sa honte, sa peur. Bout de femme humiliée, terrassée par la peine, meurtrie. Hugo se coucha sur la table, en saisit à deux mains les bords, serra les dents.

— Vas-y Marceau ! Montre-lui ce que tu sais faire ! Montre-lui qu'elle doit t'obéir.

À la tombée de la nuit, à plat ventre sur son lit, Hugo pensait à Kalya. Elle aussi devait traverser des jours mauvais, il en était persuadé. Elle lui écrivait, mais ne répondait que vaguement aux questions qu'il lui posait ou les éludait. La fenêtre ouverte laissa passer une fine brise qui caressa son dos meurtri d'où perlaient encore quelques gouttes de sang.

Le garçon se sentait fier, il n'avait pas pleuré, pas crié, juste quelques souffles courts pour contenter son bourreau, quelques râles. Il avait compté les coups, huit, avant que sa mère supplie le bourreau d'arrêter. Puis deux encore, pour la forme, pour qu'elle comprenne. Elle promit de ne plus aller travailler au Flamant rose, le tortionnaire renifla avec bruit, essuya son front et enfila sa ceinture dans les passants de son pantalon. Il alluma une cigarette et ordonna à Hugo de monter dans sa chambre.

Le garçon entendit les pieds de la table racler le sol sous les assauts de l'homme, sa mère gémir sous les coups de reins, il entendit aussi les râles gras de la bête, puis son ordre froid et sec : « Nettoie le bordel ! On dirait une porcherie ici. »

45

Le trajet dans le fourgon carcéral s'éternisa. À l'arrivée, le moteur au ralenti ne couvrit pas le bruit des portes métalliques qui s'ouvraient. Je parvins, au travers d'un infime trou près d'une bouche d'aération de ma geôle d'acier, à apercevoir l'arche de pierre taillée qui encadrait la porte de la prison Saint-Paul et le numéro 33.

Je découvris assez vite que la vie dans les maisons d'arrêt était la même que celle du monde extérieur, mais en plus cruel. J'avais souvent pensé à ce moment, à mon arrivée dans un tel endroit, je me doutais que cela arriverait un jour, et je le vivais plutôt bien. Les matons m'en firent la remarque, je me montrais serein, calme.

Je me nourrissais de la haine envers Mitra, je restais persuadé qu'il était à l'origine de ma dénonciation. Certes, j'avais malmené la vieille, frappé, séquestré et volé Joseph et sans doute je méritais ma punition, mais par sa faute je perdais ma famille. J'en voulais à Solange, aussi. Cette gueule d'ange osait m'accuser d'un viol alors qu'elle avait tout fait pour que je couche avec elle. J'ai nié, même si je savais que cela ne servait à rien.

Je ne reçus aucune visite pendant cette première année. Cela ne m'étonna pas, la prison était éloignée, Sarah n'avait pas d'argent, sans doute Mitra le lui avait interdit. J'espérais toujours qu'on m'appelle au parloir, pour la voir ainsi que mon fils.

Dans le milieu carcéral, on ne m'aimait pas, les pointeurs – les violeurs – on leur mène la vie dure. J'ai encaissé quelques coups, lors d'une bagarre où j'eus maille à partir avec deux agresseurs, je me suis défendu bec et ongles et je me suis sorti d'affaire sans trop de bobos. Et quand on apprit que je maltraitais les vieilles, on me prit pour un taré, on me laissa tranquille.

On m'octroya, pour défenseur, un avocat débutant, Me Lentraille, un jeune d'à peine trente ans. Il m'informa qu'il se portait volontaire pour instruire mon dossier, qu'il ferait tout son possible pour plaider cette affaire.

Sarah ne m'écrivit pas une seule fois, le facteur ne passait pas au hameau, c'était sans doute la raison. J'aimais à le croire.

Le jugement eut lieu en décembre 1978, presque un an après mon interpellation. Me Lentraille me dépeignit comme un homme auquel la vie en communauté avait redonné une stabilité. Depuis lors, je n'avais commis aucun crime ou délit, je vivais en couple, je menais à bien la charge de père de famille, je m'occupais des animaux, bref j'étais devenu un gentil garçon. Il souhaitait que Sarah témoigne à la barre, mais j'avais refusé. Il était hors de question de la mêler à tout cela, il n'insista pas et respecta mon choix. Joseph était en mauvaise santé, il ne vint pas au procès, l'accusation donna lecture de sa déposition. Solange, elle, n'aurait manqué cela pour rien au monde, elle se livra à son petit cinéma, son discours était rodé, elle récita presque par cœur la plainte qu'elle avait déposée à l'époque. Elle me dépeignit comme un monstre, elle n'avait survécu que par miracle.

Je ne niai pas ma culpabilité, qu'aurais-je pu faire d'autre ? Mon avocat se démena comme il le put, me surprit par quelques fulgurances pendant sa plaidoirie, mais cela ne suffisait pas, je le savais. L'enquête n'avait pas permis de m'identifier, et le fait de refuser de divulguer mon nom pencha dans la balance, les réquisitions du procureur se montrèrent sévères, le juge les suivit à la lettre : neuf ans de prison ferme. Je venais d'avoir quarante et un ans et aucun espoir de revoir la liberté avant bien des années.

L'avocat me proposa de faire appel de la décision, tout en me précisant qu'il existait un risque, celui de voir ma peine augmentée. Les juridictions d'appel allaient rarement à l'encontre d'un premier jugement. J'ai refusé.

Les jours suivants, je quittai Saint-Paul pour le centre pénitentiaire qui venait d'être construit deux ans auparavant à Saint-Étienne. Cela m'éloigna encore plus de Sarah et de mon fils.

Le pénitencier, plus moderne, offrait un confort relatif, nous vivions à quatre dans une cellule de neuf mètres carrés et n'étions pas les moins bien lotis. Mais tout ici me rebutait. D'abord la bouffe, même avec le temps je ne m'habituais pas, je la trouvais infecte. Et il y avait le froid l'hiver, il arrivait que les toilettes soient gelées. Et la chaleur l'été : quatre dans notre piaule, on ne parvenait plus à respirer, ça sentait l'urine, la sueur.

Les matons ne rigolaient pas et peu d'informations filtraient de l'extérieur. Nous apprenions ce qui se passait avec plusieurs semaines de décalage, grâce parfois aux visites au parloir ou à une indiscrétion d'un geôlier.

Quand la nouvelle tomba que l'ennemi numéro un de la police en 1979, Jacques Mesrine, avait été tué au volant de sa voiture, ça a un peu bougé dans la prison. Il y a eu comme un vent de révolte. On a obtenu un peu plus de promenades, pas pour tous, mais pour une partie d'entre nous. De mon côté, on m'autorisa un accès aux livres, ce qui me permit de m'évader sous le nez de mes geôliers. Un détenu cultivé, ça réfléchissait, c'était gênant pour l'administration pénitentiaire. Moi, je voulais juste vivre autre chose, parcourir les steppes de l'Oural, planer au-dessus de la Manche, respirer l'air frais de l'Écosse… pas jouer les rebelles ou les perturbateurs. Ils ont vu que j'avalais les romans et que je restais un gentil toutou, ils ne se sont plus inquiétés. C'était devenu ma drogue, mon échappatoire pour éviter de trop gamberger, de penser à Sarah, Thalion et Kalya.

Comme je me comportais bien, on me proposa de me joindre aux heureux travailleurs de la prison, dix heures par jour, payé six fois moins qu'un ouvrier à l'extérieur, et il fallait sourire et dire merci. Je n'ai pas refusé, il fallait reconnaître que c'était une sacrée chance, je n'avais pas un rond, et cette paye de misère améliora mon quotidien.

Jour après jour, semaine après semaine, le temps devenait un ennemi. L'ennui me guettait, sournois, tapi dans un coin. L'ennui et le temps formaient un duo destructeur. Combien de prisonniers se mutilaient, allaient jusqu'au suicide ? On les comptait par dizaines sur une année. Moi aussi, j'y avais pensé, quand je me retournais et regardais le passé, il me restait quoi ? Sarah et Thalion. Pourtant, je n'avais aucune nouvelle, pas de visite, pas de courrier, rien pour me donner un peu d'espoir. Alors, je le fabriquais, comme dans les livres. Je m'imaginais leurs vies, leur quotidien, quand ils parlaient de moi, évoquaient nos souvenirs passés. Ça faisait du bien, du mal aussi.

Le 11 mai 1981, une lueur d'espoir anima toute la prison, François Mitterrand venait d'être élu président de la République, beaucoup espéraient un geste de sa part. Le 14 juillet, ce fut l'euphorie, il offrait une remise de peine à tous les détenus, quelle que soit la nature des délits commis. Quelques mois, cela pouvait paraître peu, mais c'était un cadeau merveilleux. J'ai vécu ça avec les autres, nous avons chanté dans les cellules, un vent de folie a soufflé quelques heures sur la morosité ambiante. Certains, qui se trouvaient en fin de parcours, se virent libérer quelques jours plus tard. La prison se vida, un peu, puis se remplit de nouveau très vite.

46

Au petit matin, Lucia entra dans la chambre de son fils. À la fenêtre, le soleil incendiait l'horizon. Il se découpait en des lignes rougeâtres d'une aube naissante et annonçait un jour torride.

Elle s'agenouilla au bord du lit, posa la bassine d'eau tiède sur le plancher et à l'aide d'un linge de coton nettoya les plaies gonflées. Certaines lacérations suintaient encore. Elle ne prononça pas un mot.

Hugo ne dormait pas, il tressaillit au premier contact du tissu humide. La douleur siégeait plus profondément, ancrée dans ses entrailles. Il avait promis de ne plus jamais évoquer le triste événement, pourtant, ce fut plus fort que lui. Il murmura :

— Tu te rappelles quand nous sommes sortis du cinéma ? Que je t'avais parlé de l'Allemand ? Tu m'avais juré que personne ne me ferait du mal !

Elle ne répondit pas tout de suite, une larme perla sur sa joue. À son tour, elle chuchota, la voix chevrotante :

— Je l'ai tué, cet Allemand, souviens-toi ! Mais pour Marceau, je ne pourrai pas, ne t'attends pas à un acte de courage de ma part, c'est plus fort que moi. J'ai beaucoup réfléchi. Toute la nuit. Tu n'iras pas travailler ce matin, je vais le convaincre. Ensuite, nous pourrons discuter. J'ai quelque chose d'important à te dire.

Elle se leva et sortit.

Hugo entendit une vive discussion entre sa mère et l'électricien, il ne comprit pas les mots exacts, mais se douta que la joute verbale le concernait. La porte d'entrée claqua, le moteur de la voiture du salopard, stationnée devant la maison, ronfla et se mêla aux bruits de la ville.

Lucia attendit un peu et vint chercher son fils, elle tremblait, paraissait oppressée, sa joue droite était rouge. Elle l'invita à s'asseoir et à prendre son petit déjeuner. Elle s'affairait, les gestes imprécis. Le garçon brisa le silence qui s'éternisait.

— Il t'a giflée ?

— C'est ma faute…

— Qu'est-ce que tu voulais me dire ?

Elle écarta une chaise, s'assit, posa une main sur la table et dévisagea son enfant.

— Tu vas partir d'ici ! J'y ai réfléchi, il n'y a que cette solution. Je te donnerai de l'argent. Il ne sait pas que j'ai un bas de laine, tu pourras aller à Wimereux. Kalya sera contente, et toi en sécurité.

— Je ne comprends pas !

Elle se passa une main sur le front, elle transpirait.

— Ton grand-père travaillait à la mine à ton âge, comme tous les autres garçons, tu es un homme maintenant. Avec ce que je vais te donner, tu pourras tenir quelques mois, charge à toi de trouver un travail. Tu as aussi ton petit pécule. J'ai confiance en toi, tu parviendras à te débrouiller, tu es intelligent et courageux. Tu me l'as prouvé très souvent.

Hugo ne comprenait pas.

— Mais Marceau ? Tu n'as qu'à lui dire de fiche le camp, à lui !

Elle laissa couler ses larmes, ânonna :

— Je l'aime, je ne saurais pas t'expliquer ! Je lui raconterai que tu t'es enfui, il s'en félicitera, j'en mettrais ma main au feu. Si tu ne pars pas, il arrivera un grand malheur.

Elle se leva d'un coup, déterminée, le timbre de sa voix s'affermit.

— Finis ton déjeuner ! J'ai un vieux sac à dos à la cave, je vais te préparer tes bagages. Tu n'auras qu'à prendre le train.

Hugo ne parvint plus à avaler une seule bouchée, l'estomac noué, la tête qui tournait. Sa mère le chassait, lui et pas l'autre salaud. L'idée de retrouver Kalya penchait dans la balance et il aurait tout donné pour la revoir, mais pas dans ces circonstances, pas comme ça. Et que ferait-il une fois là-bas, dans une ville qu'il ne connaissait pas. Il aurait voulu questionner sa mère, lui demander une nouvelle fois pourquoi, la supplier peut-être, mais il lisait la détermination sur son visage, elle n'était plus la même, plus sa mère, juste une femme brisée, amochée par la vie, qui espérait un peu de bonheur, sans lui.

En une demi-heure son sac l'attendait au pied de l'escalier, elle y rangea l'enveloppe avec l'argent dans une paire de chaussettes qu'elle dissimula au fond et donna quelques billets à son fils pour le train.

— Va te laver, t'habiller, il te reste un peu de place dans le sac, si tu veux prendre des effets personnels, un livre peut-être ?

Hugo monta les marches de l'escalier, les gestes mécaniques, la tête lourde, l'esprit confus. Il récupéra son couteau, celui de Kalya, glissa dans une poche deux trois bricoles, du papier, un crayon et quelques enveloppes.

Dix heures sonnait à peine, son sac était bouclé. Il descendit, le visage fermé, Lucia le serra dans les bras, lui baisa le front. Elle retenait ses larmes, sa voix la trahit.

— Prends soin de toi, surtout ne fais pas de bêtises et envoie-moi de tes nouvelles quand tu le pourras. Dis-toi que ta vie commence aujourd'hui et que de magnifiques aventures t'attendent.

L'adolescent dévisagea sa mère.

— Tu ne devrais pas rester avec lui, il te frappera encore !

— Mais, non ! Rassure-toi ! Je sais comment le prendre et j'arrête de travailler dans ce bar, je le lui ai dit ce matin, il n'a plus de raison de se mettre en colère. Mais j'ai peur pour toi. Allez, file avant qu'il revienne !

Elle l'embrassa encore une fois, ouvrit la porte. Hugo sortit, marcha sur le trottoir, son sac élimé sur les épaules. Il se retourna, sa mère lui faisait signe, il se revit enfant quand il partait à l'école. Il aurait voulu lever son bras, secouer la main, lui envoyer un baiser, mais tout cela pesait trop lourd. Il baissa la tête, frissonna et ne se retourna plus.

Un peu avant midi, Hugo sauta dans le premier train qu'il trouva. Pendant tout le trajet, il se répéta qu'il devait saisir sa chance, vivre pour lui, cependant les mots devenaient insignifiants quand le cœur parlait. Il arriva à Boulogne-sur-Mer vers deux heures trente, prit le tramway sur le quai et se retrouva dans Wimereux, en plein après-midi. Il faisait chaud, un léger vent salé, venu de la mer, rafraîchissait les visages. Dans ses lettres, Kalya disait que la ville était jolie, elle avait raison : une station balnéaire avec de grandes maisons à étages aux toits pointus, des façades acidulées, des volets blancs.

Hugo marcha un peu au hasard, passa près d'un camping, les 4 CV et les toiles de tente familiales, collées les unes aux autres, panachage de couleurs, donnaient un côté festif à l'endroit. Non loin de l'église, il s'enfonça dans le centre, des publicités parlaient d'un casino, d'un golf, de terrains de tennis.

Le jeune homme se sentait ailleurs, dans un autre monde, les odeurs de gaufres, les marchands de glace, les vitrines lumineuses des magasins, tout ici respirait la joie, la gaieté, l'insouciance. Il trouva enfin la rue de l'orphelinat, avenue de la Mer, il ne restait plus qu'à repérer le numéro 11.

Il marcha encore cinq minutes avant d'atteindre sa destination, l'immeuble, un peu en retrait du trottoir, se cachait derrière un mur flanqué de grilles rouillées. Quatre étages similaires se superposaient avec tristesse, les mêmes fenêtres, aucun rideau, une peinture écaillée pour tout ornement. Il tira sur la chaînette reliée à une cloche, elle tinta un long moment avant qu'une sœur en robe noire vienne à sa rencontre. L'air pincé, un chiffon à la main, elle voulut chasser le garçon, mais il insista et demanda Kalya. La nonne le dévisagea d'un regard torve ; il n'y avait pas de Kalya ici, il s'agissait d'un endroit respectable et on n'acceptait pas les curieux. Elle s'en retourna sans un mot de plus.

Le garçon s'installa de l'autre côté de la rue, posa son sac et scruta les fenêtres de l'immeuble. Elles étaient hautes et il ne voyait parfois qu'une tête ou la silhouette d'une sœur. Cela faisait une heure qu'il patientait, assis là, quand le cordonnier qui tenait son échoppe juste à côté vint le chasser. « Pas de mendiant dans le coin », avait-il grommelé.

Kalya était là, Hugo s'en persuada. Tout ce chemin, tout ce qu'il lui arrivait depuis quelques jours, c'était pour la retrouver. Il arpenta l'avenue, la descendit jusqu'à apercevoir la mer, il se posa sur un banc. La plage s'étendait à perte de vue, au premier plan, des cabines en bois, aux toits pointus, peintes en bleu et blanc, vert et jaune, rouge et gris, crayons de couleur alignés, cachaient en partie une seconde rangée de tentes à lignes bleues. Hugo sourit, elles ressemblaient un peu à celles représentées sur les livres d'histoire lors des sièges du Moyen Âge. Plus loin encore, de façon éparse, certains avaient planté leur toile dans le sable. Ça courait, ça jouait, s'éclaboussait, se promenait. Puis, on apercevait la mer et ses embruns, son roulis incessant et entêtant, grise et verte, blanche et grise, laiteuse, écumeuse, ronde et ciselée. Là-bas, des enfants attendaient la vague qui dans un bruit de fracas, cognant le sable, les faisait fuir en rires et en cris. Hugo resta là plus d'une heure.

Tandis qu'il se redressait du dossier du banc, les plaies de son dos se rappelèrent à son bon souvenir, sa mère aussi. Le front et les joues chaudes de trop de soleil, il se leva. Il devait trouver de quoi manger pour ce soir et un endroit où dormir.

47

L'année suivante fut interminable, la liberté me manquait de plus en plus. Il m'arrivait de rêver à de grands espaces, à la mer, j'imaginais des oiseaux aux plumes démesurées ou simplement que je marchais dans la rue. La liberté ne révèle ses trésors que lorsqu'on en est privé. La liberté est discrète, une douce brise dans notre vie qui donne au temps un peu de fraîcheur et à nos pas ce goût d'insouciance. On la respire, on la vit, mais sans jamais la voir. Quand on la perd, on se lamente, on s'en rend malade, on la cherche partout, et on comprend qu'elle ne reviendra plus. La liberté se pare alors d'un masque obscur que certains appellent de leurs vœux, elle prend le nom de la mort, de la délivrance. Tous les détenus de longues peines ont vu son visage sombre, certains ont pensé l'inviter à dîner, d'autres à dormir avec elle à jamais. Quelques-uns y sont parvenus.

Les commandes aux ateliers, pour le travail obligatoire, variaient peu. De l'ensachage, du tri, du montage de petites pièces, des décorations de Noël. Tout cela devenait vite bien ennuyeux.

Je pensais souvent à Sarah, à mon fils, il devait grandir, changer, sans doute ne le reconnaîtrais-je plus, peut-être m'avait-il oublié ?

À l'été 1982, la prison ouvrit un second atelier, équipé de machines fournies par les Domaines sans doute à la suite d'une faillite d'imprimerie. L'administration me comptait parmi les prisonniers qui ne posaient pas de problème, je travaillais depuis longtemps, on m'accorda toute confiance et on m'octroya un poste sur une machine rotative. L'engin était ancien, peint d'une couleur vert d'eau un peu passée, écaillée par endroits, mais je le trouvais magnifique, imposant.

La prison reçut rapidement quelques commandes en interne, pour des fiches d'emploi, des publicités de recrutement et autres feuillets simples en format A4. Avec le temps et l'expérience acquise sur les différents postes, nous nous mîmes à imprimer des fascicules, des livrets et même des livres pour enfants. Moi qui aimais lire, voir l'envers de ce monde du papier me passionnait.

Le 8 juin 1983, Thalion eut dix-neuf ans. La nuit précédente, j'avais rêvé de lui, un rêve étrange où je peinais à discerner son visage. Je me trouvais à bord d'un bateau, je l'avais croisé dans les coursives et il s'était enfui. Je m'étais réveillé en sursaut quand un membre d'équipage avait crié « Un homme à la mer ! ». L'image me terrifiait, une silhouette au milieu des vagues, un homme que je ne parvenais pas à identifier, cela résumait bien ma vie de père.

Ce matin-là, fatigué, distrait, j'avais laissé traîner mon bras près des engrenages. En un instant, sans que j'aie le temps de crier gare, les dents d'un rouage happèrent la manche droite de ma veste de travail. J'avais gueulé tel un putois, mais le bruit des machines couvrit ma voix. Je tentai de tirer sur la manche, mais la force déployée, la vitesse de rotation, ne m'en laissèrent pas le temps. Les dents avalèrent le tissu de ma cotte bleue, solide, il ne se déchira pas, ma main n'était plus qu'à quelques centimètres. J'appelai, je hurlai, me démenai, mon petit doigt fut le premier broyé, écrasé, déchiqueté. Je faillis perdre connaissance tant la douleur me pénétrait les entrailles. Ce fut ensuite l'annulaire, je devins fou de peur, de l'horreur qui me saisissait. Une vague de sueur envahit mon front et je m'évanouis.

Le cerveau avait cette faculté de tout couper, de disjoncter, d'effacer en une seconde toute trace de douleur. L'inconscience, un pouvoir extraordinaire de notre corps, un autre monde où seul l'esprit règne en maître, assurant les fonctions vitales, loin de tout danger.

Je repris connaissance une heure plus tard, allongé dans une ambulance qui me conduisait à l'hôpital. La main dans un sachet de glace, une perfusion au bras, une femme à ma droite. Elle me posa quelques questions, mon âge, la date du jour, quel mois. Elle se rassura, j'allais bien, on m'avait administré un antalgique, on arrivait bientôt. J'avais chaud, froid, je tremblais, l'envie de regarder ma main, la crainte aussi. Mon accompagnatrice tenta de me tranquilliser, l'hôpital où l'on m'amenait bénéficiait d'une bonne réputation. À travers la vitre arrière, je remarquai le véhicule du centre pénitentiaire qui suivait, je fermai les yeux, serrai les dents. La douleur me lancinait malgré la perfusion.

On m'opéra le lendemain pour enlever les morceaux morts qui pendouillaient, les éclats d'os, parfaire la plaie et tenter de fermer avec le restant de peau autour. Après quatre heures sur le billard, je perdis mon auriculaire et mon annulaire et deux phalanges du majeur. L'intervention se passa très bien, le médecin se voulait confiant, mais la plaie s'infecta, je dus rester deux semaines en soins, puis sur décision exceptionnelle de l'autorité carcérale, on m'envoya dans un centre spécialisé de rééducation. J'y séjournai un mois. Il s'agissait d'un lieu ouvert, avec des arbres, des vrais avec des feuilles, de l'herbe et des insectes, du vent qui parfumait ma chambre, je dormais avec la fenêtre ouverte, pour le plaisir.

Goûter à cette semi-liberté sonna pour moi comme un renouveau. Je m'imaginais l'Ardèche, ses forêts, ses cours d'eau, le ruisseau et les pâturages du hameau, les chevaux, les chèvres, les visages de Sarah et Thalion me revenaient, plus détaillés, vivants.

Je réintégrai la prison où le directeur de l'établissement me convoqua à peine arrivé. Il me laissa sous-entendre que je m'étais mutilé de façon volontaire pour envisager une libération plus rapide. Je lui ai montré ma main, il a baissé les yeux avec une grimace. Mon accident risquait de donner des idées aux autres, il s'inquiétait. Néanmoins, il ajouta que mon cas allait être étudié, de nouveaux protocoles de sécurité avaient été instaurés pour éviter que de tels accidents se reproduisent. Enfin, il m'informa qu'une procédure de libération anticipée, au vu de mon préjudice et de mon comportement exemplaire, suivait son cours. Je pouvais espérer être libéré dans un délai convenable, ce qui ne voulait rien dire. J'ai tenté d'en savoir plus, mais il se renfrogna et m'expédia dans ma cellule.

Pendant les semaines et les mois suivants, je n'eus plus qu'une idée en tête, sortir et revoir ma famille. Je me doutais que cela ne serait pas simple après tant d'années, que Sarah et Thalion avaient sans doute changé, qu'il faudrait que je me montre patient pour renouer les liens, mais j'étais persuadé que le temps m'aiderait. L'attente fut plus longue que prévu, en juillet 1984, le courrier arriva, on me libérait, remise de peine exceptionnelle. J'avais failli en pleurer.

On me rendit mes effets ainsi que le solde de mon compte postal, pas grand-chose, assez pour quelques jours. J'étais libre, trois ans avant la date, avec trois doigts en moins et une vision de la vie bien différente. Je venais d'avoir quarante-sept ans. Je me rendis à la gare, je n'avais pas réalisé comme le monde avait changé, les vêtements, les gens, la ville, les voitures. Tout me semblait étrange, étranger.

Une fois dans le train, mille questions m'assaillirent, mais une seule revenait en boucle, me hantait : Sarah et Thalion vivaient-ils toujours à la communauté ?

Je le saurai vite.

Je dormis ce soir-là à Valence, demain serait un nouveau départ.

48

Avoir quatorze ans ou juste un peu plus et en paraître treize, dans une ville inconnue, ne se révéla pas simple. Hugo trouva sans souci de quoi se nourrir, les restaurants et les marchands ambulants ne manquaient pas. Ça sentait les fruits de mer, les grillades et la friture. À une baraque de vente à emporter située sur le bord de la plage, il avala une barquette de moules-frites, à s'en faire éclater l'estomac.

Une idée se profila, son amie avait presque toujours répondu à sa correspondance, donc, il suffisait de lui écrire une lettre à son intention. Il la rédigea sur le coin de la table et la glissa, non sans quelques marques grasses, dans une de ses enveloppes. Si elle lisait ce courrier et qu'elle apprenait qu'il était ici, à Wimereux, qu'il était arrivé, qu'il lui donnait rendez-vous à midi au restaurant à l'angle de l'avenue de la Mer, au Bateau bleu, elle viendrait peut-être ? Il se rendit face à l'orphelinat, déposa sa lettre dans la boîte. Il observa l'immeuble, seul le rez-de-chaussée était éclairé, il repartit le cœur léger avec la certitude qu'il verrait enfin son amie.

Hugo n'osa pas se présenter dans un hôtel, d'ailleurs la plupart indiquaient complet. Il marcha le long de la digue, la nuit encore chaude d'un jour brûlant recouvrait la mer de son manteau. Il descendit sur la plage, une des cabines en bois se montra accueillante, il s'y trouvait un parasol et un tapis de joncs tressés. Il le sortit et s'allongea dessus, à la belle étoile, bercé par le bruit des vagues. Demain, il verrait Kalya.

Il se réveilla aux premières lueurs du jour, rangea le tapis et le parasol, puis se dirigea vers le premier café ouvert. Il prit un petit déjeuner en terrasse, les yeux rivés sur l'horizon. Il devinait la silhouette de bateaux, derrière eux se dessinaient les falaises blanches de l'Angleterre. Pour passer le temps, Hugo se promena sur l'esplanade qui longeait la mer et détailla les stands des magasins. Son regard se posait sur un cerf-volant aux ailes de papillon, des seaux pour la plage, des bouées colorées, des maillots de bain pour hommes et ceux pour femmes aussi, un présentoir de cartes postales, toutes plus belles les unes que les autres… Midi approchait, Hugo se sentit nerveux, un nœud à l'estomac, il n'avait pas le souvenir d'un tel état, une impatience qu'il ne parvenait pas à contrôler, il porta la main à sa bouche, mordit la corne de sa paume avec frénésie. Il prit place sur un banc qui faisait face aux vagues, se leva, marcha un peu, s'assit de nouveau, se leva encore. Enfin, à midi moins dix, il traversa la route qui longeait la digue, se plaça sur le trottoir du restaurant, près des tables en terrasse. De là, il scruta l'avenue de la Mer qui montait un peu vers l'orphelinat, guettant et détaillant toutes les jeunes filles qui avançaient dans sa direction.

À cette heure, les touristes arpentaient en nombre cette partie de la ville à la recherche d'un menu alléchant ou au prix modique. Un serveur du Bateau bleu, pressé, bouscula Hugo, l'enguirlanda, il gênait. L'adolescent s'éloigna de quelques pas vers l'avenue. Il devait être midi dix au moins, il demanda l'heure à un passant, il était à peine cinq. Il aurait voulu remonter la rue, aller à la rencontre de Kalya, mais s'il ne la voyait pas, si elle arrivait d'un autre endroit ? Son pied battait le bitume avec nervosité, un autre passant, midi quinze. Et si la religieuse disait vrai et si Kalya n'était pas dans l'orphelinat ? Mais les lettres ? Elle les recevait, elle répondait. Non, il chassa cette idée. Il traversa l'avenue, changea de trottoir, traversa encore, toujours en vue du restaurant. Midi trente, il entendit la cloche de l'église. Dans son impatience croissante l'envie de pleurer lui serra la gorge, de sombres pensées l'envahirent, le destin ne pouvait pas lui jouer un mauvais tour, que ferait-il seul, sans personne ?

Puis une explication rationnelle émergea : il n'y avait pas de timbre sur l'enveloppe, ça devait être ça, celui ou celle qui s'occupait de distribuer les lettres l'avait remarqué et n'avait pas remis le courrier à son amie. Dans ce cas, il attendait pour rien. Il se résolut, s'il ne voyait pas Kalya, à écrire une autre lettre, avec un timbre cette fois, qu'il déposerait à la poste, lui-même. Il surveillerait le facteur, vérifierait qu'elle était bien arrivée. Il ne baisserait pas les bras si vite, Kalya lui en voudrait s'il se laissait aller au désespoir.

Midi quarante-cinq, son estomac gargouilla, et s'il s'attablait ? Une place venait de se libérer, les clients se faisaient plus rares. Non ! Assis, elle ne le verrait pas.

L'église sonna une heure. Hugo n'y croyait plus, le regard lourd il baissa la tête, s'approcha du menu affiché sur un trépied, y jeta un œil distrait. Il pourrait manger là, il restait un espoir, il surveillerait depuis sa place. Il y avait du poulet rôti. Il chercha le serveur, il le repéra à l'intérieur de l'établissement qui revenait avec un plateau. Le garçon leva le bras pour qu'il le remarquât, mais l'autre avait déjà bifurqué vers d'autres clients.

— Hugo ! Hugo ! hurla une voix qui se rapprochait.

Il pivota, scruta l'avenue. La voix cria encore son nom. Et il la reconnut, ce timbre de rocaille aux accents de canaille, celle de Kalya.

Il ramassa son sac posé entre les jambes. Une jeune fille, mal accoutrée d'une robe en vulgaire tissu gris, nouée à la taille par une cordelette, courait vers lui. Elle était grande, bien plus que la Kalya qu'il connaissait, et ses cheveux ? Où était passée sa tignasse ? Celle qui approchait portait une chevelure courte, étrange, à la garçonne. Elle arrivait, elle lui lança un signe de la main, essoufflée, puis Hugo remarqua à vingt mètres derrière elle un homme, âgé, il courait aussi.

Il comprit, enfila un bras dans la sangle de son sac à dos, puis le deuxième, Kalya n'était plus qu'à quelques pas. Elle lui fonça presque dessus, le bouscula.

— Vite ! Cours ! hurla-t-elle.

Et il courut, aussi vite qu'elle, comme autrefois après les maraudes de carottes, après les chapardages, les bagarres perdues, les pétards dans les boîtes aux lettres, les coups de sonnette aux portes. Il courut à en perdre haleine, le cœur heureux d'un enfant qui vient de faire une bêtise et qui en rit déjà.

Un tramway quelques mètres plus loin démarrait à peine de son arrêt, la fugueuse sauta sur la plateforme arrière, Hugo la rejoignit, *in extremis*.

Le souffle court, les paumes des mains calées sur les genoux, asphyxiés par l'air chaud, ils se mirent à rire et à tousser. Kalya se redressa, son ami en fit de même, leurs regards se croisèrent et le garçon ne douta plus, c'était bien elle. Elle le serra dans les bras, attira sa tête contre elle.

— Qu'est-ce que tu m'as manqué !

— Toi aussi ! Il te voulait quoi, le vieux ?

— Je t'expliquerai, viens on va s'asseoir ?

Hugo paya les deux tickets, le tramway allait à Boulogne-sur-Mer, c'était parfait, dit Kalya.

Ils s'étaient installés face à face, près des vitres, la Côte d'Opale défilait sous leurs yeux, scintillement d'une nuit d'étoiles sur une mer calme. Le regard s'épuisait à l'horizon, la plage à perte de vue et puis au loin le port industriel de Boulogne avec ses docks et ses monstres d'acier.

Les deux amis n'osèrent pas parler, sans doute la présence des voyageurs, trop proches, indignes voisins de leur bonheur et de leurs confessions à venir. Kalya posa son regard sur son ami, elle sourit et ses yeux s'embuèrent, il était là, pour elle, toujours aussi beau, plus beau encore. Hugo remarqua qu'elle l'observait, comme jadis, il aima ça et resta immobile pour ne pas la déranger. Le garçon se sentit bien, il retrouvait sa muse.

Dans un des livres qu'il avait lus, on disait qu'il existait des oiseaux aux couleurs magnifiques, éclatantes, des dégradés de rouge, d'orange jusqu'au vert pomme : des perroquets africains que l'on nommait les inséparables. Si l'on venait à les éloigner l'un de l'autre, ils perdaient de leur superbe, ternissaient, se laissaient même mourir. Aujourd'hui, Hugo avait le cœur chatoyant, un cœur avec des ailes arc-en-ciel. Lui, le garçon qui n'avait jamais peur frissonna, on ne le séparerait plus de Kalya.

49

En ce mois de juillet 1984, la météo battait des records de chaleur, je m'étais levé plusieurs fois, mais j'étais surtout agité, j'appréhendais mon retour à la communauté. J'étais descendu vers six heures à la réception, la salle du restaurant ouvrait à peine.

J'avais déjeuné seul. Une sensation étrange. La solitude, depuis des années, elle n'existait que dans ma tête. Vivre en prison, cela voulait dire passer ses jours enfermé avec les autres codétenus, toujours soumis à cette pression qui réduisait la bulle personnelle à peau de chagrin. Là, dans cette grande salle, je me sentais perdu.

La gare ne se trouvait qu'à quelques centaines de mètres, proche du centre-ville. Le train me déposa à Tournon, je me revis quelques années plus tôt, perché sur la mobylette du vieux Joseph. J'avais fichu en l'air sept ans de ma vie pour ça et le reste. Le plus difficile fut de dénicher un taxi. J'ai marché sur le long boulevard en direction du pont et je suis entré dans un café. Le tenancier a appelé un de ses contacts, un gars sérieux, annonça-t-il, mais bourru aux entournures.

Le chauffeur était un grand gaillard, ancien rugbyman, toujours le sourire aux lèvres, me confia le serveur en apportant mon café. Il arriva dix minutes plus tard. La description correspondait, sauf que quand il m'aperçut son sourire disparut. Sans doute n'inspirai-je pas la confiance, car il me demanda où j'allais, et si je pouvais payer la course d'avance. J'ai acquiescé. Le prix me sembla correct, je le réglai. Il me tendit la main, cette fois la mine réjouie et grommela : « Je m'appelle Jean-Luc. »

Il me déposa à cinq cents mètres de la communauté, un peu avant dix heures, je lui demandai de patienter un peu, il se pouvait que je revienne. Il accepta quand je lui glissai un billet.

Je montai le chemin vers le hameau, la boule au ventre. Les premières maisons se dévoilèrent après le bosquet. À ma grande surprise, Isaac était là, assis sur le rocher qui marquait l'entrée de la propriété, il semblait guetter mon arrivée. Il m'accueillit avec froideur et m'indiqua que Mitra désirait me voir.

— Tu savais que j'allais venir ?

— On t'attendait hier déjà.

Les adeptes s'écartèrent à notre passage, ils me dévisageaient, surpris, mais pas seulement, hostiles aussi. Le village n'avait pas trop changé, je remarquai deux maisons supplémentaires, vers le haut de la colline. Je tentai d'apercevoir la mienne, mais n'en distinguai que la cheminée et les tuiles romaines. Je ne pus retenir ma question :

— Sarah et mon fils vivent toujours ici ?

— Tu poseras la question à Mitra ! répondit-il d'un ton sec.

Nous entrâmes chez le guide, l'intérieur, à l'exception de quelques décorations et plantes, n'avait pas bougé. Il trônait dans son fauteuil et m'accueillit d'un léger sourire en me montrant le siège à sa droite. Derrière lui, en retrait, un peu dans l'ombre, se tenait un homme, assez grand, que je ne connaissais pas, le visage fermé, les bras croisés sur la poitrine. Un nouvel arrivant, ou un nouveau disciple qui jouait les gardes du corps. Mitra me questionna avec une pointe d'ironie dans la voix.

— Comment va ta main, Amos ?

— Je vois que tu es au courant !

— Oui, j'ai toujours gardé un œil sur toi, rappelle-toi, moi, j'ai peur de la mort ! Je t'attendais, ton avocat m'a informé de ta libération et de tes déboires. Trois doigts en moins, c'est moche !

Je ne parvins pas à cacher mon étonnement.

— Mon avocat ! Tu insinues qu'il travaillait pour toi ? Il n'était donc pas volontaire ?

— Un jeune qui vient tout juste d'enfiler la robe ne refuse jamais d'être payé grassement. Je te rassure, il t'a vraiment défendu, il devait simplement me rendre compte de tout ce qu'il apprenait te concernant. Je ne t'attendais pas avant au moins deux ans. Tu ne te plaisais pas là-bas ?

Je gardai mon sang-froid, mais je sentais cette sourde envie monter en moi de lui sauter à la gorge.

— Si, je côtoyais des codétenus très sympathiques,

des gens en qui je pouvais avoir toute confiance, pas des traîtres.

Il sourit, cligna des yeux plusieurs fois, nerveux. Il tapotait de la main droite un journal posé sur le bras du fauteuil. Il me sembla y voir un renflement.

— Tu ne m'as pas laissé le choix, Amos, tu mettais en doute mon autorité, je ne pouvais pas me le permettre. Tu savais à quoi tu t'exposais en me défiant. Mais, grâce à toi, j'ai décroché de la came et de l'alcool. Je t'en remercie.

L'homme n'avait pas changé, physiquement, un peu, mais pas dans ses attitudes. Son regard, ses postures, le timbre de sa voix, tout transpirait la suffisance, la prétention, il me dégoûtait. Il me demanda si je désirais boire quelque chose, j'ai refusé et il a ri. J'en vins à ce qui m'amenait.

— Est-ce que Sarah et Thalion se trouvent toujours ici ?

— Bien entendu, où voudrais-tu qu'ils soient ?

— J'aimerais leur parler.

— Je crois que cela ne va pas être possible, elle ne souhaite pas te rencontrer. T'a-t-elle écrit une seule fois ? Je ne pense pas. Et cela ne t'a pas intrigué ?

Je m'énervais, cela se voyait, mais s'entendait aussi.

— Je te connais, tu lui as interdit !

Me voir déstabilisé le rassura, sa voix se posa.

— Oh que non ! Il faudrait que tu ouvres les yeux. Sarah m'aime en tant qu'homme, que compagnon, tu comprends ?

— C'est ce que tu dis. Et mon fils ?

— Ton fils ? Quel fils ? Tu n'as jamais eu de fils. Tu

l'as cru, la communauté l'a cru, mais tu n'as jamais eu d'enfant, Amos. Il n'a jamais été de toi. Souviens-toi de tout ce temps à attendre que Sarah tombe enceinte, et que la graine ne poussait pas. Tu ne t'es jamais posé la question de savoir si le problème venait de toi ?

Ma main se serra sur le bras du fauteuil. Il cherchait à me tester, me faire sortir de mes gonds pour que je l'agresse.

— Tu racontes n'importe quoi ! Tu vas me dire qu'il est de toi, peut-être !

Mitra claqua des doigts. L'homme derrière avança en pleine lumière, s'approcha du guide et se plaça à ses côtés.

— Amos, regarde bien ce jeune garçon, le reconnais-tu ?

Je me penchai, le détaillai, sans vraiment l'identifier, nos regards se croisèrent. Ce n'était pas possible ! Thalion ? Je vacillai, ébranlé, bouleversé, je le reconnus, mon Thalion. Je me levai pour aller vers lui, mais il tendit la main comme pour m'arrêter dans mon élan. Je retombai sur mon siège, effaré.

— Thalion !

Mitra répondit à sa place.

— Oui, c'est Thalion, mon garçon, mon enfant. Observe-le bien, compare ses traits avec les miens, sa morphologie, rien ne te surprend ? Sa taille ? Son visage ? Sa silhouette ?

J'étais assis, le buste avancé pour mieux le détailler, et chaque mot que Mitra formulait me poignardait. Thalion était grand, élancé, le visage fin, l'implantation des cheveux, leurs mouvements, et puis cette fossette qu'il avait si discrète quand il était enfant, elle lui mangeait le menton, tout comme Mitra. Aucun doute, il était de son sang. Mon dos plongea dans le fauteuil, l'effroi me saisit tout entier. Pourquoi ? Je n'osai formuler la question, Mitra me devança.

— Quand Sarah a vu que son ventre ne portait pas de fruit, que le temps lui échappait, elle s'est inquiétée. Elle est venue me supplier de ne pas rompre votre union si vous dépassiez les deux ans. C'est fou comme elle t'aimait. J'en ressentais de la jalousie. Je me réservais Sarah, mais tu es venu un peu contrecarrer mes plans. Alors, je lui ai simplement dit que si elle voulait un enfant moi je lui en ferais un. Qu'il suffirait qu'elle garde le secret et que vous pourriez rester ensemble. C'était un joli sacrifice de sa part et de la mienne, car j'aimais Sarah.

Je me redressai. Fou de rage.

— Tu es une ordure ! Espèce d'enculé !

Thalion mit la main à son aisselle. J'aperçus la crosse d'une arme. Je compris, j'hésitai, serait-il capable de me tirer dessus ? Mon sang bouillait. Mitra leva la main, d'un geste calme.

— Assieds-toi ! C'est en prison qu'on apprend à parler comme ça ? Sarah t'aimait, Amos. Bien plus que tu le méritais. Elle a d'abord refusé, elle préférait t'accorder encore du temps, pourtant c'était son guide qui parlait, elle m'a repoussé. Et puis, trois semaines plus tard, elle est venue me trouver. Tu t'occupais d'une transaction à Lyon avec ce cher Joël, qui nous a quittés… Je ne t'ai pas dit qu'il nous avait quittés ?

— Non ! Ne change pas de conversation !

— Que veux-tu que je te raconte de plus ? Elle me

rejoignait quand tu étais loin, elle est tombée enceinte. Ça crée des liens ! Et toi, pouf ! D'un seul coup tu disparais, pour dix ans. Thalion est mon fils, il héritera un jour de mon titre. Vers qui crois-tu qu'elle se soit tournée ? Un homme en prison ou son guide et le père naturel de son fils ?

— J'aimerais l'entendre de sa bouche !

Il haussa la voix.

— Non !

— Vous m'avez trahi tous les deux, vous m'avez pris pour une merde avec laquelle on peut jouer. Vous deviez bien vous marrer dans mon dos, quand je risquais ma vie pour ta gueule ! Je veux qu'elle me le dise, sinon, je te jure que tu le regretteras ! Et il y a mon sac à dos, aussi, celui que j'avais lorsque je suis arrivé ici, il est là-bas, j'ai des souvenirs qui m'appartiennent dedans, je veux le récupérer.

— Ne te mets pas dans des états pareils, c'est la vie, on gagne, on perd. Toi, tu perds.

— Je veux mon sac et parler à Sarah !

Un bras de fer commençait, je n'avais pas l'avantage. Thalion intervint pour la première fois. Le son de sa voix, semblable à celui du guide, me troubla.

— Il traîne à la cave, je l'ai vu. Je peux aller le chercher si tu veux, père ?

« Père », ce mot dans sa bouche me frappa en plein cœur. Mitra pivota vers lui, et lui fit signe d'y aller dans un geste saccadé. Il m'observa, souleva le journal sous sa main et me montra que s'y trouvait une arme, il la chaussa.

— Je te l'ai dit, je suis un homme prévoyant.

50

Kalya et Hugo descendirent du tramway après les remparts de la vieille ville, à l'arrêt de la basilique Notre-Dame-de-l'Immaculée-Conception. Une église superbe, surplombée d'un immense dôme. Il y avait du passage et l'endroit était parfait pour se fondre dans la foule. Ils marchaient collés l'un à l'autre, aimantés par l'attraction du manque, l'envie de se serrer dans les bras. Les gargouillis de l'estomac du garçon lui rappelèrent qu'il devait se nourrir. Il proposa à son amie de s'installer dans un restaurant, ils pourraient enfin discuter, au calme.

Le serveur les regarda d'un œil sombre, Hugo sortit quelques billets de sa poche, il précisa qu'il paierait d'avance, et qu'il voulait une place dans un coin tranquille. L'autre se rassura, il les plaça près d'un brise-vent, au bout de la terrasse. Il fallait dire qu'au premier regard les deux zouaves n'inspiraient pas la confiance. Surtout Kalya. Ses cheveux hirsutes, coupés en escaliers, pas même égaux, lui donnaient un aspect de sauvageonne : une évadée d'un centre psychiatrique. Elle s'aperçut qu'il observait sa coiffure, elle se passa la main sur la tête, dans un réflexe mêlé de gêne.

— Après, on ira dans un salon de coiffure. Je me demande bien qui t'a coupé les cheveux comme ça. Et puis, nous irons t'acheter une belle robe ou ce que tu veux. Tu ne peux pas rester avec ça sur toi. Raconte-moi, c'était qui cet homme qui te poursuivait.

Kalya commença l'histoire du jour où ils s'étaient quittés. À son arrivée à l'orphelinat, tous ses effets lui furent confisqués, son argent, on lui coupa les cheveux et on lui donna les vêtements et les couvertures pour son couchage. Le réveil résonnait du tintement de la cloche, à six heures tous les matins, même le dimanche. Les corvées se suivaient tout au long du jour, vaisselle, repassage, lessive, jardinage et bien d'autres encore bien moins ragoûtantes qu'elle ne détailla pas. Le soir, le couvre-feu intervenait à neuf heures, une sœur dormait à chaque entrée de dortoir et veillait à ce qu'il soit respecté, tout comme le silence imposé.

La vie dans cet endroit maudit ne ressemblait pas à ce qu'elle décrivait dans ses lettres. Quand une pensionnaire recevait un courrier, le vaguemestre le remettait en mains propres, sans lire ce qu'il y avait à l'intérieur. Le vieil homme qui s'occupait de ça avait une technique bien plus efficace, il soupesait l'enveloppe, s'il doutait, il la plaçait devant une bougie. Toutes celles qui contenaient de l'argent ou autre chose étaient ouvertes.

Deux fois par semaine, après l'étude, sœur Caroline restait plus tard pour que les filles qui avaient reçu une lettre rédigent leur réponse. Elle vérifiait que personne ne disait de mal de l'établissement. Pour passer le temps, Kalya enjolivait sa vie, et surtout pour ne pas inquiéter Hugo.

Pas d'argent, pas de sortie, ou seulement en petits groupes, surveillés tel le lait sur le feu, il était impossible d'échapper à la règle.

— Comment as-tu fait pour te sauver ?

Le serveur apportait les entrées, une salade mélangée avec des filets de hareng. Kalya goûta, haussa les sourcils dans un mouvement de satisfaction, puis lorsqu'ils furent seuls de nouveau, elle poursuivit.

— Avec les filles du dortoir, on s'entendait très bien. Que des vies cabossées, des malheureuses, je n'étais pas la plus à plaindre. Quand tu es venu sonner à la porte et que tu as demandé à me voir, cela a inquiété la mère supérieure. En rentrant dans le hall, elle a croisé le vaguemestre, M. Point, celui qui me courait après tout à l'heure. Elle lui a parlé de toi. Une copine, qui balayait à côté d'eux, a écouté ce qu'ils racontaient, elle est venue aussitôt me prévenir. J'étais folle lorsque j'ai su que tu étais là, je ne parvenais pas à y croire, tu disais dans tes lettres que ce serait dans un an peut-être.

Kalya prit une courte pause, avala une bouchée et reprit, la bouche pleine.

— Ce matin, quand j'ai reçu l'enveloppe, j'étais tellement heureuse que j'en ai parlé aux filles. Le souci, c'est que la porte d'entrée est toujours verrouillée, pour éviter les évasions, c'est déjà arrivé dans le passé. Seules trois sœurs et M. Point possèdent la clé. Je me désespérais, je me disais que tu repartirais si tu ne me voyais pas. J'en ai pleuré. Une copine, Simone, une orpheline espiègle qui dort dans le lit à côté du mien, a eu une idée.

Le serveur débarrassa la table, demanda si tout allait

bien, posa des couverts propres et s'éclipsa. Kalya poursuivit son histoire, elle souriait, heureuse de se trouver avec Hugo, enfin, et d'avoir berné les surveillants. Le repas en commun dans l'orphelinat se divisait en deux services, le premier après la messe de onze heures, et le second un peu avant une heure. Ses copines et elle étaient du second service. L'idée de Simone circula de fille en fille, l'amoureux de Kalya était là, il venait pour l'enlever, les yeux brillaient, on s'émouvait, elles vivaient un conte de fées.

La cinquantaine de pensionnaires prirent place autour des longues tables de la grande salle du rez-de-chaussée. Depuis les premiers bancs, on apercevait la lourde porte de l'entrée. M. Point avait pour habitude de quitter l'orphelinat à une heure, pour rentrer déjeuner chez lui.

Le cliquetis des couverts résonnait sous les hauts plafonds blancs, pas un mot, pas un geste de trop, pas une tête levée. Deux religieuses veillaient au grain, réprimandaient les esprits récalcitrants, les privaient parfois de repas. Simone, assise au premier rang, mâchait ses pommes de terre à l'eau et surveillait la porte. M. Point, le pas lent, s'approcha, inséra sa clé dans la serrure, la manœuvra.

La jeune fille attendait ce moment, elle se leva en criant, elle jeta un morceau de pain sur une voisine, l'autre se dressa d'un coup, balança un bout de patate à une autre. La salle en cinq secondes s'embrasa, les cris s'ensuivirent, aigus, stridents, fébriles, les couverts cognèrent la table dans un rythme effréné. Le sifflet de la mère supérieure résonna à peine, couvert par le vacarme soudain des pensionnaires. Le vaguemestre pivota, surpris, catastrophé, il lâcha la clé qui se trouvait encore dans la serrure et vint en renfort des sœurs qui levaient les bras au ciel, implorant un Seigneur bien impuissant.

Kalya se leva à son tour, elle se faufila entre ses amies, harpies en folie, courut, croisa le vaguemestre, qui ne comprit pas tout de suite et elle s'engouffra dehors. Elle eut le temps d'entendre les filles, qui, déchaînées, se mirent à scander son nom. Hugo connaissait la suite.

— Merde ! lança Hugo, ça devait être quelque chose !

— Ouais ! J'en frissonne encore…

Elle posa la main sur la sienne.

— Et toi ? Raconte-moi. Dans tes lettres, tu restais très vague, ta mère sait que tu es ici ?

Le contact de la main de Kalya sur la sienne perturba le garçon, à un point qu'il n'aurait pas imaginé. Les premiers mots qui sortirent de sa bouche se bousculèrent, une pâtée de mots, un mâchouillage de syllabes bredouillées. Il se reprit et raconta son histoire, sans omettre le moindre détail. Kalya pleura presque aux scènes de fouet, mais la colère l'emporta. Quand Hugo termina son récit, elle se leva à demi de sa chaise, s'avança au-dessus des assiettes et posa ses lèvres sur celles de son voisin.

— J'en avais envie depuis un moment, s'excusa-t-elle. Si tu veux, on lui fera la peau à ce salopard !

Hugo ne sut pas pourquoi, étourdi, il piqua un fard, surpris, heureux. Elle s'en aperçut et changea de sujet.

— Qu'est-ce qu'on fait maintenant ?

L'adolescent se ressaisit.

— On va réfléchir, mais d'abord, on s'occupe du coiffeur et de ta tenue.

51

J'avais gagné un peu de temps avec cette histoire de sac à dos, mais j'avais la nette impression que cela ne me mènerait nulle part. Je réclamai les faux papiers que m'avait promis Mitra, et lui rappelai ce qu'il disait souvent, qu'il n'avait qu'une parole. Il m'octroya un rictus gêné, l'homme comprit ma manœuvre, il me demanda de patienter jusqu'au retour de Thalion. Qui d'ailleurs ne tarda pas, il tenait à la main mon vieux sac poussiéreux, il le déposa à mes pieds, sans un regard, sans un mot.

Je me sentais perdu, déboussolé, dans un mauvais film, tout me paraissait inconcevable, un cauchemar. En quelques années, Mitra avait fait de mon fils, ou de celui que je croyais être mon fils, un étranger. Que restait-il de notre complicité, de nos rires, de nos câlins, de nos promenades, de nos jeux ? Certes, cela faisait sept ans que j'avais disparu, mais on ne devient pas des inconnus en si peu de temps, on n'efface pas la mémoire, on ne détruit pas des liens si forts ? À l'évidence, je me trompais… Mitra m'observait, il tritura son menton.

— Si tu ne vois pas Sarah, tu vas revenir, n'est-ce pas ?

— Je dois l'entendre de sa bouche ! Si ce n'est pas le cas, tu peux être sûr que je reviendrai.

— Tu ne me laisses pas le choix. Tu es têtu, Amos, je sais que tu te pointeras encore. Thalion, accompagne-le jusqu'à la maison, ne le laisse pas entrer, Sarah peut lui parler de la fenêtre. Et en sortant, dit à Isaac qu'il paye le taxi qui attend au croisement. Amos en a encore pour quelques minutes, et ensuite il va nous quitter. N'est-ce pas ?

Mitra se leva. Plaça son arme dans son dos.

— Je ne te serre pas la main, je crois qu'on n'en est plus à ça près ! Tu discutes un peu avec Sarah, ensuite, ne reviens jamais, l'accueil serait bien moins civilisé.

Il sortit une enveloppe de sa poche, me la tendit. Un passeport et une carte d'identité, avec une vieille photo, au nom de « Pierre Simon ». Ce n'est pas très original, mais ça sonne bon l'innocence.

Thalion et moi marchâmes jusqu'à la maison. Nous ne nous adressâmes pas la parole, pourtant l'un et l'autre brûlions de questions, j'en étais persuadé. Thalion frappa à la fenêtre, elle s'ouvrit, Sarah était à l'intérieur, plus femme encore qu'à mon départ. Elle tenait une petite fille dans les bras, fine, belle, avec un triangle rouge dessiné sur le front, signe qu'elle était la fille du guide. Je m'approchai. Elle me salua d'une voix timide, gênée.

— Bonjour Amos.

— Bonjour, Sarah, tu es belle Sarah, encore plus que lorsque je t'ai laissée. La petite est mignonne aussi. Elle te ressemble, Steph a eu une petite fille, enfin ?

— C'est ma fille ! La fille de Mitra aussi, je te présente Thaliana, elle a six ans. Je vis avec Mitra depuis ton départ, il ne te l'a pas dit ? Et pour notre fille non plus ?

Elle avait débité ces mots d'une traite. Je me sentis mal, j'appuyai la main sur le mur de pierres.

— Ta fille !

Je bégayai.

— Donc, tout ce que m'a dit Mitra est vrai ?

Les traits de son visage restèrent fermés, froids.

— Tu n'as jamais été des nôtres, tu n'as jamais cru au temple de la Vie et en la vie, tu ne la détenais pas en toi. Je t'ai aimé, Amos, un temps, mais toi m'as-tu aimée ? Je ne pense pas, j'étais une poupée pour toi, une béquille sur laquelle prendre appui, tu aimais encore cette Kalya. Tu savais qu'il t'arrivait de prononcer son nom dans ton sommeil ? Tu n'as jamais cru à notre union, nos liens, en notre communauté. Tout ce que tu savais faire, c'était la dénigrer, nous calomnier. Tu ne méritais pas le cadeau que Mitra t'avait offert en t'accueillant, et tu ne me méritais pas non plus.

— Mitra t'a lavé le cerveau avec toutes ses sornettes, ses bêtises, et toi tu bois ses paroles.

— Tu vois, tu recommences, tu ne nous respectes pas.

Sarah s'adressa à son fils.

— Raccompagne-le. Adieu, Amos, ou qui que tu sois, ne reviens plus !

— Tu crois que vous pouvez vous foutre de ma gueule, comme ça ? Vous vous prenez pour qui ? Tu le regretteras, Sarah ! C'est une promesse !

Elle ferma vite la fenêtre, apeurée. Thalion me saisit le bras, signe que j'étais allé trop loin. Je ramassai mon sac et marchai dans ses pas vers la sortie. Le jeune homme ne put retenir quelques mots.

— Tu as peut-être été un bon père pour moi, mais tu n'es pas mon père. Mitra est bon pour ma mère, ma sœur et moi. Un jour, je serai le guide de la communauté, je suis né pour ça. Je ne te veux pas de mal, mais si tu reviens et que tu cherches à nuire à l'un ou l'une d'entre nous, tu m'auras face à toi et je ne serai pas tendre.

La déclaration de guerre était signée, il n'était définitivement plus mon fils. Je cherchais à le cerner.

— Es-tu au courant pour les trafics, l'argent, les bébés ?

Il ne répondit pas, signe qu'il savait.

— Ne me juge pas, tu n'es pas un modèle, ne l'oublie pas.

— Je ne te juge pas, je voulais savoir. Qu'est-il arrivé à Joël ?

— Il est parti.

Je m'arrêtai, il stoppa à son tour.

— Ne me prends pas pour un abruti, que lui est-il arrivé ?

— Il était contre le fait que Mitra te dénonce.

— Je vois, il est resté en Suisse, comme Odile.

Thalion reprit sa marche, j'en fis de même.

Le taxi attendait. Il repartit et se gara plus loin, comme je le lui indiquai. Nous patientâmes dix minutes et je lui demandai de m'attendre. Le chauffeur maugréa, la promesse d'un pourboire le mit en confiance. J'avais traversé le bosquet, et j'étais parvenu au bord du ruisseau, l'endroit était calme et désert. Je vérifiai plus haut vers le hameau, personne ne venait vers moi. Je déplaçai les pierres, elles semblaient n'avoir pas bougé. La boîte métallique que j'avais dissimulée sous le rocher se trouvait toujours là, un peu rouillée. Je récupérai la petite clé rangée dans mon sac à dos et ouvris. L'argent était là. Je ne repartirai pas les mains vides.

Le chauffeur me sourit quand il me vit grimper dans sa voiture. La course que je lui proposai le surprit.

— Le Puy-en-Velay, si vous voulez bien !

— C'est à presque deux heures d'ici, vous êtes certain, la course risque d'être chère.

— Allez-y ! Je vous paierai, pas d'inquiétude.

— J'ai bien fait d'attendre !

Le taxi me déposa au pied d'un petit hôtel familial, à l'entrée de la ville.

52

Kalya et Hugo se mirent en quête d'un salon de coiffure. À cette idée, la jeune fille se sentit nerveuse. Sans doute l'anxiété de se voir dans un miroir, l'orphelinat en était dépourvu, et ce qu'elle avait entraperçu dans le reflet de la vitre du restaurant ne lui plaisait pas.

La coiffeuse, quand elle vit entrer la jeune fille, écarquilla les yeux. Elle n'avait plus de place de la journée, mais devant le regard attristé que lui lança Kalya, elle sembla prise de sympathie et l'autorisa à s'asseoir, il fallait juste se montrer patients.

Quand ce fut fini, une bonne heure et demie plus tard, après un shampoing et une coupe, Kalya retrouva le sourire, elle remercia la coiffeuse avec tant d'enthousiasme qu'elle en fut émue. La jeune fille ne cessait de s'admirer, elle retrouvait un visage féminin, un peu Audrey Hepburn, avait soufflé la dame, la mode des cheveux courts faisait fureur en Amérique, elle représentait l'avant-garde en France. À dix reprises au moins, elle félicita la coiffeuse. C'était vrai qu'elle rayonnait, une coupe de cheveux avec des petites vagues sur le front, des accroche-cœurs, avait précisé la professionnelle.

Les tourtereaux s'aventurèrent dans une petite rue commerçante. Hugo acheta pour son amie des chaussures, une robe et un gilet. Kalya jeta avec un grand sourire sa vieille tenue dans une poubelle du magasin. Elle resta un long moment devant le miroir, elle pivotait, tournait, prenait la pose, elle resplendissait.

Hugo ne la reconnaissait plus, ainsi mise en valeur, ses formes, sa chevelure, ses chaussures à talons, sa poitrine que l'on devinait à peine quelques minutes plus tôt, tout cela laissait croire qu'elle avait dix-huit, dix-neuf ans ou plus. Un instant, il se sentit ridicule ; elle le dépassait d'une tête. Insouciante, elle glissa son bras sous le sien, l'embrassa sur la joue, par jeu, pour le plaisir de le taquiner, le remercier aussi. Elle dégageait une aura de bonheur telle que les passants se retournaient sur elle.

— Que fait-on, maintenant ? questionna-t-elle d'un ton joyeux.

— Il va falloir qu'on trouve un endroit pour la nuit. Il est presque cinq heures, et deux gamins…

Il se reprit.

— Enfin, un gamin et une jeune femme comme toi, je doute qu'un hôtel nous accepte.

Elle le réprimanda sans ménagement.

— Tu n'es pas un gamin, tu as presque quinze ans, moi à peine dix-sept. On est des jeunes personnes ! Et puis, pour moi, c'est toi le plus grand et le plus beau de tous !

Elle l'attira contre elle, le bouscula de l'épaule, un peu comme jadis. Hugo sourit, elle savait le rassurer. Elle reprit d'une voix grave :

— Laisse-moi faire pour l'hôtel ou la pension. Quand

on a des sous, tout est permis. Au fait, tu ne m'as pas dit… tu en as encore ?

— T'inquiète ! Mais pas un trop cher, ma cagnotte ne durera pas éternellement.

— On va trouver ça, tu verras !

Ils se dirigèrent vers le port, là-bas, les hôtels seraient moins coûteux, avait décrété Kalya. Elle avait raison, plus ils avançaient, moins c'était cher. Ils jetèrent leur dévolu sur un petit établissement aux couleurs blanches et bleues, maritime, presque une erreur dans la grisaille des rues et les tonnes de ferraille à perte de vue.

Kalya entra, suivie de près par son ami, elle joua les demoiselles paniquées, stressées. Un vieil homme se tenait derrière un comptoir usé par le coude et le temps. Elle prétendit qu'elle arrivait d'Angleterre avec son jeune frère, que leurs parents devaient les récupérer à l'arrivée du bateau. Cela faisait quatre heures qu'ils patientaient dehors, et ils commençaient à s'inquiéter. Elle lui demanda si elle pouvait téléphoner de son établissement, bien entendu elle payerait l'appel, il s'agissait d'une urgence. L'homme fronça les sourcils, il ne disposait pas d'une ligne téléphonique. Il les invita à se rendre aux PTT, à cent mètres, il ne fallait pas traîner, cela fermerait dans vingt minutes. Elle le remercia. Quand ils sortirent, elle fanfaronna :

— On n'a plus qu'à attendre un petit quart d'heure et l'affaire est dans le sac.

— Comment peux-tu être si sûre de toi ?

Elle lui envoya un clin d'œil.

— J'ai ma petite idée.

Ils retournèrent à l'accueil, l'homme ne sembla pas surpris de les revoir. Kalya expliqua qu'elle était parvenue à contacter son père, à Paris. Leur mère avait chuté dans les escaliers, rien de grave, mais elle s'était fracturé la jambe. Le père ne pourrait arriver que demain. Le vieil homme compatit, comprit très bien la chose et leur permit de louer une chambre, juste pour une nuit, avait-il précisé. Il leur demanda un nom de famille, Hugo présenta sa carte d'identité. Kalya régla la nuit et les deux petits déjeuners d'avance, non sans remercier chaleureusement le réceptionniste.

La chambre se situait au premier étage, avec vue sur le port et la mer, rien d'exceptionnel, mais les tourtereaux s'en contentèrent. Une pièce pas très grande, mais coquette, comme un nid bleu et blanc. Il y avait même une salle d'eau avec un lavabo.

Kalya se laissa tomber sur le lit, elle s'enfonça dans la literie, elle éclata de rire.

— J'espère que tu ne bouges pas trop la nuit, parce que sinon, ça va tanguer.

Hugo s'assit à son tour et le corps de son amie ondula, ils rirent de concert.

— Au fait, demanda le garçon, tu ne fumes plus ?

— Purée ! ne dis pas ça, ça me donne envie. C'était interdit ! Comme tout le reste ! Quelles vieilles pies, ces bonnes sœurs ! Par contre, pour te filer une rouste avec leur fine tige de bambou, là elles assuraient.

Elle glissa les mains sous sa nuque. Expira avec force, lâcha la pression qu'elle ressentait depuis la veille.

— Putain ! Qu'est-ce que je suis heureuse qu'on soit à nouveau réunis !

Hugo la singea.

— Moi aussi, je remercierais presque l'autre saloperie de m'avoir fouetté.

Les rires se mêlèrent, puis se rendant compte que le réceptionniste pourrait les entendre, ils maîtrisèrent leur joie.

Ils partirent se promener vers la digue touristique, ils trouvèrent de quoi manger et prirent place sur un banc en regardant la mer. Le soleil trempait à l'horizon, bientôt il disparaîtrait. Kalya se leva, prit son ami par la main et le tira vers la plage. « Viens, on va se mouiller les pieds. » Elle retira vite ses chaussures, les tint à la main et se mit à courir dans le sable.

Hugo, en dénouant ses lacets, la regarda s'en aller. Sa robe flottait dans le vent, elle tourbillonnait, sautait, tournait, luciole qui cherchait à l'attirer. Elle revint vers lui, l'appela, encore et encore. Alors il se releva, laissa ses chaussures sur les marches qui descendaient vers le sable et la suivit, le cœur léger, les lèvres salées par le vent et les yeux pas loin de l'être.

Ils jouèrent là, un long moment, entre terre et mer, enfance et réalité. Ils se fichaient du temps, du soleil déjà mort, du sable collé aux mollets. Repus de bonheur, ivres de rires, ils rentrèrent, main dans la main.

Le réceptionniste de nuit ne leur prêta pas attention, le nez plongé dans un quotidien, il leur tendit la clé avec un bonsoir sans âme, ce qui les fit sourire en silence.

Kalya squatta la salle d'eau, elle entrouvrit la porte avant d'en sortir, demanda à son compagnon de fermer les yeux, puis se glissa en sous-vêtements sous les couvertures. Hugo resta debout près de la fenêtre, le regard accroché aux grues géantes du port, qui à cette heure picoraient encore le ventre des bateaux.

— Tu ne vas pas te laver ?

Il répondit d'une voix presque sans force :

— Si, Si ! Mais je ne suis pas fatigué. J'irai après.

— Tu sais, je ne suis pas fatiguée non plus, on peut parler dans le lit.

— Je me disais que… je pourrais peut-être passer la nuit dans le fauteuil. Il a l'air bien, et puis j'ai dormi sur le sable hier, je te jure qu'au bout d'une heure ça ressemble à du béton.

Kalya se redressa un peu. Elle l'observa. Les lumières orangées du port dessinaient sa silhouette. Les bruits de tôles se mêlaient à ceux de la mer.

— Va te laver et viens, il y a largement de la place pour deux. Sinon, je dors dans le fauteuil avec toi !

Hugo ricana, éteignit la lumière de la pièce, alluma celle de la table de chevet et se réfugia dans la salle d'eau. La serviette sentait bon, elle était douce. Quand il eut terminé, il la glissa autour de sa taille et vint se coucher près de son amie. Il cala l'oreiller contre la tête de lit, et s'y adossa, les lacérations de son dos s'étaient refermées, elles chatouillaient un peu.

— Demain, il faudra qu'on retourne à Anzin, dit Kalya.

— Quoi ? Mais si l'autre malade ou ma mère nous voient ? Je ne veux pas retourner là-bas.

— Simplement quelques jours, je dois vérifier quelque chose dans la maison de Nanie, tu m'as dit qu'elle est abandonnée. J'y ai beaucoup pensé quand tu m'as raconté qu'Henri avait beaucoup d'argent, je crois savoir où il le cachait.

— Mais, c'est dangereux ! Si l'orphelinat te déclare en fuite à la police, ils risquent de te chercher ici, mais surtout à Anzin aussi. Et peut-être qu'Henri m'a raconté des conneries, ce jour-là ?

— Je sais, mais on est Bonnie et Clyde ou pas ?

Elle tendit la main vers Hugo, il claqua la sienne.

— D'accord ! Mais on ne reste pas longtemps !

Ils discutèrent pendant plus d'une heure de leurs souvenirs encore palpables, de leur vie sans l'autre, de l'avenir pas simple, mais si envoûtant qui les attendait. Ils éteignirent les lumières tard dans la soirée, le plafond se prit pour une aurore boréale, jouant d'ombres grises et chocolat.

Hugo ne parvint pas à fermer les yeux, couché sur le côté. Kalya s'approcha de lui, glissa la main sur son épaule avec délicatesse, pour ne pas le réveiller, elle se sentit aussitôt en sécurité et s'endormit.

53

J'avais tenté de reprendre mes esprits après cette énorme déception, ce cataclysme qui ébranlait ma vie. Je m'étais d'abord apitoyé sur mon sort, ma vie ne ressemblait plus qu'à un tas de cendres, il ne me restait que l'amertume et une main mutilée.

Sur le chemin, la rage prit le dessus. Je m'imaginais Sarah et l'autre salaud, couchant dans mon lit, se gaussant de moi. Sarah savait sans doute pour la venue des gendarmes. Le jour de mon interpellation, je me souvenais très bien de son attitude passive, pas une larme, pas un mot, pas un geste. Elle n'était pas même venue m'embrasser lorsqu'ils m'avaient emmené. Elle était au courant de la dénonciation, tout au fond de moi j'en étais persuadé. Elle et Mitra souhaitaient que je disparaisse, la mort d'Odile et ma rébellion furent l'excuse toute trouvée pour le guide. Il était amoureux de ma compagne, elle avait enfanté son fils, il voulait m'éloigner d'elle. Tout ça les arrangeait bien, leur donnait bonne conscience.

J'en arrivais à me poser des questions sur tout, sur chaque détail. Et si Mitra avait demandé à Sarah de vivre avec moi ? Juste pour que je reste et que je fasse le sale boulot ? Pourtant, elle avait dit qu'elle m'aimait, et pas qu'une fois, c'était sans doute vrai, je m'égarais. Trop de rage, trop de haine, de déceptions, plus je ressassais tout cela et plus l'envie de vengeance se répandait en moi tel un feu de paille, qui consumait ma lucidité.

Plusieurs fois dans la nuit, je me suis réveillé en sursaut, le front en sueur. L'image de Mitra et Sarah qui riaient à gorge déployée, me lançant à tue-tête des « Calme-toi, petit ! ».

Aux premières heures de la matinée, je m'étais présenté chez un notaire, je recherchais un bien, une ferme isolée avec de l'espace, un petit bois et une source. L'homme me détailla, il ne vit pas en moi un paysan et s'en ouvrit. J'avais prétexté une reconversion, suite à la perte de mes doigts, il se contenta de cette explication. Il disposait de deux maisons qui pouvaient correspondre à mes attentes. L'une était occupée, l'autre vide depuis la mort de son propriétaire. Le défunt ne laissait qu'une épouse derrière lui, elle était partie vivre chez sa fille, le prix était raisonnable.

Nous prîmes rendez-vous dans l'après-midi et il me conduisit sur place, pour la visite.

C'était au nord du département de la Haute-Loire, près du village de Berbezit, pas très loin du Puy-de-Dôme. Il nous fallut une bonne heure pour nous rendre sur les lieux. La bâtisse, ancienne d'une centaine d'années, se composait d'une maison à étages de plus de cent trente mètres carrés, d'une grange avec un vieux tracteur, de deux ateliers qui regorgeaient d'outillages divers. L'ensemble disposait d'un terrain de cinq hectares avec un bois et une source, tout ce que je désirais.

La visite dura une heure, la ferme en pierres semblait saine, la toiture et la charpente de bonne facture. Le mobilier, vieillot et rustique, laissé sur place par la propriétaire était un avantage. Il y avait bien quelques travaux d'aménagement, rien d'urgent, sauf peut-être la conduite d'eau de la salle de bains qui avait claqué pendant l'hiver. Nous rentrâmes à l'office, je fis une proposition quinze pour cent en dessous du prix demandé, j'annonçai que je paierais en espèces. Le notaire sourit, me demanda si je pouvais prouver la possession d'une telle somme, j'ai déposé les liasses de billets sur son bureau. Il me regarda d'un air étrange, puis sembla ravi.

Même en réglant la ferme au comptant, il me restait encore près de la moitié de mon pécule.

Le lendemain, l'officier public vint à ma rencontre, à l'hôtel, il m'indiqua qu'il fallait un délai d'un mois pour conclure la vente dont le prix avait été accepté. Je devais le rejoindre à l'office pour signer les documents et mettre la procédure en branle.

Je me lançais dans un projet qui m'occuperait un long moment. Il me fallait rester un mois en ville, je trouvai une pension familiale, bien moins chère que l'hôtel, à la sortie du centre-ville. Un autre défi m'attendait, à mon âge, et pas le moindre : passer le permis de conduire. Par chance, une auto-école proposait une formule rapide, code en une semaine et conduite en quinze jours. Cela m'éviterait de trop gamberger.

J'avais travaillé fort pour obtenir la première partie théorique, elle ne fut qu'une formalité. La conduite se montra plus délicate à cause des manœuvres, mais j'obtins mon feuillet rose et reçus le document le 27 septembre 1984, trois jours avant la signature pour la remise de clés de la ferme. Cela me laissait suffisamment de temps pour m'acheter une voiture. Je dénichai une occasion qui me rendrait bien service, robuste, avec des pare-buffles, pour un bon prix : une Lada Niva quatre roues motrices. L'engin tout-terrain par excellence, rustique, sans confort, mais vaillant.

L'hiver se montra bien plus rigoureux que je le craignais, la cheminée et le poêle eurent raison des températures négatives. Je disposais de bois pour au moins trois hivers. L'emménagement s'était révélé facile, je n'avais que mon sac à dos.

La ferme regorgeait de surprises, des objets insolites dont j'ignorais et le nom et l'utilité. J'avais passé la moitié de mon temps à trier, ranger, retaper, rénover. Les pièces se vidaient, le hangar devenait trop étroit. Au grenier, je découvris une dizaine de cartons pleins de livres anciens, d'albums photographiques, de cartes et de documents d'un autre temps. Certains me servirent à allumer la cheminée. Le salon était vaste, un pan de mur s'ennuyait, je m'étais lancé dans la fabrication d'une bibliothèque avec de vieilles planches en chêne du plus bel effet. Je la terminai en février, fier de moi.

Assis près de l'âtre, je l'admirais, elle me remplissait d'un sentiment de satisfaction, de bien-être, peut-être me rappelait-elle les étagères de ma chambre ? La neige fondit aux premiers rayons du soleil de mars.

Pendant tout cet hiver, une idée ne me quitta pas : faire payer Mitra et Sarah pour leurs trahisons. J'avais échafaudé mille scénarios. Le premier se voulait très simple : je prévenais la gendarmerie des agissements du gourou, trafic de stupéfiants, cela pouvait le conduire à son tour en prison pour un long moment. Il me restait l'homicide d'Odile, mais j'avais, tout comme dans le cas précédent, trempé dans l'affaire, cela pouvait me retomber dessus. J'ai aussi envisagé de tuer ce salopard, mais je me serais affronté à Thalion et je ne lui voulais pas de mal. Un dernier scénario prit le pas sur les autres, il me correspondait plus, et leur rendrait la monnaie de leur pièce. Je me décidai pour celui-ci. Pendant plusieurs semaines, je réfléchis aux détails, à chaque détail du plan à venir.

Six mois s'étaient écoulés depuis mon passage à la communauté, ils m'avaient sans doute oublié, pas moi. Il était temps de mettre ma vengeance à exécution.

54

Vers trois heures, Kalya et Hugo débarquèrent sur le quai de la gare de Valenciennes. Une fois dans le tramway qui les conduisait vers Anzin, sur le trajet, le garçon s'inquiéta, ils passeraient non loin de chez sa mère et il craignait de la croiser ou de l'apercevoir. Arrivé à destination, il se sentit soulagé.

L'après-midi s'annonçait magnifique, les enfants profitaient des derniers jours de l'été avant la rentrée scolaire. Ils jouaient dans les rues, sur la place, s'arrosaient à coups de grands seaux d'eau près de la pompe, se poursuivaient, chantaient, jouaient.

Les deux amis se dirigèrent vers le terrain vague, quelques gamins en culottes courtes y chahutaient, insouciants, les Bonnie et Clyde se regardèrent et n'eurent pas besoin de parler pour partager ce moment de nostalgie. Leur paradis appartenait désormais à d'autres. Kalya leur cria dessus, réflexe du passé, et ils s'enfuirent sans demander leur reste, de biens maigres vauriens, pensa-t-elle. Ils se faufilèrent avec discrétion et se glissèrent dans la casse par le trou du grillage. Kalya ressentit un pincement au cœur quand elle vit les planches clouées sur les volets et la porte de la petite maison.

— Comment on entre ? questionna Hugo. On va se faire remarquer si on commence à tout casser.

— Ne t'inquiète pas. Il y a une entrée bien cachée.

Ils contournèrent la bâtisse ; une fois derrière, Kalya et son copain déplacèrent quelques pneus et des palettes qui traînaient contre le mur. Elle écarta et arracha les branches d'un lierre sauvage qui se plaisait là et dévoila une grille, au ras du sol.

— C'est l'ancienne trappe à charbon et à bois, elle doit basculer.

Ils s'y mirent à deux et parvinrent, non sans mal, à décoller la grille d'acier rouillé.

— Il faut qu'on descende ?

— Pas le choix ! La cave n'est pas très haute, je passe la première, je connais.

Ils atterrirent sur leurs pieds sans trop de difficulté. L'électricité était coupée, mais les interstices entre les lames des volets, fines tranches de lumière, suffisaient à éclairer un peu l'endroit. La maison était dans le même état qu'elle l'avait laissée, à part les toiles d'araignées et la poussière, rien n'avait bougé. Nanie était partie en abandonnant tout le mobilier.

— Viens, on monte dans ma chambre, on y verra mieux, il n'y a pas de volets à l'étage.

Kalya balaya d'un revers de manche les toiles qui tapissaient l'entrée du palier. Son estomac se noua quand elle poussa la porte, le souvenir encore présent des outrages lui revint en un instant. Elle fouilla le tiroir de son bureau, en sortit une lampe de poche et en changea la large pile.

— Avec ça, on y verra un peu mieux en bas. Je sais où Nanie rangeait les bougies.

Kalya ouvrit sa garde-robe, vérifia dans sa commode. Il lui restait du linge, trop petit pour elle, mais quelques tenues pourraient sans doute encore lui aller. Elle dégota quelques frusques qu'elle empila sur le lit.

— C'est où la cachette ? demanda Hugo.

— Henri avait peur d'être cambriolé ou attaqué, il en parlait tout le temps, une hantise. Je n'avais jamais vraiment fait attention, mais le soir, quand il fermait la porte de son bungalow, il rentrait ici et se dirigeait au sous-sol pour récupérer sa bouteille de vin. Je crois qu'il planquait là ses économies. Viens, on descend, la lampe de poche va nous servir, les bougies aussi.

La cave voûtée courait sous toute la longueur de la maison, la lumière qui filtrait par le soupirail n'éclairait qu'une partie centrale sur deux ou trois mètres. À gauche, contre le mur, se trouvaient des rayonnages où au moins trois cents bouteilles de vin attendaient sagement. L'homme s'alcoolisait à coups de vieux plants, mais gardait précieusement quelques trésors.

— Il ne buvait pas que de la piquette, le Henri !

Kalya prêta la lampe de poche à Hugo, alluma quatre bougies qu'elle disposa dans les endroits les plus sombres. Dans le fond, un tas de bois, et tout autour, un capharnaüm indescriptible. Un instant, ils jouèrent les détectives, ils s'imaginaient le lieu le plus adapté à une cachette : une bouteille vide ? Une brique descellée ?

Dans le fouillis des caisses et des objets divers ? Sous les bûches ? Toutes les idées parurent probables aux deux enquêteurs.

Ils entreprirent leurs recherches. Les bouteilles ne donnèrent rien, les murs non plus, le bric-à-brac poussiéreux usa un tiers des bougies, moment fastidieux et infructueux. Il restait le bois. Le garçon émit ses doutes.

— Ça m'étonnerait ! Tu imagines si Nanie était venue chercher du bois… elle aurait pu trouver sa cachette ou détruire l'argent sans le faire exprès.

— Elle ne descendait jamais à la cave, elle avait trop peur des souris et des rats.

— Alors, on a encore une chance. Il y a vraiment des rats ?

Elle ne répondit pas. Ils se placèrent à chaque bout du monticule de bois, et retirèrent les premières bûches qu'ils posèrent plus loin. Au bout d'une dizaine, ils se mirent à les balancer pour gagner du temps. Kalya finissait d'en expédier une sur le côté quand Hugo intervint.

— T'as entendu ?

— Non, quoi ?

— La bûche que tu viens de jeter ! Elle a fait un drôle de bruit.

— Mais ! Tu es bête ! postillonna Kalya.

— Je te jure ! Elle sonnait creux.

— C'est toi qui sonnes creux !

Elle explosa de rire.

Hugo se leva. Lui demanda quelle bûche elle avait jetée, elle ne sut pas répondre. Il en saisit quelques-unes, les laissa tomber sur le sol : bruit sourd. Puis en prenant la suivante, plus légère, il cria victoire.

— Celle-là, c'est sûr, c'est celle-là, elle est trop légère !

Il la retourna dans tous les sens.

— Regarde ! hurla-t-il à son amie qui s'était approchée.

Sur le flanc du morceau de bois on distinguait une fine découpe. Il appuya dessus, la pièce bougea.

— C'était un malin, le Henri.

Avec la pointe du couteau, Hugo ouvrit la trappe, secoua la bûche, quelques billets glissèrent au sol.

— Oui ! hurla Kalya. Trop forts ! On est trop forts !

Ils testèrent les autres morceaux de bois, sans succès. Le butin se voulait bien loin du trésor attendu, quelques centaines de francs, ce qui n'était pas si mal, mais pas de quoi réaliser les mille rêves qu'ils avaient évoqués. Les deux compères remontèrent dans la chambre. Kalya, qui avait sali sa robe, prit quelques effets sur le lit, passa par la salle de bains et se changea. Elle revint vêtue d'une chemise à carreaux, et d'un pantacourt, elle retrouvait son allure de canaille. Hugo lui tendit son couteau.

— Je l'ai gardé, t'as vu !

Elle le glissa dans sa poche.

— J'ai bien réfléchi, on pourrait rester ici ! C'est notre coin ici ! On a nos repères.

— Mais, on avait dit qu'on voyagerait !

— Pour se faire choper dans quinze jours ? Moi, je ne veux pas retourner à l'orphelinat !

— Et moi, je ne veux pas retourner chez ma mère !

La jeune expira bruyamment par le nez.

— Elle veut plus de toi, ta mère ! C'est toi qui me l'as

dit, alors, que tu sois ici ou en Amérique, ça ne change rien !

Hugo hésitait.

— Et si des gens viennent ? Que la casse est vendue ?

— On avisera ! On a une entrée que personne ne connaît, on pourra se sauver tranquille ! Au moins quelques jours, le temps de faire un essai ! T'as pensé à l'hiver ? Si on se retrouve à la rue, sans argent, sans toit ?

Kalya n'avait pas tort, Hugo baissa la tête, dépité, puis accepta du bout des lèvres.

— D'accord, mais si on ne se plaît pas, on va ailleurs !

— Génial !

Elle sauta en l'air en levant les bras.

— Je t'adore !

55

Il neigeait encore le jour du printemps, mars avait gonflé les ruisseaux et les cours d'eau, tant il avait plu. J'avais attendu encore quelques semaines que la saison se montre clémente.

Très tôt, le matin du 10 avril 1985, je pris la route, la météo annonçait une journée où le soleil caresserait la plaine. J'arrivai près de la communauté vers dix heures. Je me garai sur un parking en bordure de forêt, un peu à l'écart de la route et pris mon sac à dos ainsi que la boîte avec ma petite surprise et le courrier accroché dessus.

Je descendis à travers le bois en suivant un layon envahi par les jeunes pousses de ronciers. Arrivé à l'orée opposée, après dix bonnes minutes de marche, je découvris ce qui m'intéressait : le ruisseau et les pâturages où paissaient les deux chevaux de mon ex-compagne. J'observai un instant et constatai que seule la jument vivait encore, le hongre s'était sans doute éteint de sa belle mort, un jeune étalon le remplaçait dans l'enclos. L'endroit était désert.

Je connaissais les lieux et cela se révéla très utile ; je

longeai le ruisseau sur une centaine de mètres, jusqu'à atteindre un amas de rochers en partie submergés par l'eau turbulente et vive. Chaussé de bottes, je parvins de l'autre côté sans trop de difficulté, j'approchai avec discrétion de l'enclos. Sarah avait pour habitude de panser les chevaux toujours au même endroit, elle leur passait le harnais et les attachait l'un après l'autre au piquet près de l'abreuvoir. Je dissimulai là ma boîte, avec précaution, et déroulai le fil de pêche en m'éloignant.

Je dénichai un endroit au milieu des fougères où m'asseoir et observer le chemin qui descendait vers les prés, en toute discrétion. Mon plan reposait sur la connaissance des habitudes de Sarah et de la communauté. Nous étions mercredi, ce jour précis, les enfants ne suivaient pas de cours en commun, et Sarah allait toujours voir ses chevaux vers onze heures. Il restait à espérer qu'elle ne les avait pas changées et qu'elle viendrait avec sa fille Thaliana.

Mes espoirs furent vite concrétisés quand je la vis descendre tenant sa fille par la main. Comme je l'avais présumé, elle entra seule dans l'enclos, les chevaux vinrent vers elle, elle les caressa tour à tour. La vieille jument s'approcha des barrières de bois et vint manger la touffe d'herbe que lui présentait l'enfant. La petite ne montrait aucune crainte, elle grimpa sur la planche médiane de la clôture et tendit le bras pour câliner les naseaux de l'animal qui se laissa faire.

Sarah ratissa le crottin sous l'abri, le poussa dans un coin. Elle remua le foin dans la mangeoire et se saisit de la bride d'attelage. La vieille jument comprit aussitôt et s'approcha de l'abreuvoir. Mon plan se déroulait à merveille. Elle attacha le cheval au piquet, et commença à le brosser.

La petite fille était toujours perchée sur l'écoin en partie écorcé, un peu penchée en avant, pour mieux voir. Je tirai doucement sur le fil de pêche, il ouvrit le mécanisme de la boîte, libéra la porte. À l'intérieur, deux belles couleuvres récupérées quelques jours plus tôt sous des pierres près de chez moi où elles nichaient attendant les beaux jours. Je patientai.

Enfin, la jument donna les premiers signes d'énervement, elle tapota le sabot plusieurs fois sur le sol, remua la tête, tira sur le lien. Elle sentait le danger. Sarah, surprise, s'écarta puis tenta de calmer sa vieille compagne, de la rassurer, mais sans résultat. L'étalon se cabra à son tour, saisi lui aussi par la peur. Sarah tenait la jument, tentait de la maîtriser, mais elle se débattait, tirait, soufflait. L'autre derrière elle frottait le sabot dans le sable, se mit à ruer plusieurs fois. Je devais y aller, je sortis de ma cachette et j'avançai, courbé, sans faire de bruit. L'un des chevaux se mit à hennir.

À quelques pas de la petite, je me redressai et me précipitai sur les derniers mètres, je me glissai derrière elle, ma main valide plaqua un mouchoir sur sa bouche, elle n'eut pas le temps de crier ni de se débattre qu'elle était déjà prisonnière de mes bras. Je partis en courant, sans me retourner, il fallait que je fasse vite, que Sarah ne m'aperçoive pas, ne se rende compte de rien.

Je passai le ruisseau, le souffle déjà court. La petite paniquait, elle pesait dans mes bras, elle gémissait dans ma main, cherchait à mordre son bâillon, se débattait. Je m'enfonçai dans la forêt, pas de cris derrière moi, pas de bruit. J'avais réussi. Peut-être que seulement maintenant Sarah cherchait sa fille, elle l'appellerait sans vraiment s'inquiéter, puis ne la voyant pas elle crierait plus fort, remonterait la longue pente de la colline pour rentrer chez elle, vérifierait si elle y était. Elle ne la trouverait pas, commencerait à s'inquiéter, elle en parlerait à Steph, qui la rassurerait. Elles descendraient toutes les deux, appelleraient Thaliana, si fort que les feuilles des arbres en frissonneraient. Et moi, je me trouverais déjà loin, avec une gamine bâillonnée et endormie dans le coffre de ma voiture.

J'arrivai près du parking, personne d'autre garé là, je devais faire vite. Je sortis le rouleau adhésif du coffre et l'entourai autour de la bouche de l'enfant, elle pleurait. Je la rassurai, lui répétai que je ne lui ferais pas de mal, mais elle ne m'écoutait pas. Je sortis de la malle arrière trois grands sacs pleins de bouses de vache. Je tirai vers moi le sac de toile dans lequel j'avais déposé une épaisse couverture. Un peu de chloroforme, j'endormis l'enfant, puis l'allongeai somnolente dans le sac que je refermai aux trois quarts. J'avais le cœur qui m'envoyait des signaux d'alerte, une douleur aiguë me transperça la poitrine, je lâchai un râle. J'attendis un peu, le front en sueur, puis replaçai les sacs de bouses.

Enfin, je me mis en route, à droite toute pour ne pas repasser devant l'accès à la communauté. La voiture puait la merde de vache, j'ouvris la fenêtre. Je m'étais dit que si les gendarmes me contrôlaient et ouvraient le coffre, ils seraient dégoûtés et n'iraient pas plus loin dans leur fouille, il suffirait de dire que c'était de l'engrais pour le potager.

Par chance, il n'y eut aucun contrôle, je parvins jusqu'à la ferme sans encombre. La petite derrière dormait encore.

Sans doute, à cette heure, on avait découvert la lettre laissée sur la boîte. Il était évident que quelqu'un en cherchant Thaliana se serait pris le pied dans le fil de pêche et serait remonté jusqu'à l'enveloppe sur laquelle était écrit « À remettre en mains propres à Mitra ». Je connaissais la lettre par cœur, tant j'avais pesé mes mots, elle disait :

Mon cher Mitra, toi et Sarah vous êtes bien foutus de ma gueule, vous m'avez pris pour un idiot que l'on pouvait berner, un petit. Dans votre cruauté, vous m'avez fait croire que j'avais un fils. Toi Mitra, avec toujours la complicité de Sarah, tu m'as envoyé en taule, pour m'éloigner de Thalion et des autres. Tu m'as privé de la seule chose qui comptait pour moi. Aujourd'hui, je détiens ta fille, celle de Sarah, ainsi, vous devez ressentir ce que je ressens. Tu ne connais rien de moi ou si peu, aujourd'hui, je suis peut-être déjà en route pour l'Italie, l'Espagne, la Suisse. Si tu venais, chose qui m'étonnerait, à prévenir les forces de l'ordre, sache que je ne manquerais pas de leur dévoiler toutes les saloperies auxquelles tu te livres. Pour l'instant, je vais profiter de ta fille. Un enfant volé pour un autre. Rassure Sarah, je ne lui ferai aucun mal. Je vous donnerai des nouvelles, ou pas.

J'imaginais déjà la tête du grand guide, le gourou, le puissant, devant le désarroi et la colère de Sarah. Je tenais ma vengeance. Il me restait maintenant à apprivoiser l'enfant.

56

Les trois semaines suivantes, Kalya et Hugo les passèrent ensemble, sans se quitter ni presque jamais sortir. Ils nettoyèrent la maison et y prirent leurs marques. Dans le salon, ils aménagèrent un coin avec les matelas, et décrétèrent qu'il s'agirait de la chambre commune, Kalya ne voulait plus dormir à l'étage. Afin de résoudre le problème de la pénombre qui régnait au rez-de-chaussée, le jeune homme perça de petits trous dans les volets. Invisibles de l'extérieur, ils donnaient à la pièce une ambiance feutrée, des flèches de lumière qui se plantaient un peu partout. Ils n'utilisèrent les bougies plus que le soir.

Les jours suivants, assurés que personne ne les avait remarqués, ils sortirent plus souvent, goûtèrent à une vie presque normale. La cagnotte était suffisante pour tenir plusieurs mois, mais il fallait penser à l'avenir et Hugo renoua avec le maraîcher, qui, heureux de le revoir, le réembaucha, deux matins par semaine.

Avec Kalya, ils reprirent leurs activités d'antan, quelques larcins dans les jardins ouvriers, à la nuit tombante, chapardages sans risque. La jeune fille trouva de petits boulots. Hugo craignait de croiser sa mère ou Marceau, mais cela n'arriva pas, et au bout de quelques semaines, cela ne l'inquiéta plus.

Avec l'hiver, le problème du chauffage se posa, une maison abandonnée avec une cheminée qui fumait, ça faisait désordre. À leur grande surprise, personne ne sembla s'en soucier ou ne s'en aperçut, après tout, toutes les cheminées du coin fonctionnaient, et les gens ne se baladaient pas le nez en l'air.

Les deux amis, avec le froid, rapprochèrent leurs matelas. Un soir que l'adolescent lui faisait la lecture à voix haute, allongé sous la couette, elle colla la tête sur son épaule, puis glissa la main sur son torse. Il bégaya un peu, elle leva les yeux vers lui, biche aux pieds du chasseur qui implorait son pardon. Il sourit. Elle se serra plus contre lui.

— Je suis prête, murmura-t-elle.

Il comprit ce qu'elle voulait dire, mais il hésita. Et si, comme tous les couples qui s'aimaient, ils devenaient ensuite distants ? Méchants ?

— Tu ne brusques pas un peu les choses ?

Elle ne répondit pas, saisit en douceur le livre qu'il tenait dans les mains et le posa au sol près d'elle. Elle glissa sur lui et sa chaleur l'envoûta. Elle l'embrassa avec toute la tendresse du papillon sur la fleur, puis avec la vigueur d'un amour qu'elle ne contrôlait plus. Elle l'aimait et chaque pore de sa peau vibrait pour lui, tous ses sens l'appelaient. Elle l'aimait et ses yeux la trahirent. Lui, tétanisé, ne bougeait pas, pétri par la peur de celui qui ne veut pas blesser, cloué par la crainte de ne pas savoir, effrayé par les battements de son cœur et la vague d'émotions qui le submergeait. Il se laissa porter par la passion de sa belle et il crut mourir de plaisir.

Cette nuit-là fut sa première, mais la première pour elle aussi, l'ombre qu'elle craignait de percevoir ne se montra pas, ni cette fois ni jamais plus. Dès lors, ils s'aimèrent, souvent, et chaque fois se voulait un renouveau, une découverte, un enchantement, une preuve d'amour.

Ils restèrent plus d'un an dans cette maison, puis un jour, ils entendirent le portail grincer et s'ouvrir, des hommes avec des casques orange arpentèrent le terrain où les carcasses de voitures agonisaient. Ils s'approchèrent de la masure, sans en faire le tour, et l'un d'eux, le plus vieux, annonça qu'elle serait rasée. L'alerte était donnée. Ils ne les revirent que trois mois plus tard, en septembre 1952, un vendredi. Des engins de terrassement, camions, bennes, pelles, envahirent le parking intérieur, le déménagement s'imposait, mais pour aller où ?

Ils y avaient déjà pensé, plus d'une fois. Ils avaient arpenté la ville, les friches, le terrain vague, mais rien ne faisait l'affaire, trop sale, trop dangereux, trop froid, trop risqué. Là, l'urgence sonnait à leur porte. Kalya remplit plusieurs sacs d'effets indispensables : vêtements, nourriture, et tout ce qui lui sembla des plus utile.

Le lendemain matin, Hugo se rendit au marché sur la place de Raismes, son patron vit tout de suite que quelque chose ne tournait pas rond et il le questionna. Le garçon lui expliqua la situation en quelques mots, et l'autre se mit à rire. Il avait, sur sa propriété, un ancien bâtiment en béton au toit d'Eternit, il servait quelques années plus tôt à loger les ouvriers saisonniers quand il cultivait encore le tabac. Une petite pièce commune, quatre chambres avec des lits superposés, et une salle de bains rudimentaire, c'était peu, mais s'il voulait y vivre avec son amie, ils seraient les bienvenus. Ils ne paieraient pas l'eau, mais il demandait une contribution pour l'électricité.

Il rentra en courant jusqu'à la maison de Nanie et annonça la bonne nouvelle à Kalya. Ils déménagèrent tout ce qui pouvait passer par le soupirail et s'installèrent le jour suivant.

Un nouvel endroit, certes spartiate, mais à eux, avec le courant et surtout une porte d'entrée. Le paysan se montra très gentil, généreux, il leur offrit quelques vieux meubles, un matelas de tapissier, et leur permit de se servir en bois pour le chauffage. Hugo aida aux travaux sur l'exploitation, ce qui arrondissait les fins de mois, suffisamment pour subvenir à leurs besoins.

Ils vécurent là pendant huit années. Lui travaillait à la ferme et lorsque la saison nécessitait plus de main-d'œuvre, Kalya donnait un coup de main. Nous étions en 1960 et la jeune femme fêtait ses vingt-cinq ans. Plusieurs fois, n'écoutant que son cœur, elle avait émis son désir d'avoir un enfant, Hugo âgé de vingt-trois ans repoussait toujours l'échéance, mais Kalya parvenait à le mener par le bout du nez, il ne résistait jamais longtemps, il finit par céder. Ils vivaient heureux ensemble, un bébé ne pouvait que fortifier les liens.

Pourtant, les tourtereaux le savaient, la vie ne

consistait pas dans un plan qu'on traçait à l'emporte-pièce de nos envies, elle n'était pas une route droite sans nids-de-poule, sans dos-d'âne, ni une suite de rêves qu'on accrochait derrière la locomotive de ses espoirs. La vie, c'était des Allemands dont on explosait la tête, des ombres qui vous dévoraient les entrailles, des salauds qui buvaient trop et démuselaient la violence qu'ils tenaient en laisse, c'était des mères qui abandonnaient leurs enfants, des femmes en cornettes aux ailes d'ange et à la main lourde, c'était tout, tout, tout, sauf un conte de fées.

Six mois plus tard, malgré toute la fougue de la jeunesse, elle n'était toujours pas enceinte, et ce fut sans doute mieux, car le maraîcher prit sa retraite, laissa la ferme à son fils. Ce dernier ne vit pas d'un bon œil ces profiteurs qui squattaient un bâtiment sans même payer un loyer. Alors, ils payèrent. Puis, le nouveau gestionnaire n'eut plus besoin des services de Hugo, cela voulait dire plus de salaire ni de possibilité de régler la location. Il leur donna trois semaines pour quitter les lieux. Nous étions en avril 1961, et sans revenus fixes, trouver un toit s'annonçait très compliqué.

Hugo passa plusieurs fois devant la maison de sa mère sans parvenir à sonner à la porte, puis enfin se décida, lorsqu'il lut le nom sur la boîte aux lettres, il comprit qu'elle n'habitait plus là. Alors, il sonna chez les gens. Ils louaient depuis cinq ans, ne connaissaient pas l'ancienne locataire, le logement était vide quand ils avaient emménagé. Peut-être que le propriétaire savait quelque chose ? Hugo remercia la dame et n'insista pas.

Il dégota un boulot, comme manœuvre chez un artisan maçon, il pelletait le béton à longueur de journée, portait les briques, nettoyait les chantiers, pour un salaire de misère. Il savait que cela ne suffirait pas à donner confiance à un loueur. Ils multiplièrent les demandes, les recherches, mais sans résultat.

Quelques jours avant leur départ, un vendredi, la fête foraine s'installa sur la grande place de Raismes, pour quinze jours. Kalya postula à diverses attractions avec l'espoir que quelqu'un l'embaucherait. Avec sa belle robe à fleurs, elle présentait bien, un peu bohème. Le propriétaire des autos tamponneuses, un colosse, la cinquantaine, lui accorda sa confiance, et lui proposa un emploi journalier, payé chaque soir, c'était mieux que rien. Son rôle consistait à aider les jeunes qui ne parvenaient pas à insérer les jetons dans les bolides, à ranger les autos qui n'étaient pas utilisées, nettoyer et vider les poubelles et remplacer le patron de temps en temps à la caisse.

Nous étions samedi après-midi, Hugo ne travaillait pas, Kalya s'occupait du manège, lui, assis sur un banc, à quelques mètres, profitait de l'ambiance festive. Les rues autour de la place avaient été bloquées et les familles se promenaient en nombre. Les enfants, les yeux écarquillés, le doigt pointé vers une attraction, chiens fous, tiraient sur les manches des parents, imploraient, promettaient de ranger leurs chambres. Ça sentait la fête, la barbe à papa, les gaufres et les crêpes au chocolat. Ça claquait au stand des carabines à plombs, on se bousculait au pousseur de pièces, ça hurlait dans la chenille. Les bras des plus petits s'allongeaient pour attraper le pompon, ça cognait au punching-ball et ça roulait les mécaniques pour impressionner les filles.

Quand les autos se fonçaient dessus, virevoltaient au son de la musique, Kalya descendait de son promontoire et venait embrasser l'homme de sa vie. Alors, les garçons postés tout autour, dragueurs du dimanche qui la mangeaient des yeux, regardaient ailleurs, et il aimait ça.

Hugo alla acheter une gaufre, revint à sa place. Kalya était dans la petite cabine, derrière la caisse, elle aimait l'endroit pour le micro et parce qu'elle choisissait les chansons.

Hugo vit le propriétaire revenir, ouvrir la porte du petit local, Kalya en sortit et lança un grand sourire à Hugo. Puis, Hugo remarqua, sans en saisir la raison, que le forain houspillait sa compagne, il n'entendit pas les mots qu'il hurlait, couverts par la musique, mais il semblait en colère, battait l'air de ses mains. Elle le laissa sur place, l'autre tenta de la retenir par le bras, elle se dégagea et ne répondit pas, puis elle s'éloigna pour rejoindre Hugo. Le forain se mit à la suivre en vociférant, Hugo comprit seulement : « Viens ici ! » La jeune femme l'envoya balader d'un geste pas très correct. Quand elle ne fut plus qu'à quelques pas du banc, le quinquagénaire qui courait derrière elle parvint à sa hauteur, il l'empoigna. Kalya se débattit, elle cria « Lâche-moi ! ». L'autre, énervé, la projeta au sol et elle tomba de tout son poids sur le bitume. Des badauds s'arrêtèrent, interdits, observèrent la scène, de loin. Hugo se leva, d'un bond, il rejoignit le géant en cotte bleue.

— Espèce de salaud ! hurla-t-il. Tu n'as pas honte de frapper une fille ?

Le forain stoppa le jeune homme qui lui fonçait dessus, d'une main sur l'épaule il le bloqua.

— Calme-toi, petit ! C'est une voleuse !

Hugo porta un violent coup de pied au tibia du quinquagénaire. L'autre, à peine déstabilisé, poussa et éjecta son agresseur, si fort, qu'il recula, fétu de paille sous la tempête, son talon heurta la bordure du trottoir et il chuta au pied du banc.

La colère pour seule conseillère, la rage pour moteur, Hugo posa un genou à terre. Une main sortit le cran d'arrêt de sa poche, un pouce ouvrit la lame dans un clic familier. Le jeune homme se redressa et fonça tête en avant, taureau que rien n'effraie, le couteau en embuscade. Le colosse hurla encore « Calme-toi, petit ! », mais il était trop tard, deux foulées et il serait sur lui. Le regard en feu, il ne vit pas que Kalya s'était relevée, qu'elle courait elle aussi, mais pour les séparer, l'empêcher de faire une bêtise, une de trop.

Hugo frappa, sentit la résistance molle d'une chair qu'on meurtrit. Il aperçut les couleurs chatoyantes de la robe de son aimée, puis du rouge, beaucoup de rouge. Alors, il comprit et il hurla, Kalya hurla, le forain hurla, tous trois en même temps, mais pour des raisons bien différentes. La foule hurla à son tour quand la femme s'effondra. Dans des cris de stupeur, d'horreur, d'effroi, Hugo s'agenouilla près de sa belle, elle le fixait et son regard disait qu'elle ne lui en voulait pas, que ce n'était rien, qu'il ne devait pas s'inquiéter. Il souleva le tissu de la robe, déjà gorgé de sang. Le couteau, planté dans le haut de la face interne de la cuisse avait déchiré la chair. La plaie s'ouvrait et se fermait au rythme des battements du cœur, le liquide chaud, épais, par de petits jets s'expulsait de sa jambe. Hugo appuya ses mains sur la cuisse, tenta d'arrêter l'hémorragie qui allait grandissante, pansement de fortune, mince barrage d'un torrent indomptable, elles ne lui furent d'aucun secours. Le flot ruisselait entre ses doigts, filait sur le bitume brûlant de vie.

— Non, non ! hurla Hugo. Je suis désolé.

Il leva les yeux vers le forain. L'homme se pencha.

— Pardon, ânonna-t-il. Elle m'a volé de l'argent.

Il ouvrit la main de la femme, pour se dédouaner et découvrit deux bonbons et un caramel.

— Des bonbons ! gueula Hugo. Des putains de bonbons !

Kalya pâlissait, son teint s'évaporait, la foule se forma autour d'eux, le forain se redressa, brassa l'air de ses longs bras pour les faire fuir.

— Reculez ! Reculez ! gronda-t-il. Laissez-la respirer !

Le couteau, poussé par la pression du sang, le mouvement des muscles de la cuisse, tomba au sol. Soudain, d'un coup d'un seul, le sang s'expulsa de la cuisse de Kalya, arrosa deux ou trois badauds qui hurlèrent de dégoût. Quelqu'un cria : « L'artère est touchée, elle va se vider ! » Hugo paniquait, appuyait tant qu'il pouvait sur la plaie, mais sans résultat. Il hurlait « Au secours ! », perdait la raison.

Elle le regardait, elle souriait encore, faible déjà, ses lèvres bougèrent, elle voulait lui dire quelque chose. Il se pencha près de son visage. D'une voix filante, elle murmura :

— Je t'aime, nous deux pour la vie. Sauve-toi, vite !

Le sang s'expulsait à chaque battement du cœur, geyser incontrôlable, puis d'un seul coup se calma pour s'arrêter et ne laisser qu'un fin filet aux reflets noirâtres. Le géant à genoux près d'eux posa l'index sur la carotide de Kalya, il grimaça, secoua la tête.

— C'est trop tard, je suis désolé.

Hugo le dévisageait, incrédule, la plaie ne saignait presque plus. Quelqu'un cria : « La police arrive ! »

Il devait bouger, effaré, il jeta un regard perdu à celle qu'il aimait, se releva. La foule s'écarta. Il se retourna une dernière fois, Kalya avait les yeux vers le ciel, éteinte, elle baignait dans son sang. À droite, plus loin, deux policiers arrivaient en courant. Il se sauva, aussi vite qu'il put. Derrière lui, malgré le bourdonnement dans ses oreilles, il entendit le sifflet. Il courut plus vite encore, franchit la route sans regarder, tourna, sauta derrière une haie et atterrit dans un potager, il le traversa, bascula au-dessus d'un grillage se retrouva dans un champ, tomba, et reprit son chemin, haletant, essoufflé, effaré, presque fou.

Quand il arriva chez le maraîcher, la tête en feu, qu'il entra dans la maison, qu'il vit son visage, sa chemise, ses mains, ses cheveux, couverts de sang qui coagulait déjà, il s'effondra en larmes. Il venait de tuer celle qu'il aimait, sa muse, le sel et le piment de sa vie. Puis, il se releva, reprit ses esprits, il devait fuir, Kalya le lui aurait ordonné. Alors, il se lava aussi vite qu'il le put, se changea, remplit son sac à dos de quelques affaires, prit l'argent qui restait dans la boîte en fer et une photo. Celle que Kalya préférait, celle où ils s'embrassaient.

Hugo sortit. Le fils du propriétaire se trouvait dans la cour, il le pointa du doigt. Une voiture de police entra sur la propriété. Alors, il courut, coupa à travers les vergers, la fourgonnette ne le suivrait pas, deux policiers se lancèrent dans son sillage, mais il avait bien trop d'avance pour qu'ils le rattrapent. Il courut longtemps, jusqu'à n'en plus pouvoir, lorsque sa respiration et son cœur le forcèrent à s'arrêter. Le soir tombait, il longea la voie ferrée, à l'approche de la ville, il grimpa dans un wagon d'un train de marchandises, se cacha là toute la nuit. Il pleura sans retenue, le cœur en lambeaux et s'endormit un peu avant le petit matin. Quand il se réveilla, le train roulait à faible allure. Il jeta un œil dehors, des champs à perte de vue, un haut-fourneau, immense. Le train s'arrêta au milieu de dizaines d'autres. Il descendit, s'enfuit. Il se trouvait à la gare de triage de Somain, à quarante kilomètres de Valenciennes. Il marcha jusqu'à la gare, prit un billet pour Reims, le cœur meurtri, la haine de lui-même et de tous les autres gravée à jamais.

Il savait qu'il ne reviendrait pas ici, que sa vie désormais serait celle d'un vagabond.

57

Les premiers jours avec Thaliana furent pour le moins compliqués. Elle refusait de s'alimenter, criait dès que je lui desserrais son bâillon. Je devais garder constamment un œil sur elle, elle se montrait maligne, forte de caractère, et passé ses premières craintes, elle fit preuve d'une combativité qui me surprit. Elle avait compris que je ne lui voulais pas de mal et elle en profitait. La nuit, je l'enfermais dans une chambre de l'étage où j'avais enlevé tout ce qui pouvait la blesser.

Le matin du troisième jour, elle accepta de se nourrir et cessa de hurler, cela me rassura. Mille fois, elle m'avait demandé de la ramener chez sa mère, j'avais fini par ne plus lui répondre. J'essayais de l'amadouer, mais elle se refermait comme une huître dès que je lui parlais. Puis, il me vint une idée. Je m'installai dans mon fauteuil, dans le salon, et je lus à voix haute *Les Malheurs de Sophie* de la comtesse de Ségur. Je modifiais le timbre de ma voix, balayais l'air de grands gestes, riais seul. Elle feignit tout d'abord de ne pas écouter, je poursuivis sans la regarder. Quand j'eus terminé les deux premiers chapitres, je marquai une pause et quittai la pièce. Je m'activais dans la cuisine lorsqu'elle reparut.

— Tu fais quoi ?

— Je me prépare un thé, tu en veux ?

— Non, maman dit que ce n'est pas pour les enfants.

— Elle a raison. Et un chocolat chaud ? Un avec des vrais morceaux de chocolat noir. Ma maman me faisait ça quand j'avais ton âge.

— Je veux bien.

Nous avons bu ensemble, assis à la table, comme deux vieux amis. Elle me questionna de nouveau : allais-je la ramener dans sa famille ? J'ai eu pitié, je lui ai dit oui, mais dans quelque temps, sans rien préciser. Elle a plutôt bien réagi et m'a demandé si je pouvais continuer à lire. Ce fut le début d'une timide complicité.

Les semaines qui suivirent, elle m'interrogea encore au sujet de ses parents, mais bien moins souvent. Notre vie tournait autour de différentes activités dans la maison, mais aussi dehors, à la basse-cour. Je restais vigilant, mais à cet âge, elle ne risquait pas de m'échapper, elle n'essaya d'ailleurs jamais. La ferme, isolée, à l'écart de la route, se révélait l'endroit parfait. Le facteur ne passait que le lundi et le jeudi, toujours à la même heure, il me suffisait de cacher Thaliana dans la chambre.

La petite se montrait d'une compagnie délicieuse, elle s'exprimait bien mieux que les enfants de son âge, je reconnaissais là le travail de Sarah. Elle lisait aussi un peu, je l'encourageais. Elle souriait parfois, mais je sentais en elle une fragilité, un manque, une mélancolie. La punition avait assez duré. Nous étions le 10 novembre 1985 et jour pour jour, cela faisait sept mois qu'elle vivait avec moi. J'aurais aimé la garder, rien que pour moi, la chérir, retrouver cet instinct de père qu'on m'avait volé, mais elle ne méritait pas cela. Je rédigeai une lettre à l'intention de Mitra, en indiquant sur l'enveloppe « Communauté du temple de la Vie » et le bourg de Dompnac, j'étais persuadé que le facteur trouverait. Je lui demandais de prévenir Sarah, qu'elle se présente seule ou avec Thalion, pour discuter un peu et récupérer sa fille. J'étais armé, et je tirerais sur toute autre personne. Je lui fournissais mon adresse, ainsi qu'un plan pour accéder jusque chez moi. Dans le même secteur, trois fermes se suivaient, toutes trois identiques, je ne voulais pas qu'elle se trompe. J'avais hésité un temps sur ce point, mais je détenais Thaliana et cela me garantissait qu'il ne tenterait rien de dangereux.

Le facteur récupéra mon enveloppe le lendemain et la posta. Je ne comptais voir personne avant au moins deux jours, l'hypothèse se vérifia. Malheureusement, comble de malchance, novembre se montrait vigoureux, il neigea le 12, plus de dix centimètres, la région était connue pour son climat peu engageant l'hiver, elle battait des records cette année. En ce matin du 13, ça tombait encore, le vent du nord soufflait fort, la météo annonçait une tempête et des bourrasques à cent kilomètres par heure. Mon espoir de voir Sarah s'amenuisait. J'avais eu la bonne idée de ne pas prévenir Thaliana de cette visite, pour éviter qu'elle ne se montrât impatiente.

Contre toute attente, un véhicule klaxonna devant

la ferme, l'horloge marquait deux heures. J'écartai le rideau. La voiture était à une dizaine de mètres, des chaînes orange sur les pneus, un homme au volant et une femme comme passagère. Avec les flocons qui tombaient, je peinais à distinguer les personnes, mais cela ne pouvait être que Sarah. J'agitai le bras, une femme, emmitouflée dans une doudoune blanche, sortit et s'avança le dos courbé vers la maison.

Je déverrouillai la porte, la laissai entrer et refermai derrière elle. Elle se redressa, se secoua un peu et enleva sa capuche.

— Steph ! Mais que fais-tu là ?

— Tata ! cria gaiement la petite.

— Sarah n'a pas voulu venir, elle avait peur. Je me présente seule avec Thalion.

Thaliana s'était déjà collée contre la visiteuse, qui la souleva dans ses bras, l'embrassa sur la joue.

— Tu es toute froide, se plaignit l'enfant. Et maman ?

— On va bientôt la retrouver, n'est-ce pas ? questionna-t-elle en écarquillant les yeux dans ma direction.

— Il y a un sac avec des affaires à elle dans le salon. Son manteau est accroché derrière la porte. Mais, avant, j'aurais aimé discuter avec Sarah.

— Je te le répète, elle n'est pas là, mais moi je pourrai répondre à tes questions. Tu sais bien que j'ai toujours été sa confidente, elle n'a pas de secret pour moi. Je ne te raconterai pas de sornettes, je te le jure.

J'hésitai, mais après tout, elle m'apprendrait peut-être quelque chose.

— Très bien. J'habille la petite, va dire à Thalion de

venir la chercher, ensuite on discutera tous les deux. Lui doit attendre dehors, c'est bien compris ?

— Oui, ne t'inquiète pas, que veux-tu qu'on te fasse ? En plus, devant elle ?

Steph sortit, Thaliana enfila son manteau, je la rassurai, elle partait revoir sa mère. Elle m'embrassa sur la joue, me demanda si je lui rendrais visite un jour, je répondis oui, d'une petite voix, il me restait des livres à lui lire. On frappa à la porte, je vérifiai par la fenêtre. Thalion se tenait en retrait, à deux mètres. J'ouvris, Steph récupéra l'enfant, la donna à Thalion qui disparut dans une bourrasque blanche.

La femme grelotta, s'ébroua. Elle semblait frigorifiée, je lui proposai un café, elle refusa. Elle s'approcha du poêle, se plaignit de la région, il ne neigeait pas en Ardèche. Puis elle en vint au fait.

— Alors, qu'est-ce que tu veux savoir ? Je ne vais pas m'éterniser ici, on a encore de la route et par ce temps !

— Est-ce qu'elle m'a vraiment aimé ?

Je m'adossai contre le meuble de la cuisine.

Elle m'offrit une moue compatissante.

— Bien entendu ! Mais elle a grandi au sein de la communauté, elle encense le temple de la Vie et tu ne t'es pas montré capable de la féconder. Sarah est venue me voir, un soir, elle avait parlé à Mitra, elle espérait qu'il vous autoriserait à dépasser cette règle des deux ans. Il avait refusé et lui avait proposé de coucher avec elle. Tu sais, s'il l'avait ordonné, elle l'aurait fait. Mais, il lui a laissé le choix et elle a dit non. Ça prouvait son amour pour toi, même si tu l'ignorais. N'en veux pas à ma sœur. Je t'ai aimé moi aussi, mais tu t'en fichais.

Elle fit glisser sa fermeture éclair, entrouvrit son manteau. D'une voix posée, elle poursuivit.

— Elle m'a demandé comment agir, et je lui ai conseillé d'accepter, il fallait qu'elle enfante, tu ne semblais pas très efficace sur ce point. Et c'est ce qu'elle a fait, par amour pour toi, sans doute. Thalion est né et cela a changé la donne. Mitra espérait te garder à ses côtés, il a continué de te laisser croire que tu étais le père de Thalion. Mais leur relation s'est étoffée, Sarah, qui aimait notre prophète pour ce qu'il représentait, a commencé à l'aimer comme le père de son fils. Lui, il l'aimait depuis longtemps déjà, il s'était confié, un jour où nous étions seuls. Il est arrivé un moment où ma sœur a voulu te quitter pour vivre avec lui. Elle est restée avec toi, uniquement parce qu'il le lui a demandé.

— Alors toutes ces années ! Elle mentait ?

— Elle obéissait à ses désirs, c'est notre guide. Nous avons grandi au sein de la communauté, tu ne peux pas comprendre. Et puis, Sarah a toujours pensé que tu cherchais cette Kalya à travers elle, tu ne lui as jamais montré que tu l'aimais, Mitra lui, oui. Elle avait besoin qu'on la chérisse, Mitra lui a offert cet amour et un fils. Il est le prophète, un jour Thalion le deviendra, quelle plus belle destinée espérer pour son enfant ? Tu ne peux pas lui en vouloir.

Steph s'approcha de moi, elle semblait désolée.

— Je dois y aller, j'ai peur que cette tempête n'empire.

Elle pencha son visage vers le mien, posa un baiser sur mes lèvres. Au même instant, une douleur insoutenable lacéra mon abdomen, une brûlure intense, une déchirure, le feu s'invitait dans mes entrailles, mes cordes vocales lâchèrent un râle. Le visage de Steph changea, dur, plein de haine. Elle recula d'un pas, admira le spectacle. Je baissai les yeux, le manche d'un poignard dépassait de mon ventre, ondulait avec ma respiration saccadée. J'avais mal, si mal que j'en frissonnais, mon corps tout entier se mit à trembler, ultime réponse à la souffrance. La sueur perla sur mon front, je sentis le sang couler sous mon pull. Je ne comprenais pas. Je perdais pied, je glissai le long de l'armoire. Je suffoquai, toussotai et chaque toux m'écorchait un peu plus. Les yeux grands ouverts, je dévisageai Steph. Elle souriait, l'ange révélait sa vraie nature.

— Pourquoi ? râlai-je.

— Pourquoi ? Tu oses poser la question ! Et le bébé que tu m'as enlevé ? Mon garçon ! Tu t'en souviens ? Tu l'as tué, espèce d'immonde raclure ! Tu l'as vendu pour ses organes. Tu me dégoûtes, j'espère que tes souffrances seront horribles, que tu prieras pour crever, que tes chairs tomberont en lambeaux ! Mais tu as de la chance, même si la douleur dure, elle cessera… la mienne, je la porterai à vie. Crève, ordure !

Je compris mieux.

— Mitra te ment, c'était son idée. Je le jure ! Oui, j'ai conduit ton bébé jusqu'à cette vente. Mais je croyais que quelqu'un l'adopterait. Je te jure ! Je ne voulais pas !

— Ta gueule ! Mitra m'avait dit que tu répondrais ça ! Et cette maison, ta voiture, tu les as payées avec quoi ? L'argent des reins de mon enfant ? Son cœur ? Son foie ?

Je souffrais, la douleur me tordait les boyaux, des étoiles brouillaient ma vue, je sentis que j'allais défaillir et glissai un peu sur le côté. Steph s'approcha, donna un coup de pied sur le manche du couteau. Je hurlai en me tordant, je faillis m'évanouir.

— Crève enculé ! Brûle ici, avant de brûler en enfer.

Elle récupéra et roula un journal qui traînait sur la table, elle se dirigea vers la cuisinière, ouvrit la trappe, et plongea le papier dans les braises, quand il prit feu elle le posa au milieu du tas de bûches. Les écorces sèches aspirèrent les flammes, elles se propagèrent aux autres morceaux de bois, léchèrent le vaisselier qui s'enflamma à son tour.

Le plafond se teinta de vapeurs grises, puis disparut sous l'épaisse fumée. Steph toussa, mais attendit encore, je me trouvais à deux mètres de l'incendie et je percevais déjà la chaleur ardente. Quand la pièce fut presque complètement envahie par la brume âcre, que les flammes s'en prirent aux poutres, elle récupéra la clé sur la serrure, sortit et referma.

J'avais rampé un peu vers l'autre pièce, centimètre par centimètre, accroché mes doigts sur les tomettes disjointes. Je toussotais, et chaque fois cela m'arrachait un cri. Je progressais lentement, une main sur les entrailles, labourées par la douleur. J'entendis la voiture démarrer. Mon heure était venue. Je revis le visage de Kalya, sa folle tignasse et ses yeux couleur d'amour, son sourire de crapule. Encore un effort, le bois crépitait, l'incendie ronflait, s'étendait. Je parvins enfin au niveau du canapé, je n'y voyais plus, le regard en feu, la fenêtre ne devait pas être loin. D'une main hésitante, je trouvai la poignée, le vent froid s'engouffra dans la pièce, les flammes explosèrent sous cet appel d'air. La peur, la douleur, le regret, la mort, l'envie de vivre, Kalya. Je me hissai, le couteau heurta le chambranle de la fenêtre, je hurlai, insultai Dieu, la Terre, la vie, je tombai dans la neige. La maison gémissait, suintait, se lamentait, une colonne de fumée noire se déformait sous le vent, se fondait dans la tempête. J'avançai, un peu, les mains vainement agrippées à la poudreuse, derniers soubresauts d'espoir dans cette étendue blanche, froide, immaculée. L'air pur envahit mes poumons, je toussais à m'en arracher la gorge, torturé de douleurs. J'avais échappé aux flammes, le froid m'engourdit, m'anesthésia, je parvins à m'éloigner de quelques mètres, mes forces m'abandonnaient. Un regard vers le ciel sans couleur, une bourrasque souleva un nuage de poussières blanches qui recouvrit mon visage, doux étouffement neigeux, je fermai les yeux, épuisé, transi de froid, perclus de douleurs, prêt pour le grand sommeil.

58

J'avais survécu, cela prenait presque une tournure amusante, moi qui croyais mourir et enfin me libérer de cette vie lamentable, de ce cumul d'erreurs, de malchances, diraient certains. Mais la chance ou la malchance n'avaient rien à voir dans tout ça. La chance, c'était un paramètre pour les gens normaux avec des chemins ordinaires, ce n'était pas pour ceux qui traînaient le malheur derrière eux. Moi, je remplissais le vide de mes jours avec tout et n'importe quoi.

J'aurais aimé perdre la raison, tout oublier, devenir amnésique pour tout recommencer. Un cerveau neuf dans une carcasse où les cicatrices n'auraient plus de sens, plus d'histoire. La mémoire, quel bel outil ! Elle nous permettait d'avancer au travers de l'apprentissage de la vie, mais quand seul le passé existait, obscurcissait le soleil levant, alors elle devenait un boulet que l'on traîne.

Un voisin, celui qui habitait la ferme juste après la mienne, avait remarqué la colonne de fumée. Il était venu malgré la tempête. La maison se consumait du rez-de-chaussée jusqu'au toit, mais il s'était approché, avait crié. Il avait été intrigué par cette fenêtre ouverte qui vomissait l'enfer, alors il s'était inquiété, avait avancé de quelques pas. La tache rouge qui s'était formée sur la neige fit le reste. Il paraît que le froid a contribué à ma survie, quel paradoxe !

On m'a transféré à Saint-Étienne, le chirurgien a raccommodé mes intestins, est parvenu à soigner ma septicémie, m'a remis du sang neuf. J'étais reparti pour un tour. Un tour dans la grande loterie de la vie où je perdais toujours.

Les gendarmes étaient venus me voir, ils m'appelaient « monsieur Pierre Simon », le nom de mes faux papiers qui m'avait servi pour l'achat de la maison. Heureusement qu'ils ne m'avaient pas demandé mon nom, dans l'état où je me trouvais, j'aurais pu leur donner le vrai. À leurs questions, j'avais répondu toujours la même chose : « Je ne me souviens pas. » C'était court, facile, ça évitait les emmerdes et ça refermait une parenthèse. J'avais déposé plainte, pour la forme, pour l'assurance, pas de souvenir, pas de témoin, pas d'ennemi. Une tentative d'homicide, un blessé grave, un couteau aux empreintes effacées par la neige, une maison détruite et pas un début de piste. L'affaire serait classée dans un an.

Après l'opération, on m'envoya dans un centre de soins, pendant deux semaines, pour me requinquer, reprendre un peu de poids. Cela faisait six jours que je m'y trouvais, un bel endroit au milieu d'un parc, à Montélimar, la ville des nougats. Nous étions en décembre et il faisait dix degrés, un beau soleil qui crânait au milieu d'un ciel bleu, le paradis sur carte postale. Je me promenais dans le patio, j'essayais de retrouver l'usage de mes jambes engourdies, quand une dame de l'établissement me demanda de la suivre jusqu'au hall d'entrée, quelqu'un désirait me voir. Sans doute la police, ou encore un journaliste, ou un représentant de mon assurance pour la maison.

L'aide-soignante m'amena jusqu'à un ensemble de fauteuils d'une vilaine couleur orangée, collés les uns aux autres, en forme d'arc de cercle. Une femme était assise, vêtue d'un gros manteau, un foulard sur la tête, elle attendait. Je m'approchai, elle releva le menton et je n'en crus pas mes yeux.

Kalya. Kalya me regardait, là, devant moi. Je ne pouvais pas me tromper, impossible. Mes jambes chancelèrent, je me laissai presque tomber sur le sofa en mousse.

— Kalya ? Mais… mais, tu étais morte !

Elle se leva, m'aida à me caler un peu mieux sur le siège. Elle m'entoura de ses bras. Elle sanglotait et ne réussit pas à prononcer un seul mot. Mon cœur frôla l'implosion, ma poitrine devint trop petite, mes yeux ne purent contenir ma joie, alors, je les ai laissés faire. Des larmes si lourdes qu'elles chauffaient mes joues. Kalya m'embrassa dans le cou, dix fois, prit ma tête dans ses mains, embrassa mes lèvres. Elle pleurait et riait en même temps, un bonheur trop fort que le corps ne parvenait plus à contrôler. Nous restâmes collés l'un à l'autre pendant un temps si long et si court, si doux, aucun ne voulait lâcher l'autre. Je me rappelais son odeur, et je me sentais bien. Puis elle essuya ses larmes, enleva son manteau, ôta son foulard. Je découvris dans un miracle l'image de son visage entouré de sa coiffure de lionne. Elle brillait, m'éblouissait, belle comme avant avec juste quelques petites rides, des rayons de soleil qui entouraient ses yeux. Sa voix sonnait comme avant, avec les cailloux dedans.

— Cela fait presque vingt-cinq ans que je te cherche. Je commençais à perdre espoir et tu es là, devant moi en chair et en os, avec ta gueule de beau gosse !

Je glissai ses mains dans les miennes, elle constata qu'il me manquait des doigts. Elle se baissa et baisa le dessus de la main qui portait les traces de l'accident. J'en tremblai d'émotion.

— Mais Kalya, tu étais morte, quand je suis parti, tu t'étais vidée de ton sang. Le forain t'a pris le pouls, ton cœur ne battait plus !

— J'ai bien failli perdre la vie, ce n'est pas passé loin. J'ai fait un arrêt cardiaque. Un médecin en retraite, un ancien de la guerre d'Indochine, qui avait emmené ses petits-enfants avec sa femme à la fête foraine, est intervenu, j'avais l'artère fémorale sectionnée. Il était parvenu à sauver des soldats avec une jambe arrachée, alors juste l'artère, ça ne l'a pas traumatisé. Il a fait un point de compression au niveau de l'aine et a entré son petit doigt dans l'artère pour la boucher, il s'agissait du moyen le plus efficace qu'il connaissait pour arrêter l'hémorragie. Ensuite, il a demandé à quelqu'un de me prodiguer un massage cardiaque, et le bouche-à-bouche, un pompier, je crois, l'a aidé. Et le cœur est reparti. Pour le reste, je ne sais pas trop ce qui s'est passé. Je suis restée dans le coma pendant quatre jours, entre la vie et la mort, avec une tension à 6 qui ne remontait pas, j'avais perdu beaucoup trop de sang. Tout le monde a cru que je ne reviendrais pas, mais tu sais que je ne baisse jamais les bras, et j'ai survécu.

La tête me tournait, l'entendre raconter ça, tant d'années plus tard. Je blêmis, mes mains fourmillaient, je me sentis mal. Elle s'en aperçut et m'embrassa encore la joue, pour me rassurer, me prouver qu'elle existait vraiment.

— Tu vas bien ?

Je pleurai, cette fois, ce n'était pas des larmes de joie, mais des larmes pour purger la peine qui m'étreignait. Toutes ces années, cette fuite constante, cette hargne qui me rongeait, ce dégoût de moi-même… ça pesait si lourd, ça durait depuis si longtemps, ça habitait chaque instant de ma vie, chacun de mes souffles. Maintenant, tout cela n'avait plus de raison d'être. J'avais mal et j'allais bien, ça tourbillonnait dans ma tête et dans mon cœur. Kalya me toucha le front.

— Mais tu es gelé ! Tu veux que j'appelle quelqu'un ?

Elle posa son manteau sur moi.

— Non, ça va ! C'est juste que… je ne sais pas, je ne sais plus, tout ce temps, gâché, perdu, broyé, toutes ces années à courir après la mort, à me battre contre la vie.

— Il nous reste encore toute la vie, toute la vie et au-delà, tu te souviens ?

— Mais tu ne m'en veux pas ?

— Comment le pourrais-je ? J'ai toujours refusé de déposer plainte contre toi, même si des gens t'avaient reconnu. Il n'y a jamais eu d'enquête, j'ai expliqué que tu étais innocent, un accident. Le forain se sentait trop responsable pour affirmer le contraire, et puis il n'aimait pas la police.

Je repris un peu mes esprits.

— Mais comment m'as-tu trouvé ?

— Oh, j'ai remué ciel et terre pendant des années, j'ai même loué les services d'un détective privé, qui m'a coûté les yeux de la tête. Le destin, Hugo, le destin, même si j'ai un peu douté quand le détective m'a dit que tu t'appelais désormais Pierre Simon, je n'y croyais pas. Il a de bons contacts, des amis dans la gendarmerie, mais cela n'a jamais rien donné. Pourtant, ce monsieur était parvenu à remonter tout de même jusqu'à toi, et jusqu'à l'affaire du paysan et de sa mère, grâce aux descriptions, tout correspondait, notamment les cicatrices dans le dos, puis plus rien. Envolé, disparu, pendant des mois, des années, il a donc laissé tomber. Mais dernièrement, lorsqu'il t'est arrivé cette chose horrible à la ferme, le coup de couteau et tout le reste, les enquêteurs ont émis un télégramme de recoupement d'affaires, avec ta description, un de ses copains qui travaille à Lyon l'a appelé, il se souvenait du détail des longues marques dans le dos. Seul le nom ne correspondait pas du tout, ainsi que les doigts manquants. Mais quand il a approfondi ses recherches, qu'il a trouvé le notaire qui avait effectué la vente de ta ferme, tout s'est précipité. Il s'est rendu au Puy-en-Velay. Je ne sais comment, il est parvenu à avoir accès au dossier et aux photocopies des pièces que tu avais fournies. Quand il m'a montré celle de ta carte d'identité, je n'avais plus aucun doute. Il restait à découvrir où tu étais, cela lui a demandé quelques jours, et me voilà.

— Il faudra que je remercie cet homme.

— T'inquiète, il m'a pris assez d'argent !

Elle glissa la main dans une poche du manteau, la sortit et l'avança vers moi.

— Tiens ! Je te les offre enfin.

Elle ouvrit la main. Des bonbons et des caramels.

— C'est pour toi que je les avais volés. Je sais que tu les aimes, je me suis dit que ce serait amusant de te les donner enfin, tant d'années après.

Les larmes coulèrent de plus belle, elle me serra dans ses bras, elle aussi se rendait compte du temps perdu, que son geste avait été idiot, et elle aussi s'en voulait à mourir. J'enlevai le manteau qui me tenait chaud, lui prit la main.

— Si tu savais tout le mal que j'ai fait !

— On se fiche du passé, Hugo, on doit regarder l'avenir.

Elle tendit sa main le pouce en avant.

— Tu te souviens de notre pacte ?

Elle m'arracha un sourire, nos pouces se joignirent.

— J'ai une autre surprise pour toi.

Elle ouvrit son sac, sortit son portefeuille, en écarta le rabat et me le montra. Un homme figurait sur une photo, beau garçon.

— Je te présente Luc, ton fils !

Je restai muet, puis les mots sortirent par bribes en même temps que les larmes sur mes joues.

— Mon… fils ? Luc ? Mais…

— Quand, à l'hôpital, ils sont parvenus à me sortir

d'affaire, une infirmière m'a annoncé qu'il y avait un truc étrange dans le résultat de mes analyses. J'étais enceinte, de toi, et ce fichu bébé avait aussi réussi à survivre. Tu es papa ! Tu ne trouves pas qu'il te ressemble ?

Ma vue se troubla, je détaillai la photo, et c'était bien vrai qu'il avait ma gueule, avec les cheveux de sa mère, les larmes ruisselèrent encore.

— Il a le même caractère que toi… jamais peur de rien. Il a hâte de te rencontrer, il ne pouvait pas venir, il travaille à l'étranger. Ton fils est ingénieur ! Et il a hâte de te rencontrer, je lui ai tellement souvent parlé de toi. En fait, je pense qu'il ne me croyait plus, que tu devais être comme une chimère, une invention de ma part.

Toutes ces annonces, toutes ces surprises, tout ce trop-plein d'émotions. Je tremblais, souriais, riais, pleurais. Mon corps et mon cœur n'étaient que soubresauts, joies et peines, mais surtout joies. Kalya n'était que mon reflet, elle pleurait tout autant, ne cessait de me toucher. C'était bien vrai, nous étions réunis.

Kalya, après l'accident de la fête foraine, avait été recueillie et aidée par une dame qui œuvrait pour les Petits Frères des Pauvres. Elle l'hébergea le temps de la grossesse, puis elle eut pitié d'elle à cause de son bébé, et la garda à ses côtés. Elle lui apprit la couture et la broderie. Kalya y trouva du plaisir, un emploi et finit par ouvrir une boutique avec l'aide de son mécène, à Valenciennes. Le magasin eut un beau succès, et permit à Kalya de payer les études de Luc. Pendant tout ce temps, elle n'avait cessé d'espérer retrouver un jour

Hugo. Les recherches du détective lui permirent de localiser Lucia, elle vivait à Saint-Amand. Quand elle alla la voir, pour vérifier si elle avait des nouvelles de son fils, elle ne la reconnut pas tant elle avait changé, était amaigrie, triste. La mère de Hugo mourut deux ans plus tard d'un cancer, elle aussi souhaitait revoir son fils, pour qu'il lui pardonne. Kalya l'avait rassurée, mais cela n'avait pas suffi. Lorsque la bienfaitrice de Kalya décéda, il y a dix ans déjà, elle légua ses biens à sa protégée. Une masure avec des travaux.

Je l'interrogeai :

— Tu n'as jamais quitté le Nord ?

— Oh, si ! Tu te souviens que je te disais que j'aimais la mer ? Eh bien, j'habite une maison en Normandie, à Saint-Lô, une ville superbe avec un château, des remparts, une église magnifique, un pont de pierres qui enjambe la rivière, la Vire. C'est Sophie, ma bienfaitrice, qui me l'a léguée, elle est petite, mais suffisante pour deux, le jardin est immense, à l'abandon, mais vraiment très grand. Elle te plairait, j'en suis certaine.

— Tu... tu n'es pas mariée ?

— J'ai eu des hommes dans ma vie, mais j'étais trop pénible, ça n'a pas fonctionné, des tentatives échouées avant de commencer, c'est toi que je voulais. Je vis seule depuis quinze ans. Hugo, on a mêlé nos sangs, on a juré à jamais et au-delà, tu te souviens ? Je t'aime et je t'ai toujours aimé. Je t'ai retrouvé, je ne te quitte plus. Tu viendrais vivre avec moi ? Comme avant ! On apprendrait à se connaître, à se reconnaître.

Je souris, de ce sourire si léger qu'il pouvait tout effacer, tout brûler derrière lui, mais la crainte me fit hésiter une seconde. Tout cela, c'était trop, trop d'un seul coup. Elle s'en aperçut et elle ajouta dans une boutade :

— Le jardin, on dirait un terrain vague, ça pourrait être à nouveau notre paradis des vauriens.

— C'est mon vœu le plus cher. Je t'ai toujours aimée, Kalya.

REMERCIEMENTS

On pourrait croire que l'auteur, telle une divinité ventripotente, règne en maître sur sa création, détrompez-vous, cela serait bien réducteur.

J'aime à dire qu'une vie se construit au fil des rencontres, certaines s'installent à jamais quand d'autres s'éloignent ou ne font que passer, cependant, qu'on le veuille ou non, toutes peuvent avoir leurs répercussions.

Je suis un auteur qui doute beaucoup, trop diront certains, et de ce fait, je ressens le besoin de soumettre mes écrits, en cours de création ou juste une fois terminés, à des lecteurs de la première heure pour qu'ils me fassent part de leurs réflexions, leurs questions, leurs remarques.

Je tiens à leur offrir ce petit passage afin de les remercier (sans ordre de préférence).

Merci à Eva Benincà, Catherine Buffard, Céline Troadec, Karen Kazcook, Karine, Caroline Vallat. Vous avez été adorables de patience et de bienveillance.

Cette histoire, qui je l'espère vous a plu, ne serait pas ce qu'elle est sans mes éditeurs Henri Bovet (que j'ai torturé dans le roman) et Louis Bovet. Merci pour votre confiance et votre soutien. Le travail éditorial fut une réelle bénédiction pour ce livre. Merci à toutes les personnes de Slatkine & Cie.

Merci aux libraires, nombreux, qui à ce jour m'ont fait confiance, je pense à Gérard Collard, Caroline Vallat (encore), Giliane Jacqueminet, Jerôme Toledano, la Maison de la Presse La Touquettoise, les librairies La Manufacture, Lucioles, L'Esprit livre, et toutes les autres, trop nombreuses que je ne peux pas citer.

Merci aux organisateurs de salons, à leurs bénévoles et aux auteurs croisés cette année 2021. Merci de m'avoir accueilli avec tant de gentillesse.

Merci aux blogueurs, instagrameurs, influenceurs de tous horizons, une pensée particulière à Bob Garcia.

Merci aux lecteurs, vos encouragements me vont droit au cœur, ils sont, depuis le premier roman, le carburant de ma motivation. Merci pour nos échanges, vos remarques, vos partages et votre fidélité.

Et si vous voulez m'écrire, foncez, je me nourris de vos retours de lecture, bons ou mauvais. Je vous invite à me contacter à cette adresse : wendallutroi@gmail.com. Je me ferai un plaisir de répondre à chacun de vous.

Enfin, un grand, immense merci à mon épouse, femme de l'invisible, qui a le mérite de supporter son écrivain de mari.

PAPIER À BASE DE
FIBRES CERTIFIÉES

Le Livre de Poche s'engage pour
l'environnement en réduisant
l'empreinte carbone de ses livres.
Celle de cet exemplaire est de :
300 g éq. CO_2
Rendez-vous sur
www.livredepoche-durable.fr

Composition réalisée par Soft Office

Achevé d'imprimer en France par
CPI BRODARD & TAUPIN (72200 La Flèche)
en septembre 2022
N° d'impression : 3049625
Dépôt légal 1re publication : septembre 2022
LIBRAIRIE GÉNÉRALE FRANÇAISE
21, rue du Montparnasse – 75298 Paris Cedex 06

29/5290/5